SUSAN FOX

De repente, o destino

SUSAN FOX

De repente, o destino

Tradução:

Júlio de Andrade Filho

ÚNICA editora

Gerente Editorial
Mariana Rolier
Editora
Marília Chaves
Editora de Produção Editorial
Rosângela de Araujo Pinheiro Barbosa
Controle de Produção
Fábio Esteves
Tradução
Júlio de Andrade Filho
Preparação
Gabriela Ghetti
Projeto gráfico e diagramação
Idée Arte e Comunicação
Capa
Osmane Garcia Filho
Revisão
Sirlene Prignolato
Imagem da capa
Vita Khorzhevska /ShutterStock
Impressão
Assahi

Única é um selo da Editora Gente.

Título original: *Sex drive*

Rua Pedro Soares de Almeida, 114,
São Paulo, SP – CEP 05029-030
Telefone: (11) 3670-2500
Site: http://www.editoragente.com.br
E-mail: gente@editoragente.com.br

Dados Internacionais de Catalogação na Publicação (CIP)
(Câmara Brasileira do Livro, SP, Brasil)

Fox, Susan

De repente, o destino / Susan Fox ; tradução Júlio de Andrade Filho. -- São Paulo : Única Editora, 2013. 7ª tiragem.
Título original: Sex drive.
ISBN 978-85-67028-01-9

1. Ficção erótica 2. Romance canadense. I. Título

13-07962 CDD-813

Índices para catálogo sistemático:
1. Romances : Literatura canadense em inglês 813

Agradecimentos

Agradeço aos suspeitos de sempre, meu lindo e talentoso grupo de críticos: Nazima Alli, Michelle Hancock e Elizabeth Allan. Também à minha agente, Emily Sylvan Kim, e à minha editora, Hilary Sares, e a todas as pessoas em Kensington que fazem um trabalho ótimo com a linha Aphrodisia.

Serei eternamente grata a Doug por me permitir voar em classe executiva quando visitamos a Austrália. Isso não apenas impediu que eu virasse um pretzel, mas também me deu a ideia para este livro.

Estou muito animada em escrever outra série para a Kensington, e tenho me divertido muito brincando com o segmento dos "aviões" de minha série sensual de "aviões, trens, automóveis e um navio de cruzeiro".

Capítulo . 1

Se alguém tivesse me perguntado há uma semana, eu teria dito que jamais seria vista comprando uma dessas revistas de noivas. No entanto, a perita no assunto – minha secretária, recém-casada, na Universidade de Sydney – disse-me que era impossível planejar um casamento sem recorrer a elas.

É lógico que *eu* tinha conseguido organizar meu casamento sem o auxílio de nenhuma dessas revistas luxuosas, mas olha só qual foi o resultado. Um rápido episódio passageiro de três meses de casamento que estragou meus trinta e dois anos de solteirice imaculada.

O irônico é que agora cabia a mim, com uma pequena ajuda de minhas irmãs Kat e Jenna, planejar o casamento perfeito. Com duas semanas de antecedência.

Não, não o meu. Meu QI genial não me impede de cometer erros, mas venho tentando ao máximo não repetir esse, então eu meio que larguei mão dos homens.

Minha irmã mais nova, Merilee, lá em Vancouver, na Colúmbia Britânica, será a noiva que marchará até o altar. Uma marcha nupcial com que ela sonha desde quando, aos cinco anos, atirava a Barbie noiva nos braços do Ken de smoking.

Merilee vai se casar com Matt, sua alma gêmea desde o ensino médio. O óbvio seria que quinze anos de amor e de sonhos tivessem resultado em algo mais organizado do que um casamento de última hora.

No entanto, Merilee teve um ano um pouco difícil no que se refere à saúde, e, como Matt encontrou uma oferta imperdível para um cruzeiro pela costa mexicana, num intervalo de treze dias minha irmã mais nova estava a caminho de ter o casamento com o qual sempre sonhou.

O único problema era que ela estava desesperadamente tentando recuperar as aulas e os trabalhos na faculdade, que tinha perdido em decorrência da doença, e não tinha tempo para organizar o casamento.

Merilee precisava de ajuda, e eu a amava. O mesmo posso dizer de nossas irmãs Kat e Jenna, é claro, mas, como sempre, eu era quem organizava as coisas. Para falar a verdade, eu gostava de estar no comando. Na verdade, preferia fazer as coisas eu mesma, para garantir que saíssem direito. Arrogante, metida, irritante? Por causa do meu impressionante QI, das expectativas dos meus pais e das responsabilidades que caíram sobre mim desde cedo, haveria alguma maneira de eu ser diferente?

Portanto, justamente eu, que não acredito nessa conversa de véu-e-grinalda-e-promessas-de-amor-eterno, estava agora em busca dessas revistas cheias de babados para complementar a gigantesca bíblia de planejamento de casamentos que eu havia comprado na livraria. Assim que eu passei pela fiscalização do aeroporto de Sidney no domingo à tarde, fui direto para a livraria.

Uma pilha de livros de capa dura perto da entrada me chamou a atenção. A pirâmide em construção dava destaque para *Wild Fire*, o novo livro de um dos romancistas mais populares da Austrália, Damien Black. A balconista pregava nas capas adesivos de "exemplar autografado" que, com suas chamas misteriosas em amarelo e vermelho sobre fundo preto, davam um toque berrante a elas chamando a atenção.

Como socióloga especializada no estudo dos aborígenes australianos, eu conhecia o Black. Ele tinha ascendência aborígene e escrevia histórias de mistério paranormal protagonizadas por um policial aborígene australiano.

Embora eu raramente leia ficção, já havia comprado um dos seus romances. Era surpreendentemente divertido, mais ou menos preciso com os fatos reais e com observações perspicazes aqui e ali, mas só aqui e ali. Achei que seu trabalho era principalmente, e grosseiramente, comercial. Esse cara deveria dedicar seus talentos de escritor para algo mais sério.

Eu certamente não pretendia ler outro de seus livros.

— Desperdício de tempo. Simplista e superficial.

— Senhora? — a balconista se virou para mim.

— Sinto muito — Um dos perigos de passar tanto tempo sozinha... Eu tinha o péssimo hábito de expressar meus pensamentos. — Eu não quis dizer isso em voz alta.

A funcionária da loja sorriu:

— Não se preocupe. Contudo, muitos leitores discordam de você. Ele com certeza vende muito bem. No meu caso, não consigo largar seus livros, fico acordada a noite toda, e isso aconteceu mais de uma vez — ela piscou. — Mas bem que ele poderia fazer isso comigo em pessoa... Ele acabou de autografar estes livros e, olha, o homem é um *gato*.

— Tenho certeza de que ser um tesão é um critério importante para uma pessoa escolher sua leitura — retruquei secamente.

Um homem que ria abafado me disse que alguém tinha ouvido esse meu comentário.

A garota olhou por cima de meu ombro. Seus olhos se arregalaram e o rubor preencheu suas bochechas.

— Oops! Sinto muito — Ela abaixou a cabeça e se concentrou em continuar colocando adesivos nos livros.

Virei-me e vi um homem que com certeza poderia ser chamado de "tesão". Suas roupas eram simples até demais, jeans surrados, uma camiseta básica, mas que cobriam um homem alto e musculoso. Seu rosto e seus braços estavam bronzeados e ele, obviamente, não ligava para cortes de cabelo. Embora eu não fosse fã de cabelos longos, as ondas pretas brilhantes que desciam até quase a altura dos ombros combinavam com ele. Apresentava um rosto forte e olhos cinzentos exóticos e brilhantes, que estavam agora me avaliando com um toque de humor.

Senti a presença física dele de modo diferente, como homem. E de mim como mulher. A maneira que definitivamente eu não costumava reagir a um cara. Havia algo de familiar nele, mas eu tinha certeza de que não o conhecia. Eu teria me lembrado dessa bizarra sensação...

— Não vai comprar um livro, então? — perguntou ele provocativamente, com um sotaque australiano.

Envergonhada por minha reação, desviei meus olhos e murmurei:

— Não.

Quando me virei para ir embora, eu o ouvi dizer:

— Não sabe o que está perdendo.

Por que eu me sentia como se estivesse fugindo dele? Afastei esse pensamento - e o homem - da minha mente enquanto comprava uma garrafa d'água e, em seguida, me dirigi para a seção das revistas.

Era muito surreal estar vasculhando as revistas de noivas.

— Deixe eu contar as razões pelas quais eu odeio essas coisas.

Opa, lá estava eu resmungando em voz alta novamente. Continuei meu discurso dentro da minha cabeça. *É uma indústria gigantesca que manipula as noivas e as faz pensar que um evento mais caro vai trazer para elas um casamento mais feliz. As pessoas não sabem que...*

— Com licença? Você vai comprar esse? — Uma voz feminina invadiu meus pensamentos e eu percebi que uma jovem ruiva e alegre estava olhando para mim interrogativamente.

— O quê? — Olhei para a revista na minha mão, com a noiva onipresente vestida de um branco espumoso. — Oh, ainda não decidi.

— É o último exemplar. Então, se você não vai ficar com ela, gostaria de comprar. É minha revista favorita.

— Então, pode levar — disse, entregando a edição a ela. — São todas a mesma coisa para mim.

— Oh, não, não são! — o tom de voz da garota sugeria que eu havia cometido um sacrilégio. — Essa é para a noiva *australiana*, que sou eu.

Ela apontou para outra revista na prateleira, usando a mão esquerda e piscando um pequeno diamante.

— Esta já é para a noiva moderna, a do lado é mais tradicional, e aquela outra tem as coisas mais lindas, mas caras demais, embora algumas das ideias possam ser adaptadas — ela pegou um exemplar.

Enquanto ela se emocionava ao folhear as páginas, estudei as capas de cada uma, pensando como todas as revistas pareciam mostrar a mesma coisa. Merilee sempre deixava diversas dessas revistas de noivas espalhadas pela casa, mas era difícil dizer qual delas era sua preferida.

A ruiva tinha escolhido três:

— Eu vou me casar em abril, então temos menos de um ano para organizar tudo. É muito divertido. E você?

— Eu? Ah, não sou eu quem vai se casar, é minha irmã mais nova.

— Ah... — Ela olhou para minha mão esquerda sem aliança. — Deve ser difícil, mas tenho certeza de que sua hora vai chegar, mais rápido do que imagina.

— Deus, espero que não — As palavras explodiram e, quando a testa lisa da garota se encheu de vincos, expliquei: — Eu gosto de estar solteira. Acho que cada um de nós acaba encontrando o seu caminho na vida, aquele que parece mais certo. Eu encontrei o meu.

Ela ainda estava franzindo a testa um pouco quando levantou a mão esquerda e mexeu os dedos, fazendo com que o diamante brilhasse mais uma vez.

— E eu já encontrei o meu. Talvez você esteja certa, mas é difícil para mim imaginar alguém escolher viver sozinha. Para o resto da vida.

Sei lá, o modo como ela deixou escapar essa frase me soou mais como uma sentença de prisão perpétua na solitária. Por um momento, lembrei-me da maneira como eu me senti com Jeffrey. A vida tinha sido mais brilhante, mais rica, mais feliz. Na nossa simples cerimônia de casamento, eu estava eufórica. Tudo bem que não estava usando a roupa branca virginal das noivas, mas as promessas que eu tinha feito significavam alguma coisa para mim. Um futuro, uma parceria, uma partilha de vida, amor, trabalho...

Uma partilha? *Compartilhar,* é isso? Ah, sim, Jeffrey queria definitivamente que *eu* compartilhasse, mas ele não havia retornado o favor. Não, ele mentiu para mim desde o início e, em seguida, me traiu. A verdade lamentável é que eu não era o tipo de mulher que inspirasse o amor e a lealdade de um homem.

— Algumas de nós, mulheres, simplesmente se dão bem sozinhas — respondi para a garota. — E eu espero que você seja muito feliz.

— Sua irmã também.

Depois que ela se foi, escolhi as revistas tradicionais e modernas que agora havia identificado. Seria bom ter os dois extremos e tentar perceber as diferenças entre elas, caso existissem.

Depois de pagar, enfiei as revistas em minha bagagem de mão. Além do meu laptop e do livro de planejamento de casamento, dentro da maleta estavam ainda as provas da faculdade. Graças às notícias de última hora de Merilee, eu estava saindo da faculdade uma semana antes do fim do semestre.

Quando passei pelo portão de embarque, a classe executiva já estava embarcando. Entrei na fila, pois, como era passageira frequente, tive a sorte de receber esse privilégio. Naquele voo de dez horas para Honolulu – a primeira etapa de minha viagem para Vancouver –, as vantagens da classe executiva fariam uma enorme diferença. Comida decente, algumas taças de um bom vinho, espaço para trabalhar, um assento onde se pode realmente dormir.

Agora, para completar, só faltaria mesmo um companheiro de assento que colocasse seus fones de ouvido e me deixasse em paz.

O avião tinha duas seções de classe executiva: uma no andar superior, que era mais reservada, e uma no convés principal. Eu estava no principal, no assento da janela em um dos bancos laterais de dois assentos.

Os assentos na classe executiva eram diferentes daqueles mais básicos da classe econômica. Em vez de ligados entre si com braços deslocáveis, estes tinham cadeiras independentes. Mais ou menos como aquelas espreguiçadeiras reclináveis para assistir à TV, exceto pelo fato de que eram montados dentro de duras carapaças.

Quando cheguei à minha fileira, um homem de cabelos negros estava no assento do corredor, inclinando-se para arrumar uma bolsa debaixo do banco da frente, e eu não podia passar por ele para chegar ao meu. Atrás de mim, as pessoas pareciam impacientes, então eu disse:

— Com licença. Gostaria de passar, para não segurar as outras pessoas.

— Sinto muito — ele se endireitou com um rápido sorriso, um daqueles que desarmam qualquer pessoa com olhos cinzentos plissados e mostrando dentes brancos no rosto moreno emoldurado por cabelos muito longos.

O homem da livraria.

— Você!

Definitivamente, esse não seria o colega de assento que eu teria escolhido, mesmo que fosse, como teria dito minha secretária, um colírio para os olhos.

Os lábios dele se curvaram em um sorriso que eu tinha dificuldade para ler.

— Ora, se não é a leitora exigente...

Ele se levantou e foi para o corredor, para me deixar passar.

Eu não sou desajeitada por natureza, mas consegui tropeçar em seus pés. Pés grandes, bem-formados, calçados em sandálias de couro.

Quando tropecei, a mão direita do homem pegou no meu ombro e segurou-o.

— Cuidado.

Cuidado? Como ter cuidado com o calor de sua mão queimando meu cardigã? Minha respiração ficou presa e eu não podia me mover. Algo – uma espécie de energia, calor, qualquer coisa que seja – saía dele. Um formigamento delicado percorreu todo o meu corpo, embora a única coisa que ele estivesse segurando fosse meu ombro. Havia também um cheiro que me lembrava das viagens pelo campo: a luz do sol brilhando sobre os eucaliptos, ou árvores de goma, como eles chamam na Austrália. E havia um brilho em seus olhos que, se eu fosse uma mulher mais atraente, teria lido como interesse sexual. Contudo, rapazes autoconfiantes e tesudos como ele nunca davam uma segunda olhada em mulheres estudiosas e simples como eu.

Consegui descongelar meus músculos e me arremessei em meu lugar, com a maleta e a bolsa no colo.

— Quer que eu ponha sua maleta lá em cima? — perguntou ele, apontando para o compartimento de bagagem.

— Não, obrigada, vou deixar aqui comigo.

Uma mulher idosa no corredor rapidamente disse:

— Você pode colocar a nossa mala aí em cima, se não se importar.

— Deixa comigo, Delia — disse o homem de cabelos grisalhos atrás dela.

— Claro que deixo, Trev. Eu só quero fazer este jovem mostrar seus músculos — e deu uma piscadela a meu colega de assento.

Ele lhe devolveu aquele sorriso deslumbrante e ergueu a mala facilmente. Quando colocou a bagagem no compartimento, seu corpo se esticou em um movimento poderoso e gracioso. Os músculos se flexionaram nos braços e, enquanto a manga esquerda de sua camiseta subia, pude ver a borda de uma tatuagem - um dragão? - que parecia se enrolar em torno de seu bíceps.

A camiseta moldava ombros fortes, peitorais duros. Ela saía livre de seus jeans sem cinto. Meu olhar rastreou a linha de sua braguilha para registrar que os jeans moldavam, também, algo bastante atraente.

Um arrepio sexual me atravessou, fazendo-me contorcer no assento do avião. Droga. Raramente eu olhava para um homem de maneira sensual assim. Afinal, não havia muitos homens que valessem a pena ser notados desse jeito.

Ele disse:

— Pronto, aí está — para a mulher.

Antes que ele pudesse me pegar de olhos escancarados analisando-o, comecei a vasculhar as provas dos alunos na minha maleta e tirei duas delas. Com o canto dos olhos, notei o casal mais velho, um par bem-ajustado, tomando os assentos da fileira do meio, do outro lado do corredor.

Meu colega do assento ao lado sentou-se e sua presença física quase me oprimiu. Meus colegas da universidade eram intelectuais como eu, e raramente eu estava com alguém como o homem ao meu lado. Ele exalava sexualidade. Dei graças aos céus pelos espaçosos assentos independentes. Se eu tivesse sido amontoada ao lado dele na classe econômica, braços e coxas se tocando a cada vez que alguém mudasse de posição, eu terminaria a viagem como uma massa de hormônios trêmulos.

Esse despertar sexual era um sentimento raro para mim. Eu sempre, desde a mais tenra infância, me dediquei a questões intelectuais, sem dar bola para os aspectos físicos da vida – e foi este exatamente o modo como o sexo oposto tinha me visto. Eu estava em busca de um tutor e não de um amante. Foi então que encontrei Jeffrey. Ele havia me escolhido dentre os demais jovens professores e estudantes de pós-graduação. Ele foi apenas o meu segundo amante, e com ele aprendi a gostar do meu corpo. A desfrutar do sexo.

Pensei que ele fosse uma pessoa diferente, que Jeffrey tinha me visto como Theresa, a mulher, e não o cérebro, mas eu estava errada.

Mais fácil, e mais seguro, era fazer sem os homens. A única vez que decidi experimentar novamente, com um professor de antropologia que conheci em uma conferência em Melbourne, o sexo tinha sido um desastre. A compatibilidade intelectual não tinha se traduzido em seu equivalente físico. Graças aos céus meu impulso sexual era baixo, senão certamente teria ficado frustrada com apenas a minha mão e um vibrador para me satisfazer.

Fiquei imaginando como esse homem ao meu lado deveria ser na cama. Meu palpite é que ele era ou incrivelmente hábil ou totalmente egocêntrico. Não que pretendesse descobrir, esse cara definitivamente não era o meu tipo, e eu podia apostar que não era o tipo dele também.

Fiquei com calor, tanto pelo fato de o avião estar cheio como pela presença de meu vizinho de assento, e comecei a lutar para tirar o cardigã.

— Quer ajuda com a blusa?

— Não, estou...

E antes que pudesse dizer "bem", sua mão estava lá novamente, no meu ombro, ajudando a descer meu cardigã azul-marinho pelos braços, que eu tinha vestido sobre uma regata. A blusa era de cor ferrugem e destacava o ruivo de meu cabelo curto. Eu podia ser uma garota simples, mas não totalmente sem vaidade. Eu procurava me vestir de um jeito confortável, prático e razoavelmente atraente. Não adiantava tentar pôr um glamour que nunca poderia ser meu, eu só ficaria patética.

O homem tirou o casaco lentamente, os dedos roçando a pele nua do meu braço, e mais uma vez me arrepiei toda. Seu toque parecia uma carícia deliberada, mas claro que isso devia ser minha imaginação.

Lancei um olhar de soslaio e vi o brilho nos seus olhos que eu tinha notado antes. Seu olhar deslizou do meu ombro, pousou no meu peito, e percebi que o decote em V da minha blusa estava sendo puxando para baixo enquanto o cardigã saía. Com as mãos presas dentro das mangas, eu não tinha como alcançar o decote para ajustá-lo.

Minha pele aqueceu-se e eu sabia que minhas bochechas, assim como meu colo, ficaram coloridos para combinar com o tom avermelhado da regata. Meus mamilos se eriçaram e o bico dos seios endureceu. Finalmente, meu braço se soltou e eu apressadamente puxei para cima o decote da minha blusa e virei de costas para ele, a fim de me ajudar com a outra manga. Assim eu poderia esconder meus mamilos eretos. Nesse meio-tempo, pensei em algo casual para dizer, para disfarçar meu desconforto.

— Por que os australianos falam sempre com esse "ie"? *Cardie* em vez de cardigã, *barbie* em vez de *barbecue.*[1]

— Sei lá, acho que é preguiça, mesmo... *Brissie* em vez de Brisbane, *bickie* em vez de biscoito.

Tentei me concentrar em suas palavras, em vez de prestar atenção nos dedos quentes que demoravam demais para tirar a maldita blusa de meu outro braço.

— E essas palavras com o final em "ie" não são tão abreviaturas assim. Não pode ser preguiça.

— Hã... — ele fez uma pausa. — *Footie* para futebol... De fato, você tem razão. Acho que é a nossa maneira de deixar as coisas um pouco mais amigáveis — com um golpe final e sedutor, ele deslizou a blusa

1 Churrasco, em inglês. (N.T.)

para fora do braço. — Pronto. Agora, me deixe pensar em outros exemplos... *Sunnies* para óculos de sol...

Eu me virei para encará-lo e peguei a blusa que ele me entregou.

— Obrigada.

— Tem *hottie* para... — ele fez uma pausa, os olhos brilhando.

Droga, ele estava pensando no comentário da balconista da livraria sobre ele ser "quente", e depois na minha resposta. Cruzei os braços sobre o peito, tentando manter a compostura, e disse:

— *Hottie?* Essa eu nunca ouvi.

Os cantos da boca do homem se contorceram:

— Seria a abreviatura para bolsa de água quente.

Tive que rir. Ele tinha me enganado direitinho.

— Não é algo de que eu tenha precisado em Sydney.

— Ah, é? Teve algo melhor para aquecer sua cama?

— Isso é segredo.

Meu Deus, o que é isso? Eu estava... meio que... flertando?

— Com licença — uma voz feminina interrompeu. Desviei o olhar dos brilhantes olhos cinzentos para ver uma aeromoça morena muito atraente com um sorriso largo. — Alguns itens da L'Occitane para deixar sua viagem mais agradável.

Ela entregou-nos as sacolinhas.

— Senhor Black, vejo que já está acomodado. E a senhorita Fallon. *How ya going?*

Esse era o jeito australiano de perguntar tudo, desde "Como vai você?" até "Está tudo bem?" ou "Como tem passado?".

— Está tudo bem, obrigada.

Fiquei surpresa de ela ter se dirigido a nós pelo nome. Obviamente, na classe executiva, as aeromoças tinham uma lista de quem ocupava cada poltrona. A testa dela franziu um instante.

— Vocês não estão viajando juntos, não é?

— Não — respondi rapidamente.

O homem atirou um olhar divertido para mim.

— Certo, então — disse a mulher com o rosto suavizado e lançando outro sorriso. — O voo é bastante longo, mas farei o possível para torná-lo agradável.

Ela olhava diretamente para o meu companheiro de assento, inclinando-se em seu espaço enquanto passageiros que ainda embarcavam passavam ao redor dela, e me fez pensar que dera uma ênfase especial à palavra *agradável.*

— Muito gentil de sua parte, Carmen — disse ele, parecendo muito feliz que o tecido das calças do uniforme tivessem roçado seu joelho coberto pelos jeans. E lançou-lhe um daqueles sorrisos devastadores.

Então, ele sabia o nome dela também. Claro, dava para ver que a aeromoça era o tipo dele. Bem, na verdade, era o tipo de qualquer homem... Liguei os pontos e concluí que ambos tinham conversado – flertado? – antes de eu chegar.

Não que me importasse, lógico, mas é que não queria ser ignorada pelo serviço de bordo. Limpei a garganta para lembrá-la de que eu estava lá.

— Obrigada — Fiz uma pausa. — Carmen.

Ela me deu um sorriso que parecia um pouco piedoso. Mulheres como ela sempre me davam uma vontade incontrolável de berrar que eu me formei PhD – *summa cum laude*[2] – aos vinte e dois anos. Ridículo, porque eu sabia perfeitamente bem que credenciais acadêmicas não a impressionariam nem um pouco. Ela olharia para a minha figura comum,

[2] Com louvor. (N. T.)

meu rosto comum, minhas roupas comuns e saberia imediatamente que meus atributos nunca poderiam competir com os dela.

— Aceita uma taça de champanhe? — perguntou a comissária de bordo.

Engoli aquele surto bobo de... Certamente não era ciúme, era?

— Seria ótimo.

Aquela bebida deliciosa seria um bom começo para uma longa viagem e talvez ajudasse a me distrair do homem ao lado.

— O mesmo para mim — disse meu companheiro de viagem.

— Claro, já volto — ela tremulou os cílios para ele?

Quando ela foi atender o casal mais velho do outro lado do corredor, o homem se virou para mim.

— Está empolgada por passar dez horas dentro de um avião? Alguma ideia de como passar o tempo? — perguntou em um tom sugestivo.

Que ótimo. Ele era o tipo de cara "aproveite a minha companhia" e que flertava com qualquer fêmea que estivesse por perto. Mesmo uma mulher como eu.

A vontade de brincar tinha passado.

— Tenho trabalho a fazer — puxei a bandeja do braço da minha cadeira e depositei os cadernos das provas sobre ela.

— Acontece que eu também.

Apesar de suas palavras, ele não puxou nenhum trabalho, apenas se reclinou em seu assento, ajustou o descanso para os pés e fechou os olhos.

Ótimo. Ele não dava a mínima se eu conversaria com ele ou não. Tudo bem, ali estava o que eu esperava: um companheiro de viagem que me deixaria em paz. Não que eu quisesse a atenção de um paquerador arrogante como ele, mas às vezes realmente me irritava o fato de que os homens me ignorassem com tanta facilidade.

Tentei ajustar meu descanso de pé, mas ele não quis cooperar, então me concentrei na primeira prova. Mal tinha começado quando meu telefone móvel - não, meu celular, precisava me readaptar aos termos canadenses - tocou.

Puxei-o da bolsa e pelo visor descobri que era minha irmã Kat. Nós éramos quatro, um pacote de três e mais uma, sendo que essa uma, a adição não planejada, era Merilee. Eu era a mais velha, a simples gênia. Kat era um ano mais nova, a Miss Social. Vivia em Montreal e gerenciava o departamento de Relações Públicas de um hotel lindo.

— Oi — respondi baixinho, os olhos do meu companheiro de viagem ainda estavam fechados. — Não posso falar muito, o avião já vai decolar — Meu cérebro calculava o tempo. Eram cinco e meia da tarde aqui, o que significava que lá... — Kat, não são três e meia da manhã? Você acabou de chegar ou de acordar? — Certamente, nem uma baladeira compulsiva como minha irmã ficaria na rua até essa hora.

— Eu acordei e não conseguia voltar a dormir. Você recebeu o e-mail que enviei algumas horas atrás? Não recebi resposta.

— Deve estar na caixa de entrada. Baixei todos os e-mails antes de sair. Vou dar uma olhada durante o voo. E aí, conseguiu tirar aqueles dias de folga?

Carmen estava de volta com as bebidas. Balancei a cabeça em agradecimento quando ela me entregou uma taça de champanhe borbulhante. Quando a comissária colocou a bebida do meu vizinho em sua bandeja, seus olhos se abriram com rapidez suficiente.

Kat dizia:

— Você sabe quanto é difícil para mim tirar uma folga sem aviso prévio? — e começou a falar sobre todas as pessoas no hotel que dependiam dela. Minha irmã era sempre a alma da festa, seja em sua vida social seja no seu local de trabalho.

Enquanto ela falava, meu companheiro de viagem e a aeromoça

conversavam, acompanhados por consideráveis rebatidas de cílios da parte dela. Será que ela não tinha outros passageiros para atender? Ou será que ela pretendia passar a viagem inteira flertando com ele, como se esse homem fosse um presente divino para toda a humanidade?

Interrompi as divagações de Kat.

— Se for mesmo um problema pegar uns dias de folga do trabalho, não se preocupe com isso. Como eu disse antes, posso cuidar de tudo.

Houve uma pausa. Então:

— Bem, é claro, eu esqueci que você já cuidou de um casamento, e com tanto sucesso.

Ai. Eu sabia que minhas irmãs mais novas sempre tiveram inveja de mim: de meu cérebro, das responsabilidades que meus pais me deram, do jeito como eu sempre atendi às suas maiores expectativas. Agora que eu tinha pisado em um dos calos de Kat, ela revidara pisando em um dos meus. Meu casamento fracassado.

Se eu estivesse sozinha, teria retrucado sobre a extraordinária capacidade dela de escolher sempre o cara errado. No entanto, a paquera Carmen tinha ido embora e o homem ao meu lado, aparentemente, não tinha nada melhor para fazer do que saborear o champanhe e ouvir meu lado da conversa telefônica. Então eu disse:

— Desculpe. Seria ótimo se você pudesse tirar uma folga no trabalho e me ajudar. — Peguei minha flûte e calmamente dei um gole da bebida.

— Meu Deus, Theresa, você fala como se fosse um projeto seu. É nosso, de todas nós. Seu, meu e de Jenna. Isso é o que nós concordamos. Vamos trabalhar juntas para dar a Merilee o casamento dos sonhos.

Passei a mão pelo cabelo e esfreguei a testa, que latejava sinalizando o início de uma dor de cabeça.

— Certo, claro.

Evidentemente, eu só queria o melhor para minha irmã caçula.

Entretanto, eu preferia não trabalhar em equipe. Muito menos com minhas irmãs, que nunca tinham atingido os meus padrões.

— Além do mais — continuou Kat —, se você tivesse me deixado terminar, eu contaria que consegui alguns dias livres. Vou comprar as passagens de trem e depois passo o horário por e-mail. A viagem vai durar quatro dias.

— Se você pegasse um avião, estaria em casa em menos de um dia.

— Você sabe que não ando de avião.

Sua voz tinha um tom de alerta e eu conseguia visualizar seu rosto, os olhos castanhos se estreitando, uma ruga vertical dividindo a testa. Ela provavelmente estava à beira de uma dor de cabeça também.

Provocar dores de cabeça uma à outra era a única coisa que tínhamos em comum.

Suspirei. Kat era uma louca mistura de qualidades. Ela era fluente em duas línguas, havia se dado muito bem na escola, tinha um emprego de responsabilidade, convivia com dezenas de amigos e mantinha uma vida social mais ativa do que se podia imaginar. E, no entanto, tinha um medo irracional de voar e um gosto horrível para homens.

Não que minhas conquistas com o sexo oposto fossem muito melhores, é claro. Entretanto, eu sabia que não devia continuar tentando, enquanto ela se mantinha sempre apaixonada por alguém novo e totalmente errado.

Sabendo que nenhum discurso lógico seria capaz de persuadir Kat a voar, perguntei:

— E aí, alguma notícia de Jenna? Deixei uns dois recados na caixa-postal dela, mas não tive retorno.

Jenna era a irmã seguinte na escadinha, a terceira de nosso pacote, que era como nós nos chamávamos antes de Merilee nascer. Um ano mais nova do que Kat, faria trinta anos em breve. Jenna tinha firmado seu lugar na família como a alternativa.

— Não, e a gente prometeu manter contato pelo menos uma vez por dia.

— Você conhece a Jenna, ela odeia qualquer tipo de regra ou ter que prestar contas.

— Verdade, mas isso é importante — Kat deu um suspiro frustrado. — Ela deve estar no meio do deserto com aqueles pássaros.

Jenna, que nunca tinha conseguido ficar em um mesmo emprego - nem com o mesmo homem - por mais de seis meses, tinha seguido um namorado surfista até Santa Cruz e se envolvido em uma pesquisa sobre o falcão-peregrino.

— Eu vou tentar falar com ela com o telefone do avião, assim que decolarmos. Ahn, qual é o fuso horário em Santa Cruz?

— Três horas a menos que aqui, então agora deve ser tipo uma hora. Sábado à noite, domingo de manhã... Aposto como saiu para a balada, deixou o celular desligado. Ou então a bateria acabou e ela se esqueceu de carregar — Nós compartilhamos um momento silencioso de compreensão. — Se você conseguir falar com ela — disse Kat —, peça para ela me ligar. Vou dormir mais umas duas horas, depois estarei no trabalho organizando as coisas.

— Nem me fale — Minha secretária e eu passamos boa parte das últimas vinte e quatro horas fazendo a mesma coisa.

— Não consigo acreditar que estaremos todas juntas no mesmo lugar simultaneamente. Faz tempo.

— Natal do ano retrasado.

A voz no alto-falante disse aos passageiros para desligar todos os aparelhos eletrônicos.

— Kat, eu tenho que ir. Vou verificar os e-mails e a caixa-postal em Honolulu.

— Certo, faça boa viagem.

Desliguei o celular e me peguei balançando a cabeça. Quando minhas irmãs e eu éramos pequenas, havia muita competição e inveja mesquinha. Tínhamos cada uma desenvolvido personalidades e interesses distintos e isso nos levou para direções diferentes. Agora, vivendo em quatro cidades diferentes em três países, raramente nos falávamos, quanto mais nos víamos. É claro que nos amávamos, mas era mais fácil nos amar à distância. Isso era um pouco triste, mas essa foi a maneira como as Fallon tinham seguido com suas vidas.

Agora, graças a Merilee, iríamos nos reunir pela primeira vez em anos. O véu branco e os melhores votos para ela. Para o resto de nós sobrava um tiquinho do inferno enquanto tentávamos fazer bonito - ou ao menos, bom o suficiente - umas com as outras para planejar um casamento em menos de duas semanas.

— Essa não é a maneira de começar uma longa viagem — disse o homem ao meu lado.

— Perdão? — eu me virei a fim de olhar para ele e vi um brilho em seus olhos cinzentos.

Capítulo 2

Damien Black sorriu para a intrigante mulher no assento ao lado. Aquela sexy professora que estava revisando as provas da Universidade de Sydney, mas não tinha sotaque australiano. A mulher, cuja conversa telefônica havia lhe dado uma dor de cabeça estressante.

A esnobe intelectualoide que achava seus romances uma porcaria superficial.

Não que ele discordasse dessa opinião, necessariamente, mas caramba! Ele se divertia escrevendo aquela tranqueira superficial pra lá de lucrativa! Ele tinha o melhor trabalho do universo, caralho: ficar inventando histórias, brincando com amigos imaginários e sendo bem pago para isso.

Aquela professora o deixava intrigado não só porque era gostosa, de maneira sutil, elegante. Ele se perguntava como ela reagiria quando descobrisse que ele era o cara cujos livros havia menosprezado, mas Damien preferia conter sua necessidade de satisfazer a curiosidade. Eles tinham um longo voo pela frente e poderiam transformar a viagem em algo muito divertido. Assim, ele achava que as chances seriam maiores se aquela mulher o conhecesse antes de saber sua identidade.

— Você ficou balançando a cabeça e soltando um suspiro atrás do outro — disse ele. — E sem dar seus golinhos.

Ela olhou para o copo vazio.

— Estou vendo que você não sofre desse mal.

Damien tinha que admitir, era bastante atraente uma mulher com a língua afiada. A brincadeira foi um bom começo. Talvez ela amolecesse e pensasse em um uso mais amigável para essa língua.

— Beba. Isso vai diminuir sua dor de cabeça.

Ela franziu a testa.

— Eu não estou com... — Então fez uma careta. — Bem, talvez o início de uma.

A aeromoça chegou com a garrafa de champanhe e um grande sorriso.

— Sinto muito, eu não me esqueci de vocês — e encheu o copo.

— Ótimo, Carmen — aquela morena atraente tinha dito seu nome e o reconhecera assim que Damien entrara no avião.

Ela arqueou uma sobrancelha para a professora:

— Deseja mais, senhorita Fallon? Ou prefere que lhe traga alguma outra coisa?

— Não, está tudo bem. Eu estava ao telefone — Ela ergueu o celular desligado. — Como já desliguei, estou prestes a apreciar o champanhe.

— Desfrute à vontade — disse Carmen, e lhe deu uma piscadela antes de seguir em frente.

Sim, Carmen tinha se jogado em cima dele quando ele subiu a bordo. Ela deixou claro que estava disponível para algo mais. Ela e cerca de uma centena de mulheres nos dois anos desde que seu primeiro livro chegou às listas dos mais vendidos e Damien se tornou um rosto familiar nos programas de entrevistas na TV. Isso sem contar que tinha sido eleito um dos dez solteiros mais sexy do país.

A imagem de "solteiro cobiçado e sexy" tinha lugar de destaque no plano de divulgação que sua agente e seu assessor de marketing tinham desenvolvido, fato que a princípio ele achou engraçado, mas logo ficou desgastado. Esse negócio de mulheres atirando-se para ele tinha perdido a graça. A verdade era que as coisas não eram tão lisonjeiras assim quando as mulheres se acotovelavam em cima de um cara só porque ele era famoso e sexy. Ser uma celebridade tinha suas desvantagens.

A verdade é que a professora lhe interessava mais do que Carmen. Ela parecia gostosa, com um rosto atraente que não estava endurecido de maquiagem, um corpo magro e bem-torneado, e uns peitos que deviam ser totalmente naturais. Além disso, ela o intrigava. Aquela mulher representava um desafio. Embora claramente não estivesse imune à química entre eles, com certeza não estava se jogando para ele.

Será que ele poderia conquistá-la antes que ela descobrisse quem era ele?

Damien esticou o copo na direção dela:

— Boa viagem e não deixe que os insetos a derrubem!

Ele teria dito os "filhos-da-puta", mas achou que isso poderia irritá-la.

Uma leve risada foi esboçada e seus olhos se aqueceram. Aqueles olhos lembravam a Damien das águas em um *billabong*:[1] tons de marrom avermelhado iluminados por manchas de azul e verde, como os reflexos de rochas vermelhas e de árvores em águas azuis. Tal como acontece com um *billabong*, um cara podia olhar em suas profundezas e se perder. Especialmente agora, quando sua diversão fez o par de olhos brilhar como se a luz do sol manchasse a água parada.

Ele bateu no copo dele:

— Os insetos?

---

[1] Um *billabong*, palavra de origem australiana, significa um oásis, uma fonte de água no meio do deserto. (N. T.)

— Sim, ou quem fez você suspirar como um vento forte através das árvores.

Os lábios dela se retorceram, mais por pesar do que diversão.

— Minha irmã. Na verdade, as minhas irmãs.

Os olhos da mulher se arregalaram, e Damien sentiu que a informação escapou sem querer, o sorriso criando uma brecha em sua discrição. Ela desviou o olhar e levou o copo aos lábios.

— Ah, família. Não se pode viver com ela, não se pode atirar nela. Mais fácil apenas evitá-la — Essa era a sua estratégia atual com sua própria família.

— É verdade — Ela olhou para seu copo. — Mas nem sempre é possível.

— Não?

Ela olhou para cima, os olhos se estreitando.

— Eu realmente preciso trabalhar.

Por que ela estava tão decidida a mantê-lo longe? Ele estava prestes a perguntar quando sentiu o toque de uma mão em seu antebraço direito.

— Desculpe interromper — a voz de Carmen ronronou, não soando muito como desculpa. — Nós estamos nos preparando para a decolagem. Preciso dobrar suas mesinhas. Vocês podem segurar seus copos e voltarei com mais champanhe assim que estivermos no ar.

Ele ouviu um gole rápido no seu outro lado, e a professora estendeu seu copo passando por Damien.

— Já terminei. Pode levar, obrigada — disse ela friamente.

Damien percebeu que ela não estava simpatizando com a comissária de bordo.

— Vou ficar com o meu — disse ele.

Quando Carmen tinha ido embora, ele se voltou para sua companheira de viagem.

— Você sabe o que dizem sobre só trabalhar e não se divertir?

A mulher apertou os lábios, dobrando-se em uma linha fina. Quando os afrouxou, estavam macios e com um profundo rosa, natural. Maduros para serem beijados.

Contudo, sua voz era fria.

— Acredite em mim, eu sei. Eles fazem Theresa parecer uma pessoa tediosa. Coisa que eu sou. Então, você pode ficar na sua e me deixar continuar meu trabalho. Tenho certeza de que Carmen ficará mais do que feliz se você conversar com ela.

Interessante. Damien era um ótimo observador para um cara – um escritor tinha que ser –, e ele percebeu que ela havia acabado de entregar uma pancada de informações. Não só revelara seu nome, mas ainda o fato de que os rapazes achavam que era uma mulher muito séria e que não se importavam em deixar isso bem claro. Agora, o que era aquilo sobre a Carmen? Será que ele detectara uma pitada de ciúme?

Este ia ser um voo interessante.

Damien decidiu deixar a professora Theresa Fallon vencer esta rodada. Quando eles estivessem no ar, com bebidas e aperitivos, ela seria obrigada a colocar as provas de lado.

— Tudo bem — respondeu. — Continue com seu trabalho, então.

Além disso, não era como se ele não tivesse trabalho para fazer. Aquela não era uma viagem de férias. Tinha acabado uma turnê de divulgação de uma semana pela Austrália, passara alguns dias em casa em Sydney para tomar fôlego, e agora estava partindo para uma turnê de um mês nos Estados Unidos e Canadá. Com ele, levava as provas de *Gale Force*, que tinham que estar de volta com seu editor em uma semana. E, claro, lá estava *Scorched Earth*, o livro que estava escrevendo. Pelo menos estava até emperrar em um ponto da trama.

Ao lado dele, Theresa corrigia novamente as provas. Distraidamente, ela levantou a mão e esfregou a testa até o começo dos reluzentes cabelos castanhos. O gesto o fez se concentrar em seus dedos esguios, que, mesmo com as unhas curtas e sem esmalte, mostravam uma graça feminina particular. Dedos que ele apostaria seriam bem mais agradáveis em sua pele do que as garras vermelhas pontudas de Carmen.

Uma desvantagem da classe executiva era a largura dos assentos. Na econômica, o braço de Theresa teria roçado no seu. O braço nu da mulher contra o dele, o murmúrio constante de carne contra carne agindo como o atrito de duas varas sendo friccionadas, da maneira como alguns aborígines antigos faziam fogo. Fricção, calor, fricção, faísca, mais atrito – então chamas.

Claro que, se ele e Theresa houvessem se tocado desse jeito, ele teria uma ereção. Só de estar tão perto dela era o bastante para provocar todos os seus sentidos. Ele sentia todos os movimentos dela. O cheiro dela – um aroma campestre fresco – o fez pensar em sexo ao ar livre.

Damien mudou de posição, com a intenção de ajeitar seu pacote inchado. Tentando se distrair, ele decidiu trabalhar em seu nó na trama. Fechou os olhos e revisou tudo o que tinha escrito até aquele dia.

O livro começava com o detetive protagonista levando uma bronca do superior. Embora Kalti Brown tivesse resolvido seu último caso, ele se recusara a revelar exatamente como identificara o bandido, e como esse criminoso tinha morrido em um suspeito vendaval. O segredo de Kalti era que ele tinha uma ligação especial com seu espírito totem e com os espíritos criadores do Tempo do Sonho.[2] Quando as pessoas ruins iam contra as leis naturais, os espíritos estavam tão determinados a puni-los quanto Kalti, e eles trabalhavam juntos em uma aliança muitas vezes nada benéfica para ele.

---

[2] Na mitologia dos aborígenes australianos, o Tempo do Sonho foi uma era na qual os sagrados espíritos e os ancestrais formaram a terra e toda a criação. Os aborígenes acreditam em duas formas de tempo: a das atividades diárias e a do Tempo do Sonho, que estabelece os valores e as leis da sociedade. (N. T.)

Enquanto Damien refletia de olhos fechados, percebia levemente o avião taxiando e, depois, decolando. E ouvia ao longe o casal de idosos do outro lado do corredor, contando a Carmen que estavam indo a Vancouver para visitar a família, incluindo um novo bisneto.

Kalti, bem, ele era um solitário por razões óbvias, mas seu chefe havia decidido que alguém devia ficar de olho nele. Entra na história Marianna, sua nova parceira. Mulher, branca, linha dura, policial que fazia tudo seguindo estritamente as regras.

A seu lado, Damien ouviu a professora procurar em sua bagagem de mão e retirar algo que fazia barulho. Mais provas, concluiu, então voltou para suas reflexões.

Marianna era durona, concentrada na carreira e ressentida por ter sido designada para trabalhar com um policial com fama de rejeitado. Ela não confiava em Kalti e ele, que guardava muitos segredos, não conseguia confiar em ninguém. No entanto, os parceiros deveriam ser uma equipe e capazes de confiar um no outro.

Os dois foram indicados para resolver alguns assassinatos que poderiam ser obra de um *serial killer*. Havia um aspecto em comum naquelas mortes que fizeram Kalti suspeitar.

Ao lado dele, Theresa murmurava para si mesma, tirando sua concentração. Ele ouviu algo como: "Por apenas seis mil dólares, você também pode ficar parecida com um *parfait* de morango". E então: "Ou uma múmia". Seu cérebro não conseguia entender o que estava ouvindo. Quando ela disse: "Não pode pesar mais de quarenta quilos. Se um homem a abraçar, ela vai se partir em duas", ele teve que abrir os olhos e olhar por cima dela.

O que ele viu o fez rir. Ela tinha uma revista de noivas aberta em sua frente.

— Vestidos de noivas? O que aconteceu com todo o trabalho que tinha que fazer?

Suas bochechas coradas combinavam com sua regata.

— Eu pensei que estivesse dormindo.

— Difícil dormir com todos esses resmungos — brincou Damien.

— Ai, droga. Desculpe. É um mau hábito.

— Não se preocupe. Mas estou curioso. Um *parfait* de morango custa seis mil dólares?

Ela folheou as páginas e ele olhou para uma combinação de rendas da cor de um *milk-shake* de morango. Ele soltou um assovio.

— Isso é ridículo — Suas linhas caídas o fizeram pensar em um sorvete derretido, e ainda havia uma coisa grande na cintura, que devia ser provavelmente um laço, mas que parecia um morango gigante amolecido. — Mas os vestidos de noiva não deviam ser brancos? Quero dizer, a menos que você seja asiático ou algo assim.

— O rosa é a última tendência. Mas, sim, a maioria é branca ou creme. Olhe para isto.

Outra página virada, e ele viu uma mulher pálida, de aparência triste, cujo corpo magro estava envolto várias vezes no que parecia uma bandagem de gaze. Ou uma múmia.

— Ela parece um cadáver, então acho que é justo que seja embrulhada como uma.

Theresa riu e, com os olhos brilhando, virou a página.

— Que tal isso?

Essa também não tinha nem peitos nem bunda. Meu Deus, ela era mais do que magra, era cadavérica.

— Caramba, uma mulher-vareta — e Damien fez uma careta. — Assustador. Como alguém poderia achar isso atraente?

Ela balançou a cabeça com firmeza, os cabelos ruivos se agitando e depois se acalmando.

— Eu não acho, tenho certeza. — E acrescentou — Que mensagem horrível isso passa para as mulheres mais jovens.

— Sim. E pode crer, se elas ficarem assim, nenhum cara vai se casar com elas — Ele não podia imaginar qualquer homem com sangue correndo nas veias querendo transar com um esqueleto.

E por falar em sexo... Damien aproveitou a desculpa de abrir o cinto de segurança, inclinou-se e deixou o braço esbarrar no dela, sentindo uma leve conexão.

Então, rapidamente, se afastou. Merda, o que ele estava fazendo? Obviamente, aquela mulher estava comprometida, apesar daqueles dedos sem aliança. Já era hora de parar de querer seduzir a professora.

Isso não queria dizer que não pudessem conversar, no entanto. Ele virou outra página da revista, depois outra.

— Bem, pelo menos essa menina tem curvas, abaixo da cintura, tudo bem... Cara, olha essa bunda dela... — então, ele olhou mais de perto. — Ou será que é o vestido que faz parecer tão grande assim?

— Descobri que se chama corte sereia. Sim, ele de fato acentua a... er... o traseiro, curvando-o e depois se abrindo, para que ela possa caminhar. Ou pelo menos mancar...

— É, com certeza ela não poderia dançar uma valsa vestindo um desses.

— Valsa? — Theresa olhou para ele, intrigada. — Você não parece o tipo que dança valsa.

— Ei, eu sou de Oz,[3] *Waltzing Matilda*?[4] — A verdade é que ele era um baita de um dançarino.

— Ah, sim, claro... — os cantos dos olhos dela se apertaram em um sorriso. — Essa não é uma canção sobre um *swagman*, um vagabundo, dançando com sua trouxa, ou seja, seu pacote mirrado de bens?

---

[3] Oz é uma gíria australiana para designar Austrália. "I'm a bloody Ozzie!" quer dizer "Sou australiano". (N.T.)

[4] *Waltzing Matilda* é uma canção folclórica popular considerada por muitos o segundo hino nacional australiano. (N. T.)

— Esses malditos acadêmicos — lamentou ele. — Levam tudo ao pé da letra.

— Como você sabe que sou uma acadêmica?

— Ora, essas provas de final de semestre da universidade?

— Ah, é claro!

Damien voltou a olhar para a revista.

— Detesto esses vestidos quando a parte de cima é rígida e não se mexem quando a mulher se movimenta. E por que muitas dessas modelos parecem tão infelizes?

— Pois é, que maneira de vender um vestido... Qual é o mito que elas estão vendendo? Esse não seria supostamente o dia mais feliz da vida dela?

— Mito? — e Demian olhou para ela. — Quer dizer que você não compra essa ideia?

A professora encolheu os ombros.

— Eu acho que é bom começar a se sentir assim. Mesmo que seja a realidade, você tem mais de cinquenta por cento de chance de ser infeliz.

Opa! Uma noiva cínica? Claro, ela deveria estar achando que seu noivo e ela iriam superar essa probabilidade.

— De onde você tirou essa estatística deprimente?

— Cerca de metade dos casamentos termina em divórcio. E muitos dos cônjuges são infelizes, mas não se divorciam. *Ergo*, apenas algo em torno de um quarto dos casamentos são realmente felizes.

Ergo? Que tipo de mulher fala *ergo*? Quanto às suas estatísticas... Damien balançou a cabeça, confuso. Estava com trinta e três anos e nunca tinha encontrado uma mulher que o fizesse querer sossegar, mas ele meio que tinha vontade de se casar um dia. Realmente estar casado, da forma tradicional, naquela de "envelhecer juntos". Do jeito que a professora havia apresentado os fatos, parecia uma loucura pensar assim.

Distraidamente, ele virou mais algumas páginas. Humm, alguns vestidos eram realmente bonitos, trajados por modelos que pareciam mesmo mulheres sorridentes de verdade, muito atraentes. Se ele fosse Theresa, esse seria o estilo que ele escolheria.

Quando ele começou a virar a página novamente, a mão dela pegou a dele.

— Espere.

O toque era delicioso, mas ela nem parecia ciente do contato. Em vez disso, a mulher olhou para a revista, paralisada.

— Esse mesmo. É lindo — Seu dedo roçou a página em reverência.

O vestido na cor de marfim era simples, e mais bonito do que os extravagantes. A parte de cima sem alças era delicada sem ser rígida, e vinha decorada com pérolas ou contas brilhantes. Uma faixa perolada e com um laço corria ao longo da parte superior e abaixo da linha do busto, e então o vestido caía no chão numa fina onda de tecido. Uma mulher poderia valsar vestida nele e ele deslizaria de modo suave e romântico à deriva, sedutoramente ao redor das pernas de um indivíduo. E sob as suas mãos, as costas da mulher estariam nuas, macias, quentes...

Não que ele estivesse a fim de casamento ou qualquer coisa parecida com isso.

Contudo, por alguma razão, ele sentiu uma pontada estranha ao imaginar Theresa com esse vestido, girando em torno da pista de dança com outro homem. Então, mais tarde, na suíte de lua de mel de um hotel de luxo, o zíper do vestido sendo aberto. Ou será que a parte de trás tem botões? O vestido escorregaria para baixo de seu corpo e se acumularia no chão, deixando-a vestida com algo branco e rendado, muito curto, mostrando suas curvas delgadas, mas definidas.

Uau, duas vezes uau! Ele não deveria estar pensando assim sobre a noiva de outro homem.

Damien limpou a garganta e tentou parecer mais objetivo.

— É um vestido muito bonito e você ficaria bem nele. Iria mostrar seu pescoço e seus braços, que são bonitos. A modelo tem esse cabelão comprido, que desce sobre os ombros, mas eu acho que o vestido fica melhor com o cabelo curto como o seu.

Ou por que ele deixaria sua pele à mostra?

Theresa olhava para ele meio atordoada. Merda, ele parecia falar de um jeito meio gay.

— Eu? — chiou ela.

— É o vestido de noiva mais bonito desses todos que você olhou.

— Oohh, vai se casar, senhorita Fallon? — Carmen estava de volta, descansando a mão sobre o ombro de Damien para que ela pudesse se inclinar e espiar a revista. — Vejamos. Ah, esses são muito simples — ela descartou a página que ele e Theresa estavam estudando e virou algumas outras — Olha este! Não é deslumbrante?

Ele olhou para a foto.

— Por que está tudo preso nessas coisas cheias de babados? Parece um mosquiteiro!

A mão de Carmen apertou seu ombro. Revirando os olhos, ela disse para Theresa:

— Homens... Eles não têm bom gosto para esse tipo de coisa — Usando o ombro de Damien para suporte, e dando outro apertão, a comissária se endireitou. — Isso pede champanhe. Já volto.

— Eu não... — Theresa começou a dizer, mas Carmen já tinha ido. A professora virou-se para Damien com um sorriso travesso. — Estou com você. Esse vestido parece um mosquiteiro.

— A não ser que seu noivo queria passar a lua de mel num safári, eu ficaria com o outro.

— Não sou eu quem vai se casar. É a minha irmãzinha caçula.

— Aahhhh...

A única sílaba saiu dele lentamente, como num suspiro de... Alívio? Não, tinha que ser puro prazer sexual de que aquela mulher ainda não tinha sido tomada. Quer dizer então que ela ainda era uma presa, ainda na analogia do safári.

— Estou voando para Vancouver, onde meus pais e Merilee vivem, para organizar o casamento.

— E você, não é casada?

— Não — e aqueles olhos de *billabong* o estudaram por um longo momento. — Divorciada. E sem disposição para uma segunda chance.

Então, ela teve uma experiência pessoal com essas estatísticas de divórcio.

— Sinto muito que não tenha dado certo.

Ela encolheu os ombros com indiferença, mas algumas sombras nublaram seus olhos.

— Foi uma experiência de aprendizagem. E você?

— Nem cheguei perto.

— Parece que você tem mais bom senso do que eu.

— Não tenho tanta certeza assim de que seja uma questão de bom senso. Eu não tenho nada contra a ideia. A princípio — E deu-lhe um rápido sorriso. — Ou pelo menos não tinha até você citar aquelas estatísticas. Só não encontrei uma mulher que não me aborrecesse — no mesmo momento em que disse essas palavras, já estava arrependido de tê-las deixado sair. Não que não fossem verdadeiras, mas é que elas o fariam parecer um.

— Não gosta muito de si mesmo, é isso? — provocou ela.

— Não é isso — ele riu. — Bem, mais ou menos. Você tem que gostar de si mesmo. Quero dizer, quem mais vai fazer isso?

Ela riu. Cara, a mulher tinha uma risada bonita, suave e rouca, como uma brisa sussurrando entre as folhas da árvore de goma.

— Tudo bem, mas como você pode sugerir que todas as mulheres são chatas?

— Não foi o que eu disse — ele fez uma pausa, fixando o olhar nela. — Só não encontrei uma mulher com quem quisesse me casar.

Outra risada.

— Sei lá, você não me parece gay, não sei.

— Você acha?

Ah, sim, ele gostava de seu sorriso, sua risada, do brilho do sol-sobre-a-água em seus olhos. Eram coisas de fato que ele estava começando a admirar.

Ele nem sequer se importou quando Carmen chegou com o champanhe. Pelo menos até que ela se inclinou em direção a Theresa para entregar-lhe uma taça flûte e empurrou seu seio esquerdo no rosto dele.

Não que ele tivesse alguma coisa contra os seios das mulheres. Ele preferia os que eram macios e cem por cento naturais, o que duvidava que os de Carmen fossem, mas ao mesmo tempo ele poderia ter aceitado a oferta se estivesse sentado ao lado de alguém que não fosse Theresa.

Mas agora havia Theresa – cujo rosto iluminado tinha se transformado em uma carranca enfezada –, e Damien preferia a sua companhia. Ela era mais sexy, mais bonita, mais interessante, e ainda havia esse fator do desafio. A limitação de tempo também, ele tinha apenas dez horas para encantá-la.

Entretanto, alguma providência tinha que ser tomada com relação a Carmen. E a revista de Theresa lhe deu uma ideia. Será que ele conseguiria persuadi-la a acompanhá-lo?

Quando Carmen veio buscar o copo vazio, ele perguntou:

— Você poderia me trazer um copo limpo, por favor?

— Com prazer — ela fez uma pirueta e se dirigiu para o corredor, as curvas das nádegas se contorcendo.

Rapidamente, Damien virou-se para Theresa.

— Faça-me um favor. Finja que estamos noivos.

— O quê? Do que você está falando?

— Salve-me das garras daquela mulher.

— Da... Carmen? Mas você está flertando com ela.

— Reflexo inconsciente. Foi uma estupidez da qual me arrependo. Você vai me ajudar?

Uma sobrancelha erguida respondeu a pergunta.

— Você sabe, ela lhe daria praticamente qualquer coisa que pedisse, não sabe?

— Ela não tem nada que eu queira — Ele olhou para cima e viu Carmen voltando da cozinha. — Por favor?

— Você tem certeza?

Damien agarrou a mão dela e cruzou seus dedos com os dela. Pele quente e macia; os dedos entrelaçados fazendo-o pensar em corpos entrelaçados. Ah, sim, seu plano já trazia benefícios...

— Poxa vida, amor — disse ele a Theresa quando a comissária de bordo chegou a seu lado. — A gente deixou o segredo escapar. Você simplesmente não conseguiu resistir e foi olhar os vestidos de casamento.

— Eu, hã... — gaguejou ela.

Ele ergueu as duas mãos entrelaçadas e beijou as costas da mão de Theresa. Humm, ele definitivamente poderia fazer bem mais do que isso, mas agora estava em uma missão, então levantou a cabeça e virou-se para Carmen.

— Eu sei que Theresa e eu dissemos que não estávamos juntos, mas era mentira. Nós acabamos de ficar noivos e isso é um segredo. Não quero que a notícia se espalhe antes de contar à família dela.

Sua explicação podia não fazer muito sentido para Theresa, mas faria para Carmen. Ela saberia que o noivado de um dos dez solteiros mais sexys de Oz seria uma grande notícia para os tabloides. O tipo de fofoca que deixaria sua agente e seu assessor de imprensa furiosos, falando nisso, porque inviabilizaria um dos grandes eixos de sua campanha de divulgação. Merda. Contar isso a Carmen não tinha de fato sido uma de suas melhores ideias. Especialmente tendo em conta o tipo de olhar que ela estava lançando.

— Mas eu pensei...

— Desculpe — Theresa a interrompeu: — Eu pedi a... Hã... — seus olhos se arregalaram quando, sem dúvida, percebeu que não sabia o nome dele. Rapidamente, ela continuou — Eu pedi ao meu noivo para fingir que não estávamos juntos. Espero que ele não exagere, fazendo você pensar que... hã...

A comissária deixou que seus olhos se estreitassem.

— Não, não, claro que não!

Rapidamente, ela despejou seu champanhe, sem lhes oferecer os parabéns e, em seguida, atirou-lhe um olhar desagradável quando partiu.

— Muito bem, obrigado — disse ele a Theresa, apertando a mão que ainda segurava. Engraçado como isso pareceu natural para ela. — Você me salvou.

Ela puxou a mão, livrando-a do aperto, e revirou os olhos.

— Não dê indiretas para as mulheres. E, por falar nisso, qual é mesmo o seu nome? Eu quase estraguei tudo quando percebi que não sabia o nome de meu pretenso "noivo".

Bem pensado, mas ela tinha ouvido quando Carmen se dirigiu a ele como senhor Black. Se ele lhe contasse seu primeiro nome, Damien, ela provavelmente o reconheceria. E ele ainda não se sentia pronto para isso. Não agora, quando tinha conseguido que ela fingisse que estavam envolvidos, o que significava que ela agiria ao menos amistosamente.

— Day — respondeu, dando-lhe o apelido que alguns de seus amigos costumavam utilizar.

— Day? Que nome incomum. — ela estudou seu rosto. — É asiático? De fato, existe alguma coisa em seu tom de pele, suas características físicas.

Ele se aproveitou da abertura que Theresa lhe oferecia.

— Minha avó por parte de pai era chinesa — ele puxou para cima a manga esquerda para revelar a tatuagem de um dragão chinês que se envolvia ao redor de seu bíceps. Então ele pegou a taça de champanhe. — Vamos fazer um brinde a... — e estava prestes a terminar a frase com "termos nos livrado da Carmen" quando uma voz, masculina desta vez, falou sobre seu ombro.

— Eu ouvi você dizer à aeromoça que vai se casar?

Assustado, Damien quase deixou cair o copo. Ele se virou para ver o homem mais velho do outro lado do corredor - que parecia muito jovem para ser bisavô, com seu espesso cabelo prateado e olhos azuis brilhantes - de pé ao lado dele.

— Er, sim, é verdade.

Pelo menos, foi o que ele tinha dito à moça.

— Meus parabéns — os olhos brilhantes ficaram mais suaves, um pouco nublados. — O melhor dia da minha vida foi quando me casei com Delia. Cada dia tem sido uma bênção.

Um resmungo veio de trás dele.

— Vou me lembrar dessa frase, Trev, da próxima vez que reclamar da maneira como cozinho os ovos.

O homem se virou e Damien pode ver sua esposa, com uma agulha de crochê na mão e um rolo de lã amarela ao lado da taça de champanhe em sua bandeja. Seus olhos eram azuis também e brilhavam acima dos óculos de leitura de aro de metal que ela empurrou para a ponta do nariz.

— Melhor do que ter que cozinhar os meus próprios ovos, não é? — respondeu o homem com um sorriso e continuou em seu caminho pelo corredor na direção dos banheiros.

— Quer um conselho? — A mulher, Delia, perguntou a Damien.

— Er...

Theresa inclinou-se para a frente, o braço esbarrando no dele, uma pitada de malícia em sua voz quando disse:

— Sim, por favor.

— Não guarde rancor e não vá para a cama com raiva. Isso contamina. Mesmo que esteja furiosa com a outra pessoa, pergunte a si mesma se sua vida seria melhor sem ele. Se a resposta for sim, melhor sair dessa cama e ir embora. Se a resposta for não, então lhe dê um grande beijo. Converse sobre o que está errado, tente corrigir e superar e siga em frente.

Damien sorriu para ela.

— Parece um conselho sábio.

— É, sim.

A voz de Theresa parecia um pouco triste, e ele se perguntou se ela estava pensando no próprio casamento. Será que ela ou seu marido que tinha saído da cama? Será que ela se arrependeu do que tinha feito? Ela disse que não tinha a intenção de se casar novamente. Isso porque estava desiludida com os homens, cética sobre o casamento ou ainda apaixonada pelo ex?

— Há quanto tempo vocês estão casados? — perguntou Theresa à mulher mais velha. — Se você tem um bisneto, deve estar beirando as bodas de ouro.

— Ah! Trev e eu somos quase recém-casados. Nós nos casamos

há dois anos. A família em Vancouver é minha, do meu primeiro casamento.

— Bem, parabéns — disse Theresa. — Pelo novo membro da família e por ter encontrado a felicidade uma segunda vez.

— Obrigada. E boa sorte para vocês dois.

Ela empurrou os óculos para cima e voltou para o crochê, fazendo algo tão pequeno que só podia ser para o bebê.

Damien virou-se para Theresa e ergueu a taça novamente.

— Para um casamento feliz e uma vida em comum feliz — disse ele em voz alta. Então murmurou: — Para sua irmã.

— Tim-tim — Ela tocou o copo no dele.

Ambos tomaram um gole, então ela disse baixinho:

— Quero lhe perguntar uma coisa.

Será que ela havia se tocado do nome dele? Cautelosamente, Damien respondeu:

— Sim?

Ela olhou além do homem.

— Será que alguém vai nos ouvir?

Ele balançou a cabeça, negando.

— Não se a gente falar em voz baixa. Os assentos estão muito longe, e esse casulo meio que isola todo mundo. Qual é sua pergunta?

— O que Carmen fez de errado?

— Hã?

— Você estava flertando com ela, dando corda. Então você decidiu que não estava mais interessado. O que ela fez?

— Ela? Não, ela não fez nada. Foi você, Theresa.

Que droga, por que não ser honesto de uma vez?

— Eu? Não estou entendendo. E como você sabe o meu nome, afinal?

— Trabalhar tanto faz de Theresa uma garota sem graça. Você disse isso, lembra-se? De qualquer forma, eu não acho que você seja uma garota chata. A verdade é que estou mais interessado em você do que nela.

Capítulo 3

Esse homem gostosão, esse... Day... tinha dito realmente o que pensei ter ouvido? Atordoada e desconfiada, perguntei:

— Como assim, interessado? Interessado de que jeito?

Ele me deu o sorriso mais sexy que se possa imaginar.

— Da maneira normal.

Sim. Da maneira normal que um homem se mostrava interessado em uma mulher. Usual para ele — que era um acéfalo —, mas definitivamente não para mim. Minha pele ficou quente como se eu estivesse com febre, e senti meu pulso na minha garganta. Outra coisa pulsava entre as minhas pernas. Meu desejo sexual dormente parecia ter acordado.

Nenhum homem jamais olhou para mim dessa maneira. O interesse de Jeffrey tinha sido imensamente lisonjeiro e sedutor, mas seus olhos nunca tinham demonstrado aquele calor que os de Day possuíam. Com meu ex, eu tinha, é claro, aprendido que seu interesse estava na apropriação da minha pesquisa, e o sexo que compartilhamos foi apenas um benefício extra para ele.

E Jeffrey era, vamos falar a verdade, um professor baixinho e prematuramente calvo que, em seus melhores dias, e com boa vontade, poderíamos chamar de interessante... Não era nem um pouco parecido com o surpreendentemente bonito rapaz que olhava para mim com tal intensidade. Um homem que não poderia estar interessado em minha pesquisa.

Day parecia sincero, ao menos para mim, que não era nenhuma especialista em julgar o caráter masculino. Entretanto, eu ainda não entendia. O que ele queria de mim? Engoli de novo aquele pulsar oscilante em minha garganta e forcei as palavras a sair:

— Da maneira normal? O que significa isso?

Seus olhos ardiam com ainda mais calor.

— É um longo voo, Theresa Fallon. Aposto que poderemos descobrir algumas maneiras interessantes de passar o tempo.

Que maneiras ele tinha em mente? Uma mulher mais experiente saberia, ou pelo menos teria imaginado uma forma lúdica de descobrir. Tudo o que eu conseguia fazer era falar com franqueza.

— Day, se você quer sexo, isso você pode conseguir com Carmen.

O canto de sua boca retorceu.

— De fato, isso é verdade. Não estou dizendo que não quero, mas, se quisesse, seria com você. Quando estivesse com vontade.

— *Quando*? — Minha voz se ergueu. Eu não podia acreditar no tamanho de sua audácia. Será que ele realmente achava que eu era tão fácil como Carmen? — Você não deveria ter dito *se*?

Um sorriso arrogante.

— Nada... Eu apostaria em *quando*.

— Você realmente se acha, não é mesmo? — as palavras explodiram de minha boca. Como ele se atrevia a falar assim comigo? — Nunca nenhuma mulher disse "não" para você?

Ele olhou para cima, apertando os olhos como se estivesse refletindo sobre a minha pergunta, em seguida disse:

— Não, não que eu me lembre...

O tom da voz dele, com um divertido tom de deboche, de alguma forma desarmou meu aborrecimento.

— Alguém já disse que você é metido demais?

— Você acha atraente a falsa modéstia?

— Não, não acho — quando se tratava do meu trabalho, eu me sentia tão confiante quanto ele. — Se você é bom em alguma coisa, é tolice fingir que não — esfreguei a testa, onde aquela minha dor de cabeça por causa da tensão reaparecia.

— Isso mesmo, eu sou bom, juro a você.

Ele queria dizer na cama. Ou não era isso? Talvez minha inexperiência me fizesse interpretar esse homem de maneira errada.

Ele estendeu a mão, afastou o cabelo da minha testa e, em seguida, esfregou-a suavemente, seu polegar quente encontrando o nó da tensão.

As pessoas nunca me tocavam, exceto para apertos de mão ou aqueles esbarrões acidentais de corpos passando em uma porta estreita. Este toque era presunçoso. Íntimo. Eu deveria ter me afastado, mas era tão maravilhoso. Quanto tempo fazia que ninguém cuidava de mim?

— Bom em quê? — ousei perguntar, não sabendo direito se queria que ele respondesse.

— Humm — Um pequeno sorriso muito perverso. — Que tal em curar dores de cabeça, para começar?

— Não é um mau começo.

Onde ele pretendia ir a partir daqui? Será que ele realmente esperava me seduzir... E fazer o que quer que fosse possível num espaço tão limitado como o de um avião?

Eu queria que ele fizesse isso? Bem, agora que esse toque carinhoso havia desfeito o nó desagradável de tensão, surgia um tipo totalmente diferente. Um zumbido de excitação que corria em minhas veias, como mel quente e espesso.

Day tinha recusado a certeza de sexo com uma esguia comissária de bordo de cabelos pretos ondulados, lábios vermelhos carnudos e, sem dúvida, com dez vezes - não, acho que cinquenta vezes - mais experiência sexual do que eu, além do fato de que poderia, conhecendo o local como conhecia, encontrar um lugar onde os dois conseguiriam ter relações sexuais.

Aquele homem era louco? Ou eu é que estava louca? Inclinei-me mais para a frente a fim de absorver o calor que saía daquela pele firme e morena e de inalar o perfume masculino que lembrava aventuras ao ar livre.

Eu não deveria incentivá-lo, não deveria deixar a excitação crescer entre minhas pernas. Porque é claro que eu não iria deixá-lo me seduzir. Eu não era esse tipo de mulher.

Não, a doutora Theresa Fallon - a senhorita Meu-nome-é-trabalho - não era o tipo de mulher que atraísse um homem lindo, que flertasse com ele e que o transformasse em amante.

Contudo, olhando por esse lado... Não seria bom, pelo menos uma vez na vida, romper o molde ao qual eu sempre estivera presa e ser aquele tipo de mulher?

Day parecia pensar que eu era assim. O intrigante é que eu teria pensado que ele estava apenas escolhendo um alvo conveniente se não tivesse rejeitado Carmen. Pela primeira vez na minha vida, parecia que um homem me via como um objeto sexual. A feminista dentro de mim dizia que eu deveria me sentir insultada, mas a verdade é que eu estava extremamente lisonjeada.

Ele parou de esfregar minha testa e passou os dedos pelo meu cabelo em um movimento que era meio massagem, meio carinho, felicidade pura. Era difícil pensar racionalmente. E impossível não deixar a cabeça se inclinar em suas mãos como um gato faz com quem o acaricia.

— Eu gosto do seu cabelo — disse ele.

— Eu pensei que os homens gostassem de cabelo comprido.

— O cabelo deve se adequar à mulher. Ser brilhante, deixar a mulher se sentir bonita. Não todo armado com laquê e essas coisas.

— Você acha que combina comigo?

Eu não estava em busca de um elogio, apenas genuinamente curiosa. Eu usava meu cabelo dessa forma porque era mais fácil, e porque tinha coisas melhores a fazer do que me preocupar com minha aparência.

— Sim, ele mostra o seu longo pescoço, o rosto bonito — o homem correu um dedo ao longo da parte externa do meu ouvido, me dando arrepios agradáveis. — Orelhas bonitas.

Nunca parei muito tempo para pensar sobre as minhas orelhas, mas acho que está tudo bem com elas. Agora, um rosto bonito? Se ele quisesse me seduzir, precisava se esforçar mais do que fazer elogios genéricos.

— Meu rosto é comum, na média. Nem redondo, nem quadrado, mas um meio-termo. Minhas características físicas também. Não sou nem grandona, nem pequena.

Ele me estudou atentamente.

— Bem, acho que é isso mesmo. A não ser a parte em que você diz que está na média, eu diria perfeito. Harmonioso.

Bem, desta vez não foi um elogio genérico, e sua sinceridade me fez corar.

— Como a Cachinhos Dourados e... O que era mesmo? — perguntou, estreitando seus brilhantes olhos cinzentos. — Ah, sim, as camas dos três ursos. Quem iria querer muito grande ou muito pequeno quando você pode ter exatamente aquela do tamanho certo?

— Na verdade, as cadeiras que eram ou muito grandes ou muito pequenas — protestei, lembrando da história que eu tinha lido a Merilee algumas vezes. — As camas ou eram duras demais ou macias demais.

— Ah, sim... e — a faísca brotou novamente — macio demais realmente não é legal. Duro demais, por outro lado? Humm... Você é a mulher. Existe essa coisa de ser duro demais quando uma garota está na cama?

Ai meu Deus. Minhas bochechas se inflamaram. Esse homem estava tão fora do meu alcance que não era engraçado.

Se eu tivesse um pouco de bom senso, diria a ele para não ser tão grosseiro. Mandaria tirar sua mão do meu pescoço, onde acariciava minha nuca de uma maneira que me dava mais arrepios de prazer pelo corpo todo. Pegaria as provas na mala de mão e voltaria a ser a doutora Fallon.

Em vez disso, olhei para seu colo. Debaixo do zíper da calça jeans, uma protuberância impressionante já estava se expandindo. Esqueci tudo sobre a doutora Fallon e fiquei imaginando como deveria ser esse homem nu, como seria senti-lo em minha mão enquanto meu toque o faria crescer. Então, como seria senti-lo entre as minhas pernas, onde minhas partes femininas há muito negligenciadas haviam despertado para uma consciência necessitada.

Caramba, esse homem sexy, experiente e autoconfiante estava de fato excitado por minha causa. Eu nunca havia tido essa sensação de puro poder feminino. Ele me despertou uma confiança sexual sem precedentes.

Tentando ignorar minhas bochechas em chamas, eu disse:

— Duro demais? Não na minha experiência — Day não precisava saber quão limitado era o meu conhecimento. A surpresa nos olhos dele me agradou, e eu continuei. — Claro que, como você disse, eu sou uma acadêmica. Hipóteses precisam ser testadas.

Ele riu e pressionou sua mão no meu ombro.

— Vou me oferecer para ajudar com esse teste.

Ai, ai, ai, em que fui me meter? Será que ele pensava que eu estava me oferecendo para fazer sexo com ele? As pessoas viviam falando do *clube do sexo nas alturas*.[1]

---

[1] Em inglês, *mile-high club*. No começo, fazer parte desse "clube" era uma brincadeira entre pilotos e comissários de bordo. Hoje, se refere a qualquer um que tenha feito sexo a bordo de um avião. (N. T.)

— Hora do jantar — era Carmen, ríspida e profissional. — Estou anotando os pedidos. De entrada, temos o salmão do Atlântico ou *tartare*, patê de *foie gras* ou sopa de cogumelo selvagem. Em seguida, pode escolher entre filé mignon com molho de pimenta, frango ao curry e coco ou salada de lagosta-chinelo com molho de manga e gengibre.

— Fico com a salada — adoro esse sabor entre caranguejo e lagosta. — E o *tartare* de salmão, por favor.

— A sopa de cogumelos para começar — disse Day — e vou comer a salada também. E vinho. Da última vez que voei, vocês tinham um Lenton Brae Sauvignon Blanc.

— Sim, temos — e ela acrescentou maliciosamente. — E o pedido é para sua noiva também, é claro?

Ele olhou para mim.

— Amor, esse vinho parece bom para você?

Eu não conhecia esse vinho, mas entrei no jogo.

— Claro, querido.

Reunindo toda a minha coragem, contente por ter uma desculpa para tocá-lo, eu me inclinei em sua direção e dei um beijo em seu ombro coberto pela camiseta, absorvendo um choque incrível de calor e energia.

Humm. Se beijar o ombro através do algodão tinha sido aquela poderosa experiência, como seria então lábios com lábios? Minha necessidade de descobrir não parava de crescer... Não, sinceramente, era irresistível.

Carmen nos entregou toalhas quentes e úmidas e partiu.

Depois de limpar o rosto – um benefício de não usar maquiagem – e as mãos e colocar a toalha na mesa, perguntei a Day:

— Como é esse vinho?

— É da região de Margaret River. Seco, picante, uma pitada de limão e carvalho. Deve ir bem com a salada e as entradas.

Humm... Ele ficava mais interessante a cada momento. Um cara gostoso, com uma tatuagem de dragão e conhecedor de vinhos. E voava na classe executiva. Pela primeira vez, eu me perguntava o que ele fazia para viver. E estava prestes a questionar isso quando seus lábios curvaram-se e disse:

— Querido? Você me chamou de querido?

— Você me chamou de "amor".

— Foi o que surgiu na minha mente. Porque você é tão doce e tudo — brincou ele. — Então, você sempre chama seus caras de "querido"?

— Não — eu tinha chamado Jeffrey de "querido" uma vez ou outra, mas sempre usava seu nome. Eu não fazia o tipo carinhosa nesse sentido. Dei a ele um sorriso cheio de adoçante — Só você... querido.

Ele riu.

— Eu gosto de você, sabia?

— Eu meio que esperava por isso — parei por um segundo. — Uma vez que estamos noivos e tudo mais.

— Falando nisso... — ele ergueu sua flûte, que ainda tinha uns dois dedos de champanhe no fundo. — A gente não devia brindar a nosso futuro?

Ergui a minha também.

— Casamento?

Lentamente, os olhos brilhando, Day balançou a cabeça.

— Não era isso o que eu tinha em mente — Ele tilintou o copo suavemente contra o meu, então levantou e esvaziou o conteúdo de um gole.

— Quer dizer que tenho que fazer um brinde a sei-lá-o-que você tem em mente?

Tremendo enquanto erguia o copo, fiz a mesma coisa. Não era uma promessa de que eu faria sexo com ele, apenas uma promessa de... quê?

De jogar o jogo dele, embora fosse obrigada a admitir que estava gostando, mesmo que isso me deixasse nervosa. Sem mencionar... excitada. Ele tinha acabado com minha dor de cabeça, me fez esquecer o trabalho e também, de repente percebi, de telefonar para minha irmã Jenna.

Aproveitei a desculpa para me distanciar um pouco e deixar a tensão sexual se dissipar um pouco.

— Nossa, preciso dar um telefonema.

Jenna devia estar em casa agora. Sozinha? Ontem ela disse que tinha terminado com o surfista a quem seguira até Santa Cruz. Ela não parecia estar com o coração partido, mas isso não foi nenhuma surpresa. Para Jenna, o importante das relações era se divertir enquanto durassem, e não aquela coisa de longo prazo.

— Fique à vontade — Day apontou para o telefone que havia a bordo e depois recostou-se, com os olhos fechados.

Passei um momento admirando o comprimento de suas pernas, a pressão das coxas firmes contra o jeans desgastado, a protuberância em sua virilha que tinha diminuído desde a chegada de Carmen, mas ainda era impressionante. Seus braços firmes e bronzeados descansavam na poltrona, polvilhados de pelos negros. Meus dedos se coçavam para tocar no braço. Entre outras partes do corpo.

Disquei o número da minha irmã e esperei. Depois de vários toques, estava me preparando para deixar outra mensagem de voz quando ouvi a voz dela, sem fôlego.

—... Lô?

— Oi, Jenna, é Theresa.

Eu me encolhi no meu canto, longe de Day. Não só pela ilusão de privacidade, mas também para evitar a distração oferecida por seu corpo bonitão.

— Ei, mana. O visor do telefone não mostrou o seu nome.

— Estou no avião. Acordei você?

— Não... Acabei de chegar. Rolou uma festa na praia. Então, você está indo para casa?

— Não recebeu meu e-mail? Eu disse que ia pegar um voo domingo à noite.

— Hoje é domingo?

— Eu acho que é sábado à noite aqui — A diferença de fuso horário podia deixar as pessoas confusas, até mesmo para a eficiente Theresa. Já para Jenna, como ela raramente conseguia um emprego fixo, os dias da semana de fato tinham pouco significado, assim como manter o controle do tempo, ou manter o controle de alguma coisa. Por isso era tão contraditório Jenna ter decidido participar de uma pesquisa de contagem de falcões. — E você? — Perguntei. — Quando vai para Vancouver?

— Ainda estou decidindo.

— Jenna, você é daquelas que têm uma ideia e muda de direção sem aviso. Qual é o grande problema em ir embora de Santa Cruz? Você voltou para aquele cara cujo nome esqueci?

— O surfista, Carlos? Não, já era. Mas, uau! Surfar aqui é maravilhoso. Estou ficando muito boa!

— E melhorar suas habilidades no surfe é mais importante do que o casamento de sua irmã?

Day soltou um risinho abafado e me virei para olhar para ele, mas seus olhos ainda estavam fechados.

— Não foi isso que eu disse.

— Sim, Jenna, tudo bem. De qualquer forma, se você estiver presa por aí, vou fazer o casamento do meu jeito. Quero dizer, com a ajuda de Kat — acrescentei rapidamente.

— Sim, claro, você odeia quando tentamos ajudar. Tudo o que sabe fazer é criticar.

— Eu gosto de fazer as coisas direito — murmurei.

— Direito do seu jeito, senhora perfeccionista.

Por que a gente não podia nunca agir como adultas racionais?

— Não vamos discutir. Todos nós dissemos que queríamos dar a Merilee um grande casamento, por isso precisamos cooperar. Eu vou criar um projeto e definir as tarefas, então podemos escolher quem faz o quê.

— Sim, com certeza, um projeto — disse ela com desdém. — Como queira...

— Claro que você não poderá fazer nada até chegar em Vancouver — acrescentei.

Ela suspirou.

— Eu estou tentando, juro, Tree — Jenna era a única que usava apelidos. Eu era a Tree porque tinha sido assim que ela pronunciara o meu nome pela primeira vez. — Mas está complicado, preciso arrumar um dinheiro.

— Dinheiro?

— Lógico, pra comprar a passagem de avião e ir pra casa.

— Quer dizer que você não tem dinheiro para comprar a passagem? — mas ela não estava trabalhando?

— Essa pesquisa do falcão-peregrino é um trabalho voluntário. Fui garçonete algumas noites, mas não estou arranjando muita coisa.

Como ela poderia viver assim, principalmente agora que estava prestes a fazer trinta anos? Normalmente eu não a teria bancado, mas, caramba, Merilee ia se casar.

— Quando eu chegar a Vancouver amanhã, vou reservar um voo para você e pagar.

— Merda, Theresa, eu não preciso da sua caridade.

Ela não podia simplesmente dizer “obrigada”? Irritada, respondi de volta.

— Pois me parece que precisa, sim. Ou, caso não aceite isso de mim, ligue para o papai ou a mamãe. Tenho certeza de que eles vão comprar para você a passagem para casa.

— Isso não vai acontecer.

Droga! Em noventa e nove por cento das vezes, ela era fácil de lidar, mas de vez em quando — e nos momentos mais inconvenientes — ela dava uma de teimosa.

— Então, qual é o seu plano? — Meu palpite era que não tinha nenhum. — A Merilee vai ficar muito chateada se você não estiver em casa para o casamento.

— Eu estarei lá! Juro por Deus, Theresa, confie. Eu vou dar um jeito.

Minha dor de cabeça estava voltando.

— Bem, se você tiver ideias brilhantes sobre o casamento, me ligue ou me mande um e-mail.

— Você já reservou o local, né?

— Não, ainda não. Eu ainda nem comecei o projeto. Desde que Merilee me ligou, estive ocupada. Fazendo a reserva do voo, reorganizando minha agenda, procurando alguém para acompanhar as provas na faculdade, fazendo as malas. Eu vou encontrar um local assim que chegar em casa.

— Como assim, *encontrar um local*? Você sabe onde tem que ser o casamento, certo?

Eu mal tinha pensado nisso.

— Onde?

— VanDusen Gardens.

— Por que você... Oh. Oh, sim!

Nossa avó, mãe de mamãe, e que infelizmente agora sofria do

Mal de Alzheimer, costumava nos levar, suas netas, para um passeio todas as tardes de domingo. Ao Science World, ao aquário, à praia em Spanish Banks, ao VanDusen Gardens... Merilee sempre adorou aquelas caminhadas, aquelas paisagens com jardins naturais. Eu me lembro dela dizendo que queria se casar lá. Como eu poderia ter esquecido?

Será que tinha a ver com o fato de eu raramente ter dado atenção para a Merilee, a última adição ao nosso pacote de três irmãs? Ou de mamãe, de papai, de Kat ou de Jenna, aliás. Até Merilee chegar, estávamos todos envolvidos em nossas próprias vidas.

— Estamos em junho — respondi. — Certamente estará reservado num sábado.

— É um lugar grande, aposto que, se espremer, a gente pode entrar...

Para dizer de uma forma gentil, Jenna era uma eterna otimista. E para dizer de forma mais precisa, ela tendia a ignorar a realidade.

— Eu vou perguntar — claro, sempre poderia acontecer um cancelamento de última hora. Merilee ficaria muito feliz se conseguíssemos que seu casamento fosse em VanDusen. — Mas caso não dê, talvez a gente possa reservar em algum dos outros jardins aonde a vovó costumava nos levar.

— Converse com mamãe e papai — disse Jenna. — Eles devem saber de alguém que possa ajudar nisso. Faça eles se sentirem culpados se não ajudarem.

— Ei, é uma boa ideia... — nosso pai, que trabalhava na Universidade da Colúmbia Britânica, era um dos principais nomes do Canadá nas pesquisas genéticas para a cura do câncer, e estava ocupado com a versão final de seu relatório. Mamãe era uma advogada de sucesso e agora se preparava para apresentar um recurso no Supremo Tribunal do Canadá na próxima semana. Nenhum dos dois tinha tempo para ajudar com os preparativos do evento, mas eu sabia que ambos queriam que Merilee tivesse um casamento maravilhoso. Eles não se importariam de passar alguns minutos mexendo os pauzinhos. A contragosto, respondi: — Boa ideia.

— Tinha certeza de que você teria essa ideia mais cedo ou mais tarde — havia um sorriso na voz de Jenna quando ela acrescentou: — Assim que começasse a planejar esse seu *projeto*.

Jenna não fazia a mínima ideia do que poderia ser um projeto. Então, decidi deixar as coisas por isso mesmo e não comentei nada. Em vez disso, sugeri:

— E se chover? Iremos precisar de tendas ou algo assim.

— Vai ser um dia ensolarado, não se preocupe.

Revirei os olhos.

— Tudo bem, então, você faz um pedido aos deuses do tempo, enquanto isso vou elaborar um plano de contingência.

Ruídos do corredor me fizeram virar, para ver Carmen servindo as pessoas algumas fileiras adiante de nós.

— Jenna, preciso ir agora.

— Eu também.

— Ligue para a Kat, ok? Daqui a algumas horas, quando ela acordar, tá? E mande um e-mail para nós quando souber o dia que vai viajar.

Não houve resposta.

— Jenna? Porra, você desligou na minha cara?

Day abriu os olhos e sorriu quando desliguei o telefone de um jeito nem um pouco delicado.

— Cara, estou feliz por não ter irmãos. É sempre assim?

— Normalmente. Nós nos amamos, mas... — dei de ombros. — Minha secretária diz que a irmã dela é sua melhor amiga. Eu não tenho ideia de como pode ser isso.

Claro, na verdade, não tenho uma melhor amiga. Tenho colegas e alunos de pós-graduação com quem gosto de conversar, mas não amigos.

Um dia cheguei a pensar que Jeffrey fosse meu melhor amigo. Depois, decidi que não preciso de um.

A mão de Day acariciou o nó dolorido em minha testa.

— Você precisa aprender algumas técnicas de relaxamento, Theresa.

A tensão diminuiu.

— Na verdade, eu meio que gosto dessa. Suas mãos são mágicas.

Sim, eu disse essas palavras deliberadamente. Quando ele me tocou, eu queria mais. Uau, aqui estava eu, flertando com um homem de quem eu sabia quase nada! Talvez eu fosse mais louca do que imaginava.

— Você não viu nada ainda — ele murmurou.

Pois acreditei nele, caso estivesse se referindo às suas mãos. Elas eram tão... Não acadêmicas! Fortes, masculinas, mas ainda assim delicadas e sensíveis. Mãos que fariam uma mulher derreter e se queimar sob o seu toque. Ah, sim, eu estava começando a acreditar que eu poderia ser louca.

Carmen chegou, trazendo as bandejas bem arrumadas: aperitivos, guardanapos de tecido, copos limpos. Ela apresentou uma garrafa de vinho para que pudéssemos ver o rótulo Lenton Brae e, em seguida, serviu-nos.

— Desfrutem — disse ela sem rodeios.

— Ela nos odeia — comentei com Day. — Você percebeu que teremos um serviço meia-boca por toda a viagem, né?

— Isso é melhor do que um peito na cara.

— Qual é! Não venha me dizer que não gostava disso.

— Tudo bem, sou uma pessoa normal. O que posso dizer?

Ele olhou para o meu peito, como se estivesse imaginando como deveriam ser os meus seios.

Aquele olhar me fez lembrar da fina camiseta em gola V e do sutiã cor da pele que vestia, projetado mais para o conforto do que para ser exibido. E do jeito que meus bicos dos seios tinham se animado e faziam de tudo para chamar a atenção do homem através dessas duas camadas de tecido. Imaginei seus lábios chupando um mamilo na boca e uma pontada de desejo percorreu meu corpo. Tentando parecer controlada, eu disse:

— Você sabe mesmo como elogiar uma mulher.

— Sim, eu sou um cara elegante.

As palavras saíram distraídas, com a voz rouca, os olhos ainda fixos no meu peito.

Abri meu guardanapo, peguei um garfo.

— Você tem um charme diferente. Pare de olhar e coma a sopa.

Ele riu.

— Diferente? Você com certeza sabe como oferecer um elogio, doutora Fallon — Obedientemente, ele voltou sua atenção para a bandeja e deu algumas colheradas na sopa. — Ou não é doutora? Notei que Carmen a tratou por "senhorita".

— Sou doutora, sim, mas na primeira vez que voei como doutora Fallon, uma mulher teve um ataque cardíaco. Eles checaram a lista de passageiros e vieram até mim, achando que eu fosse uma médica — Lembrei-me de meu choque e do pânico, e isso me deu um arrepio. — Lá estava eu, aos vinte e dois anos, e me sentindo completamente impotente...

— Vinte e dois?

Droga, esse cara tinha um jeito de me fazer revelar coisas que normalmente eu mantinha em sigilo. Isso era loucura, mesmo. Ele era claramente um jogador. Ainda assim, em nossos assentos semi-isolados, sentindo o borbulhar de champanhe e uma crescente excitação, havia uma sensação de intimidade. Que droga, eu era uma mulher de personalidade forte. E poderia escolher o que compartilhar e o que omitir, e agora, neste exato momento, que mal havia em falar dessas coisas?

Dei de ombros de forma casual.

— Eu era uma espécie de garota prodígio. Passei voando pela faculdade. O que mais posso dizer? — dei uma garfada no salmão e o provei. Era realmente muito bom para comida de avião.

— Cara. Você não fez outra coisa na vida a não ser ir à escola?

Além de supervisionar as minhas irmãs, enquanto meus pais trabalhavam?

— Não muito. Minhas qualidades de CDF tornaram-se aparentes quando era bebê, então meus pais exigiram mais de mim — nada de Cachinhos Dourados pra mim, meus contos de fada tinham sido a mitologia greco-romana.

— Por quê?

— Como assim... O que você quer dizer?

— Qual foi o objetivo deles? Fazer você ter um doutorado aos vinte e dois anos?

A pergunta me fez pensar, e notei que não tinha resposta para ela.

— Eu acho que quando notaram meu potencial, queriam que eu o percebesse também.

Não era assim que eu me comportava normalmente, revelando informações pessoais a um estranho, mas de fato havia um calor surpreendente naqueles olhos cinzentos. Um calor que aliviava a dor em minhas têmporas, e fazia minhas regiões inferiores vibrar com a proximidade dele.

O homem largou a colher e a tigela de sopa meio vazia e inclinou a cabeça.

— Mas a troco de quê essa coisa de "só trabalho, nenhuma diversão"? O que há de tão ruim em ser uma criança? De brincar com os amigos, se divertir?

— Não sei... — respondi calmamente, erguendo minha taça de vinho. — Eu invejava as minhas irmãs, às vezes, porque elas tinham essas coisas. Mas, - sei que isso é horrível -, eu me sentia meio superior também.

Ele riu.

— Sim, percebi isso em seus telefonemas...

Estremeci.

— Fui tão horrível assim?

— Não. Só agiu como uma perfeccionista que fica impaciente quando os outros não estão à altura.

Balancei a cabeça.

— Essa sou eu, para resumir.

— Experimente o vinho — insistiu ele, fazendo-me perceber que eu estava segurando a taça, mas ainda não tinha tomado um gole.

Obedeci e descobri que combinava muito com a descrição que ele fizera. Ele sintetizou o vinho tão bem quanto tinha acabado de fazer comigo.

— É muito bom.

Day tocou meu braço, os dedos flutuaram pela minha pele em uma carícia e, em seguida, apertaram-me suavemente.

— Há muito mais a dizer que essas poucas palavras, Theresa. Senso de humor, lealdade...

— Lealdade? — interrompi.

— Por sua irmã mais nova. Ao cuidar do casamento dela.

Meus olhos se arregalaram.

— Isso não é lealdade, é só que ela é minha irmã. O casamento é muito importante para ela, e eu quero que o dia dela seja perfeito.

Afinal de contas, não foram poucas as vezes em que eu e o restante da família não estivéramos ao lado de Merilee.

— Claro que sim — ele deu mais algumas colheradas na sopa e estendeu a colher. — Experimente.

Eu me inclinei para a frente, sentindo-me deselegante quando chupei a sopa.

— Saborosa. Quer experimentar o salmão?

Quando ele assentiu com a cabeça, ofereci-lhe uma garfada. Ele segurou minha mão com a sua, o que teve o efeito oposto de enviar tremores pelos meus dedos até meu braço.

Day demorou para soltar minha mão.

— Quantas irmãs são? Só para saber quantos telefonemas ainda faltam.

— Não, já terminei. Vou avisar quando estiver no aeroporto de Honolulu — bebi mais um pouco de vinho. — Nós somos quatro irmãs — parei de falar. — Mas você não deve querer saber.

— Ei, até o jantar acabar e as luzes se apagarem, o que mais podemos fazer a não ser conversar?

E o que vamos fazer depois? Eu tinha a intenção de trabalhar - no projeto do casamento, nas provas dos alunos. Entretanto, isso tudo podia esperar. No momento, com bandejas de refeição na nossa frente, o que mais poderíamos fazer além de comer, beber e conversar? Foi muito agradável ter um homem interessado em algo que não fosse meu mais recente projeto de pesquisa. Eu nunca mais veria Day após esse voo, então qual era o mal em me abrir um pouco? Na verdade, a ideia - os navios que passam no mar atravessando a noite, os estranhos em um avião - não parecia nada ruim.

— Tudo bem, lá vai a história da família Fallon. Quando mamãe e papai se casaram, ele estava trabalhando em seu doutorado – ele é geneticista – e ela, começando a faculdade de Direito. Eles não planejavam ter filhos durante anos. Ela estava tomando pílula, que, como se sabe, não é cem por cento eficaz. Mamãe engravidou em seu segundo ano no curso. Para minha sorte, eles decidiram ter o bebê.

— Essa era você? Que bom que tomaram essa decisão.

— Minha mãe acreditava que um pai deve ficar em casa com as crianças durante os primeiros dois ou três anos, mas papai é um professor distraído demais, ele não teria ajudado muito a cuidar de um bebê. Eles decidiram ter pelo menos dois filhos, e minha mãe disse que, se fosse para interromper sua carreira, ela só faria isso uma vez. Por isso, mamãe nos gerou de uma forma muito eficiente. Eu, logo depois Kat. Ao tentar um menino, veio Jenna. Eles decidiram que o pacote de três filhas seria o suficiente. Quando Jenna tinha dois anos, mamãe voltou para a faculdade de Direito.

Day, que bebia o vinho enquanto eu falava, depositou sua taça na bandeja.

— Sua mãe parece muito organizada. Você acha que puxou a ela?

— Engraçado você dizer isso. Eu sempre fui mais parecida com meu pai, uma acadêmica. Contudo, você está certo, também sou muito organizada como minha mãe.

Um ponto de vista de fora era bem interessante.

— Aposto que, quando você era pequena, eles a viam como o melhor de cada um deles. Seus pais queriam que você se superasse um pouco por si mesma, mas um pouco por ser um reflexo de ambos.

— Talvez — respondi lentamente. Aquela era mais uma percepção de alguém de fora para ser armazenada no fundo do cérebro e analisada mais tarde. — Você não é apenas um rostinho bonito, não é, Day?

***

Capítulo 4

Então, ela o achava bonitão. Damien sorriu presunçosamente.

— Segure esse pensamento, professora. Ele pode vir a calhar mais tarde.

Quando ela descobrisse sua identidade.

Theresa franziu a testa, claramente sem entender, graças a Deus. Depois, ela se espreguiçou e brincou com os controles do assento.

— Algum problema? — perguntou ele.

— Quero ajustar a parte de trás e levantar o apoio para os pés.

— Aqui — Ele se inclinou sobre ela e, quando encontrou o controle, sua mão roçou sua coxa. Uma coxa quente e firme sob suas calças de algodão. — Me dê sua mão.

Hesitante, ela o deixou levá-la e colocá-la na alavanca, descansando a mão sobre a dela para guiá-la.

— Assim — explicou. — Você desliza a alavanca dessa forma e usa os pés para empurrar o apoio à frente.

— Obrigada, entendi.

Relutantemente, ele retirou a mão e deixou-a se acomodar sozinha.

— Eu não estou acostumada a viajar na executiva — disse ela. — Meu orçamento não permite isso, mas dessa vez recebi um upgrade.

— Para voos longos como este, é preferível.

O orçamento *dele*, graças a Kalti Brown, proporcionava o luxo de despesas ocasionais como esta. Até agora, os livros de Kalti tinham lhe rendido o suficiente para comprar um apartamento em Sydney e pagar a hipoteca de uma casa na praia ao norte de Cairns. Ele usava ambos os locais para escrever. A mudança de cenário, muitas vezes, ajudava a revigorar sua criatividade.

Quanto a esta turnê, sua primeira pela América do Norte, estava sendo patrocinada por uma editora de Nova York que tinha comprado os direitos de seus livros para os Estados Unidos. Eles cobriram as despesas básicas e Damien decidiu bancar alguns extras, como voar em classe executiva.

No momento, o resultado dessa despesa parecia extremamente gratificante:

— Você parou no meio da saga familiar, professora.

— Tem certeza de que está interessado? — Ela brincava com seu copo de vinho, girando o pé para trás e para a frente.

Ele estendeu a mão para tocar a parte de trás de sua mão.

— Positivo.

Como ele mesmo era um contador de histórias, gostava de ouvir as de outras pessoas. E Theresa era uma das pessoas mais intrigantes que conhecera em muito tempo.

— Bem, pode me interromper quando se cansar de ouvir — ela engoliu o último gole. — Na família, eu puxei meu pai, era a acadêmica. Kat era a queridinha de mamãe. Mamãe era advogada, como já disse, uma bem-sucedida advogada especializada em danos a terceiros, e sempre foi mais concentrada em pessoas do que em pesquisas. Kat é brilhante, mas nem um pouco acadêmica. Ela é extrovertida, tem uma tonelada de amigos. Essa é a área em que ela é superior a mim.

— E a outra, Jenna, não é esse o nome dela?

— Sim. Durante muito tempo, ela era o bebê da família. Ela sempre se comportou mal, mas consegue ser muito amorosa quando quer. Até agora, passou a vida perdida. Nunca encontrou um foco.

— E ela não se encaixou em nenhuma área, nunca de destacou?

Theresa soltou um som entre um grunhido e uma risada.

— Ela se destaca por ser excêntrica. Jenna é uma ovelha negra, um bicho raro. Mamãe diz que ela é uma maluca, como a Goldie Hawn no fim dos anos sessenta, início dos setenta.

Carmen chegou para recolher os pratos das entradas, substituí-los pelo principal e encher os copos de vinho. Quando ela foi embora, Damien e Theresa provaram a salada, concordando que estava boa, mas que poderia ter mais gengibre no molho.

— O vinho de fato combina — disse ela.

— Que bom que gostou. Beba mais. E a quarta irmã, aquela que vai se casar?

— Sim, Merilee. Depois do pacote de três, mamãe e papai estavam concentrados em suas carreiras. E nós, meninas, crescíamos, eu estudando, Kat fazendo amigos, e Jenna brincando do que sua fantasia mandava. Nós cinco em casa éramos pessoas com personalidades fortes e bastante diferentes.

— Imagino, se forem como você.

Ela torceu o nariz arrebitado e bonito para ele.

— Nós criamos nossos próprios espaços, principalmente respeitando os limites de cada um, mantendo nossa rotina. Então, oito anos após Jenna ter nascido, minha mãe engravidou novamente. Não foi planejado.

— Deve ter sido um choque para ela. Para todos vocês.

— Para dizer o mínimo. Agora havia um pacote de três e mais uma, e todos nós tivemos que nos ajustar. Dessa vez, mamãe voltou ao trabalho depois de uma curta licença-maternidade. Jenna perdeu seu lugar como o bebê da família, o que a fez se comportar pior ainda. Acabei ficando com mais responsabilidades, como irmã mais velha. Contudo, Merilee era uma criança fácil de lidar. Não tem personalidade tão forte quanto o resto de nós.

Deve ter sido difícil para o bebê, seguir os passos de três irmãs fortes e muito mais velhas. Theresa chamou a situação de pacote de três mais um, e não algo como as quatro Fallon.

— Parece que vocês três conseguiram seus espaços e talentos individuais e não deixaram nada de especial para Merilee.

— Bem, mais ou menos — Seus olhos começaram a dançar com aquele brilho da luz do sol sobre a água. — Ela discorda.

— Mesmo? — Ele pousou o garfo e deu-lhe toda a sua atenção. — Então, qual é a especialidade de sua irmã caçula?

— De acordo com ela, é o amor. Ela é a única irmã que tem talento para isso.

Amor?

— Ah, é?

Ela assentiu com a cabeça.

— Eu sou divorciada e estou determinada a nunca mais cometer o mesmo erro. Kat quer casar e ter filhos, mas sempre se apaixona por perdedores e caras errados. E Jenna, de acordo com mamãe, é uma hippie que nasceu na década errada.

— Como assim?

— Ela adora homens, adora sexo, acredita nessa coisa de amor livre, sem compromisso com coisa nenhuma. Ela diz que a fidelidade é algo estúpido porque as pessoas não são intuitivamente programadas para serem monogâmicas, então pula de cara em cara e não pretende sossegar. Jenna tem menos paciência para essa coisa de atenção. Ela fica animada com qualquer ideia nova ou com um cara que apareça, mas não de forma profunda, real — Theresa levantou a taça de vinho e lançou-lhe um olhar provocante. — Parece que Jenna é a sua mulher ideal, não é, Day?

— Humm — Ele inclinou a cabeça para trás e refletiu. — Sim, não deixa de ser atraente uma mulher como essa. Diversão sem compromisso.

Ele pensou sobre as garotas que tinham se aproximado dele nos últimos dois anos. A sucessão de rolos. O sexo, algumas vezes, foi ótimo e outras, medíocre.

O fato era que os nomes e os rostos tinham ficado todos iguais. E começou a se sentir um nada, como se as mulheres não o vissem realmente como era, mas apenas o escritor sexy de sucesso. E ele não as via como indivíduos, mas apenas como uma série de gostosas.

— Mas um cara cresce — disse ele lentamente. — Talvez ele queira mais. Alguém que ele possa realmente conhecer. Pouco a pouco, camada por camada. Conectar-se com esse alguém, tornar-se mais próximo.

Então, ele se pegou pensando em seu amigo Bry, o que foi um choque, porque ele não passava nem perto de ser gay. Contudo, de certa forma, a sua linha de pensamento fazia sentido.

— Você sabe, como um bom amigo?

Theresa estava observando o rapaz atentamente, o garfo equilibrado no ar, como se tivesse sido esquecido.

— Bem, não exatamente.

— Como quando conhece alguém por meio de um amigo ou no trabalho. — Ele conheceu Bry, um policial, quando estava pesquisando sobre seu primeiro livro de Kalti Brown. Ele precisava de informações sobre a estrutura do departamento de polícia, como os crimes costumavam ser investigados, e assim por diante. — Vocês se dão bem, saem pra tomar uma cerveja, para falar sobre algo que não seja trabalho. Encontram interesses comuns. Descobrem que pensam da mesma maneira sobre as coisas, têm os mesmos valores.

Os olhos de Theresa se estreitaram em concentração.

— Continue.

— A relação cresce. Os amigos se transformam em melhores amigos, que estão sempre prontos a ajudar um ao outro, não importa o que aconteça.

Agora, havia um brilho nos olhos dela. Ela estaria pensando em um amigo? Ou talvez desejando que fosse assim com as irmãs?

— Então — disse Damien —, e se você tivesse esse tipo de relacionamento com alguém do sexo oposto? Uma amizade sólida, mais um ótimo sexo. Talvez valesse a pena construir isso, em vez de arranjar uma nova amante.

— Sim, eu... — Ela engoliu em seco. — Eu acho que deve ser maravilhoso.

Sua voz estava embargada, como se estivesse à beira das lágrimas.

De repente, ele percebeu que talvez a tivesse feito pensar em seu ex-marido.

— Merda. Desculpe, Theresa. Eu não tive a intenção de lembrá-la de seu casamento. Eu sou um idiota.

— Não, mas, surpreendentemente... — um pequeno sorriso brilhou — você é um pouco romântico. — O sorriso desapareceu. — E, embora esse tipo de relacionamento de fato pareça ótimo, como é que você sabe que é real e que se pode confiar nele?

— Isso derrubaria as probabilidades estatísticas? Eu não sei. Acho que instinto? Um voto de confiança?

Ele se perguntou se ela havia deixado de amar o marido, ou vice-versa.

Sabendo que a companhia forçada durante um longo voo poderia fazer nascer alguma confiança e abertura, ele se arriscou.

— Sinto muito que seu casamento não tenha dado certo.

— Eu cometi um grande erro ao me deixar seduzir por Jeffrey. Aprendi que não podia confiar nele.

— Droga. Ele a traiu?

O cara deve ter sido um baita idiota e um filho da...

Um canto de sua boca se contorceu tristemente.

— Não da maneira que você está pensando. Não com outra mulher. Na verdade, ele não *me* traiu exatamente, ele me traiu no sentido de não ter consideração.

— Como assim?

Ela fez uma careta, pegou o copo de vinho e o esvaziou.

— Para falar sobre isso, preciso de mais vinho.

Damien inclinou-se para o corredor, chamou Carmen e ergueu seu copo vazio. Ela fez-lhe um aceno de cabeça e, em seguida, virou-se para a cozinha.

Carmen voltou com a garrafa de vinho, encheu os copos e recolheu pratos e talheres.

— Para a sobremesa, temos um prato de queijo e frutas, *cheesecake* de limão com glacê de romã e musse de chocolate Cointreau.

— Musse, por favor — disse Theresa.

— Queijo e frutas — disse Damien.

— Muito bem, café, chá?

Theresa pediu café descafeinado e Damien também. Quando os dois estavam sozinhos novamente, ele disse:

— Continue. Diga-me o que aconteceu com seu ex.

Ela tomou um gole de vinho, outro, e depositou a taça de forma decidida.

— Quando nos conhecemos, ele era professor titular de sociologia da Universidade de Saskatchewan. Por causa do meu PhD em estudos indígenas, eu tinha acabado de ser indicada para seu programa de estudos sobre os nativos. Tive uma ideia para um projeto de pesquisa e fui até ele para saber sua opinião.

Ela fez uma careta.

— Ele ficou entusiasmado. Não somente com o projeto, mas comigo também. Começamos a namorar e ele me ajudou a formatar um pedido de bolsa. Tivemos um namoro rápido, uma relação que, provavelmente, para você pareceria um tédio gigante, mas era romântico para mim. E nos casamos dois meses depois que nos conhecemos.

— Ele fez você tremer nas bases. Nunca a imaginaria assim.

Damien sentiu uma pontada de ciúme, e também de irritação com o idiota que tinha magoado Theresa e a tornado alguém tão fria. Ele queria tocá-la, oferecer conforto, mas seus braços estavam protetoramente em torno de seu corpo, e ele percebeu que ela não iria receber isso de bom grado.

— Eu era jovem, ingênua, deslumbrada com o interesse dele — retrucou ela seca. — Fui uma idiota.

Ele tentou imaginar Theresa como uma garota com a inteligência e a motivação para obter seu doutorado, mas ingenuidade o suficiente para ser engolida em um romance com um homem que acabou machucando-a. Agora ela devia ter o quê? Trinta e poucos anos? E continua amarga sobre seu ex e fechada para relacionamentos.

— E então, o que aconteceu depois?

— Eu tinha quase terminado de preparar o pedido de financiamento para a pesquisa e estava esperando o retorno de Jeffrey. Então, ele propôs o casamento, queria se casar imediatamente, e todo o resto foi deixado de lado. Ou assim eu pensava. Tivemos uma cerimônia civil e uma breve lua de mel. Quando voltamos ao trabalho, retomei meu pedido de bolsa e perguntei quando ele poderia analisá-lo. Jeffrey disse que tinha se esquecido de me contar, mas já havia revisado e apresentado. Nós só precisávamos esperar notícias e mais nada.

— E então?

— Quando foram anunciados os resultados, soube que meu projeto tinha conseguido financiamento. Contudo, Jeffrey tinha feito a inscrição em seu nome, me listando como assistente de pesquisa, e não como coautora.

— Que canalha!

— Quando perguntei o que estava acontecendo, ele disse que eu devia ter entendido mal. Para ele, o mais razoável era fazer a inscrição em seu nome uma vez que eu era uma desconhecida e nunca conseguiria o dinheiro para as pesquisas.

— A ideia era sua e você fez o trabalho — disse Damien, indignado. — Você merecia o crédito.

— Você não acha? Em vez disso, tudo o que eu tinha era ser pesquisadora de novo, como quando era aluna em Harvard e na New School for Social Research, em Nova York.

— Harvard? — ela falava como se não fosse nada. — Você foi para Harvard?

— Fui. Assim como meu pai. Em medicina. E não — ela fez uma careta para ele — eu não entrei pela cota para os filhos, entrei porque tinha notas suficientes.

Ele pareceu perdido.

— O que é isso, cota para filhos?

— Nas universidades da Ivy League[1] nos Estados Unidos, geral-

[1] A Ivy League é um grupo de oito universidades privadas norte-americanas consideradas as melhores do país e, talvez, do mundo. (N.T.)

mente entre dez e quinze por cento dos ingressantes são filhos de ex-alunos.

Será que essa mulher era capaz de memorizar estatísticas sobre tudo?

— Especialmente de ex-alunos ilustres — continuou. — Como os que fazem doações para a sua *alma mater*. O ingresso para seus filhos muitas vezes é, digamos, um pouco menos pesado. E os filhos são chamados de *legacies*.

— Que besteira. O que aconteceu com a igualdade de oportunidades?

— Exatamente. De qualquer forma, você não acreditaria no número de pessoas - entre professores e alunos - que achava que eu era uma dessas.

— Até que eles viram o seu trabalho.

Ele mal conhecia Theresa, mas tinha certeza de que a moça certamente se destacara pelos próprios méritos.

O rosto dela se iluminou com a agradável surpresa.

— Obrigada.

Ele deu de ombros.

— De nada. E como eu disse, o seu ex é um idiota. Se você ainda não tivesse a reputação para conseguir o financiamento, ele não poderia ter patrocinado você? Ou, pelo menos, listado você como coautora?

— Claro, mas ele queria o crédito, e não teve escrúpulos em me usar para obtê-lo. Ele armou tudo aquilo - a sedução e o casamento - pensando apenas nele. Ele e sua carreira.

— Ah, o que é isso? — Não que ele quisesse desculpar o filho da puta, mas como aquele sujeito não tinha se sentido atraído por Theresa? — Provavelmente ele estava a fim de você, e então ficou ganancioso quando viu a chance de sucesso na carreira.

— Duvido muito. — Ela pousou o copo agora vazio. — De qualquer forma, depois da traição, não era mais capaz de acreditar em nada do que ele dissesse. Não conseguia mais trabalhar com ele, ficava com raiva cada vez que o via. Então, avisei que ele devia procurar outra assistente de pesquisa, e outra mulher. Quando acabaram as aulas naquele semestre, saí de Saskatchewan.

— Deve ter sido difícil. — Ele apertou a mão dela onde repousava em sua mesa.

Ela recolheu a mão debaixo dele e firmou sua mandíbula.

— Não preciso de piedade. Sou uma solitária. Sempre foi assim, e é assim que eu trabalho melhor.

— Não é piedade, pelo amor de Deus. — Ela não sabia reconhecer a simpatia? — Sei bem o que é ser solitário, pode acreditar.

Damien passava dias inteiros escrevendo, parava só para correr ou caminhar. Não que não gostasse de socializar, não era isso, apenas ficava absorvido demais pelo trabalho. Se Bry não o arrastasse de vez em quando para umas cervejas ou um churrasco, ele poderia ficar semanas sem falar com uma alma que não fosse um balconista do mercadinho.

Theresa bufou.

— Você, solitário? Dá um tempo. Você flerta com todas as mulheres que encontra pela frente!

Ele piscou.

— Não digo que não gosto de mulheres, mas de fato passo muito tempo sozinho.

— O que você faz?

Merda, ela entrou nessa. Se contasse a ela, poderia quebrar a crescente ligação entre eles. Felizmente, poderia evitar a questão, porque viu Carmen chegando com as sobremesas.

— Parece uma delícia — comentou, quando a comissária entregou-lhe um prato com morangos, uvas e fatias de kiwi e mamão, além de biscoitos e pequenas fatias de quatro queijos diferentes.

— Bom apetite — disse ela, a voz sem cor, obviamente ainda perturbada com ele.

Quando as refeições terminassem, ele iria trocar algumas palavras com a comissária, tentar fazer as coisas direito. Pediria que a aeromoça não contasse a ninguém sobre seu "compromisso".

Theresa provou uma colherada de seu musse e sua expressão mostrou a Demian que ela tinha esquecido sua pergunta sobre a ocupação dele. Sua atenção estava em sensações que pareciam quase orgásticas.

Ele adoraria ser o responsável por aquele brilho de prazer em seu rosto.

Ela deu outra colherada e depois sugou lentamente a colher, com os olhos fechados, e seu pênis latejou enquanto ele imaginava aqueles lábios em torno dele.

Para aumentar ainda mais a tortura, ele escolheu um morango maduro médio e estendeu a mão para mergulhá-lo no musse. Ela arregalou os olhos para em seguida estreitá-los de raiva, então ele levou o morango à boca de Theresa. Ela sorriu e estendeu a mão para aceitar a dele, do mesmo modo como ele tinha feito quando provou o salmão. Theresa abriu a boca e fechou os lábios em torno da ponta coberta de chocolate.

Ah, sim, ele estava completamente ereto agora.

O calor dos dedos suaves contra sua mão, o brilho de prazer em seus olhos, a forma como os lábios se fechavam em volta da fruta vermelha. Aquele diabo de morango tinha até um formato parecido com a cabeça de seu pênis.

Enquanto Theresa mordiscava lentamente o fruto preso entre seus dedos, Damien estava aliviado por ter colocado o guardanapo no colo. Especialmente quando Carmen veio servir café.

— Aproveitando a sobremesa, pelo jeito.

Dessa vez, seu tom de voz beirava o sarcasmo. Profissional, sim, mas tinha sido uma safadeza dele flertar com uma mulher e depois largá-la por outra. Claro, tudo o que ele tinha feito era paquerar, mas ele e Carmen sabiam onde aquilo poderia ter parado.

Quando a comissária foi embora, ele viu Theresa acrescentar leite no café e mexer. Seu braço nu se movia em círculos, gracioso e feminino. Uma mulher forte e inteligente, mas vulnerável e cautelosa. Ela deve ter tido outros amantes desde o divórcio, mas aquele seu ex tinha feito uma cachorrada tão grande com ela que a professora ainda desconfiava dos homens. Como um cara poderia ser tão cruel com Theresa?

— Sobre o seu marido — disse ele abruptamente.

A colher bateu na xícara quando ela puxou a mão.

— O quê? Já falei o suficiente. É coisa do passado.

— Sim, mas mesmo assim, eu gostaria de encontrar esse safado em um beco escuro. Faria o idiota ver estrelas.

Suas palavras, a severidade de seu tom de voz, claramente não era o que ela esperava. Seus olhos se arregalaram.

— Day! Isso é... Você não faria isso. Isso é tão... descivilizado.

— Você está dizendo que essa sacanagem civilizada, tipo uma fraude de propriedade intelectual, é aceitável, mas dar uns murros num safado não é?

— Bem... — Sua língua saiu da boca e correu pelo lábio superior enquanto ela refletia. Suas bochechas ficavam rosadas. — A violência não é uma solução — Seus lábios se inclinaram para cima nos cantos, então o sorriso assumiu o rosto todo, fazendo com que os olhos se iluminassem. — Ao mesmo tempo, eu gostaria de ver isso. Jeffrey iria... — ela deu uma gargalhada. — Meu Deus, você acabaria com ele.

Damien adorava vê-la rir. Cara, ela era linda.

— Theresa, o cara era um idiota. Ninguém deve se aproveitar de uma mulher como você. Você deve ser apreciada, lenta e cuidadosamente, por um homem que queira fazer você se sentir como a mulher bonita e sexy que realmente é.

Enquanto ele falava, o riso desaparecia de seu rosto para dar lugar à admiração.

— Day? É ótimo ouvir isso.

Ele deu de ombros.

— É a verdade. Qualquer homem no seu perfeito juízo se sentiria assim.

— Não é isso que tenho notado. — O humor estava de volta, desta vez irônico.

— Então, você não tem procurado nos lugares certos. — Ele pegou um morango. — Quer mais?

— Eu acho que é a sua vez. — Ela pegou a fruta dos dedos dele, mergulhou-a no musse e estendeu-o para ele.

Ele mordiscou o morango e, no último pedaço, sugou a ponta do dedo indicador dela.

Ela soltou um assustado "Ooh". Uma onda rosa cobriu as bochechas e o V exposto pelo decote. Sob a camiseta fina, seus mamilos endureceram.

Era nos bicos dos seios que ele pensava enquanto chupava o dedo. Quando ele a libertou, ainda brincou:

— Você fica corada quando está dando aulas na universidade?

Suas mãos subiram, cobrindo seu rosto.

— Não.

— Por que não?

— Acho que é porque sei o que estou fazendo. Estou confiante.

— Mas não comigo?

Ele colocou uma fatia de queijo em um biscoito e ofereceu a ela.

— Não, obrigada, vou ficar com as frutas e o chocolate.

Ele comeu o biscoito e preparou outro.

— Você não respondeu à minha pergunta.

— Não é você, Day, são os homens. Eu não tenho confiança nos homens. Como colegas e alunos, sim, mas não... socialmente.

Isso era uma loucura. Tanta coisa estava acontecendo com ela. Como pôde ter deixado um homem como aquele destruir sua confiança?

— Jeffrey tem muito que pagar.

Ele separou uma uva do pequeno cacho em seu prato, mergulhou-a no musse e estendeu-a para Theresa pegá-la e prová-la com seus tentadores lábios macios.

— Não foi só ele. Eu sempre fui muito mais nova do que os meninos das minhas classes. Claro, imagina se formar no colegial aos catorze anos? Pode apostar que ninguém me convidou para o baile de formatura.

— Sim, entendo o que você quer dizer, mas uma vez que você chega a certa idade, quando todo mundo já é adulto, as diferenças de idade já não importam tanto. — Ele lhe deu uma fatia de mamão maduro e uma gota do suco da fruta escorreu pelo lábio inferior e desceu pelo queixo.

Damien queria lamber, mas ela limpou com o dedo.

— Concordo, mas a essa altura eu tinha meu doutorado. — Theresa colocou o dedo entre os lábios e o chupou, o que fez o pau dele pular dentro do confinamento de seus jeans. — Acabei deixando de fazer todas essas coisas de menina — continuou. — Eu nunca saí com amigas, nem tinha aquelas discussões sobre namoro, paquera, primeiro beijo... — Ela dirigiu-lhe um olhar, molhou os lábios. — Sexo.

Sexo. A palavra, que saiu daqueles seus lábios carnudos, enviou uma onda de luxúria diretamente para sua virilha já desperta, e ele mal conseguiu reprimir um gemido.

— É óbvio que eu sabia tudo sobre as relações homem/mulher pelos livros — continuou —, mas não é a mesma coisa que ser uma adolescente normal. Morrer de dúvida se um garoto realmente gosta de você, curtir seu primeiro beijo, se perguntar até onde ir. Saber diferenciar quando você está apaixonada e quando é apenas desejo. Saber quando um cara está apaixonado e quando ele está apenas usando você — ela passou de um tom melancólico para amargo ao pensar no ex novamente.

— Entendido, mas, caramba, Theresa, você é uma mulher adulta agora. É uma mulher bonita, inteligente e interessante. Deve ter ganhado um monte de experiência desde Jeffrey.

Ela encolheu os ombros.

— Eu não estava interessada em tentar de novo. — Rapidamente acrescentou: — Olha, eu não sou completamente ingênua e digna de pena. Jeffrey não foi o meu primeiro e não foi o último.

— Eu não quis dizer isso. — Contudo, ela estava vulnerável. Talvez ele devesse se afastar. Damien não queria machucá-la.

Theresa espetou um dedo no meio do seu peito. Duro.

— Não!

Ele se dobrou e quase derrubou a bandeja de alimentos para fora da mesinha.

— Eu vejo aquele olhar em seu rosto. — Ela espetou-lhe uma vez mais. — Odeio esse olhar de "pobre garotinha inteligente". Não pense que vai tomar decisões por mim. Se eu deixei você... — ela ficou ainda mais rosada —... me dar a sobremesa, é porque eu queria...

Dar a sobremesa? Essa mulher não percebeu que a sobremesa fazia parte das preliminares?

— Não, — continuou ela — não é que eu seja uma perdedora desesperada para conseguir a atenção de um cara bonito. Quero que você faça isso porque quer, não por pena de mim.

Ele deu uma risada de surpresa. Seu pênis latejante com certeza não estava com pena dela. Ela era uma delícia de se olhar, sexy, e Damien estava gostando de conversar com Theresa, divertindo-se mais do que com qualquer outra mulher desde muito tempo, ainda que ambos estivessem completamente vestidos.

— Não precisa ter medo disso, mas não quero que se machuque mais uma vez.

— Meu Deus! Você e seu ego enorme! — Interessante notar que os olhos de *billabong* poderiam cuspir fogo. — Day, eu não vou dar a ninguém o poder de me machucar. Se fizermos algo – seja o que for –, vai ser totalmente consensual. Se estamos usando um ao outro, é para o nosso prazer mútuo, e isso é tudo.

Usando um ao outro? Nem pensar, isso é o que ele e Carmen fariam. Ela querendo transar com uma celebridade, ele apenas querendo trepar. O homem estendeu a colher para pegar um pouco de musse e depois segurou-a em frente aos lábios de Theresa.

— Consensual é bom, mas, professora...

Lentamente, ela lambeu o chocolate da colher, seu olhar segurando-o.

— Professora, se nós compartilharmos a sobremesa, ou qualquer outra coisa, não quer dizer um usar o outro. Prazer mútuo, sim. Usar, não. Entendeu?

— S-sim, entendi. — Seus olhos eram luminosos.

Gentilmente, ele usou o polegar para limpar uma mancha de musse do lábio superior dela e lambeu o chocolate de seu dedo. Os olhos dela se arregalaram. Brilhavam com o calor sexual.

— Mútuo — disse ele. — Prazer.

Ela assentiu com a cabeça como se estivesse hipnotizada.

Caramba, ele estava impaciente com a demora para as luzes da cabine se escurecerem e dar-lhes um pouco de privacidade.

Felizmente, Carmen e a segunda aeromoça que lidava com o outro lado da cabine da classe executiva já estavam retirando as bandejas do jantar e oferecendo uma última rodada de café e chá. Os passageiros se levantavam, espreguiçando-se e dirigindo-se para os banheiros.

Do outro lado do corredor, os bisavós já estavam bocejando e desembrulhando os cobertores. Ela guardou seu crochê. Damien apostaria seu próximo pagamento de direitos autorais que os dois logo estariam cochilando, e não aguentariam assistir a um filme.

Theresa colocou a alça de sua bolsa por cima do ombro e se levantou.

— Com licença, Day — ela foi até o corredor para se juntar a uma pequena fila.

Enquanto ela estava fora, Carmen voltou para encher as xícaras de café e ofereceu chocolates.

— Ou será que sua noiva já comeu chocolate suficiente? — perguntou ela sarcasticamente.

— E onde já se viu uma mulher enjoar de chocolate? — Ele pegou um e colocou-o na bandeja de Theresa, ao lado de seu café. — Obrigado, Carmen.

— De nada — respondeu ela friamente.

Agora era sua chance para uma conversa particular.

— Olha — disse ele baixinho. — Eu agi como um idiota ao flertar com você. Foi estúpido. Sinto muito.

O rosto de Carmen suavizou um pouco.

— É só isso? Um pedido de desculpas, e nada mais?

Ele assentiu com a cabeça.

— Eu estava errado, ponto. Mais uma vez, me desculpe — ele tentou uma versão menos potente daquele sorriso que sabia que muitas mulheres achavam irresistível. — É um reflexo que eu tenho, de flertar com uma mulher bonita. E essa coisa de estar comprometido é tão nova para mim que não estou acostumado. Nós queremos manter segredo por enquanto, então, por favor, não espalhe a notícia.

— Bem, preciso dizer, você vai partir alguns corações quando as mulheres descobrirem que você está fora da lista de disponíveis, Damien Black.

Sua expressão estava um pouco mais séria quando ela se afastou para servir o povo atrás de sua fileira.

Ele se perguntou o que ela pensaria ao perceber que aquele noivado nunca seria anunciado.

Quando Theresa voltou, ela disse:

— Eles nos dão chocolates também?

— Essa é a versão deles do chocolate sobre o travesseiro que muitos hotéis costumam fazer. — Ele piscou. — Falando nisso – travesseiros e tudo o mais –, você não estava pensando em assistir a um filme, não é?

— Bem, eu tenho mesmo que trabalhar — a voz dela não tinha convicção.

Claro que ela precisa, mas, caramba, essa mulher era boa demais para deixar pra lá.

— Não quero desiludir Carmen. Ela vai descobrir que nosso casamento está fadado ao fracasso.

— Nossa, estou tão preocupada com a opinião de Carmen...

Ele riu.

— Além disso, lembra-se de que "meu nome é trabalho"? A professora não tem permissão para se divertir pelo menos um pouco?

— Bem... — As bochechas dela estavam rosadas de novo. — Tenho que perguntar em que você estava pensando.

— Você acaba de se atrever. — ele lhe deu aquele sorriso, mas dessa vez radiante. — Tudo o que passa pela nossa cabeça. Um pouco mais de conversa. Talvez... — Com o dedo indicador, ele tirou o cabelo do rosto dela. — Um beijo, bem aqui. — Então, tocou o nariz dela. — Outro, aqui. — Por fim, tocou os lábios. — E finalmente aqui.

— Você está... — Sua voz saiu rouca. Ela limpou a garganta. — Você está me avisando que pretende me beijar?

— Vamos dizer que tenho mais esperança do que pretensão. — Ele estudou o rosto dela, que refletia um misto de constrangimento, dúvida e excitação. Os sinais físicos - as faces coradas, os olhos brilhando, os bicos dos seios duros - denunciavam que ela estava excitada. Mas será que ela conseguiria superar seus bloqueios e reconhecer seus desejos? — Você não acha que isso pode ser mais divertido do que corrigir essas provas?

O humor brilhou de novo.

— Sem dúvida, mas... — Ela abaixou a cabeça. — Talvez você não devesse ter perguntado. Talvez você devesse ter tomado a iniciativa.

— Não, eu quero que você concorde e queira o mesmo.

Lentamente, ela levantou a cabeça e olhou em seus olhos.

— O quê, exatamente, Day?

— Três beijos. Testa, nariz, lábios. E então vamos ver o que acontece.

Aqueles lábios atraentes se curvaram para cima.

— Não parece uma má ideia.

— Se for, a gente para na hora.

A curva se aprofundou.

— E se for muito agradável?

— Então é a sua vez. Você escolhe as próximas três coisas. Beijos ou qualquer outra coisa que você quiser.

Ela respirou fundo, e ele se perguntou o que a mulher a seu lado estaria imaginando. Algo que deixou suas bochechas inflamadas de novo e que só podia ser tão bom quanto ele imaginava.

Antes que ele pudesse perguntar, Carmen parou ao lado deles.

— Mais chocolate?

A comissária perdera um pouco de sua atitude arrogante, e Damien ficou contente de perceber isso.

Quando ele e Theresa recusaram a oferta, com agradecimentos, Carmen passou ao assunto seguinte.

— Vamos nos preparar para a noite. Vocês têm tudo de que precisam? Travesseiros, cobertores, água? Sabem como o vídeo funciona? Há um guia de filmes no bolso lateral de seu assento.

Theresa disse:

— Gostaria de uma garrafa de água, pode ser, por favor?

— Duas — disse Damien.

— É claro.

Quando Carmen foi embora, Theresa disse:

— Eu não acredito nisso. Ela está agindo de forma mais civilizada!

— Sim, bem, eu me desculpei.

— Pediu desculpas? — Ela o estudou com alguma surpresa. — Humm, isso foi muito doce de sua parte.

Doce... Ele revirou os olhos. Em seguida, fez uma viagem ao banheiro, levando o kit de higiene para fazer a barba e escovar os dentes.

Quando Damien voltou, percebeu que o senhor mais velho do outro lado do corredor parecia já estar cochilando, com a máscara de dormir cobrindo seus olhos. Ao lado dele, sua esposa pegava sua máscara de dormir e seus tampões de ouvido.

— Boa noite — disse ela em voz baixa.

Isso foi um brilho nos olhos?

— Pra você também!

Por toda a cabine da classe executiva, havia pessoas com os notebooks ligados, outras lendo e algumas assistindo a algo em suas telas. No entanto, a maioria se preparava para dormir. Sussurros e vozes abafadas se extinguiram.

Damien pegou do compartimento de bagagem os travesseiros e cobertores, quando uma voz feminina pelos alto-falantes informou que as luzes da cabine seriam esmaecidas e indicou onde encontrar as luzes individuais nos assentos.

— Desejamos-lhes uma ótima noite. Para minimizar o incômodo, vamos evitar andar pela cabine, a menos que seja necessário. Se houver alguma coisa de que precise, por favor, pressione o botão de chamada ou venha até a cozinha e teremos o maior prazer de ajudá-lo.

Um momento depois, as principais luzes se apagaram. Agora, a cabine estava iluminada apenas por luzes tênues no chão que marcavam os corredores, um brilho que levava até a cozinha e os banheiros, e alguns focos de luz em torno do assento dos passageiros que liam.

Ele se inclinou para Theresa.

— Eu mal consigo ver você — murmurou. — Como vou encontrar sua testa, para o primeiro beijo?

***

Capítulo 5

Eu poderia – provavelmente deveria – ter evitado Day, ter me enrolado no casulo de meu assento, acendido uma luz, começado a trabalhar nesse projeto de casamento.

Seria boba demais de me deixar seduzir por um paquerador como esse, e eu não era uma mulher conhecida por fazer besteira. No entanto, ai Deus, ele me deixou tão excitada com aquela história de dividir a sobremesa... Sem mencionar quando ele disse que uma mulher como eu merece ser apreciada lenta e completamente, e devia me sentir bonita e sexy.

Nenhum homem jamais me fez sentir desse jeito. Não é de admirar que eu nunca tivesse muita motivação para o sexo, uma vez que nenhum cara tinha me deixado acelerada desse jeito.

É claro que era apenas uma série de elogios, mas a verdade é que eu não era do tipo de mulher que os caras normalmente cantassem. Quando foi a última vez mesmo que um homem tinha flertado comigo? Quando foi a última vez que me diverti conversando com um rapaz, e que não fosse sobre estudos sociológicos, mas simplesmente me envolvendo em joguinhos de conquista?

Joguinhos? Espere um minuto, eu não sabia brincar. O gene das brincadeiras tinha sido omitido durante a minha fabricação. O problema é que com esse homem eu meio que, bem, havia brincado. Não de forma inteiramente desastrosa, afinal, eu tinha feito o sujeito rir mais de uma vez.

E não fora apenas isso, eu o excitava. Assim como ele me excitava.

— Quando alguém não pode ver — disse Day baixinho —, ele tem que confiar no contato.

Dedos roçaram meu queixo e, em seguida, os lábios macios roçaram minha face.

Isso já seria o suficiente para que eu me afastasse. Em vez disso, fiquei ali quieta, imóvel, minha pele formigando onde sua boca roçava ao longo do meu do cabelo, pressionando beijos suaves. Então ele começou a se mover em meu rosto em direção ao meu nariz.

Ele havia quebrado sua promessa. Ele havia dito – ou apenas deixado implícito? – que me beijaria apenas três vezes. Testa, nariz, boca. Em vez disso, ele foi tecendo uma cadeia de beijos, abrindo um caminho muito lentamente em toda a minha pele. Um sopro de ar, lábios macios, uma sensação de umidade quente. Tudo isso gerou um tremor em mim, direto para o meu sexo, que pulsava com a necessidade.

Os beijos eram de boca fechada, quase inocentes. Como eles poderiam ser tão excitantes? Se fosse assim, a minha reação a esse homem não fazia nenhum sentido desde o início.

Como acadêmica que eu era, acreditava na objetividade. Eu não era nem imprecisa, nem irracional. Sendo imparcial o máximo que podia, Day me deixava excitada de forma significativa. Sem dúvida, ele causava esse efeito sobre muitas mulheres, mas, para mim, a experiência era nova.

Ai, meu Deus, ele estava beijando meu nariz, fazendo-me sentir o lado úmido dos seus lábios, provocando minha carne com a ponta da língua. O nariz não é uma zona erógena, eu me lembrei na hora. Contudo, meu corpo não me ouvia, apenas respondia às provocações de Day. Meus mamilos estavam duros, ansiando por sua boca, que ela viesse dar-lhes o mesmo tratamento que ao meu nariz. E o meu sexo estava inchado, úmido e dolorido.

Por que isso foi acontecer? Com Jeffrey, a excitação não surgiu logo de cara. O tesão cresceu à medida que ele me paquerou por algumas semanas com o seu discurso intelectual, vinho tinto e alguns beijos.

E por falar em beijos, os lábios de Day tinham chegado aos meus.

Ele me deu um beijo rápido, então se afastou. Esperei para ver onde ele ia beijar em seguida, e *como* ia fazer isso, mas não aconteceu nada.

— Day? — sussurrei.

— Pronto, foram esses os meus três. Agora é a sua vez.

Eu sabia o que queria. Então, por que não assumir isso?

— Eu acho que o último não pode ser chamado de beijo. Termine o que começou.

— E depois?

— Daí eu dou os meus três.

Meus olhos estavam se ajustando à luz fraca, e eu vi o brilho de seu sorriso enquanto ele se movia em direção a mim.

— Graças a Deus.

Ele me fez sentir desejada. Como uma mulher, ponto. Não como uma menina-prodígio, não como uma das melhores professoras ou orientadora de mestrandos, não como a brilhante colega e pesquisadora, mas como uma mulher atraente e sexy. Eu poderia beijá-lo por isso. E eu o fiz.

Começamos devagar, descobrindo a forma dos lábios um do outro. Ele mordiscou meu lábio inferior do jeito que tinha feito no meu nariz, sugando-o, provocando-o com a língua, lançando dardos de prazer que atravessavam meu corpo.

Fiz a mesma coisa de volta, e ele suspirou de prazer.

Pensei que eu soubesse beijar, mas logo percebi que mal tinha terminado o colégio. Agora Day me levava para a universidade e eu apostava que, antes que ele tivesse terminado, já teria conquistado o doutoramento.

No passado, eu achava que os beijos eram uma coisa agradável, mas nada de especial. Apenas um meio prático para se alcançar um fim. Como se pensasse: "Ei, isso é legal, você é boa nisso, mas agora vamos a algo um pouco mais excitante", e coisas assim. Não é um deleite para ser saboreado devagar, deliciosamente, como um morango maduro coberto de musse de chocolate.

Estávamos ainda começando pelas bordas, como se degustássemos um chocolate. Nem sequer tínhamos chegado à fruta e minha cabeça já estava girando, meu peito vermelho, minhas coxas cerradas.

Eu gostava de fazer amor com Jeffrey, mas agora suspeitava de que minha experiência com ele tinha sido outra coisa "aprendida no colégio". Se Day fosse tão bom em sexo quanto era em beijos...

Uma de suas mãos estava no braço do meu assento reclinado, preparando-se. A outra acariciava meu cabelo e todos os cantos de meu rosto.

Corri minhas mãos pelo seu cabelo e notei como era espesso e macio, um pouco elástico como se tivesse vontade própria. Os fios se enrolavam no pescoço e eu acariciava por baixo deles, ao longo da linha do cabelo, na pele suave e escondida de sua nuca.

Enquanto nos beijávamos, senti sua respiração em meu rosto, perfumada de creme dental menta e chocolate. Eu queria provar o interior de sua boca, e agora era definitivamente a minha vez de escolher o que iríamos fazer. Segurei a cabeça entre as mãos para mantê-lo firme e, em seguida, enfiei a língua entre os lábios. Ele os abriu para mim, eu mergulhei e, sim, ele tinha um gosto tão bom quanto seu hálito. Um chocolate com hortelã para depois do jantar, para chupar e me deliciar.

Ele inclinou a cabeça, me dando um melhor acesso, e dançou a ponta da língua ao redor da minha. Então assumiu a sua vez de invadir minha boca, fazendo uma exploração sensual.

Meus lábios estavam abertos e formigando, macios e úmidos, enquanto a língua dele se impulsionava por entre eles. Simulando o ato sexual.

Por falar em lábios, aqueles meus outros lábios estavam inchados e úmidos, e adorariam um estímulo diferente da pressão do algodão entre as minhas coxas.

No entanto, as mãos dele não desceram até lá. Em vez disso, uma delas avançou pelo ombro de minha camiseta, afastou o tecido e depositou beijos sobre a pele nua que ele revelou, descendo o decote em V para a fenda que agora estava sendo exibida. A língua dele seguiu essa fenda, em seguida ele beijou ao longo da linha superior do meu sutiã.

Prendi a respiração, os mamilos duros e doloridos.

— Há uma maneira melhor — ele murmurou.

Lógico que havia, mas era preciso privacidade e uma cama.

— O que você tem em mente?

— Tire o sutiã.

— Mas...

Eu queria as mãos desse homem, seus lábios, em meus seios, mas e se alguém nos visse? Dei uma espiada na cabine além dele, vendo praticamente nada, exceto um brilho de luz a muitos assentos de distância. E se alguém decidisse passar pelo corredor, o corpo de Day bloquearia a visão da pessoa.

Contorcendo-me no assento, eu me endireitei de forma que pudesse alcançar as costas de minha blusa e abrisse o fecho do sutiã. Então, puxei uma alça do ombro para fora da minha regata e a desci pelo meu braço até a mão; em seguida, usei a outra alça para puxar todo o sutiã para fora pelo outro lado.

Provavelmente, nem dava para notar, mas eu me sentia diferente. Impura e sensual, sentia os bicos dos seios se esfregando contra o tecido da regata. Esse era o máximo de estar sem sutiã em público.

— Guarde em algum lugar que você não vá perdê-lo — sugeriu Day.

Eu meti o sutiã na bolsa e peguei um dos cobertores que ele havia colocado entre nossos assentos. Quando ele o abriu e colocou em cima de mim, senti-me mais ousada e recostei-me em meu lugar, descaradamente empurrando meu peito em direção a ele.

Day não perdeu tempo em aceitar a minha oferta. Ele deslizou as mãos sob a barra inferior da minha blusa, esfregando a pele nua por cima do cós da minha calça e me fazendo tremer. Em seguida, segurou meus seios. E não se mexeu. Ficou apenas segurando-os, permitindo que eles se acomodassem em suas mãos grandes, como se tivessem sido projetados para caber lá.

Eu podia vê-lo muito bem agora. Seus olhos estavam fechados e ele sorriu, não aquele sorriso sexy, mas outro, de um ritmo mais lento, um sorriso de boca fechada que me parecia perfeita satisfação.

— Uau, isso é bom — murmurou.

Era mesmo, e eu não podia me queixar de ele parecer tão excitado de apenas segurar meus seios, mas a minha vontade mesmo era que ele tocasse em meus mamilos.

— É bom, mas poderia ser melhor.

Seus olhos se abriram, olhando-me de lado com humor.

— Pois eu pensava que eram vocês, garotas, que sempre queriam que as preliminares fossem bem lentas?

— Pois, se você for mais devagar, vou morrer de frustração.

— Não posso deixar que isso aconteça. Então, Theresa, do que você gosta?

Ele segurou meus seios com mais força, tornando-os ainda mais redondos e mais sensíveis. Em seguida, passou os polegares ao redor dos bicos franzidos, circulando-os em uma leve carícia.

Suas ações fizeram minha camiseta esfregar para a frente e para trás em meus mamilos. Estimulação, mas não o que eles desejavam. Fazia muito tempo desde que um homem havia tocado meu corpo assim, tão intimamente. Sim, eu sabia que poderia viver sem sexo, mas agora que estava seminua na escuridão com um cara tão delicioso, queria tudo o que ele pudesse me dar. Um gemido escapou dos meus lábios.

A boca de Day imediatamente cobriu a minha, e só então percebi o que eu tinha feito. Se íamos brincar sem sermos pegos pelos comissários de bordo, teríamos que manter a calma.

— Desculpe — murmurei contra seus lábios.

Ele chupou meu lábio inferior. Então, finalmente, suas mãos se ocupavam de meus mamilos, apertando-os suavemente, rolando-os com os dedos de modo muito parecido com o que seus lábios faziam com os meus.

Caramba, aquilo era uma sensação maravilhosa.

Ele parou de beijar e soltou um de meus peitos, brincou com os controles de meu assento e agora eu estava ainda mais inclinada para trás. Ele afastou o cobertor e ergueu minha camiseta para cima, para revelar meus seios; em seguida, a cabeça escura mergulhou para baixo e lambeu em volta do meu mamilo, esfregando rápido com sua língua úmida.

E então ele chupou e mal consegui reprimir um suspiro de prazer. Eu apertei a mão contra meus lábios, um lembrete para ficar quieta, e enterrei minha outra mão em seu cabelo. Enquanto seus lábios talentosos e sua língua trabalhavam em meu mamilo, meus quadris empurravam para cima, ansiando pela pressão erótica do corpo dele, mais embaixo.

Isso não poderia acontecer, no entanto. A falta de privacidade e o design dos assentos não permitiam. Droga.

Eu nunca fora uma mulher que chegasse ao clímax de forma tão fácil, mas agora a tensão sexual estava tão acumulada, tão apertada dentro de mim, que tinha certeza que iria gozar se... seus dedos pudessem fazer isso.

Será que ele faria isso por mim? E eu, teria a coragem de perguntar?

Ele estava chupando meu outro mamilo agora, seu toque tão provocante que pressionei meus lábios com a mão para não gemer.

Day ergueu a cabeça do meu peito e começou a dar beijos úmidos descendo para o meio de meu corpo. Quando chegou à cintura da minha calça, ele abriu o botão e parou. Talvez estivesse esperando para ver se eu iria protestar.

— Você é um tesão — murmurou com voz rouca. — Tem um corpo encantador. — E levantou a cabeça. — Theresa?

— Não pare — sussurrei.

Sob o cobertor, ele baixou o zíper e enfiou a mão lá dentro, roçando minha barriga nua acima da calcinha boxer que eu usava.

Eu tremia, o corpo tenso de ansiedade.

Ele pegou meu monte de Vênus por cima do algodão fino. Como tinha feito com o meu peito, apenas segurou por alguns instantes.

Deixei que a sensação de seu calor firme se dissipasse através do tecido, através do ninho de cachos de meus pelos púbicos. Senti seu dedo médio se curvar entre as minhas pernas perto da virilha úmida, descansando sobre meu clitóris, meus lábios. Meu sexo tremeu, faminto, e eu queria me pressionar contra sua mão, mas havia algo de muito sensual em não me mover. Enquanto me concentrava, a sensação aumentava. E foi se intensificando, a ansiedade se acumulando.

Agora, todo o meu corpo tremia com a necessidade.

— Puxe sua calça para baixo — disse ele.

Segurei a cintura em ambos os lados e ergui o corpo, descendo o tecido sobre meus quadris.

Day assumiu a partir daí, deslizando minha calça sobre meus quadris e minhas coxas, até ficar abaixo dos meus joelhos.

Deitei-me debaixo do cobertor, nervosa, mas extremamente excitada, como a adolescente com hormônios à flor da pele que nunca tive a oportunidade de ser.

Seu dedo esfregou minha calcinha, roçando meu clitóris.

Quase caí do assento, então a realidade desabou sobre mim. Essa era realmente eu, a professora, a doutora Fallon? Seminua debaixo de um ralo cobertor de uma companhia aérea, numa cabine com talvez cinquenta outros passageiros, abrindo as pernas para um completo estranho?

Não podia ser. Eu era muito racional. Inibida. Nada sexy.

— Que tal assim? — sussurrou ele, puxando o algodão.

Ah, como eu queria o toque daquele homem, da pele dele contra a minha, mas...

— Não, eu não tenho coragem.

Meu Deus, o que eu estava pensando? Será que tinha coragem de fazer tudo isso?

— Deixe que eu cuido disso.

Ele cuidou. Eu não tinha a menor dúvida de que um homem como Day conseguia praticamente tudo o que queria quando se tratava de sexo. A coisa surpreendente foi... Que ele queria "cuidar disso" comigo.

Esse cara poderia me chamar de professora de vez em quando, mas me via como mulher. Não só isso, ele não estava ligando só para o seu prazer, mas para o meu também.

E, caramba, eu queria esse prazer. Jeffrey tinha me tocado dessa maneira, algumas vezes fazendo a mesma coisa, mas era sempre um meio para um fim, e o fim era Jeffrey dentro de mim, buscando logo seu clímax. Isso não poderia acontecer aqui com Day, não nesta cabine de avião, e era tão erótico e satisfatório ter um homem querendo me dar prazer.

Enquanto seus dedos novamente me acariciaram através da minha calcinha, agarrei os braços do assento e estiquei minhas coxas, dando-lhe melhor acesso. Senti meu corpo todo ficar alerta para o gozo.

Todo o meu corpo focado no deslizar tentador de seus dedos e nas sensações que eles despertavam

— Que boceta deliciosa — murmurou ele.

Boceta. Claro que eu conhecia a palavra, mas nunca a tinha pronunciado. Nem nenhum homem a tinha dito para mim. Uma palavra sexy. Uma palavra para uma mulher que não fosse inibida, mas sensual e puramente feminina.

Um formigamento apertado e dolorido se irradiava para além de onde ele me tocou, e no interior de meu corpo a tensão da excitação se acumulava.

— Ai meu Deus... — sussurrei.

Olhando para baixo, tudo o que eu enxergava era o cobertor azul e seu braço, desaparecendo debaixo dele. Tão estranho não ser capaz de ver, mas sentir, tais sensações intensas.

Ele puxou de lado minha calcinha e passou a acariciar a pele nua, tocando com a ponta dos dedos minhas dobras úmidas. Deslizando, pressionando, circulando, cada toque me sensibilizando ainda mais. Um dedo passeou entre meus lábios, sondando delicadamente, em seguida escorregou para dentro de mim e novamente tive que abafar um suspiro, porque aquilo era muito bom.

Ainda apoiando-se com uma mão no braço de meu assento, Day inclinou-se para sussurrar no meu ouvido:

— Meu Deus, você é muito gostosa, Theresa. Está gostoso assim?

— Ah, está — As palavras saíram em um suspiro abafado. — Continue.

Outro dedo juntou-se ao primeiro. Ele bombeou gentilmente, circulou dentro de mim. Comecei a imaginar seu pênis, mais grosso e mais comprido, fazendo as mesmas coisas, cumprindo a promessa daquele volume de dar água na boca dentro de seus jeans.

Meus músculos internos se agarraram a ele, então o liberaram, automaticamente assumindo um ritmo que combinava com seu empurrar e circular.

— Gostosa — disse ele. — Queria poder provar você.

O pensamento de sua boca em mim fez meu quadril se erguer, apertando o meu sexo contra a palma da sua mão.

Sua boca desceu sobre a minha, a língua separando meus lábios.

Comecei a beijá-lo de volta, mas o polegar me lembrava do meu clitóris, pressionando e circulando, e todo o meu foco voou para baixo, onde toda a excitação - cada momento dela desde a primeira vez que vi aquele homem - estava centrada e acumulada.

Se eu não gozasse em breve, morreria de frustração.

Usando o polegar e o indicador, ele suavemente beliscou meu clitóris e o apertou. Dentro de mim os dedos acariciaram um ponto absurdamente sensível. As sensações deliciosas vieram num crescendo, chegaram ao pico e se quebraram em ondas. Meu orgasmo teria sido barulhento, mas sua boca conteve meu grito.

Depois, descolei minha boca da dele e inspirei o ar.

Poucos minutos mais tarde, quando comecei a recuperar o fôlego, sussurrei:

— Uau. Isso foi... Uau!

— Você é tão sensível. E tão sexy.

Eu era?

Agora que podia respirar novamente, deixei-me afundar na poltrona e libertei uma das mãos para alcançá-lo pela parte de trás da cabeça, puxá-lo para baixo de forma que nossas bocas se encontrassem novamente. Lentamente, leve e saciada, talvez um pouco desleixada, eu o beijei.

Uma parte da minha necessidade foi satisfeita, mas faltava alguma coisa. Day tinha me dado um orgasmo impressionante, mas eu ainda precisava tocar o pênis dele. E realmente queria fazer isso. Além do mais, que tipo de amante eu seria, como esse ato poderia ficar completo, se ele também não gozasse?

Afastei-me suavemente de sua boca.

— Acho que é a sua vez.

Ele soltou um som abafado.

— Estou tão duro que poderia explodir.

O que poderíamos fazer, diante da falta de privacidade? Ele estava sentado no corredor, e muito exposto.

— Vamos mudar de lugar — sugeri. — Só me dê um minuto para, hã...

Subi minhas calças, sob as sombras do cobertor, e então trocamos de lugar.

A cabine do avião estava em silêncio. As únicas pessoas que poderiam ver nosso assento no corredor eram o bisavô do outro lado do corredor, que estava enrolado sob o cobertor de costas para nós, e a mulher sentada atrás dele. Ela estava deitada de costas, máscara sobre os olhos, a boca aberta, roncando suavemente. Ao mesmo tempo, o que estávamos fazendo parecia muito arriscado.

Talvez Day tenha percebido meu nervosismo.

— Ei — murmurou, tocando meu ombro. — Você não precisa fazer isso.

— Não, eu...

Eu queria senti-lo em minhas mãos, trazê-lo para fora. Ah, para o inferno essa coisa de ser sensata. Joguei o cobertor sobre ele, com as mãos tremendo, e segurei o zíper de seus jeans.

Day estremeceu e soltou um longo suspiro.

Sob o tecido desgastado, sua ereção parecia uma barra de ferro. Isso se o ferro fosse capaz de pulsar sob o meu toque. Meus dedos coçavam de ansiedade de libertá-lo. Eu me atrapalhei com o botão e ele me ajudou; então, juntos, abrimos o zíper.

Agora eu poderia segurar seu pênis através da cueca, mas isso ainda não era bom suficiente. Puxei a calça na cintura e Day entendeu o recado, descendo a peça de roupa até os quadris.

Minha mão se fechou avidamente em torno daquele mastro nu ardente, um calor latejante. Comecei a acariciar subindo e descendo, senti o emaranhado de seus pelos pubianos, as bolas firmes. Subi a mão, circulei os dedos debaixo da cabeça do pênis e em seguida acariciei a coroa, pegando algumas gotas de antes do gozo e espalhando o líquido quente.

Seus quadris estremeceram.

Eu queria poder puxar o cobertor de lado e vê-lo. Seu pênis me parecia perfeito. Ele era tudo o que uma mulher poderia desejar, e muito mais do que eu já tinha experimentado. Meu sexo, tão recentemente satisfeito, ficou com um pouquinho de fome, desejando a sensação dele dentro de mim. Repeti meu toque, descendo pelo pênis e subindo de novo, fazendo um círculo na ponta e depois mais rápido. Seus quadris se contraíram de novo e eu podia ouvi-lo respirando com dificuldade, tentando ficar quieto.

Eu estava virada de mal jeito para ele no assento, uma posição que não me deixava fazer com seu corpo um décimo das coisas que desejava, mas mesmo assim conseguia bombear aquele pênis, sentir sua resposta, e meu próprio corpo ansiando por mais.

Sua mão pegou a minha quando eu agarrava a base do pênis, o que no começo me fez pensar que ele quisesse que eu parasse, então percebi que na verdade Day estava me entregando alguns lenços de papel. Ele obviamente tinha pensado nisso antes, quando tinha ido ao banheiro.

Se tivesse coragem, eu teria me ajoelhado no chão e envolvido minha boca em torno do pênis. No entanto, se alguém por acaso passasse pelo corredor, perceberia na hora o que estávamos fazendo.

Seus impulsos diminuíram. Agora eles estavam irregulares e sua respiração foi ficando cada vez mais alta. Era preciso terminar com aquilo antes que fôssemos pegos.

Deixei de me segurar no assento, tentando me equilibrar; então me abaixei e com uma das mãos segurei firme as suas bolas, enquanto com a outra acariciava o pênis. Ao sentir suas bolas bem apertadas em minha mão quando ele atingiu o clímax, envolvi os lenços de papel em torno de sua coroa enquanto Day se contraía e soltava seu líquido.

Meu corpo tremia e meu sexo latejava enquanto imaginava aquele homem se liberar assim dentro de mim. Meu Deus, como eu queria isso.

Quando ele terminou, voltei para meu assento do corredor, tremendo de emoção.

Aos poucos, a respiração de Day diminuiu. Ele puxou a cueca e a calça jeans e jogou o cobertor de lado.

— Qual foi aquela sua palavra chique, fessora? — brincou ele suavemente. — Uau?

— Essa mesma.

— É a palavra certa.

Ele se ergueu do assento, do meu assento, tocou meus lábios, então pegou os lenços de papel usados que eu segurava, foi para o corredor e desapareceu no lavabo.

Ajeitei meu assento, que ainda estava reclinado, e deitei-me, sentindo meus lábios se curvarem para cima de forma eufórica e meio tola. Uau, mesmo! Que experiência incrível, quase surreal! Será que isso significava que eu agora fazia parte do *clube do sexo nas alturas*? Ou será que, para isso, teria que haver um intercurso para valer?

Ah, como eu queria fazer sexo de verdade com esse homem. Se brincar como adolescentes do jeito que fizemos foi tão gostoso, eu imaginava como seria na cama.

Quando Day voltou e sentou-se, eu ainda estava sorrindo. A antiga Theresa teria se sentido constrangida, mas esta aqui se sentia sexy, desejada, excitada. Inclinei-me e murmurei:

— Você é mesmo o máximo!

Seus lábios roçaram os meus.

— Nãã... Você que é — seu sorriso fez brilhar os dentes brancos, mesmo na penumbra. Então, ele bocejou. — Cara, estou acabado. Fiquei acordado quase a noite toda, fazendo as malas.

Será que isso era verdade, ou apenas uma desculpa para o seu sono?

— Você sabe, existe uma razão científica para os homens adormecerem depois do sexo. Não que isso tenha, quero dizer, a gente não fez sexo de verdade, claro.

— Eu acho que os orgasmos valem, sim — ele bocejou de novo e ajustou o assento, que estava tão reclinado quanto o meu. — Então, você que é cientista, professora, vai me desculpar se eu apagar?

— Sim, vou. — Na verdade, senti uma espécie de carinho enquanto observava suas pálpebras se fecharem e ele se entregar ao sono.

Eu também deveria estar cansada, depois de passar a maior parte da noite anterior me preparando para esta viagem, mas me sentia acesa demais, e tensa demais, para dormir.

Tentando me acalmar, tirei o laptop da mala, conectei-o na tomada do meu assento e o liguei.

Primeiro, dei uma olhada no e-mail que Kat tinha enviado algumas horas antes. Ele dizia o que me contara por telefone e avisava que me enviaria o horário de chegada do trem assim que comprasse sua passagem.

Pensei na minha irmã centro-das-atenções tomando um trem. Seria típico ela acabar encontrando um amante durante a viagem – como eu tinha encontrado Day, mas no meu caso isso era bem fora do esperado. Claro que Kat ia conhecer um perdedor, apaixonar-se por ele e quebrar a cara no final da viagem. Enquanto eu sabia exatamente o que estava fazendo, e que não havia emoção envolvida, nem da parte de Day nem da minha.

O que pude perceber, no entanto, foi uma semelhança fundamental entre mim e minha irmã. Nenhuma de nós era o tipo de mulher que atraía um amor verdadeiro e duradouro. Uma pontada de ressentimento me bateu, mas a afastei. Kat poderia ansiar muito por esse tipo de relacionamento, mas eu era feliz sem ele. Tinha uma carreira muito gratificante e ainda havia comprovado, graças a Day, que poderia ocasionalmente ter um envolvimento casual.

Voltei rapidamente para a rodada anterior de e-mails, que começara com Merilee logo depois da conferência por telefone quando ela nos contou sobre o casamento.

> Oi, manas, isso é tão legal! Não acredito que verei todas vocês em duas semanas. Estou tão animada com esse casamento! Vocês sabem como esperei por esse momento toda a minha vida. Parece que finalmente estou cumprindo meu destino.
>
> E, não, gente, isso não significa que abrirei mão da faculdade e da carreira e dedicarei minha vida a um homem. Vocês e mamãe me criaram melhor do que isso. Significa apenas que Matt é minha outra metade e mal posso esperar para estarmos oficialmente unidos!

Senti quase a mesma coisa quando conheci Jeffrey, fiquei apaixonada por ele, e então ficamos noivos. Eu acreditava que ele era minha alma gêmea.

Minha alma, obviamente, tinha um péssimo gosto por homens.

Merilee era muito mais inteligente. Conheceu Matt quando estava com sete anos e, na adolescência, o agarrou para sempre. Matt era um cara muito doce, bonito, inteligente e carinhoso. Estava no caminho para se tornar professor, o mesmo que minha irmãzinha. O mais importante era que sempre a tratou com carinho e respeito. Este não era um homem que a trairia, em nenhum sentido da palavra.

Voltei a me concentrar em seu e-mail.

> É incrível vocês se oferecerem para ajudar com o casamento, mas, sério, não se preocupem, beleza? Sim, eu sei que sempre disse que queria tudo a que tinha direito, desde os convites escritos à mão até o vestido deslumbrante e o casal bonitinho em cima do bolo, mas se fizéssemos tudo isso, perderíamos o cruzeiro. E eu preciso dessa lua de mel com meu amor. Este ano, depois de ficar doente, me ajudou a repensar muitas coisas. Amor e saúde são o que importa.

Merilee sempre foi uma menina independente. Não é uma reclamona. E tinha sido um choque para todos nós quando disse que fora diagnosticada com endometriose e tinha marcado uma laparoscopia. Sabíamos que ela normalmente sofria com sua menstruação, mas muitas garotas passam por isso também, e foi isso que eu, minha mãe e minhas irmãs dissemos a ela. Quem poderia imaginar que ela realmente tinha um problema de saúde?

Bem, Matt fora um que imaginara. Ele continuava dizendo a ela para ir ao médico, mas Merilee nos ouviu e não a ele. Até a última primavera, quando a dor estava mais forte do que o habitual.

Quando ela enviou um e-mail contando sobre o diagnóstico, eu me senti extremamente culpada. Tenho certeza de que Kat e Jenna também, e minha mãe especialmente. A culpa me deixou ainda mais determinada a dar a Merilee o casamento mais especial que pudesse em um espaço de tempo tão curto.

> Agora falando sério, um dos problemas da endometriose é que ela reduz minhas chances de engravidar. Matt e eu achamos que é melhor começar a tentar cedo. E queremos estar casados para formar uma família.

Este era um bom momento para ir para casa. Em algum momento entre os trabalhos de faculdade de Merilee e os preparativos para o casamento, eu procuraria uma oportunidade de conversar com ela sobre sua saúde.

> Então, esqueci de dizer uma coisa ao telefone. Acho que, tipo, não preciso falar, mas se alguma de vocês quiser trazer um cara como acompanhante, seria ótimo. Jenna, conhecendo você, imagino que já terá trocado o surfista por outra pessoa até lá, mas, se trouxer alguém, tente não chocar demais nossos pais, tá? Theresa, acho que você não está saindo com ninguém, né? E Kat, você está ficando com algum dos perdedores? HAHAHA.
>
> Abraços, Merilee

Sim, até nossa doce irmãzinha conseguia ser sarcástica às vezes. Ela gostava de jogar na nossa cara que era a única que teve sorte no amor.

Jenna respondeu com: "Nunca se sabe quem eu posso pegar no caminho de casa, e eu vivo para chocar".

Kat replicou ao e-mail de Jenna com: "Meu Deus, Jenna, tome cuidado, pelo amor de Jesus!".

Para o que Jenna retrucou: "Olha só quem fala, Kitty-Kat. Você é a única que tem dedo podre para homens".

Kat escreveu: "Bem, então eu vou sozinha. Até parece que eu nunca vou encontrar um homem que seja aprovado pela nossa família, oras. Theresa e eu seremos a acompanhante uma da outra, certo, mana?".

Antes que eu tivesse a chance de responder, Jenna bateu de volta com: "Tree, você tem que voltar à ativa, irmã. Sua periquita vai murchar e morrer se não receber nenhuma atenção masculina em breve".

Foi nesse ponto que eu chequei os e-mails e entrei na conversa. Minha mensagem era: "Pelo menos a minha periquita é seletiva".

Enquanto eu lia minha mensagem de menos de vinte e quatro horas, lutei para segurar uma risadinha. Agora minha periquita, como Jenna tão curiosamente definira, estava muito feliz. Talvez Day não fosse exatamente o que eu tinha em mente quando digitei a palavra "seletiva", mas ele tinha dedos muito talentosos.

Por um momento, fechei os olhos e brinquei com a fantasia de levar Day ao casamento da minha irmã. Minha família não iria acreditar!

Não que isso aconteceria, de maneira nenhuma. Nossa pequena aventura foi puramente de entretenimento a bordo.

E por falar em entretenimento, era hora de parar de adiar as coisas e me concentrar em uma das minhas tarefas. Uma vez que o computador estava aberto, decidi me concentrar no planejamento do casamento em vez das provas finais dos alunos.

Sabendo que era quase impossível conseguir falar com qualquer um de meus pais ao telefone, escrevi um e-mail pedindo-lhes para checar a disponibilidade dos VanDusen Gardens e salvei na pasta de rascunhos. Quando estivesse esperando o voo para Vancouver no aeroporto de Honolulu, procuraria uma conexão para poder enviar a mensagem.

Então abri o programa de planejamento de projetos e criei um arquivo intitulado Casamento de Merilee. Digitei cabeçalhos para Itens, Prazo, Ideias/Notas, Andamento e Conclusão.

Então, inseri o primeiro item: "Identificar Local", com a data "Urgente" e as observações "VanDusen?" e "Pais podem cuidar disso?".

Tudo bem, o que vem depois? Tempo para consultar a Bíblia dos casamentos. Coloquei o computador no chão, puxei da maleta o volume espesso que tinha comprado e vasculhei o primeiro capítulo. Percebendo que estava apertando os olhos – minha visão piorava quando estava cansada –, coloquei meus óculos de leitura.

Então peguei o computador para fazer mais anotações. No espaço para Itens, digitei Questões Legais. Para prazo, coloquei um "?" e depois digitei: "Não são necessários exames de sangue porque ambos são maiores de idade e cidadãos canadenses. Precisa de licença de casamento. Onde/quando/quem pode obtê-la? Pesquisar na internet? Será que Merilee já sabe disso?".

Consultei o livro novamente, então voltei para o planejamento e digitei: "Juiz de paz. O mais rápido possível. Se o casamento for ao ar livre, quem pode oficializar? Religioso ou civil? M provavelmente não se importa com isso, contanto que seja romântico". "Com laço branco, flores bonitas, votos românticos. Isso é o que ela quer".

— Sua irmã? — a voz grogue de Day quase me fez jogar o computador pelo ar.

***

Capítulo 6

Damien sorriu ao ver a expressão de choque no rosto de Theresa.

— Não faça isso comigo — disse ela, olhando para ele por cima dos óculos, com uma mão sobre o coração. — Eu pensei que você estivesse dormindo.

— E estava.

Ele estendeu a mão e pegou em seu braço, porque era difícil olhar para ela e não tocá-la. Seu murmúrio o havia acordado, mas aquela mulher era tão bonita que ele não conseguia ficar aborrecido com isso. Ela mexia demais com ele. Inteligente, atrevida, sexy, sensual – mas também com certa simplicidade, como ficar vermelha de vergonha à toa e cochichar sozinha, o que a deixava ainda mais atraente.

E era muito divertido brincar com Theresa.

— Ficou difícil dormir com todo esse material sobre burocracia e juiz de paz e laço branco. Que merda é um juiz de paz, afinal?

Seu rosto se encheu de vergonha e ela tirou os óculos.

— Eu estava falando sozinha de novo? Desculpe. Um juiz de paz é a pessoa que oficializa um casamento.

— Vocês, os acadêmicos, sabem todas as grandes expressões — ele brincou.

Ela estendeu a mão e levantou um livro que devia pesar uns três quilos.

— Acredite em mim, conheço apenas cerca de um centésimo do que está neste livro. Eu viveria feliz pelo resto da vida sem aprender o restante.

Damien olhou para o título, em que se lia *Planejamento com perfeição: a Bíblia para organizar um casamento*.

— Sua irmã vai se casar neste mês e você tem que fazer todas as coisas desse livro? O que você é, alguém que consegue fazer milagres, é isso?

— Claro que não vou conseguir fazer tudo o que está aqui, mas não quero deixar passar nada que seja importante, e pretendo arranjar o máximo de babados e enfeites que puder. Merilee é esse tipo de garota. — Ela torceu o nariz com tristeza. — É praticamente meu oposto.

Não, Theresa era feminina e sexy, mas não do tipo que gosta de babados. Era o tipo de mulher cuja aparência combinava com o vestido de noiva de que ambos tinham gostado.

Ele gostaria de ver Theresa em um vestido desses. Não em um vestido de noiva, é claro. Um vestido de verão já seria bom. Pena que ela estava indo para Vancouver, como ele entendeu por suas conversas com as irmãs, em vez de parar em Honolulu como ele ia fazer. Ele poderia encontrar uma porção de maneiras maravilhosas para matar um dia e uma noite no Havaí com essa mulher.

Será que ele conseguiria persuadi-la a mudar de planos? Apesar de Theresa estar preocupada com o casamento, ela também tinha brincado bem gostoso debaixo do cobertor, assim como ele.

Então, ficou imaginando os dois compartilhando a vista do mar no quarto do hotel que ele havia reservado. Ele fazendo-a deitar na cama com a porta da sacada aberta e uma suave brisa do mar entrando. Tirando as roupas devagar, uma peça de cada vez, observando os seios intumescerem, os bicos ficarem excitados...

Damien voltou a dormir, e a ter sonhos eróticos.

Quando Damien acordou novamente, não foi por causa dos murmúrios. Theresa tinha guardado seu computador e seu livro e estava deitada em sua cadeira, dormindo com a máscara sobre os olhos, o cobertor esticado sobre ela. Dormindo tão bem e tão profundamente quanto imaginava que ela fizesse praticamente tudo na vida.

Exceto fazer sexo. Esse era um lugar onde ela parecia menos no controle, mais espontânea. Graças a Deus.

Ele adoraria saber como ela seria de verdade, com privacidade, tempo, uma cama confortável. Ah, sim, ainda precisava convencê-la a passar a noite em Honolulu. Isto é, se a mulher não surtasse completamente quando descobrisse quem ele era.

Damien estava acordado agora, por isso decidiu trabalhar um pouco. Levantou seu assento, acendeu uma luz de leitura e, em seguida, olhou para Theresa. Ela não se mexeu.

Logo ele estava absorto na revisão da prova de *Gale Force*. Essa era sua última chance de pegar os erros, então sempre se concentrava ao máximo. Tudo bem, ele poderia escrever merda superficial, mas nem ferrando ia deixar passar qualquer inconsistência ou erro de digitação, se pudesse evitar.

Ele estava no meio do capítulo dois quando Theresa exclamou:

— Ah, meu Deus, você é Damien Black!

Assustado, ele empurrou as provas, então virou-se para ela, um dedo sobre os lábios.

— Sshh, as pessoas estão dormindo.

Caramba, ele pensou que a mulher fosse dormir por mais umas duas horas! Agora, ela estava acordada e descobrira sua identidade.

Ela empurrou a máscara de dormir para o topo da testa e olhava para ele. Seu rosto, iluminado pela sua luz do assento, era um misto de vergonha e horror.

— Escritor de lixo superficial — Ele ergueu a mão como uma criança na hora da chamada. — Sim, sou eu.

— Eu... eu...

— Não sabe o que dizer? — brincou Damien.

— E-estou tão envergonhada... — Sua voz era baixa agora. — Eu não tinha ideia, na livraria. Então, é por isso que você parecia familiar, eu tinha visto sua foto antes. — Então ela fez uma careta. — Você sabia que eu não sabia, e me deixou continuar pensando que... Aaah! E é por isso que Carmen ficou assim tão... Ah, você realmente é nojento! — e a voz subia de novo enquanto sua indignação se acumulava.

— Sshh — ele repetiu, ficando incomodado de verdade. — Então, o que eu deveria dizer? Olá, eu sou o cara que escreve os livros que você acha completamente simplistas e superficiais?

— Você me deixou... Eu pensava que...

— Tudo bem, talvez tenha sido mesmo um pouco errado não contar quem eu era antes de nós, hã, brincarmos. Mas eu queria que você me desse uma chance. Eu pensei que, se você soubesse que eu era o escritor que odiava, teria preconceito contra mim.

Os olhos dela ainda estavam apertados.

— Nunca disse que detestava seus livros. Só li um e esse não era tão ruim... É que...

— Sim, eu ouvi da primeira vez.

— O que você fez não foi justo. Não foi certo.

— O quê? Permitir que me conhecesse antes de me julgar? — Ele lutou para manter a voz baixa, mas, porra, esse era um assunto delicado. — Deixe eu dizer uma coisa, já estou muito cansado de pessoas que fazem suposições sobre mim só porque eu sou "aquele escritor".

Enquanto ele falava, o olhar de Theresa passou de raiva para um olhar conturbado. Seus olhos se suavizaram com compreensão e talvez simpatia.

— Eu sempre odiei quando todos me viam como "a espertinha" e não se interessavam em me conhecer.

— Além disso, você sabia o meu nome. Carmen se dirigiu a mim como senhor Black e eu disse que meu nome era Day.

— Você me disse que era chinês — protestou ela.

— Não... Você disse que era chinês. Eu apenas não a corrigi.

— Você não é a pessoa mais íntegra do mundo, não é? — Agora o rancor tinha morrido em sua voz, ou pelo menos diminuído. Então, ela franziu a testa. — Espere um minuto, eu pensei que você fosse aborígene australiano. Não é essa a sensação, por você escrever sobre um policial aborígene?

— Sim, por parte da mãe de minha mãe.

Ele virou-se em sua cadeira e empurrou a manga de sua camisa para exibir a tatuagem em seu outro braço. Era seu próprio totem, feito ao estilo de arte aborígene, mostrando o esqueleto e os órgãos internos.

Ela olhou para seu braço, em seguida estendeu a mão para acompanhar os traços.

— Uma águia?

— Águia do mar.

O toque macio da mulher lançou uma excitação ao longo do corpo de Damien, lembrando-lhe da intimidade que tinham compartilhado, e ele estremeceu.

Ela empurrou de volta sua mão e se concentrou em seu rosto.

— Um dragão chinês em um braço. A avó chinesa. Você nasceu no ano do dragão, não é?

Ele assentiu com a cabeça, esboçando um sorriso. Ninguém nunca diria que Theresa é uma pessoa estúpida.

— E uma águia do mar. Seu animal totêmico? Sua mãe viu uma

águia do mar quando ela sentiu pela primeira vez que você se movia em seu ventre?

Outro aceno de cabeça.

— Sim, fiz as tatuagens aos quinze anos, ao entrar em contato com minhas raízes.

— Humm. Você era jovem demais para tomar uma decisão como essa. Aposto que pediu permissão a seus pais.

Distraidamente, ela tirou a máscara de dormir da cabeça e correu os dedos pelos cabelos.

— Não. Eles brigaram muito e disseram que eu era um idiota e que me arrependeria disso até o fim da vida.

— E você se arrependeu?

Damien balançou a cabeça com firmeza como negação. Ele não era um cara que conversava com os espíritos da maneira como seu protagonista Kalti fazia, mas aquelas tatuagens haviam se tornado uma parte dele, tanto quanto suas mãos e sua criatividade.

O olhar da professora tinha suavizado, de modo que o homem se atreveu a perguntar:

— Você pode aceitar o fato de que, mesmo que ache que as coisas que escrevo são uma droga, eu não sou um cara mau?

Os lábios dela tremeram.

— Eu nunca disse isso, que são uma droga, você está exagerando.

— Theresa? — Agora ele se atreveu a chegar mais perto, a tirar o cobertor que envolvia os braços dela e a correr os dedos suavemente sobre a pele macia. — Fizemos uma conexão. Não tente rompê-la por causa de algo tão... — ele parou antes de dizer "bobo".

— Eu não gosto de ser enganada.

Damien pensou sobre o ex dela e fez uma careta.

— Eu sei. Sinto muito por isso. Isso não vai acontecer novamente.

— Bem... — Ela encolheu os ombros. — Eu acho que consigo entender seu lado. Sobre não querer que eu julgasse você precipitadamente.

— Amigos de novo? — disse ele sedutoramente, passando a mão nas costas e pressionando-a.

A mão dela se contraiu, e então lentamente ela se virou e enlaçou os dedos aos dele.

— Acho que sim. Embora talvez não devêssemos mais tocar nesse assunto.

— Parece uma decisão inteligente.

Contudo, será que já tinha nascido algum escritor que ignorasse uma crítica ruim? Ou será que devia perguntar a ela o que havia de errado com seu gosto?

A mão de Theresa estava quente e macia na dele. Esta podia ser a oportunidade perfeita para apagar a luz de seu assento, aninharem-se e começarem mais um jogo sexual.

— Quer dizer, são só os meus romances ou você acha que toda a ficção é superficial?

Sua mão se esticou e ela bufou.

— Day. Damien? Eu não quero brigar.

Ele ergueu a mão livre em protesto.

— Não vai ter briga. É apenas para satisfazer a minha curiosidade.

Depois de uma longa pausa, ela disse:

— Eu não leio muito ficção. Não tenho interesse por esse tipo de livro.

— Ah, é? E o que você faz em suas horas de lazer? TV ou cinema? Música?

— Hã... Eu ouço música de vez em quando, mas apenas enquanto leio revistas ou trabalho. Assisto a um ou outro documentário, aos telejornais, e viajo, fazendo pesquisas e participações em conferências e congressos.

— Escute só o que você está falando. Eu pergunto sobre entretenimento e lazer e você me fala sobre trabalho.

Ela puxou sua mão, liberando-a, e levantou o queixo em desafio.

— Eu disse a você. Só trabalho, sem brincadeira.

Aquela mulher devia ter um QI de gênio e passado por toda a vida escolar pulando com um canguru que tomou anfetaminas, então como havia conseguido ignorar o fato de que seus pais realmente a tinham sacaneado? Ele agarrou-lhe a mão de novo e apertou-a, mesmo que ela não tivesse respondido. No momento ele estava mais interessado na vida dela do que em sua opinião sobre seus livros:

— Vamos tentar isso de outra forma. O que lhe dá mais prazer na vida?

— Eu... Eu acho que... Ensinar. Ver os alunos se aprimorando e seguindo em frente — ela disse e se virou para ele. — É incrível como muitos australianos - como as pessoas de outros países colonizados - não entendem a própria história, especialmente no que se refere aos povos aborígenes. E eles não percebem que o financiamento e as políticas do governo estão fazendo pouquíssimo para ajudar. Mesmo se você observar uma classe ou duas, a maioria realmente não compreende isso, mas a cada ano há alguns que entendem. Eu sei que eles vão ser cidadãos mais responsáveis, até mesmo trabalhar para melhorar as coisas.

— Isso é ótimo.

Ele tinha sido criado em uma família "branca" de classe média, mas as gotas de sangue aborígene em suas veias o haviam sensibilizado para o fato de que esses povos da Austrália tinham recebido, e ainda estavam recebendo, um tratamento injusto.

— Seus livros...

Sua voz era baixa. Ela olhou para longe dele, mordendo o lábio inferior.

Certo, foi assim que tudo isso tinha começado.

— Sim?

— Eu só li um deles e isso faz mais de um ano, talvez por isso não esteja sendo justa, mas eles não parecem tocar nessas questões.

— O que você quer dizer?

— O seu policial é um puro-sangue, um aborígene australiano. Ele tem algum tipo de conexão mística, espiritual com seres míticos. Certo?

— Sim. Com o seu totem e com espíritos ancestrais do Tempo dos Sonhos. Embora alguns argumentem que eles não sejam míticos.

Ela assentiu com a cabeça.

— Certo. De qualquer forma, entendi que seu protagonista sempre resolve o crime, e é uma luta para ele esconder o envolvimento dos espíritos.

— Sim.

Bem, parecia bem estereotipado, mas, que diabo, a maioria das séries de mistério bem-sucedidas dependiam de alguma fórmula já testada.

— E ele tem problemas com os outros policiais e seus superiores, porque deixa tudo em segredo.

— Sim.

— Não simplesmente por ele ser aborígene.

— O que você quer dizer?

— A discriminação, Damien. Os australianos indígenas são frequentemente vítimas de discriminação – em termos de acesso à educação, saúde, habitação e no local de trabalho.

— Eu sei disso — E Kalti Brown já tinha lidado com esse assunto algumas vezes, mas nunca foi uma grande parte da história. — Quando as pessoas leem ficção, estão procurando alguma válvula de escape, e não realidades desagradáveis.

Ela soltou de novo aquela coisa meio risada, meio bufada.

— Entendi. Assassinos em série e a aniquilação de bandidos por espíritos ancestrais são coisas boas de ler, mas o preconceito contra os indígenas australianos é muito desagradável?

Ele odiava quando as pessoas pegavam no seu pé com o que ele escolhia para escrever. Agradeceu a Deus por sua agente e por seu editor não serem assim. Eles diziam que todo escritor atrai críticas e, quanto maior sucesso tivesse, mais julgamentos ele receberia. No entanto, alertaram para nunca cair na armadilha de pensar que precisava justificar sua escrita a alguém. Seu único trabalho era produzir o próximo livro fantástico.

Agora, ali estava ele, justificando. Era sua a culpa. A professora havia sugerido que eles não deveriam discutir sua obra.

— Uma coisa é entretenimento, outra é crítica social, pregar para o leitor.

— O que há de errado com um pouco de pregação? As pessoas precisam ouvir os fatos. Muitos australianos continuam a agir como avestruzes, pensando que o governo tem tudo sob controle. Fogem da verdade.

Ele não evitava esses assuntos em seus livros, apenas não insistia neles.

— Então, os professores, como você, podem educá-los.

Cada pessoa escolhia sua carreira, ele tinha encontrado uma que era ótima. E não gostou de ser criticado por isso.

— Você é um pouco aborígene australiano. Você tem um totem em seu braço. Deveria se preocupar com isso.

— E eu faço isso. Mas veja, eu não cresci como aborígene. Meu avô morreu em um acidente quando eu era um bebê, e minha avó voltou para a sua família. Eles viviam no interior e nós nunca nos encontrávamos. O lado chinês, falando nisso, vive na Nova Zelândia. Meus pais eram bastante pálidos, tão pálidos que poderiam se passar por brancos, e foi isso que eles fizeram. Eles me criaram como um garoto branco.

— E, no entanto, você tem aquela tatuagem. E sua mãe lhe contou sobre o seu animal totêmico.

Damien suspirou.

— Minha mãe me contou a história da praia, e sobre como a águia do mar ficou sobrevoando exatamente quando ela sentiu meu primeiro movimento. Mamãe nunca me disse nada sobre totens. Então, quando eu tinha quinze anos, fugi de casa. Eu sentia como se realmente não soubesse quem era, com todo esse lado oculto da família. Encontrei minha avó aborígene e seu povo, e fui visitá-los. Eles me ensinaram algumas coisas, sobre totens e o Tempo dos Sonhos.

— Você se identificou tanto com eles a ponto de fazer a tatuagem, e nunca a removeu. Hoje, como autor de sucesso, enfatiza suas raízes indígenas. É assim que ouço falar sobre os seus livros.

— Sim, bem, essa ideia foi de minha agente e do meu editor. Um gancho que eles usaram quando saiu o primeiro livro. Escritor aborígene com o herói aborígene — Ele fez uma careta. — No fundo, eu mesmo não estava muito interessado nisso. Fora que chateou toda a minha família.

— Sério? Bem, se seus pais tinham criado você como branco, era de se esperar.

— Sim, eles não queriam esse tipo de associação. E a minha avó aborígene e os outros parentes ficaram loucos da vida, porque achavam que eu os estava explorando e o que me ensinaram.

Ela ficou em silêncio.

— Bem — perguntou Damien. — É isso que você acha?

Ela mordeu o lábio inferior novamente, então apertou a mão dele.

— Meu palpite é que não. Eu acho que você só queria escrever uma boa história.

— Isso mesmo! Obrigado.

Mas que droga, se essa mulher quase desconhecida e que nem gostava de seus livros era capaz de entendê-lo, então por que sua avó e sua família não conseguiam?

Ela estudou seu rosto e ele viu as sombras mudando em seus olhos multicoloridos. Pareceu-lhe que havia algo mais que a professora queria dizer. Em vez disso, a mulher apenas apertou a mão dele novamente.

— Talvez este seja um bom momento para mudar de assunto. Como devo chamá-lo, de Day ou de Damien?

— Como você quiser.

— Damien, eu acho. — Seus lábios se curvaram. — Quer dizer, quando eu não chamá-lo de "querido".

Aquele sorriso lembrou-o de algo.

— Você ainda não me disse o que faz para se divertir.

Os olhos dela se arregalaram. Ela ficou em silêncio por alguns segundos e, em seguida, deu um pequeno sorriso, mostrando aquele atraente toque de vulnerabilidade.

— Para ser honesta, esta é a maior diversão que tive em muito tempo.

Emocionado, ele curvou a mão ao longo do rosto dela.

— É a maior diversão que eu já tive também.

Ela passou de vulnerável a cética em questão de segundos.

— Ah, fala sério, você não quer que eu acredite nisso. Tenho certeza de que você já teve coisa melhor... — Sua voz estava subindo e ela parou, depois continuou num sussurro. — Melhor sexo – sexo de verdade – com uma dúzia de mulheres no ano passado.

Sim, ele tinha feito muito sexo. Mas havia algo de particularmente erótico em brincar com Theresa no avião escuro. Além do mais...

— Não se trata apenas de sexo. É tudo. Os vestidos bobos de casamento, a maneira como você fala sozinha, esses olhos *billabong*...

— Esses o quê? — interrompeu Theresa. — Você disse olhos *billabong*?

— Sim. Eles me fazem pensar em uma piscina de água azul refletindo as falésias vermelhas que pendem sobre ela, as folhas verdes das árvores de goma farfalhando por causa de uma brisa quente. — Damien parou, desconcertado com as palavras que tinham saído de sua boca. Era algo bem diferente escrever esse tipo de coisa em seus livros - e a verdade é que as palavras não vinham fáceis para ele -, mas era outra coisa dizer tudo isso a uma mulher. — É um elogio, estou sendo honesto.

Os lábios dela se curvaram.

— E poético, juro. Ei, você poderia ser um escritor.

Ele sorriu de volta.

— De qualquer forma, sobre o assunto de diversão. Você é interessante, diferente e desafiadora. Estar com você é divertido.

— Sim. — Ela abaixou a cabeça, corada. — Isso é o que eu também queria dizer. Não apenas o... quase sexo, mas estar com você. Mesmo quando discordamos. — Ela lançou um olhar através de seus cílios, os olhos brilhando. — Não é difícil estar a seu lado, querido.

— O mesmo com você, linda.

Ela levantou a cabeça.

— Você me faz sentir mulher.

— Que novidade! — Ele tocou os peitos dela, livres por baixo da regata, e sentiu os bicos endurecerem. — Você é.

— Normalmente não me sinto assim. Sou uma professora. Você sabe, do gênero neutro.

— Sei. Você pode ser uma professora, mas definitivamente não é de gênero neutro.

Seu pênis não iria responder dessa forma a ninguém que não fosse cem por cento mulher.

— Mantenho o cabelo curto, não uso maquiagem, prefiro roupas sob medida, principalmente calças. Sempre estou trabalhando.

Ele balançou a cabeça, em seguida passou os dedos pelo cabelo dela, separando os fios ruivos sedosos.

— Cabelo sexy que mostra o seu longo pescoço e as orelhas bonitas — ele contornou uma orelha com o dedo indicador e a sentiu tremer. —Traços perfeitos, olhos *billabong*, lábios rosados. — Seus dedos traçaram o rosto dela para descansar em seus lábios muito beijáveis. — Por que diabos você precisaria de maquiagem?

Sua boca se curvou sob seu toque.

— Roupas sob medida? Sim, confesso que eu gostaria de vê-la usando uma saia. — Ele desceu a mão para o ombro, acariciou-o e deslizou os dedos para baixo do braço. — Mas essa regata está ótima. Mostra seus ombros e seus lindos braços, e o decote em V é elegante. Baixo o suficiente para dar algumas ideias a um cara, mas não tão baixo que seja vulgar.

— Eu...

— Espere, eu não terminei — entrelaçando os dedos com os dela novamente, ele continuou. — Quanto a sempre estar trabalhando, bem, às vezes você está criticando vestidos de noiva - ou romances. Às vezes você está brigando com suas irmãs, e às vezes você está fazendo um grande favor a sua irmãzinha.

Ele desligou a luz do assento e, na escuridão repentina, puxou-lhe a mão em direção a ele.

— E às vezes você está me transformando em algo feroz.

Ele apertou as mãos dela unidas sobre sua ereção, que saltou ansiosamente.

— Eu gosto de fazer isso — a voz de Theresa era suave, então ela deu uma risada rouca. — Tocar você me acende.

— Odiaria pensar que era só comigo.

Ela acariciou-lhe através de seus jeans.

— Quer ficar debaixo do cobertor de novo?

— Sabe o que eu realmente quero? Eu quero entrar em você.

Houve uma pausa. Droga, ele tinha sido muito bruto?

— Eu gostaria disso também.

Tentando sugerir, ele disse:

— Há sempre o banheiro. Não é romântico, mas é privado, pelo menos.

— Será que a gente ia conseguir chegar lá sem ninguém ver?

— Todo mundo está dormindo. Claro que podemos.

— Sério? — Sua mão agarrou-o com força através de seus jeans.

Uau, Theresa estava excitada também. Ela apenas *achava* que fosse uma professora conservadora.

— Eu vou primeiro, para me certificar de que ninguém esteja olhando. Se o caminho estiver livre, vou deixar a porta aberta, só uma fenda, e você verá a luz.

Ele tirou a mão dela, ajeitou o pacote inchado dentro da calça jeans e dirigiu-se ao corredor.

Ninguém mais estava se mexendo na cabine da classe executiva.

Ele abriu devagar a porta do banheiro e olhou para dentro. Sim, era um banheiro de avião, mas estava limpo e arrumado. Esperando que Theresa não fosse perder a coragem, ele entrou e deslizou a porta, deixando-a parcialmente fechada. Então pegou uma toalha de papel e limpou algumas gotas de água da pia e do balcão.

Poucos segundos depois, a porta se moveu e ela estava lá, apertando-se para dentro. Droga, não havia muito espaço. Nenhum deles era enorme – ele tinha um metro e oitenta e poucos e ela mais ou menos um e sessenta e cinco –, mas não eram pequenos também.

Damien se afastou de lado para fechar a porta atrás dela, enquanto ela se movia na mesma direção e pisava em seu pé. Apressadamente, ela deu um passo para trás, mas perdeu o equilíbrio e bateu o cotovelo contra a pia.

— Ai — ela esfregou. — Pegou no ossinho — mesmo nessa horrível luz artificial, os olhos dela brilhavam com humor.

— Isso não devia ser engraçado — murmurou ele em um tom de provocação, finalmente conseguindo fechar e trancar a porta. — Era para ser sensual.

— Sensual seria... humm... uma cama, velas, música romântica.

Confie em uma garota. Aquilo soou mais do que romântico para ele.

— Sensual seria você nua.

— Nós dois nus, mas acho que a gente não consegue tirar a roupa aqui — ela olhou para ele, em dúvida. — Isso provavelmente não vai dar certo.

— Claro que vai.

— Ah, você sabe disso, não é? — Ela ergueu as sobrancelhas. — Você já fez isso antes?

— Hã...

— Já fez!

— Bem, sim. Isso é tão ruim? Quero dizer, você sabe que já tive relações sexuais com outras mulheres.

— Claro. Eu só não sabia que você tinha feito isso em um avião antes — Ela inclinou a cabeça. — Quantas vezes?

— Hã, duas vezes. Uma vez com uma comissária de bordo, uma vez com outra passageira. — Desconcertado, ele encolheu os ombros. — Essa coisa de voos longos, enfim, sabe como é.

— Ah, claro. — Seus olhos se estreitaram perigosamente. — Passando o tempo em um longo voo. Estou muito consciente do fenômeno.

Tarde demais, ele percebeu que essa tinha sido uma de suas falas que a provocavam. Droga, ele não queria que ela pensasse que seria para ele apenas uma dessas aventuras casuais.

— Eu escolhi você e não Carmen.

As sobrancelhas dela se ergueram.

Ok, talvez isso não tivesse sido a coisa mais brilhante a dizer também.

Então, ela balançou a cabeça vigorosamente, como se para banir pensamentos incômodos.

— Certo — o tom de voz dela era ríspido. — Você escolheu. E a verdade é que estamos nesta para o prazer mútuo, certo? Então, uma vez que você já fez isso antes, você deve ter trabalhado a logística.

Verdade. Antes, ele tinha puxado as calças para baixo e sentado no vaso. Uma das garotas tinha erguido a saia, e a outra, puxado para baixo a própria calça, e se sentado em seu colo. Rápido, eficiente.

Sem sentido. Superficial.

Ele de fato não queria que a experiência deles agora, ao entrar no *clube do sexo nas alturas*, fosse assim superficial. Entretanto, toda aquela conversa estava cortando o clima.

— Droga.

Ele pegou a cabeça de Theresa em ambas as mãos e inclinou-se para beijá-la.

Ela não se moveu por um momento, talvez tentando decidir se realmente queria continuar com aquilo. Então, num arroubo, ela se esticou de forma que as frentes de seus corpos se pressionaram juntos firmemente, envolvendo os braços em torno da cintura de Damien. De início, os lábios de Theresa estavam tímidos, seu corpo tenso, mas ele fez com que sua boca se abrisse e logo ela se soltou e se jogou no beijo.

Beijá-la de pé foi uma revelação. Seus corpos se encaixavam perfeitamente. Ele estava errado sobre sua altura. Ela devia ter um metro e setenta, um metro e setenta e dois. Alta o suficiente para que, quando estivesse na ponta dos pés, os seios macios ficassem pressionados contra o peito dele, sua pélvis embalando sua ereção.

Mais cedo, eles tinham conversado sobre dançar, e agora ele podia imaginar como seria. Ela vestindo uma saia e calçando saltos altos, ele levando-a com uma mão em suas costas, um pouco de ação no quadril. E por falar em ação no quadril, que merda ele estava fazendo ao pensar nos dois dançando?

Ele estendeu a mão, encontrando a bainha da blusa sem mangas, e a puxou para longe do corpo dela, de forma que pudesse tirar por cima da cabeça de Theresa. Ele atirou-a na pia.

Seios nus. Ah, cara... Eles pareciam tão bons como quando os sentiu em suas mãos sob o cobertor. Sua pele era macia, os mamilos da cor suave de um botão de rosa. Total e completamente femininos. Com delicadeza, ele acariciou um mamilo, rodeando sua cintura com o outro braço.

Sua pele ficou enrugada, a aréola apertando enquanto ele a olhava, o bico ficando mais duro. Um rubor tingiu sua pele pálida. Mesmo a luz horrorosa daquele banheiro não tirava a magia de ver seu corpo se excitar com o toque. Ela respirou fundo e levantou os seios, empurrando-os para a frente. Então, quando ela suspirou, eles afundaram. Teria ele alguma vez visto algo tão fascinante como os seios de Theresa subindo e descendo enquanto ela respirava?

— Eu quero tirar a sua também — murmurou Theresa, tentando puxar a camiseta dele pelas costas.

Damien arrancou-a pela cabeça. Então, agarrou-a em seus braços, para que seus peitos nus se pressionassem e se esfregassem um contra o outro, os seios macios e inconfundivelmente naturais dela.

Não havia nada no mundo que se comparasse com a textura e o peso suave de um verdadeiro seio.

— Meu Deus, mulher, eu gostaria que tivéssemos o espaço e o tempo para que eu pudesse fazer justiça a seus seios.

— Fazer justiça? — perguntou ela com a voz rouca.

— Ah, claro. E para você inteirinha. Essa coisa de clube do sexo nas alturas vai ser quase tão frustrante quanto gratificante.

Esse não tinha sido o caso quando fizera isso antes. Ele e as mulheres em questão estavam mais preocupados com a satisfação de suas necessidades do que com o tempo gasto em carícias e beijos.

— Eu também gostaria disso, mas estou com receio de alguém nos pegar aqui.

Ela estava certa, mas, porra, ele queria um tempo com ela.

— Honolulu — disse ele, acariciando a pele macia de suas costas. Suas mãos macias mudaram desde os ombros até a parte inferior das costas, onde permaneceram em um local especialmente erógeno. — Vou passar a noite em Honolulu. Fique comigo, Theresa.

— Eu não posso. Tenho que ir para Vancouver, começar a preparar o casamento.

Ele segurou suas nádegas e puxou-a contra ele, pressionando sua ereção contra a barriga dela.

— Eu reservei um quarto de hotel na praia. Uma cama grande. Teríamos muito tempo. — Ele deu um beijo em seus lábios carnudos. — Muita privacidade.

Ela mordeu o lábio inferior.

— Eu tenho responsabilidades.

— Só trabalho? Vamos, professora. Dê a Theresa um dia de folga pra ela brincar. A mulher merece.

Um sorriso rápido.

— Ela merece, sim, mas sua irmã merece um grande casamento.

Ele suspirou.

— E se eu assumir um compromisso? — Enquanto falava, ele pontuava suas palavras com beijinhos e mordidelas, começando com os lábios. — Fique e nós dois iremos trabalhar, assim como arrumar um tempo para nos divertir. — Ele se inclinou para beijar a cavidade na base de sua garganta. Sua clavícula. — Você não fez uma leitura dinâmica e acabou de ler aquela bíblia gigante, certo? — A parte superior de seu seio esquerdo.

O mamilo, ele o lambeu, e então chupou para dentro de sua boca como um morango inteiro, girando a língua em torno dele, apertando-o entre os lábios.

Ela gemeu e enredou os dedos em seu cabelo.

Ele largou o seio e ela disse:

— Não, não pare.

— Diga que você vai ficar mais tempo comigo.

— Minha bagagem já está marcada para a conexão.

— Honolulu tem lojas. Vamos comprar um sarongue.

Ela deu uma risadinha.

— Eu não sou daquelas que usam sarongue.

— Poderia ter me enganado. — Ele lambeu seu seio direito, chupando seu mamilo, e depois se afastou. — Oops. Você não disse sim ainda.

— Você vai me negar sexo a menos que eu diga sim? — Sua voz tinha humor e excitação.

— Exatamente, esse é meu plano.

— Isso seria chantagem.

— Acrescente isso à lista de meus pecados. Simplista, escritor superficial, enganador de mulheres e agora chantagista. Sim, eu sou o vagabundo mais comum. — Ele circulou seu mamilo com um dedo e viu a pele se apertar. Deus, aquela mulher tinha que concordar logo, porque ele estava morrendo de vontade de fazer amor com ela.

— Um vagabundo muito sexy, no entanto. — Seus olhos brilhavam e ela passou as mãos sobre o peito dele, pressionando os dedos em seu peitoral, enfiando a mão através dos cachos escuros de cabelo, provocando seus mamilos. — Eu acho que você não está me deixando outra alternativa.

— Sério? Você vai ficar? Curtir Honolulu comigo?

Ei, aquele era realmente ele, tão pateticamente animado e agradecido?

— Sim. — Ela ainda parecia duvidosa. Em seguida, repetiu, com firmeza: — Sim. Contanto que possa pegar um voo para Vancouver amanhã.

— Demais!

Ele se inclinou para sugar o seio direito dela.

Novamente ela o agarrou pelos cabelos, mas desta vez ela puxou sua cabeça para cima.

— Damien, se vamos ter muito tempo e privacidade em Honolulu, eu realmente acho que deveríamos, hã...

— Ir logo com isso, antes de sermos pegos?

Ela assentiu com a cabeça.

— Sim, você está certa — ele admitiu com relutância. — Só queria que fosse bom para você.

— Vai ser — Theresa deu uma risada. — Tanto quanto o sexo no lavatório de um avião pode ser.

Ela merecia muito mais.

— Vai ser ótimo em Honolulu — prometeu ele, pegando-lhe a mão, levando-a à boca e beijando-a.

— Eu acredito em você. Mas agora vamos aproveitar o momento.

Theresa estendeu as mãos para o cós da calça jeans de Damien.

***

Capítulo 7

Lutei com o botão da calça de Damien. Não era como se eu estivesse louca de curiosidade para saber como seria o pacote de um homem, mas é que ele tinha me deixado excitada demais, e tudo aquilo que eu via e tudo o que eu tocava sugeriam que o equipamento dele devia ser de fato espetacular.

Sua ereção era tão grande que deixava o tecido esticado, e foi uma luta para forçar o botão de metal a atravessar o brim áspero, e então outra luta para baixar aquele zíper. Mas eu perseverei, e o danado deslizou para baixo.

A cabeça inchada de seu pênis pulou para fora do topo de sua cueca preta, úmida com a pré-ejaculação. Uma imagem de vigor masculino, a pura sensualidade que fez o meu corpo estremecer de vontade.

Vagamente, eu o percebi empurrando o jeans para baixo em suas pernas, sua cueca boxer abraçando as bolas e o topo de suas coxas musculosas, mas, de repente, tudo isso foi desaparecendo também, e eu respirei fundo quando meu olhar enxergou todo aquele comprimento rígido apontando para mim.

Eu estava certa quando imaginei que fosse espetacular. Em comparação, Jeffrey e meus outros dois amantes eram... Inexpressivos... Sim, essa foi a palavra mais educada que pude lembrar no momento.

Fascinada, enrolei meus dedos ao redor dele, sentindo uma força tensa que fez meu sexo pulsar em resposta. Pulsar, apertar-se e jorrar em resposta. Eu nunca me senti tão puramente física. Tudo que eu queria era envolvê-lo, guardá-lo dentro de mim, absorvê-lo profundamente em mim. Em seguida, senti-lo mergulhar para a frente e para trás, pressionando contra todos os pontos sensíveis que estavam clamando por atenção.

Eu acariciava aquele volume para cima e para baixo, sua pele macia e seu calor latejante dentro da curva de minha mão, as costas de meus dedos escovando os cachos escuros de cabelo em sua barriga magra.

Seus músculos se tensionaram e ele gemeu.

Minha boca se encheu de água, desejando provar o gosto dele, mas nem aquele pênis melado de Damien me faria ajoelhar no chão daquele banheiro.

Ele se afastou de mim, protegeu-se com um preservativo, que devia ter tirado do bolso da calça jeans, e sentou-se no assento do vaso sanitário com a tampa fechada. Agora era a vez dele de soltar minhas calças, de baixar o zíper delas e fazê-las descer ao redor de meus quadris, levando minha calcinha junto.

Se eu não estivesse tão excitada, tão concentrada em seu tesão e em minha necessidade dolorida, eu teria notado quando, um pé de cada vez, tirei os sapatos, deixei as pernas da calça escorregar para cima de meus pés e calcei os sapatos de novo. Então, joguei a calça e a calcinha em cima de nossas camisas e me virei para ele, totalmente nua, exceto pelo par de mocassins.

O olhar de Damien acariciou meus seios, percorreu minha barriga, permaneceu em minha virilha. Seus olhos brilharam.

— Ah, que delícia você é. Agora venha aqui. Sente no meu colo, Theresa.

Quando dei um passo em direção a ele, tentando descobrir como ficar em cima daquele homem, ele balançou a cabeça.

— Não dá pra fazer dessa maneira. Não tem espaço suficiente para as pernas.

— Então, como...

Mãos firmes agarraram meus quadris e ele me virou.

— Ah. — Minha voz guinchou. — Ah, certo...

Eu nunca tinha feito sexo dessa forma, sentada e de costas para um homem. Lamentei porque assim não seria capaz de olhar para Damien, mas o que eu queria mesmo era ele dentro de mim. Do jeito que tivesse que ser.

Sentei-me devagar, abrangendo suas coxas, sua ereção imprensada entre o corpo e as curvas da minha bunda. O que eu deveria fazer em seguida?

— Uau, gata — murmurou ele, deixando um beijo quente e úmido na minha nuca.

Uma mão se aproximou para acariciar meu seio e a outra deslizou entre minhas pernas, encontrando meu centro carnudo e cheio de desejo. Ele deu um gemido de satisfação e me acariciou, alimentando a sensação.

Por mais delicioso que fosse, eu estava nervosa por aquilo demorar tanto.

— Temos que fazer isso agora.

— Tenho certeza de que você está mais do que pronta. Levante um pouco.

Suas coxas eram quentes e fortes debaixo de mim. Tudo o que eu podia ver dele eram seus joelhos, e apoiei minhas mãos sobre eles quando levantei meu corpo. Ele se esforçou para inclinar seu pênis rígido e trazê-lo para a frente, e em seguida, a coroa começou a sondar entre as minhas pernas, me fazendo ofegar. Com uma das mãos, Damien abriu minhas dobras inchadas, então ele foi entrando devagar e... aaaah, foi tão gostoso.

De repente, doeu um pouco, e fiquei tensa. Fazia muito tempo desde que tivera um homem dentro de mim, e nunca nenhum era sarado como Damien.

— Calma, Theresa — ele murmurou, a respiração quente em meu ouvido. —Vamos fazer isso devagar e de um jeito delicado.

Suas palavras me ajudaram a relaxar, mas o polegar dele estava no meu clitóris e a última coisa que eu conseguia era relaxar. Seu pênis acabou pressionado dentro de mim um centímetro ou dois a mais, um toque sexy de tudo o que ele tinha para oferecer. Seu polegar circulou e pressionou, e toda a excitação que vinha crescendo se concentrou e ampliou. Eu tremia de desejo – e de ansiedade – com a ideia de ele me preencher.

Eu podia sentir que estava ficando ainda mais úmida, e a cada movimento sutil dele seu pênis deslizava ainda mais para dentro. Caramba, eu queria, precisava, chegar ao clímax.

Ele pegou meu clitóris com o polegar e o indicador e apertou gentilmente. A pressão era tão boa, tão intensa, que praticamente desmoronei em sua mão, mal conseguindo lembrar que não podia gritar.

Quando me vi cavalgando as ondas do orgasmo, Damien penetrou ainda mais e meu corpo se soltou ao redor dele, levei-o para dentro, me agarrei a ele com prazer. Quando ele estava bem profundo, murmurou:

— Tudo bem?

— Nossa, sim!

— Faça o que quiser. Controle a ação.

Com cuidado eu me ergui e desci, sentindo o atrito e o deslizamento do pênis dentro de minha carne. Suas mãos seguravam meus quadris, me ajudando a manter o equilíbrio, e eu me mexi rapidamente, montando nele para que parecesse que ele estava bombeando dentro e fora de mim. Um gemido de prazer escapou dos meus lábios.

— Você é tão gostosa — disse ele. — Seu pescoço longo e fino, suas costas... — As palavras saíam enquanto ele ofegava. — Sua bunda curva. A fenda entre suas nádegas.

— Eu me sinto gostosa. Você me faz sentir gostosa.

Eu nunca tinha controlado o sexo dessa maneira.

Entretanto, tudo parecia impessoal porque não conseguia ver o rosto dele. Eu estava olhando para uma porta de metal prateada e em torno de mim só se via a aridez fria de um banheiro de avião. Melhor olhar para baixo. E, ai meu Deus. Cada vez que me levantava, podia ver suas coxas onde a pele estava pálida, macia. Os sacos peludos de suas bolas. A base de seu pênis e a maneira como seu eixo desaparecia dentro de mim.

Ah, sim, essa visão foi excitante, assim como o jeito que ele me enchia, profundo e duro. Tudo isso me dava muito tesão, mas seu pênis não esfregava meu clitóris, e eu normalmente precisava desse estímulo para gozar.

Os quadris de Damien estavam levantando, seu pênis empurrando. Ele estava perto de gozar.

— Toque uma pra você — ele engasgou nas palavras.

De alguma forma, Damien sabia que era disso que eu precisava. Suas mãos estavam ocupadas, segurando minha cintura, mas ele não queria gozar e me deixar para trás.

Claro que eu me masturbava, ocasionalmente, mas nunca me tocara enquanto estava com um amante. Eu era muito inibida. No entanto, aqui estava fazendo sexo num lavabo de avião com o cara mais gostoso que já conheci. E o meu corpo estava pesado, dolorido, no limite. Eu realmente queria aquele segundo clímax.

— Vamos lá, Theresa — ele engasgou, pela primeira vez parecendo impaciente.

Para o inferno com minhas inibições. Eu levantei a mão de sua coxa, sentindo que ele me agarrava na cintura ainda mais apertada, para que suas pesadas estocadas não me desequilibrassem. Então me toquei do jeito que ele tinha feito, acariciando minha protuberância, apertando, apertando um pouco mais. Lembrando-me da sensação de sua mão muito maior, de textura mais áspera que a minha.

A mão de Damien. O pênis de Damien bombeando em meu canal liso e suave, enchendo-me profundamente.

O orgasmo me pegou de surpresa, e fiz tudo o que pude para sufocar um gemido.

Ele mergulhou de novo, duro, mais uma vez, e escondeu o rosto no meu ombro, enquanto seus espasmos abalavam a ele e a mim, e ele também gozou.

Depois disso, caí pesadamente em seu colo, todo o meu corpo fraco, sentindo-me trêmula e totalmente satisfeita. Seus braços me rodearam e descansei os meus em cima dele.

— Uau. Se é assim em um banheiro de avião, mal posso esperar para experimentar na cama.

— Mulher insaciável — murmurou ele contra meu ombro.

— Você que é o... — fiquei de pé. Alguém estava tentando abrir a porta.

— Está tudo bem — sussurrou Damien. — Eu tranquei. Eles vão usar o outro.

Já tinha sido o suficiente desfrutar do pós-sexo nesse lugar. Meu corpo estava tenso com a ansiedade.

— Temos que voltar para nossos lugares. Meu Deus, o que vai acontecer se alguém nos vir sair?

— Nada. Eles vão ficar com inveja. Vamos lá, não é um crime, como fumar no lavabo.

— Bem...

Realmente, ele tinha razão, mas nosso comportamento foi pouco digno. Eu era uma pós-graduada em Harvard, uma professora universitária. E ele era...

Ah, meu Deus. Eu, uma estimada professora, estava trepando no banheiro com uma celebridade.

Sufoquei uma risadinha e me ergui de seu colo. Quando ele se inclinou para puxar para cima o jeans, eu me afastei o mais longe que pude no compartimento apertado para dar-lhe espaço. Como eu poderia me vestir aqui? Ambos de pé, ocupamos todo o espaço disponível.

Damien se inclinou por cima de meu corpo nu para pegar a camisa da pia.

— Você se senta na tampa do vaso sanitário enquanto termino de me vestir, então saio e volto para o meu lugar. Tranque a porta atrás de mim, daí você vai ter espaço e privacidade.

— Tudo bem.

Espalhei alguns lenços de papel na tampa e obedeci, com os braços em volta de mim.

Depois que ele puxou a camisa sobre a cabeça, inclinou-se para pousar um beijo no meu nariz.

— Quem disse que seu nome é só trabalho?

Ele abriu a porta e eu me levantei para fechá-la atrás dele e trancar o fecho.

Quando fiquei sozinha, olhei para o meu reflexo. Bochechas rosadas, peitos e seios rosados. Eu nunca tinha me visto dessa forma. Sexy, despenteada, envergonhada e, ainda assim, completamente satisfeita. Se o sexo com Damien foi desse jeito num ambiente tão desagradável, apertado, como seria em uma cama de verdade?

Ah, meu Deus, eu tinha concordado em ficar no Havaí com ele. E mal podia esperar...

Sons de coisas chacoalhando e se chocando do lado de fora da porta do banheiro me trouxeram de volta aos meus sentidos. Joguei água fria no rosto e embebi algumas toalhas de papel para me lavar. Então, me vesti, contente por ter me lembrado de trazer minha bolsa e meu sutiã. Depois de pentear os cabelos, parecia alguém mais ou menos normal. Respirei fundo e coloquei minha mão sobre a fechadura da porta. Haveria alguém lá fora?

Firmando meus ombros, empurrei para abrir a porta e saí.

A sorte estava ao meu lado. Não havia ninguém lá. Quando passei pela pequena cozinha, a comissária de bordo que atendia o outro lado da cabine estava servindo suco em alguns copos. Ela sorriu.

— Ouvi dizer que você está comprometida com Damien Black. Que bom, garota de sorte!

— Ah, Carmen contou pra você? Espero que ela também tenha dito que é segredo. E, sim — não pude segurar um sorriso —, sou mesmo sortuda.

Pareceu-me que, se um dia Damien de fato se comprometesse, sua noiva seria realmente uma garota de sorte. Não que ele fosse o meu tipo, é claro. Eu queria um homem muito mais sério, e com mais consciência social. No entanto, aquele cara tinha muita coisa a favor dele.

Enquanto fazia meu caminho de volta para o meu lugar, vi que algumas pessoas se mexiam, conversando em voz baixa, observando suas telas de vídeo. Um olhar para o meu relógio me disse que tínhamos cerca de uma hora e meia antes do pouso.

Damien me cumprimentou com um sorriso maroto e apertou minha bunda quando passei por ele para tomar meu lugar. Seu cabelo longo e ondulado era uma bagunça - de tanto eu ter arrastado os dedos por ele. Gentilmente, estiquei a mão e passei os dedos de novo, penteando os fios daquela rica mistura de aborígenes, chineses e caucasianos que gerou aquele lindo cabelo e aquelas belas e exóticas feições.

— Eu gosto do jeito que você me toca, Tezzie — disse ele em voz baixa.

— Tezzie?

— Theresa é um nome bonito, mas eu quero algo mais pessoal. Sou um australiano, afinal de contas. Tezzie me parece bem legal.

Maravilhada, eu disse:

— A única pessoa que já me deu um apelido é minha irmã Jenna.

Ela me chama de Tree, porque quando era bebê não conseguia pronunciar meu nome.

— Não. Tezzie é mais suave, mais divertido. Acho que combina melhor.

— Eu gosto.

Foi um bom nome para esta nova eu, a mulher que estava tendo um caso com Damien Black. E também gostei do fato de que ele tinha criado um nome especial para mim.

As luzes da cabine se acenderam, assustando a nós dois, e uma voz feminina anunciou que suco e champanhe seriam servidos em breve, seguidos de café da manhã.

A mão de Damien agarrou a minha.

— Controlamos o tempo direitinho. Se tivéssemos ficado lá mais cinco minutos, teria uma fila na porta.

Na verdade, as pessoas sonolentas foram se arrastando pelo corredor, e a fila já havia começado.

— Eu teria morrido de vergonha — embora a experiência tivesse valido a pena. Olhei para ele, com uma sensação de que aquilo não era verdade. Eu nunca tinha feito nada tão escandaloso na minha vida. — Você é uma má influência.

Ele me deu um sorriso malicioso.

— Ou uma boa. É tudo uma questão de perspectiva.

Não pude deixar de sorrir de volta.

— Isso é verdade.

Quando Carmen veio com um sorriso reservado, toalhas aquecidas e uma bandeja de bebidas, ambos aceitamos os copos de suco de laranja. Damien me convenceu a tomar uma taça de champanhe também.

Depois de Carmen seguir seu caminho, ele ergueu a taça em um brinde.

— Para você e para mim, em Honolulu. Com uma cama.

Ah, meu Deus, sim.

— Vou beber a isso — encostamos as taças, bebemos e então eu disse: — Vou ter que mandar um e-mail ou telefonar para minha família. Meus pais e Merilee estão me esperando em casa hoje à noite — Ergui a mão e esfreguei a palma sobre a minha testa. — O que eu vou dizer?

— A verdade não resolve? — um brilho de humor fez seus olhos cinzentos dançarem.

Por um momento, deixei minha imaginação voar tentando prever a reação de minha família. Choque? Inveja? Preocupação? Não, provavelmente não.

— Eles nunca acreditariam em mim — disse com ironia. — É tão fora do esperado.

Depois de brindar, misturei meu champanhe restante com o suco de laranja para fazer um café da manhã diferente.

— Damien, por que você vai ficar mais tempo em Honolulu?

— Tenho uma sessão de autógrafos e uma leitura em uma loja. — Ele seguiu meu exemplo com as bebidas e tomou um gole. — Acabei de fazer uma turnê na Austrália, e agora estou começando outra com um mês de duração pelos Estados Unidos, e com algumas paradas no Canadá também.

— Uau. Você realmente atingiu seu grande momento, hein?

Ele deu de ombros.

— Sou mais conhecido na Austrália, onde meus livros foram publicados pela primeira vez. — Lá, seus livros disparavam nas listas de mais vendidos. — No entanto, uma editora americana comprou os direitos e publicou meus livros antigos, além de lançar uma edição de *Wild Fire* em paralelo à edição australiana. Eles estão investindo uma grana em divulgação, com a esperança de criar aqui na América do Norte a mesma popularidade que tenho na Austrália.

— Acho que vai dar certo.

— Acha?

— Sim, acho que suas histórias terão o mesmo apelo que na Austrália, e talvez ainda mais por causa da novidade do cenário em terras estrangeiras e da coisa com os espíritos na Terra dos Sonhos.

— Isso é o que minha agente diz, mas é bom ter outra perspectiva. Especialmente de alguém que pensa que eu sou um escritor de merda.

— Eu nunca disse isso. Você tem talento para contar histórias.

Ele fingiu estar chocado.

— Meu Deus, um elogio de verdade! Eu não acredito nisso. Então, por que você avalia tão mal meus livros?

Essa foi surreal. Eu tinha acabado de transar com esse homem, tínhamos acabado de brindar ao sexo futuro no Havaí, e agora estávamos de volta à crítica literária. Eu não queria ser rude, mas também não queria ser desonesta. Fiquei pensando em sua pergunta enquanto degustava minha bebida.

— O fato é que você tem talento e fama, e poderia fazer muito mais com isso.

Ele bufou.

— Sabia que era bom demais para acreditar. Olha, eu faço o melhor que posso.

— Tudo bem, estou só dizendo que você tem sangue aborígene, criou um herói aborígene australiano, sabe que os povos indígenas recebem um tratamento injusto. Você atraiu um grande público na Austrália. E poderia usar sua habilidade na escrita para ampliar a consciência sobre os problemas do país.

— Só porque alguém nasce em um grupo que está em desvantagem isso não significa que seja obrigado a dedicar sua vida à luta pelos direitos desse grupo.

— Não, mas...

— O sujo falando do mal-lavado... — Ele se inclinou para mim, as sobrancelhas negras levantadas. — As mulheres estão em desvantagem na sociedade, mas você não escolheu os direitos das mulheres como seu campo de atuação.

— Não, mas eu realmente nunca tive problemas por ser mulher. Qualquer tipo de discriminação contra mim ocorreu porque eu era muito jovem, não por ser mulher.

— Bem, eu sou aborígene apenas de um lado da família e nunca sofri nenhum tipo de discriminação.

Ele havia feito um ótimo paralelo.

— Entendi seu ponto de vista.

Carmen interrompeu nossa conversa, trazendo-nos as bandejas com o café da manhã. Frutas frescas, omeletes, croissants e compotas. Ela serviu café para nós dois.

Arranquei a ponta de um croissant e mordisquei.

— Tudo bem, admito — eu disse a Damien. — Você não é mais obrigado a ser ativista pelos direitos dos indígenas do que eu pelos direitos das mulheres.

— Muito bem.

Ele balançou a cabeça e começou a comer sua omelete.

Eu provei a minha, mas nunca gostei muito de robustos cafés da manhã. Um croissant e frutas faziam muito mais meu estilo.

Depois de um tempinho, ele disse:

— Por que você acabou indo estudar os povos indígenas? Aposto que seu pai queria que você fosse trabalhar no campo dele.

Lembrando-me da garota de catorze anos, em pé ao lado de seu pai, o eminente geneticista, dei uma risada triste.

— Sim, mas não sou muito boa com microscópios. E minha mãe, que é advogada, queria que eu seguisse seus passos. — Minha estratégia tinha sido desviar os dois de mim e que discutissem entre si. — Eles dois têm personalidades fortes e eu queria encontrar alguma coisa especial por conta própria, e não apenas seguir a trilha de um deles. E o que descobri a partir daí foi um desejo de ajudar os outros. Para fazer a diferença no mundo — dei a ele um olhar aguçado, que ele ignorou.

— Mas por que estudos indígenas se você é uma mulher branca?

— Tinha uma garota na sexta série que era das Primeiras Nações,[1] a Becky. Eu era mais nova do que as outras alunas e Becky era mais velha do que elas. Ela começou a estudar tarde e ficava se mudando de casa para o orfanato e de lá para casa. Além disso tudo, ela ainda sofria com alguns problemas de aprendizagem... — dei de ombros. — Você pode imaginar.

— Coitada dela.

— Mas ela era a única pessoa que me tratava como uma criança de verdade, não como uma nova Einstein da vida. Talvez porque nós duas fôssemos excluídas, não sei. Ou porque ela tivesse uma mente mais aberta. As outras meninas a chamavam de idiota, mas isso não era verdade. O sistema tinha falhado com ela.

— O que aconteceu com Becky?

— Nós ficamos amigas, estudamos juntas. Descobri que ela era disléxica. Becky nunca tinha ficado numa escola antes por tempo suficiente para que as pessoas pudessem perceber isso. Assim que nossa professora notou, Becky recebeu o apoio de que precisava e acabou me-

---

1 Primeiras Nações é o termo que se usa no Canadá para designar a etnicidade dos povos indígenas, exceto os inuítes e métis, que também são os habitantes originais do território. (N. T.)

lhorando. Ela terminou o colegial, entrou na faculdade, formou-se em estudos sociais e hoje trabalha com isso — dei a ele um olhar significativo. — Becky está ajudando as pessoas agora.

— Sim, sim. Ela é uma pessoa melhor do que eu sou — ele revirou os olhos. — Então, Becky foi sua experiência com a discriminação.

— Sim, e aprendi que uma pessoa pode fazer a diferença. Eu, e então a professora. E agora Becky está fazendo a diferença na vida de um monte de pessoas.

Ele assentiu com a cabeça. Então olhou para minha omelete semiacabada.

— Você vai comer isso?

Entreguei a ele meu prato.

— Não, pode pegar. Não como muito no café da manhã.

As frutas pareciam boas então reservei algumas para mim.

— E apesar da Becky, você deixou o Canadá para trás. E se especializou em indígenas australianos e não nas Primeiras Nações canadenses.

— Comecei a trabalhar com isso no Canadá, mas a minha experiência com Jeffrey estragou tudo. Eu não queria trabalhar no mesmo campo que ele. Precisava de uma grande mudança. E gostei da Austrália, porque apesar de ficar a uma longa distância do Canadá, ainda tem uma história semelhante e problemas parecidos quando se trata de estudos indígenas.

— Tudo bem, então como você está fazendo a diferença para os indígenas australianos?

Ele não tinha ouvido na noite passada?

— Pesquisando e publicando. Ensinando.

— Encontrando os poucos alunos que a cada ano estão dispostos a ouvir e aprender, e quem sabe um dia se tornarão melhores cidadãos.

Tudo bem, ele tinha escutado. Então, por que a pergunta?

— Isso mesmo.

— E quanto a essas publicações? Quem lê isso?

— São revistas acadêmicas. E ainda apresento trabalhos em congressos e seminários.

— Humm... — Ele pegou sua xícara de café, estudou o conteúdo por alguns segundos e tomou um gole.

— Humm, o quê?

A xícara foi depositada lentamente na bandeja, e Damien se virou para mim com um olhar quase que de aço.

— Você é brilhante, formada em Harvard. Suponho que seja muito talentosa em seu campo. Acho que você poderia estar fazendo algo mais com esse talento todo.

Oooh! Ele virou as minhas palavras contra mim. Indignada, olhei para ele.

— Eu sou professora titular, publicada muitas vezes. Sou orientadora de vários alunos em pós-graduação, além de dar aulas em cursos de graduação. Fora isso, ainda apresento meus trabalhos em simpósios internacionais. O que mais, na sua estimada opinião, eu deveria estar fazendo?

— Conversando com o mundo real — ele falou em voz baixa, mas com mais de uma pitada de desafio.

— O mundo real? Eu não tenho ideia do que você quer dizer com isso. Então, por favor, esclareça.

— Olha, eu não estou criticando. — Seu olhar suavizou-se um pouco. — Só estou apontando que suas mensagens estão em conflito. Você acha que eu deveria usar a minha habilidade de escrita para pregar ao mundo em geral sobre a discriminação. Então, por que você não deveria fazer o mesmo?

— Eu sou uma acadêmica. Escrevo trabalhos acadêmicos.

— Eu sou um romancista. Escrevo ficção.

Deixei escapar um suspiro exasperado.

— O que estou dizendo é que o meu público é a academia. Colegas de profissão, estudantes.

— Um público restrito. Por que não ampliar isso?

— E fazer o quê?

— Não sei. Descer da torre de marfim e escrever artigos para revistas, jornais? Versões populares desses trabalhos acadêmicos?

Eu torci o nariz.

— Os acadêmicos tendem a não ter muito respeito por outros acadêmicos que começam a popularizar - comercializar - o seu trabalho.

— E é uma questão de respeito acadêmico? Eu pensei que fosse sobre ter uma consciência social.

Ele não entendeu. Damien não era nada acadêmico. Peguei minha xícara de café apenas para descobrir que estava vazia e colocá-la novamente na bandeja, e não muito gentilmente.

— Tudo bem, entendi o seu ponto. Nenhum de nós compreende o que o outro está fazendo, e não temos o direito de criticar.

Ele assentiu com a cabeça lentamente e estendeu a mão.

— Trégua? Sem meter o bedelho na carreira do outro sem saber do que estamos falando?

Eu considerei por um momento.

— É justo.

Peguei a mão dele e apertei, então ele segurou minha mão e eu deixei. Embora ainda estivesse furiosa, perguntei a mim mesma por que deixar que nossos pontos de vista divergentes ficassem no caminho do relacionamento que tinha sido estabelecido? Éramos parceiros sexuais casuais, isso era tudo.

— Quer mais café? — perguntou ele.

— Por favor. Se você vir Carmen.

Ele ergueu a mão direita, e em alguns instantes Carmen chegou com o bule de prata e encheu nossas xícaras. Ela pegou a bandeja vazia de Damien e olhou para a minha, onde a metade das frutas e um croissant ainda restavam.

— Posso retirar ou ainda vai comer?

— Não, já terminei. A menos que você queira? Querido? — acrescentei o "querido" para mostrar a Damien que eu não estava guardando rancor.

Um brilho de humor iluminou seus olhos.

— Estou satisfeito. Obrigado de qualquer forma, docinho.

Quando Carmen levou nossas bandejas, eu lhe disse:

— Espero que a turnê do seu livro seja um grande sucesso.

Um sorriso brilhou no rosto de Damien.

— Obrigado.

— Deve ser divertido viajar, conhecer os fãs.

Aquilo era uma espécie de vida de celebridade que eu nunca tinha procurado, mas sabia da satisfação que vem quando se é respeitado em seu campo.

— Existem coisas boas e outras não tão boas. Gosto de descobrir novos lugares. Algumas das pessoas nas livrarias e nas emissoras de TV e rádio locais são legais. E nunca me canso de ouvir alguém dizer que adora meus livros.

— Eu posso imaginar. — É claro que seu trabalho era tão importante e pessoal para ele quanto o meu era para mim, e me senti mal por ser tão crítica. — Qual é a parte ruim?

— Muita coisa: horários de viagem bizarros, aquelas questões administrativas que dão errado, livrarias que se esquecem de que você viria e não encomendam seus livros, tarde de autógrafos que não foram divulgadas e assim ninguém aparece — ele riu. — Tardes de autógrafos que, sim, foram anunciadas e a única pessoa que vem falar comigo é a velhinha que quer saber onde é o banheiro.

— Você já teve tarde de autógrafos em que ninguém apareceu? — Não seria como nenhum aluno se inscrever para suas palestras?

— Ah, claro. Especialmente no início. Vai acontecer de novo nessa turnê porque eu não sou muito conhecido nos Estados Unidos. Contudo, essas turnês têm mais a intenção de conhecer os livreiros, que vão divulgar meus livros, colocar um display na livraria, pedir o livro seguinte... E também conseguir a exposição na mídia.

— E você planeja suas turnês sozinho?

— Meu Deus, não. Eu sou um escritor, não um gestor. Eu tenho uma assessora que trabalha com as editoras. E vou para onde me disserem que devo ir, e é com ela que eu falo se algo der errado, como ter que mudar um voo, por exemplo — ele tomou um gole de café. — O que demora para passar mesmo são as noites sozinho em um quarto de hotel. Sim, eu sempre tenho que escrever, sempre, mas os quartos são impessoais e deprimentes.

— Duvido que você tenha que ficar sozinho — brinquei.

— Não, talvez não — sua boca se ergueu em um canto. — Mas pegar as meninas na estrada chega a ser muito impessoal e deprimente demais.

Ui. Essa doeu.

— E eu?

— Você? — Ele me lançou um olhar perplexo. — O que quer dizer?

— Eu sou uma garota que você pegou na estrada. Ou no voo, nesse caso.

— Você é diferente.

— Como diferente? Dificilmente você pode dizer que somos almas gêmeas. Passamos a maior parte do tempo discutindo.

Ele soltou uma risada rápida.

— Sim, certo. Mesmo assim, é diferente. Eu não sei como, não sou um cara tão analítico assim para saber definir. Simplesmente é diferente.

Eu gostei do sentimento, mesmo que ele não soubesse colocá-lo em palavras.

— Obrigado por esclarecer isso para mim — brinquei. — Você leva jeito com as palavras.

Ele riu, apertou minha mão e puxou-a para descansar sobre sua coxa.

— Talvez seja a atração dos opostos. Você tem que admitir, a atração existe, Tezzie.

Ele avançou nossas mãos entrelaçadas ainda mais para cima, até que descansaram abaixo de sua braguilha.

Debaixo do tecido, ele começava a crescer. Sentindo-o, lembrei-me de como ele era nu, de como o senti dentro de mim, o que me deixou excitada na hora.

— Sim, isso existe.

Atração dos opostos. Não era uma coisa que já tivesse experimentado antes, porque sempre me mantive presa à minha própria espécie. Com Jeffrey, fiquei maravilhada de como éramos parecidos. Como éramos compatíveis.

E olha só como deu certo...

— Vamos falar sobre Honolulu — disse ele. — Vamos passear na praia, beber *mai tai*, eu vou comprar um sarongue e um biquíni fio dental pra você.

— De jeito nenhum! — estreitei meus olhos.

— Vou levar você para a cama e vamos descobrir como pode ser fantástico ficarmos juntos. Que tal?

Talvez ele tivesse razão sobre essa coisa de opostos. Talvez fosse por isso que tínhamos essa química incrível. Durante vinte e quatro horas, por que não deixar de ser tão analítica, tão prática e responsável, e me soltar um pouco e me divertir?

Cutuquei nossas mãos entrelaçadas na braguilha dele.

— Um biquíni fio dental, hein? Sabe do que mais, eu uso um se você usar também.

***

Capítulo 8

Damien soltou uma risada de surpresa.

— De jeito nenhum vou usar uma dessas coisas.

— Exatamente o que eu penso — Theresa atirou de volta, com um brilho nos olhos.

Um cara tinha que gostar de uma mulher que não deixava a peteca cair.

— Ah, meu Deus! — disse ela. E a minha bagagem? Ela vai direto para Vancouver!

— A gente podia pedir a Carmen que ela fosse descarregada... — Ele franziu a testa. — Mas se estamos noivos...

— Nossa bagagem estaria junta... — Ela terminou seu pensamento.

— Existe alguma coisa lá de que você realmente precise?

— Deixe-me pensar. Meu trabalho está na minha bagagem de mão, juntamente com uma muda de roupa de baixo. Eu posso comprar shorts e uma camisa leve. Quanto aos produtos de higiene pessoal, o kit da companhia aérea e as amostras grátis do hotel devem servir — ela balançou a cabeça. — Não, eu estou bem. Não vamos nos preocupar.

Uau, uma mulher prática. Que beleza!

Quando os comissários de bordo vieram pelo corredor para fazer a verificação final antes de pousar, Carmen disse:

— Parabéns novamente. Quando é o grande dia? E onde vocês vão se casar?

— Nós não definimos os detalhes ainda — respondeu Damien. — Precisamos contar para nossas famílias em primeiro lugar.

— Tenho certeza de que eles ficarão felizes. Ao contrário de toda a população feminina solteira da Austrália.

Quando ela se foi, Theresa ergueu a cabeça em sua direção.

— Você é tão conhecido assim?

— Bem, fui eleito um dos dez australianos solteiros mais sexys neste ano — admitiu ele.

— Jesus — ela levantou as sobrancelhas. — Como é que eu perdi essa notícia tão importante?

Ele passou os dedos por seu braço nu lentamente, apenas roçando a superfície.

— Você não teria votado em mim, Tezzie?

Ela estremeceu.

— Você é muito convencido, hein, Damien Black?

Ao mesmo tempo, ela não disse que não, o que o fez sorrir presunçosamente.

— Acho que vou ter que provar que pertenço a essa lista.

Damien segurou-lhe a mão enquanto o avião descia para o pouso em Honolulu.

Já em terra, ele guardou suas coisas na bagagem de mão enquanto ela ligava o celular e checava suas mensagens.

— Sexta... — murmurou Theresa.

— Devo perguntar alguma coisa ou você está falando sozinha de novo?

— Sinto muito. Era Kat, a segunda irmã mais velha. Ela está em Montreal, trabalha como chefe de relações públicas de um hotel de luxo.

Ele notou certo orgulho na voz. Mesmo que ela e suas irmãs tivessem lá seus problemas, havia laços de afeto também.

— Bom — ela continuou —, finalmente reservou a passagem de trem.

— É essa que não viaja de avião — Damien tinha ouvido um rabicho de conversa de Theresa.

— Ela estará em casa na sexta, de forma que será mais um par de mãos para ajudar com os preparativos — a professora não parecia assim estar tão feliz com a notícia.

— Deixe-me adivinhar. Você prefere fazer as coisas sozinha a dividir ou delegar as tarefas.

Sua boca se apertou em uma expressão triste.

— O que posso dizer? Eu sou eficiente. Quando éramos crianças, mamãe me colocou no comando para que as tarefas fossem realizadas. Eu sempre tentava organizar as das outras, mas Kat sempre tinha algum compromisso com os amigos, e Jenna esquecia no segundo seguinte o que eu lhe dizia para fazer, por isso sempre foi mais fácil fazer as coisas sozinha.

— Mas você também tinha os trabalhos da escola. Imagino que esses cursos acelerados deviam tomar muito de seu tempo.

— Claro que sim, mas quando as outras metiam a mão na massa, ia bem rapidinho. No entanto, elas não faziam um trabalho tão bom.

Damien sorriu. Podia imaginar a irmã mais velha mandona distribuindo ordens e ficando insatisfeita com os resultados, e deixando isso muito claro. Se ele fosse irmão de Theresa, provavelmente teria dito: "Tudo bem, da próxima vez faça você mesma". Dinâmica familiar. Ele tinha aprendido que era mais fácil evitar sua família do que ter que lidar com toda essa merda.

Ele e Theresa recolheram seus pertences enquanto o avião taxiava até o portão. Quando soou a campainha de chegada, Damien abriu o compartimento de bagagem e tirou a mala do casal mais velho.

— Prazer em conhecê-los —disse ele.

— Nós também — respondeu o homem. — A propósito, somos Trev e Delia Monaghan. E eu gostei de seus livros, meu jovem. Acabei de ler o último antes de sair de casa.

— Você sabe quem eu sou?

— Ouvi a aeromoça falando. E não se preocupe, não vamos contar a ninguém sobre o seu noivado em segredo.

— Obrigado.

— Mas você tem que definir essa data logo, meu filho — disse Trev —, e se casar com a garota antes que alguém a fisgue.

— Sim, senhor — Damien fingiu bater continência.

Theresa inclinou-se diante dele para dizer:

— Espero que a visita a sua família seja maravilhosa.

— Obrigada, querida — respondeu Delia. — E não se esqueça do conselho que lhe dei.

— Não esquecerei.

Damien deu um passo atrás para deixá-los passar para o corredor em primeiro lugar, em seguida ele e Theresa tomaram seu lugar na fila.

Uma vez no aeroporto, ambos apressaram o passo e ultrapassaram as pessoas que estavam andando mais devagar.

— É muito bom esticar as pernas — disse ela.

— Sem dúvida — ele olhou em volta. — Belo aeroporto. É minha primeira vez em Honolulu.

— Quase sempre passo uma noite aqui. Para quebrar a viagem.

— Ela cheirou o ar, com uma expressão apreciativa no rosto erguido. — Humm, adoro a sensação e o cheiro do ar daqui.

Agora que ela tinha mencionado, ele percebeu quão agradável era o cheiro daquele lugar. Era perfumado com flores tropicais. Mais ou menos como em sua casa, em Queensland. E não tinha aquele controle de temperatura desagradável e tão típico de aeroportos. Na verdade, o aeroporto era apenas parcialmente coberto e um casal de pequenos pássaros voava ao redor.

— Quem projetou este lugar fez as coisas direito.

— Há ainda um jardim. Você pode dar uma caminhada ou se sentar em um banco. Mas agora preciso ver como faço para mudar minha passagem.

Depois que ele conheceu o aeroporto, Damien deixou que a mulher assumisse o comando. Para um macho como ele, de fato tinha um bando de mulheres mandonas por perto. Editoras, agentes, comunicadoras, divulgadoras, assessora e, agora, a professora.

Ei, ele estava feliz que ela tivesse concordado em passar a noite com ele. Na verdade, estava tão feliz que era desconcertante. Provavelmente não teria tido nenhum problema em encontrar uma mulher para compartilhar sua cama, mas dessa vez não queria uma mulher qualquer. Ele queria Theresa. Uma mulher com excesso de controle e com um traço de vulnerabilidade. Frustrante, desafiadora, intrigante. Sexy. Divertida.

Com extrema eficiência, pegaram a bagagem, e Theresa encontrou o balcão de passagens para ser atendida por uma deslumbrante havaiana.

— Quer a boa notícia primeiro ou a má? — perguntou a mulher com um sorriso. Então, sem lhes dar a chance de responder, ela continuou. — Sim, senhorita Fallon, eu posso colocá-la no mesmo voo que o senhor Black, mas a classe executiva está lotada, então não posso oferecer um upgrade.

— E você tem dois assentos juntos na econômica? — perguntou Damien.

— Sim, se não se importar em viajar numa classe inferior.

— Humm — pensou ele. — Um assento da classe executiva e o serviço *versus*... — ele estudou Theresa, fingindo um olhar calmo e avaliador, mas falso o suficiente para que ela soubesse que estava brincando.

Ela suspirou.

— Assentos separados são o ideal, sem dúvida. Depois de passar um dia inteiro com você, certamente ficarei entediada — os cantos da boca de Theresa se abriram numa risada.

A funcionária no balcão olhou de um para outro.

— Então, hã, vocês querem assentos separados?

Damien estendeu a mão para passar um braço em torno de Theresa.

— De jeito nenhum!

No começo o corpo dela estava tenso, como se não estivesse acostumada a esse tipo de contato físico, mas relaxou e se aproximou dele, colocando o braço em volta de Damien também.

Unhas postiças brancas bateram rapidamente em um teclado, uma impressora resmungou e, em seguida, a agente entregou-lhes um envelope.

— Aqui estão seus bilhetes, senhor Black, o senhor precisa fazer seu *check-in* amanhã com ele. Agora, senhorita Fallon, posso ver se podemos retirar sua bagagem do avião.

— Não, está tudo bem, obrigada. Contudo, você pode pedir para ser deixada no guarda-volumes de Vancouver?

— Claro, vou avisar nosso pessoal do aeroporto — a havaiana sorriu. — Boa desculpa para fazer compras em Honolulu, não é? Como se uma garota realmente precisasse de uma desculpa.

Eles agradeceram e afastaram-se do balcão, Damien enfiando o envelope com a passagem no bolso de trás da calça jeans.

— Vamos pegar um táxi.

Ela apalpou a bunda dele – na verdade, para puxar o bilhete para fora do bolso.

— Você deveria cuidar melhor disso. Vou colocar na minha bolsa.

As alegrias de estar com uma controladora obsessiva. Ele nunca tinha perdido passagens em sua vida. Bem, exceto aquela vez em Melbourne. Então, se ela quisesse estar no comando, tudo bem, seu ego poderia lidar com isso.

Ela fechou os bilhetes em um compartimento dentro da bolsa.

— Os táxis ficam deste lado.

Ele a seguiu, mochila pendurada em um ombro, puxando sua mala de rodinhas.

Quando entraram no táxi seguinte da fila, o motorista havaiano de meia-idade perguntou:

— Para onde?

— Waikiki Beach — Damien puxou para fora da bolsa da mochila o e-mail de confirmação do hotel. — Hotel Rainha Lili... — droga, os nomes dos aborígenes australianos não eram tão impronunciáveis quanto esse!

— Rainha Liliuokalani? — perguntou Theresa, deslizando as sílabas melodicamente por sua língua, embora parecesse cética.

— Sim, esse mesmo.

Ele mostrou a Theresa o e-mail impresso.

— Entendi — disse o motorista, afastando-se do meio-fio.

— Esse é um belo hotel — disse ela. — Bem na praia.

— Você já se hospedou lá?

Ela bufou.

— Alôôô... Eu sou aquela que voa de classe econômica, lembra-se?

— Bem, na maioria das vezes fico em hotéis econômicos, mas decidi me esbaldar, uma vez que esta é a primeira vez no Havaí.

Ele tinha imaginado se livrar das dores de ficar tanto tempo no avião com uma longa corrida na praia, em seguida desfrutar de um hambúrguer e algumas bebidas em um bar à beira-mar, seguido por alguns passeios turísticos. Agora tudo o que conseguia pensar era em Theresa nua em uma cama enorme.

Ela estava do outro lado do assento do carro, então Damien deslizou para mais perto, esticando-se para pegar a mão dela. Em vez de retribuir, Theresa fez um gesto para o cinto de segurança:

— Prenda o seu.

— Existe alguma regra que você não siga? — resmungou ele.

— Não, se a regra existe é por uma boa razão. — Ela viu quando ele prendeu o cinto e, com os olhos brilhando, acrescentou: — Como aquela sobre não, hã, como é mesmo? Fumar no lavabo do avião?

— Nossa, não — brincou ele de volta. — Eu com certeza não gostaria de, hã, fumar no banheiro.

Ela o deixou pegar na mão, mas de um modo frustrante, pois não podia esfregar as coxas dele. Ah, bem, ele poderia entreter-se com pensamentos de como eles poderiam aquecer aquela cama do hotel.

Aparentemente, os pensamentos da professora estavam tomando um rumo totalmente diferente, porque ela disse:

— Ela foi a última monarca das ilhas havaianas.

— Hein?

— Liliuokalani. Ela era uma mulher determinada. Não queria perder o Havaí para os estrangeiros. Ela fez de tudo para preservar a monarquia e manter as ilhas para os povos nativos.

— Lutando uma batalha perdida.

Damien não conhecia muito da história, mas sabia que os povos nativos sempre se ferraram.

— Sim. Os imigrantes norte-americanos — especialmente os ricos, os poderosos, — queriam a ocidentalização e, claro, o controle da economia. Eles derrubaram a monarquia, depuseram a rainha Liliuokalani, e criaram um governo provisório, que se tornou depois a República do Havaí.

— Quem tomou o lugar da rainha? Deixe-me adivinhar, um cara branco.

— Bom palpite. Sanford Dole.

— Você realmente se lembra do nome dele?

— O Abacaxi Dole? Foi seu primo quem fundou o império do abacaxi.

Theresa passou a mão pelo cabelo, levantando algumas franjas da testa.

O táxi estava abafado, por isso ela abaixou o vidro, mas agora o ar havaiano estava perfumado pela fumaça dos escapamentos em vez de flores tropicais.

— E então o Havaí tornou-se um estado americano?

— Não. O presidente norte-americano era Grover Cleveland, e ele era partidário da monarquia. Ele acreditava que a rainha tinha o apoio do povo havaiano, o que sem dúvida era verdade. De qualquer forma, havia muita politicagem e uma tentativa de levante. Liliuokalani acabou por jurar fidelidade à República do Havaí.

— Isso deve tê-la enfraquecido profundamente.

— Eu imagino que sim. Não apenas a ela, mas ao povo havaiano também. Eles perderam sua independência.

— Como sempre acontece quando o homem branco "descobre" um novo país.

Amargamente, Damien pensou como isso era verdade na Austrália, com os aborígenes e os habitantes das ilhas do Estreito de Torres. Na verdade, um tribunal sequer considerou que as terras estavam ocupadas quando os colonizadores chegaram. Basicamente, diziam com isso que os australianos indígenas não eram seres humanos. Ele sufocou quando pensou sobre isso.

Theresa continuou.

— Sim, precisamente. Então, acho que foi em 1898 – o presidente dos Estados Unidos era McKinley então – que o Havaí foi anexado aos Estados Unidos. Ele se tornou estado somente mais ou menos no final da década de 1950.

Que tal isso? Ele tinha assumido que os Estados Unidos tinham sido compostos por estados por mais de um século. Aquela professora realmente o fazia sentir-se ignorante.

— Como você sabe tudo isso?

— Eu estudei todas as sociedades indígenas no mundo.

— Aqui está, senhores — a voz do taxista soou dentro do carro. — O hotel da rainha.

De repente, Damien percebeu que tinha perdido toda a viagem do aeroporto até aqui. Talvez houvesse alguma paisagem bonita para ser apreciada, mas ele tinha sido apanhado pela história de Theresa, e a expressão intensa de seu rosto.

Ele começou a sair do carro e quase se estrangulou no cinto de segurança. No momento em que conseguiu chegar ao porta-malas, o motorista já estava tirando sua mala e as bagagens de mão e entregando tudo a um carregador do hotel, que fez uma pequena pilha em um carrinho de bagagem.

Damien pegou a carteira e entregou ao motorista algumas cédulas americanas e disse:

— Obrigado, companheiro. Fique com o troco. E eu vou precisar de um recibo.

— Obrigado. — O motorista olhou para o hotel. Em tom neutro, ele disse: — As coisas com certeza teriam sido diferentes se Liliuokalani tivesse feito as coisas de seu jeito.

Quando ele foi embora, Damien estudou o hotel. Duas torres pintadas de creme, as varandas com pingos de buganvílias roxas eram ligadas por um edifício muito mais baixo com um telhado de palha de palmeira. O porteiro, um jovem bronzeado com o cabelo vividamente loiro, que Damien apostaria que era um surfista, apontou para as portas de vidro.

— Bom-dia. Bem-vindos ao Rainha Liliuokalani.

A saudação lembrou-lhe de que eram apenas nove horas da manhã. E, por terem cruzado a linha do fuso internacional, eram nove da manhã do dia anterior... Sua mente ficou um pouco confusa. Era quase como se houvesse um universo paralelo, no qual ele ainda precisaria fazer as malas para esta viagem.

Um universo em que ele não tivesse conhecido a doutora Theresa Fallon. Tezzie. Não, ele não gostava desse universo, de fato.

Juntos, eles entraram no saguão e ele olhou ao redor, apreciando a decoração. Sob o alto teto de palha, móveis arejados de vime e de vidro se espalhavam pela área, e vasos de vivas orquídeas roxas decoravam cada palmo da superfície. Uma brisa suave soprava pelo espaço, trazendo o cheiro de mar, flores tropicais, e uma pitada de protetor solar.

O outro lado do lobby não tinha parede. Era aberto para uma área ajardinada com piscina, espreguiçadeiras e mesas com guarda-chuvas, e mais além via-se a praia. As alas do hotel se estendiam na forma de um V irregular a partir do saguão, emoldurando a piscina e o jardim, uma disposição que daria a todos os quartos uma bela vista para o mar.

Fazia mais ou menos catorze horas desde que ele deixara seu apartamento em Sydney, e seus pés calçados com sandálias coçavam com saudade de andar na areia úmida. Mas quando ele olhou para Theresa, outra parte dele sentia uma coceira ainda maior.

Outra linda mulher havaiana — será que no Havaí não havia mulheres mais comuns? — saudou-os na recepção. Ele não tinha nenhum desejo de flertar com nenhuma delas. Olhar para elas era como admirar uma pintura bonita. A única mulher com quem desejava ter alguma intimidade era Theresa. Quanto mais cedo melhor.

Ele tinha pedido um *check-in* na parte da manhã, e logo a atendente estava entregando-lhe um envelope com dois cartões-chave.

— Você está no décimo andar na Torre Plumeria, senhor Black — ela apontou. —Lá, na torre norte. Chase vai levá-los para o seu quarto.

— Por favor, sigam-me — disse o porteiro, seu sorriso um flash branco contra a pele profundamente bronzeada.

No elevador, Damien roçou o ombro contra o de Theresa. Ela olhou para ele e o homem viu a incerteza em seus olhos. Estava pensando melhor?

Quando as portas se abriram, ele deixou o porteiro precedê-los até o final do corredor e ficou para trás para perguntar:

— Você está bem?

— Um pouco nervosa. Afinal, ficar com um estranho é...

— Eu não sou um estranho. Eu sou aquele péssimo escritor que está entre os dez solteiros mais sexys da Austrália — ele se inclinou para sussurrar em seu ouvido. — E que é o melhor amante em todo o país.

Como ele pretendia, ela riu.

— Ah, certo. Como eu poderia ter esquecido?

Eles alcançaram o porteiro, que tinha aberto a porta do quarto. Damien ficou para trás a fim de deixar Theresa entrar primeiro, em seguida pegou algumas cédulas americanas e deu a gorjeta ao rapaz. Então colocou o aviso de "Não Perturbe" no trinco da porta do lado de fora e seguiu Theresa no quarto.

O quarto era decorado no mesmo estilo leve e arejado do saguão, com aquarelas de cenas havaianas e um par de vasos de orquídeas enfeitando tampos de mesa. O sol da manhã atravessava as grades de uma porta de madeira.

Theresa as abriu, revelando a varanda, que ele lembrou chamar lanai, pelo que dizia o site do hotel. Ela deu um passo para fora.

— Uau!

Ele se colocou ao lado dela na luz do sol, perto de um corrimão decorado por buganvílias de um roxo brilhante.

— Então, essa é Waikiki.

Damien olhou à direita e à esquerda, absorvendo a vista. Ele se lembrou do Surfers Paradise na Gold Coast. Um belo e longo trecho de praia ladeado por arranha-céus e shopping centers. Mesmo as buganvílias e as plantas no jardim abaixo — coqueiros, hibiscos, gengibre vermelho e frangipani — eram familiares.

— Não há muitas pessoas na praia — disse ela. Apesar da risada de alguns minutos atrás, sua voz soou tensa. — Eu acho que os turistas estão dormindo ou tomando o café da manhã. Você está com fome?

Ele colocou um braço em volta dela, sentindo a tensão em seus ombros.

— Sim.

Ela se virou para encará-lo.

— Então nós poderíamos descer e...

— De você. Temos assuntos inacabados.

— Eu s-suponho que sim... — a voz dela vacilou.

Esse toque de vulnerabilidade o fez sentir-se protetor. Damien roçou seus lábios contra os dela. Ele não estava pretendendo apressar as coisas, mas, droga, lá estava ele em uma varanda na praia de Waikiki com uma mulher muito sexy. Deixar de beijá-la não era uma opção.

Os braços de Theresa vieram em torno dele, mas de uma maneira vaga, tímida...

— Damien, eu me sinto suja de toda a viagem e, er... — do tal do clube das alturas, ela queria dizer.

Ela tinha feito sexo com ele no lavabo do avião, mas continuava tímida para falar sobre isso depois. Era bonitinho.

— Eu também. Uma chuveirada com certeza vai cair bem.

Ele deu outro beijo, desta vez deixando os lábios permanecerem contra os dela. Inclinando sua boca, lambendo o contorno delicado de seu lábio superior, mordiscando a plenitude de seu lábio inferior. Então, ele se afastou.

— Quer tomar banho sozinha ou acompanhada?

— Oh! Eu, hã... — ela enrugou a testa. — Você ficaria ofendido se eu dissesse sozinha?

Ele balançou a cabeça, desapontado.

— Depois de todas essas horas comigo, eu entendo que você queira alguns minutos de privacidade.

Talvez ela tivesse aquelas coisas de mulher para fazer, tipo depilar as pernas, e que não queria que ele visse.

Ela sorriu para ele.

— Obrigada pela compreensão.

Tudo bem, isso o fez se sentir melhor. Ele segurou o rosto dela.

— Só não mude de ideia.

Então ele a beijou suavemente, permanecendo em seus lábios até ela responder, e em seguida deixou o beijo mais profundo, a língua encontrando a dela.

Os braços de Theresa vieram ao seu redor, o corpo pressionado contra o seu, por isso não havia dúvida de que ela devia sentir que o pênis tinha voltado a pedir atenção. Ela mexeu os quadris, movendo a barriga para trás e para frente apertando a protuberância em sua calça jeans, que naturalmente cresceu. Então, ela se afastou e disse sem fôlego:

— Eu não vou mudar de ideia.

Grande. Sozinho com um pau duro. Quando ela entrou, ele permaneceu na varanda por alguns minutos, embora o ar tropical não desse conta de resfriar um cara com tesão.

Ele se recompôs e entrou para abrir sua mala. O chuveiro estava correndo atrás de uma porta fechada, e ele podia imaginar Theresa de pé sob o jato d'água.

Damien colocou um punhado de preservativos em cima da mesa de cabeceira, separou um par de shorts e uma camisa casual para depois, então desembalou o notebook e o colocou na tomada. O chuveiro ainda corria.

Pele molhada, uma espuma de bolhas de sabão deslizando por seu corpo elegante. Droga, um cara não se cansava disso.

Damien saiu na varanda com seu celular para verificar as mensagens. A loja onde faria a leitura hoje queria que ele confirmasse que havia chegado à cidade, o que ele fez. Uma mensagem de sua agente dizia que seu novo lançamento, pela primeira vez, tinha aparecido na lista de *The New York Times* de best-sellers de ficção, no vigésimo quinto lugar. Os esforços promocionais da editora americana tinham dado resultados.

Um autor best-seller no *NYT*. Que tal isso? Este foi definitivamente o seu dia de sorte.

Damien caminhou de volta para dentro, deixando as portas abertas para que a brisa do mar entrasse e uma faixa de sol cobrisse todo o piso frio. O chuveiro estava desligado agora. Theresa estava penteando o cabelo? Passando alguma loção na pele?

Ele tirou a camisa e a jogou na fronha velha que usava como um saco de roupa suja, então chamou:

— Tem um cara aqui precisando urgentemente de um banho.

— Saio em um minuto.

As palavras saíram truncadas. Ah, ela estava escovando os dentes.

Quando a porta se abriu, ele olhou ansiosamente, esperando que ela estivesse nua, ou talvez em uma toalha. Mas não, este hotel tinha de oferecer roupões de banho. Dos grandes, os atoalhados brancos. Ao mesmo tempo, Theresa parecia bonita e sexy, as bochechas rosadas, o cabelo curto úmido afofado ao redor do rosto, as longas pernas e os pés descalços saindo debaixo do roupão disforme.

Seus olhos se arregalaram com a visão dele.

— Oh, você está... Hum... — Seu olhar rastreou seu torso nu.

— Pronto para o meu banho — Só para provocá-la, ele levou a mão para o botão da calça jeans.

O olhar dela o seguiu e permaneceu lá. Em seguida, ela jogou a cabeça para cima.

— Vai lá. Eu, hã, vou esperar por você.

Quer dizer, a professora tinha ficado tímida de novo com ele.

— Tudo bem se quiser começar sem mim — disse ele sugestivamente.

— Não! Quero dizer, hã, eu prefiro esperar.

— Tudo bem, não vou demorar.

O banheiro estava cheio de vapor e cheirava a alguma coisa agradável, de ervas, lembrando-lhe de que, alguns minutos atrás, Theresa nua estivera ali. Rapidamente, ele tirou a calça jeans e a cueca boxer, facilitando a passagem delas sobre sua ereção, e correu para o chuveiro. O xampu e o sabonete do hotel tinham o rótulo de "chá-verde e alecrim", então devia ser daí que vinha o perfume tão bom.

Seria ótimo se pudesse ficar debaixo daquele jato de água quente, mas algo muito mais divertido o esperava, então ele lavou e secou-se depressa. Normalmente, ele teria vestido uma cueca limpa, mas não queria demorar tanto, por isso envolveu-se no outro roupão. Sem roupa de baixo.

Quando saiu do banheiro, Theresa estava na mesa, o sol dourando seus cabelos ruivos, ligando seu computador ao lado do dele. Corando, ela disse rapidamente:

— Eu preciso telefonar para Vancouver. E mandar os e-mails. Para avisar todo mundo sobre a minha mudança de planos.

— O voo nem saiu de Honolulu ainda. Você tem muito tempo. — Ele se aproximou e descansou a mão na gola do roupão, em seguida, puxou o tecido para baixo a fim de que o sol pudesse tocar sua pele, e ele acariciasse sua nuca. — Nós temos um encontro, lembra?

Ela abaixou a cabeça, dando-lhe melhor acesso.

— Eu não sou muito experiente nessas coisas.

Como é que ela conseguia deixá-lo carinhoso e com tesão, tudo ao mesmo tempo? Ele deslizou a mão ao longo de seu pescoço até o queixo, em seguida segurou-lhe o rosto e o trouxe para perto de si.

— Isso não importa. O que importa é: você quer isso, Tezzie? Você e eu, fazendo todas as coisas que não podíamos fazer no avião?

Ela baixou os olhos, piscou e olhou diretamente para ele, os olhos *billabong* dançando com brilhos verdes e azuis no sol da manhã.

— Sim, eu quero. Desculpe por eu ser assim tão... indecisa — e logo seu queixo se firmou. — Eu não estaria aqui se não quisesse isso. Se não quisesse você, Damien.

Essas foram as palavras que o aqueceram ainda mais do que o sol que queimava através de seu roupão. O toque do sol o aquecia do lado de fora, mas o desejo de Theresa acendeu uma faísca que fez o sangue borbulhar nas veias e seu pau se erguer de vontade.

Damien acariciou o rosto dela, afastando o cabelo úmido.

— Então deixe tudo de lado por algumas horas. Agora, tudo o que existe somos nós dois.

Ele se inclinou para beijá-la e seus lábios encontraram os dele, quentes, generosos, sedutores.

Quando ele se endireitou novamente, o olhar de Theresa caía no decote do roupão dele, no V onde um lado envolvia o outro. Onde a pele bronzeada e os cachos de cabelos escuros contrastavam com o tecido branco.

— Você quer que eu tire isso? — Ele tocou o cinto do roupão, que tinha enrolado na cintura.

Lentamente, o olhar dela ficou seguindo a sua mão em vez de retornar para seu rosto, e ela balançou a cabeça, ajeitando a cadeira de modo que pudesse se sentar de frente para Damien.

— Não, eu quero tirar.

— Então, fique à vontade.

Com a mão tremendo um pouco, ela pegou uma extremidade do cinto. Da maneira que estava enrolado, apenas um puxão o soltaria.

Ela puxou. Quando o cinto caiu, o roupão volumoso ficou solto, mas não o suficiente para revelar seu corpo. Ele parou na frente dela e esperou.

Ela levantou as mãos para segurar as laterais do manto no meio do peito. E fez uma pausa. Seus ombros subiam e desciam enquanto ela respirava fundo. Em seguida, ela abriu o roupão totalmente.

Sua respiração parou com um suspiro quando ela viu que Damien estava nu e excitado.

Como se estivesse hipnotizada, ela se levantou lentamente à sua frente e deslizou o roupão de seus ombros. Ele caiu no chão. O sol acariciava suas costas, e seus olhos reluziam o calor do rosto.

— Você realmente é muito bonito — murmurou Theresa.

— Fico feliz que você aprove. Está vendo alguma coisa que gostaria de tocar?

Um rápido sorriso, um olhar para cima, sob os cílios.

— Tudo isso.

— Então, é tudo seu.

Hesitante, ela tocou os ombros, passando as mãos sobre eles e para baixo em seus braços, em seguida apertou-os, sentindo os músculos.

— Como é que você consegue se manter em tão boa forma? E assim bronzeado? Achei que escrever fosse um trabalho sedentário, sempre dentro de casa.

— Eu corro, nado, faço exercícios. Preciso porque, sim, é sedentário, e eu sempre fui uma pessoa atlética — ela começou a explorar seus peitorais e, quando seus dedos circularam seus mamilos, ele prendeu a respiração. Em seguida, conseguiu concluir seu pensamento. — O exercício me ajuda a resolver os problemas da história também.

— Sério? — Ela olhou para cima e voltou a provocar seus mamilos. — Eu faço a mesma coisa. Quando fico trabalhando por muito tempo, meus pensamentos ficam embaralhados, então ponho shorts e saio para dar uma corrida.

Quem diria, a ideia de Theresa usando shorts era quase tão excitante como o toque dos dedos, persistentes e leves, e cada toque fazia seu pau pulsar e se estender.

As mãos dela desceram pelas costelas e para baixo sobre seu abdome, que ficou tenso sob seu toque. Um círculo rápido no umbigo, e a mão agarrou o pau. Levemente, timidamente.

Ele soltou um gemido de prazer.

Ainda segurando-o, ela sentou-se na cadeira novamente, então submeteu o pênis a uma exploração pelos dedos, que cobriram cada um de seus centímetros. A partir da base, onde o tesão se projetava de um ninho de cachos escuros, até em cima, onde o pulsar era sensível a cada toque. Toques leves na parte superior, logo abaixo da coroa. Então, finalmente puxando e circulando a cabeça, encontrou uma ou duas gotas da pré-ejaculação e alisou-as em sua pele dolorosamente sensível.

Ele pulsava em sua mão, tentando não empurrar, mas a excitação era quente e espessa dentro dele. Enterrando as mãos no cabelo dela, Damien disse:

— Ei, professora, você está me matando. Já terminou a sua pesquisa?

— Acredito estar terminando.

A voz de Theresa era rouca, e quando ela levantou o rosto ele viu como ela estava corada.

Ainda bem que ele não era o único que estava tão excitado.

— E daria para terminar vestindo menos roupas?

***

Capítulo 9

Olhando para Damien, tive uma sensação de que aquilo não era verdade. Não poderia ser eu ali, em um hotel de luxo na praia de Waikiki, com um homem que tinha sido votado como um dos dez solteiros mais sexys na Austrália.

Um homem que merecia esse título. O corpo dele era incrível, rijo e masculino, dourado pelo sol. Sobre esse corpo, as tatuagens do dragão e da águia do mar não pareciam exageradas ou bregas, e lhe davam uma vantagem interessante.

Damien tinha uma cor linda, seus traços eram fortes. Uma ilustração de como a herança mestiça poderia produzir descendentes maravilhosos. Ah, sim, ele era um deleite para os olhos. Mas a coisa mais incrível era a chama ardente em seus olhos cinzentos, o enorme pênis inchado preenchendo minhas mãos. A prova incontestável de como ele estava excitado. Por mim. Uma acadêmica, não uma deusa do sexo.

No entanto, o calor que pulsava através de mim – que endurecia meus mamilos, que deixava minha pele mais rosada, que me fazia formigar e inchar entre as pernas, era totalmente sexual. E o tamanho de sua ereção, o desejo em seus olhos me fizeram sentir como uma deusa.

Ele tinha ficado com tantas mulheres, e mulheres mais bonitas, mais sensuais, muito mais experientes do que eu. Como eu poderia me comparar a elas?

Não que ele tivesse se queixado até agora. O que significava que eu devia estar fazendo tudo certo.

Eu sou inteligente, e conseguia entender os sinais dele. Estava aprendendo entender à medida que ficávamos juntos. Assim como meus dedos tinham aprendido que seu pênis gostava de ser acariciado.

Meu instinto – o meu desejo – agora era me inclinar para a frente e pegá-lo entre meus lábios, mas ele tinha dito que esperava que eu tirasse a roupa, então, em vez de beijá-lo, afastei-me dele e me levantei. Minhas pernas tremiam e também os meus dedos enquanto eu pegava o cinto do roupão. No avião, ele meio que viu meu corpo, mas apenas no banheiro estreito, mal-iluminado.

— Nã-na-ni-na-não — suas mãos seguraram as minhas no meio do caminho. — Eu faço isso.

Eu estava de pé, a respiração rápida e superficial, tremendo da cabeça aos pés enquanto ele desfazia o nó que eu havia atado. Então, Damien afastou o roupão de meus ombros. Lutei contra o instinto de agarrá-lo outra vez; em vez disso, afastei meus braços para longe do corpo para que o tecido macio deslizasse livremente. Meus olhos seguiram o roupão, vendo-o cair amontoado em pregas brancas sobre o piso de terracota beijado pela luz do sol.

Deixando-me totalmente nua, exposta à luz do sol e à apreciação de Damien.

— Você é tão bonita.

Suas palavras, ditas em um tom que me parecia de brincadeira, me fizeram levantar os olhos para o rosto dele. Ele não percebeu, porque estava olhando para mim com um sorriso presunçoso do tipo "Uau, cara, olha só o que eu tenho" preso nos lábios e iluminando seus olhos.

Eu sabia que meu corpo era legal. Não muito gordo, nem muito magro. Os seios eram de tamanho regular, dependendo da taça do sutiã, que podia ser M ou G. Era um corpo normal, ativo e saudável, mas nada muito especial. Então me lembrei daquilo que Damien havia dito sobre Cachinhos Dourados, e como a média poderia realmente significar a perfeição.

Durante todos esses anos, pensei que a única coisa especial em mim fosse meu intelecto. E ninguém nunca tinha me dito nada diferente disso. Contudo, a expressão de Damien me mandava uma nova mensagem, lisonjeira e excitante ao mesmo tempo. Isso me deu coragem de erguer minhas mãos e colocá-las sob meus seios, levantando-os e oferecendo-os a ele.

— Você está vendo alguma coisa de que goste? — disse eu, ecoando as mesmas palavras que ele dissera antes.

— Tudo.

Uma emoção que era excitante demais, mais do que isso, um novo poder feminino, percorreu meu corpo inteiro.

— E você então vai ficar parado aí, só olhando?

— Estava escolhendo por onde começar.

Eu não estava mais nervosa, então deixei minha mão descer pelo meu peito, através de meu ventre, para passear pela curva do quadril e, depois, para o alto da coxa. Acabei com o polegar a apenas alguns centímetros de distância do V entre as minhas pernas, que estavam um pouco separadas.

— Não há lugares ruins.

Eu queria dizer que não havia lugares ruins por onde ele poderia começar, mas Damien interpretou de forma diferente.

— Claro que não. Todos os lugares são definitivamente muito bons!

Meu palpite foi que ele iria direto para os meus seios, mas ele me surpreendeu. Damien levantou as mãos e passou os dedos pelo meu cabelo, que estava quase seco. Ele acariciou minhas têmporas e depois seguiu adiante, gentilmente acariciando meus ouvidos, minhas bochechas, até meus lábios e meu queixo. Depois, meu pescoço, descendo para meus ombros e meus braços. Como se estivesse aprendendo, memorizando, o contorno do meu corpo.

Seu toque era mais sensual do que abertamente sexual, mas deixou todas as minhas células em estado de alerta.

Quando ele chegou aos meus dedos, apertou-os levemente e depois os liberou, começando novamente, dessa vez em meus seios. Contudo, em vez de provocá-los do jeito que tinha feito no avião, ele usou a mesma carícia sensual. Tocando-os suavemente, depois o ventre, o abdome. Os polegares roçando meus pelos pubianos, deixando meu sexo tenso em agradável ansiedade.

Então, agora ele estava acariciando para fora, na curva de meus quadris, movendo-se para baixo do lado de fora, seguindo o mesmo caminho que a minha própria mão havia tomado poucos minutos antes. Descansando seus polegares num local perto de meu sexo. Prendi minha respiração, querendo que ele avançasse mais alguns centímetros, para poder roçar a carne inchada e úmida que ansiava por sua carícia.

Em vez disso, ele retirou as mãos e levantou-se, os braços descansando ao seu lado, sem me tocar. Exceto com o olhar, que viajou de volta, percorrendo cada centímetro do caminho que suas mãos haviam tomado. Ele terminou de olhar nos meus olhos, sorrindo quase perplexo:

— Mas eu sou um filho da puta sortudo, mesmo.

Então ele se aproximou, colocou os braços em volta de mim, me puxou contra ele, de forma que cada célula sensibilizada do meu corpo entrasse em contato com a carne aquecida dele. Sua dureza lá embaixo contra a minha suavidade. Meus seios achatados contra seus peitorais firmes. Sua ereção pressionando insistentemente contra o meu estômago.

Essa excitação toda me fez tremer e eu não tinha certeza se minhas pernas continuariam a me apoiar. Passei meus braços em torno dele e levantei meu rosto para dar um beijo.

Agora ele deixou de ser gentil. Damien inclinou sua boca até a minha, abriu meus lábios com a língua e empurrou-a para dentro. No avião, fiquei pensando em como um beijo poderia ser uma pista de como o sexo seria. Naquela ocasião, ele tinha sido um passeio, uma exploração sensual. Agora, seu beijo era urgente, exigente. Entre nós, o pênis dele estava rígido. A umidade tinha se espalhado por entre minhas coxas enquanto meu corpo chorava de necessidade.

Ele interrompeu o beijo, afastou o corpo e eu gemi em protesto. Então, Damien me levantou, me carregou e me deixou cair na cama com mais pressa do que elegância. Ele me beijou de novo, com força, em seguida afastou-se de meus lábios e soltou um frenesi de beijos úmidos, quentes sobre o meu rosto, meu peito e então em meus seios.

Agarrei sua cabeça e segurei-o ali, apertando-me contra ele enquanto Damien brincava com um tenso e dolorido mamilo em sua boca. A sucção dos lábios, o toque de sua língua, tudo isso acalmou a minha carne e, ao mesmo tempo, a atormentava. Tudo dentro de mim focalizava, se retesava, ansiava por mais dessa deliciosa tortura, até que a própria ânsia se liberou.

— Ai, meu Deus, Damien. O que você está fazendo comigo?

— Isso é bom?

— Demais!

Ele transferiu sua atenção para o meu outro seio, e meus quadris se contorceram, as coxas apertadas juntas. Eu estava à beira do clímax. Bastaria um simples toque entre minhas pernas e eu gozaria. Nunca tinha imaginado que meus seios pudessem ser tão sensíveis, e tão sensuais. Todo o meu corpo estava se revelando uma descoberta surpreendente. A forma como ele se mostrava, a maneira como sentia, a maneira como respondia.

Eu queria que Damien continuasse o que estava fazendo, mas também queria ao mesmo tempo meu orgasmo, que estava tão próximo.

Finalmente — *finalmente!* — ele deixou meus seios, beijando devagar, bem devagar, a caminho do sul.

— Mas que pele macia... — sussurrou Damien.

— Tenho lugares mais macios — murmurei em desespero.

— Perdão? — e ele ergueu a cabeça.

— Damien, por favor?

Um sorriso perverso cruzou os lábios do homem.

— Ah, estou sendo muito *minucioso?*

Eu amava o jeito que ele apreciava meu corpo, aproveitando cada grama de consciência e excitação que extraía a partir dele, mas não dava para demorar muito mais. Eu nunca tinha experimentado essa sensação de estar tão sexualmente no limite, tão pronta para gozar.

— Goze pra mim agora.

— Seu desejo é uma ordem.

Ele foi mais para baixo, sua respiração aquecendo meus pelos pubianos, e eu abri minhas pernas para recebê-lo, sedenta demais para me sentir inibida. Damien então soprou uma corrente de ar quente em todo o meu sexo e eu engasguei com aquela carícia leve como uma pluma. Meus quadris levantaram, pedindo mais e, então, sua boca desceu sobre mim. Uma lambida rápida de sua língua ao longo de minha fenda. Tudo dentro de mim pulou pedindo atenção, tudo concentrado, centrado, persistente. Meu corpo inteiro ficou tenso. Esperando.

Então, ele chupou meu clitóris e a raspagem suave de sua língua fez o orgasmo subir através de mim. Eu gritei. Não, para ser honesta, berrei. Com alívio, satisfação, surpresa por meu corpo ser capaz de atingir esse êxtase.

Ele me segurou enquanto eu estremecia, e então fui descendo em uma espécie de atordoamento feliz, derretido. Meus olhos estavam fechados e eu só estava vagamente consciente da cama balançando enquanto ele se movia. Ouvi um ruído baixo de coisa se rasgando, abri os olhos, vi que ele tinha aberto um pacote de preservativos.

Meu corpo prontamente acordou. Enquanto ele fazia isso, notei as sacudidas dos movimentos de Damien, o brilho frenético em seus olhos. E como seu pênis estava intumescido enquanto lutava para rolar o preservativo por todo o seu comprimento. Ocorreu-me que ele estava tão ligado, tão carente, tão próximo ao clímax, como eu estava poucos minutos atrás. Ele estava quente para mim. Muito quente para mim.

O pensamento era tão excitante quanto o seu corpo masculino, lindamente excitado. Eu ansiava por ele mais uma vez.

— Eu preciso de você, Damien.

Abri os braços, puxei-o para cima de mim.

Nós nos beijamos, de boca aberta, um pouco desleixados por causa da paixão, enquanto nossos corpos se ajustavam um ao outro. Eu me senti como se estivesse sendo marcada a ferro pelo calor dele, pela força, pela vitalidade daquele homem. Mas eu queria que ele fizesse isso a partir de dentro também. Abri mais as pernas e levantei os joelhos.

Ele veio por entre elas, acariciando meu sexo, espalhando a umidade, testando minha abertura com o dedo. Em seguida, a cabeça de seu pênis me sondou, deslizou um pouco, eu ofegante, ainda um pouco dolorida desde a última vez. Ele descansou, esperou e, quando meu corpo ficou um pouco mais relaxado, empurrou um pouco mais.

Eu conseguia sentir a tensão em Damien, sentia cada músculo rijo com o esforço para conter-se e não gozar. Não sabia, mas, se ele estivesse sentindo uma coisa parecida com a que eu senti quando ele brincou com meu corpo, esse homem parecia ávido por mergulhar e gozar dentro de mim, mas ele estava se segurando. Esperando que eu me soltasse mais para que não me machucasse.

Sabendo disso e confiando nele, relaxei o corpo e ele deslizou para mais fundo. Em seguida, Damien veio para fora, escorregou para trás e para dentro, de novo, cada vez mais úmido, mais profundo. E, a cada vez, eu o recebia. Eu o agarrava, prendia-o, derretia em volta dele. Sentia a deliciosa pressão de sua carne dura contra o meu canal escorregadio.

— Que delícia — eu ofegava enquanto o tesão se acumulava novamente. — Mais.

— Ah, isso — ele empurrava com mais força e eu levantei meu quadril, minhas pernas, mais alto, mudando o ângulo para levá-lo mais profundamente.

A base de seu pênis roçou meu clitóris, que já estava sensibilizado depois do meu primeiro clímax, e eu gemia de prazer. Agarrando sua bunda firme com ambas as mãos, senti seus músculos se contraírem quando mergulhou em mim. Agora não havia nenhum desconforto, apenas um longo e delicioso deslizar de carne contra carne dentro de mim, uma pressão que mudava de posição na minha entrada inchada de prazer. Essa sensação cresceu dentro de mim, deixando tudo alerta, excitado, acumulado.

Damien segurou minha cabeça com as mãos e beijou sem fôlego os meus lábios.

— Não dá pra suportar, Tezzie. Você me deixa com tanto tesão.

Seus quadris bombearam com mais força, mais rápido, e ouvi minha voz ofegante: "Oh, oh", a cada estocada, enquanto meu corpo ficava cada vez mais perto, mais perto do orgasmo, e então Damien se dobrou convulsivamente e tudo dentro de mim se desfez novamente enquanto ele gemia de prazer.

Depois, os dois se jogaram juntos na cama, e eu mal tinha consciência de nada, exceto de seu peso quente e o som de nós dois ofegantes.

Poucos minutos depois, ele se apoiou em seus braços, sorriu e me deu um beijo suave.

— Uau de novo.

Damien rolou de cima de mim e foi descartar o preservativo. Quando voltou, trazia uma garrafa de água gelada do frigobar. Sem copos. Ele era um *homem,* afinal. Pelo menos abriu a garrafa e entregou-a a mim primeiro, além de me ajudar enquanto me sentei.

Revigorada, entreguei-lhe de volta a garrafa e deitei-me de novo, enquanto ele bebia avidamente.

Eu me senti como se tivesse me transformado em uma pessoa totalmente diferente. A deusa do sexo, de verdade.

— Isso me parece tão decadente — disse a ele. — A luz do sol enchendo o quarto, o clima tropical, muito sexo. E ainda estamos no meio da manhã.

Erguendo a mão para cobrir sua boca, ele soltou um bocejo daqueles grandes:

— Sei que ainda está cedo — respondeu ele —, mas já estou acabado.

— Eu também.

Uma sensação de cansaço e de bem-estar envolveu meu corpo profundamente. Eu nem conseguia me lembrar de quando estive tão contente assim. Bocejei também, então me virei de lado para ver Damien depositar a garrafa na mesinha e se estender ao meu lado.

— Vem cá.

Ele estendeu o braço e me puxou para mais perto até que minha cabeça repousou sobre o seu peito.

— Eu deveria ligar para Vancouver.

E outro bocejo percorreu meu corpo.

— Mais tarde — disse ele, sonolento.

Bem, talvez eu devesse ficar apenas abraçada por mais alguns minutos. Isso era uma coisa de que eu realmente sentia falta, quase tanto quanto o sexo. Não que Jeffrey fosse um cara chegado em abraços. Eram alguns minutinhos por noite, daí ele me dava um beijo da testa e rolava para o outro lado, dizendo: "Precisamos dormir".

Ele havia assumido, desde o início, que nós não conseguiríamos dormir nos braços um do outro. Meu ex era autossuficiente. Organizado e eficiente – em sua aparência, em seu trabalho, em sua vida pessoal. Ele tinha limites claramente definidos. Exceto quando tratou de se apropriar de meu projeto de pesquisa.

Normalmente, quando pensava sobre essa traição, eu sentia uma raiva ressentida, uma dor remanescente. Agora, porém, com o corpo relaxado e saciado, o braço de Damien em torno de mim e seu peito quente subindo e descendo sob o meu rosto, o aroma de flores tropicais, misturado com o cheiro de ar marinho e de sexo, estava difícil evocar um pingo que fosse de emoções negativas.

Damien – o meu amante! – mudou de posição e beijou meu cabelo. Eu esperava que ele fosse rolar para longe, mas apertou meu braço.

— Telefone mais tarde. Trabalhe mais tarde — murmurou ele, as palavras vindo preguiçosamente, sua respiração agitando meu cabelo. — Compre roupas mais tarde. Almoço, mai tai.

— Piña colada. — Eu podia imaginar o sabor de abacaxi, coco e rum na minha boca.

Seu peito ondulava enquanto ele ria.

— Tudo o que você quiser, Tezzie. Agora, vamos dormir.

— Humm, me belisca.

— Não tenho forças pra isso.

Então, ele acariciou meu braço, uma carícia suave para cima e para baixo. Isso foi ficando mais devagar, até parar. Sua respiração desacelerou também, seu peito quase não subia e descia sob o meu rosto.

— Damien — sussurrei.

Não houve resposta. Ele estava dormindo. Comigo aconchegada na curva de seu braço.

Eu deixei um beijo sobre seu peito e murmurei:

— Obrigada por hoje.

Então, me rendi ao desejo de deixar as coisas para depois e caí no sono.

***

Quando acordei, me senti quase drogada, minhas pálpebras muito pesadas para abrir, minha mente voltando à consciência bem lentamente. Normalmente, ou eu acordava no meio da noite com a cabeça cheia de ideias e decidia trabalhar, ou então ficava morta de sono e só conseguia acordar com o alarme disparando. No entanto, essa sensação de agora era diferente. Ah, sim, eu estava viajando. E cansada daquele voo tão longo, do *jet lag*...

Deitei-me virada de lado, do jeito que eu normalmente dormia, mas algo definitivamente não estava normal. Havia um corpo curvado em torno de mim, fazendo conchinha. Um corpo masculino. Um corpo masculino excitado.

Damien. Num piscar de olhos, tudo voltou para mim.

Que diabos eu tinha feito, dormir com um completo estranho? Esta foi a coisa mais estúpida que eu já tinha feito, ou talvez a mais inteligente? Será que isso importava? Porque a realidade é que eu tinha feito e pronto. Lá estava eu em Honolulu com um homem muito sexy, e uma ereção impressionante empurrando meu traseiro.

Meu corpo estava definitivamente acordado. Entre minhas pernas eu senti uma dorzinha quente e agradável, em parte por ter feito um ótimo sexo, e em parte porque estava querendo mais. Contorci-me mais para trás, pressionando minha bunda contra Damien.

— Ah, você já está acordada, Tezzie? — Ele beijou minha nuca.

— Humm. Algo me acordou. — Eu me contorci um pouco mais.

Ele lambeu minha nuca, e soprou ar quente sobre a pele úmida. O braço dele estava em volta de mim e, como tinha feito antes, acariciava meu braço, para cima e para baixo de um modo suave e tentador. Em seguida, levantou a perna de cima para se apoiar sobre minhas pernas, e seu pênis começou a cutucar minhas coxas.

Abri minhas coxas, deixei-o deslizar entre elas, então fechei as pernas para que seu membro ficasse preso lá, aninhado contra os meus lábios e meu clitóris. Ele bombeou seus quadris suavemente, deslizando para a frente e para trás em pequenos movimentos, e essa estimulação me deixou molhada de novo. Apertei minhas coxas com mais força, concentrando-me nas sensações sutis, mas sensuais. Se continuássemos fazendo isso, eu gozaria. Especialmente se eu me abaixasse para acariciar a coroa de seu pênis e o pressionasse mais contra o meu clitóris.

Ou se eu inclinasse meus quadris e ele deslizasse para dentro de mim.

Dessa vez, antes de gozar, eu queria saboreá-lo. Deslizei para longe e me virei para ele.

— Deite-se de costas.

Com um sorriso curioso, ele obedeceu. Sua ereção se levantou contra seu tronco, espessa e firme. A ânsia faminta entre as minhas pernas me pediu apenas para ficar em cima dele e continuar o que estávamos fazendo, e eu tinha certeza de que Damien não se oporia. Eu nunca tinha visto um pênis tão tentador — ah caramba, o que tinha de errado em chamar de pau? E eu queria fazer uma inspeção mais minuciosa.

Deslizei mais para baixo na cama e peguei-o, levantando sua ereção para longe do corpo, estudando a pele esticada, as veias intumescidas, a coroa acetinada. Com um toque suave, acariciei-o inteiro, então o envolvi com a outra mão e bombeei para cima e para baixo algumas vezes. Imaginando-o dentro de mim, meu corpo se apertou por completo, os bicos dos seios ficaram duros, meu sexo latejou molhado.

— Pode fazer com mais força, não vai quebrar — murmurou Damien. — Não vai quebrar.

— Ufa, que alívio — brinquei.

Apertei e mexi mais algumas vezes, e depois me abaixei e comecei a lamber a ponta. Com a língua, fiz o mesmo caminho de meus dedos. Explorando cada centímetro de pele, lambendo sob a cabeça de seu pênis e, em seguida, sobre a coroa. Provando a pré-ejaculação salgada.

Sua respiração era audível, rápida e um pouco áspera.

Então eu levei-o entre meus lábios e chupei-o.

— Ah, isso, Tezzie. Que delícia.

Engoli o máximo que pude de seu comprimento, enquanto circulava a base de seu pênis com os dedos. Então suguei com a boca, firmando os movimentos da língua em torno do pau, apertei com mais força e bombeei.

Ele se curvou e estremeceu:

— Nossa! Cara, ooh, isso!

Com a outra mão, eu acariciava suas bolas, senti-as se apertar quando o quadril se erguia. Então ele me agarrou pelos cabelos, não gentilmente, e puxou minha cabeça para longe dele.

— Pare. Chega. Eu quero gozar dentro de você.

— Quanto mais cedo, melhor.

— Sério? Graças a Deus.

O comentário foi sincero, e ele mostrou ainda mais sua urgência ao pegar um pacote da mesa de cabeceira. Ele rasgou-o e entregou-me o preservativo. Quando me atrapalhei com isso — eu nunca na minha vida tinha colocado camisinha em um pau, e esse na minha frente parecia grande demais para acomodá-lo —, Damien agarrou-o de volta e vestiu-o sozinho.

— Você escolhe. Como vai querer?

Respondi ao arreganhar suas pernas, um joelho de cada lado, o pau subindo entre as minhas pernas abertas.

— Boa escolha. Parece muito quente aí dentro. — Ele colocou

as mãos nas minhas coxas e agarrou minha cintura. — E você tem que fazer todo o trabalho. Só vou ficar deitado e prestar atenção.

— Quer dizer que não pretende se mexer, é isso? — provoquei, segurando seu pênis, ficando de joelhos e trazendo sua ponta para descansar contra a minha abertura.

— Humm. — Seu olhar era cheio de intenção, observando o que eu estava fazendo. — Acho que não consigo estar na cama com você e não me mexer. Você é gostosa pra car... caramba!

Nunca gostei muito de palavrões gratuitos. Sempre achei que isso fosse uma atitude preguiçosa, um hábito de comunicação de pessoas que não se incomodavam em procurar as palavras certas. Mas na hora avaliei que a palavra que ele pensava usar era a correta. Com a cabeça de seu pênis afagando as dobras úmidas de minha boceta, eu disse a ele:

— Diga. Diga o que você ia dizer.

Seu olhar se moveu até encontrar meus olhos. Olhando nos meus olhos, ele disse:

— Você é gostosa pra caralho, Tezzie!

Um arrepio percorreu todo o meu corpo. Eu era. Com ele. Ele me deixou apaixonada, erótica, um pouco selvagem.

Usando a mão livre, eu me abri, então o levei para dentro. Apenas alguns centímetros.

— Sim, eu sou. Gostosa pra caralho. — Mais alguns centímetros. — E você também, Damien Black.

Então eu me sentei sobre ele, envolvendo o comprimento inteiro em um longo deslizar quente que nos fez ofegar.

Presos, nenhum de nós se moveu por alguns segundos.

Então ele disse:

— Incline-se para a frente.

Suas mãos puxaram minha cintura, arrastando-me em direção a ele.

Eu me inclinei para baixo, apoiando minhas mãos em seus ombros.

— Ah, isso.

Neste ângulo, a base de seu pênis podia esfregar meu clitóris, que estava inchado e ansioso. Ele poderia alcançar meus seios também, o que ele demonstrou prontamente ao envolver os dois com as mãos.

— Agora — ele apertou meus mamilos suavemente entre os dedos indicadores e polegares, fazendo meu interior tremer. — Agora, se mexa.

Eu obedeci, começando com pequenos movimentos lentos, mas nós dois estávamos muito excitados para aceitar apenas isso. Logo eu estava me levantando até a ponta de seu pênis, e depois descendo depressa para bater contra ele. Sensações de tesão me inundaram e me acariciaram por dentro, onde minha virilha se esfregava contra seus cabelos encaracolados, seu eixo pressionando meu clitóris, seus dedos mexendo no bico dos seios. Era uma sobrecarga sensual e eu estava rapidamente chegando ao ponto de explosão.

Damien também. Seus quadris se levantaram para me atender, mergulhando seu pau cada vez mais profundamente. Esfregando rapidamente meu clitóris, mais duro a cada estocada. Então ele gemeu e seu ritmo tornou-se frenético quando começou a atingir o clímax, e a pressão bem fundo dentro de mim fez minhas costas arquearem-se e me derrubou com ele.

Mais tarde, quando voltei a respirar, deslizei para me deitar em cima dele, com o pênis ainda dentro de mim.

— Isso foi maravilhoso.

— Ah, foi.

Ele acariciou minhas costas do ombro à cintura, ombro à cintura, uma vez e outra mais. Hipnoticamente.

Poderia ter caído no sono novamente, mas havia coisas que eu precisava fazer. Por alguns minutos, me deixei ficar abraçada, mas logo me afastei.

— Eu realmente preciso entrar em contato com minha família.

Ele deu uma risada bem-humorada.

— Sim, sim. Eu sei. E nós dois temos trabalho a fazer. Daqui a pouco, vamos comprar algumas roupas para você, almoçar e planejar o resto do dia.

— Parece bom. Vou tomar um banho rápido. Sozinha — acrescentei. Então fiz uma careta. — Eu queria ter essas roupas agora. Odeio ter que usar de novo a roupa suja. Sem falar que o roupão é quente demais.

Ainda bem que eu sempre levava calcinhas limpas em minha bagagem de mão.

— Não tem que usar roupa, pelo menos no que depender de mim — comentou ele alegremente.

— Vai esperando!

Quando fechei o chuveiro e puxei a cortina do box, vi uma camisa esporte branca de algodão pendurada no gancho na porta do banheiro. Depois de me secar, escorreguei para dentro dela. A camisa me cobria até a metade da coxa e o tecido era leve e fresco. Estudei o meu reflexo no espelho enquanto escovava os dentes. Na minha humilde opinião, estava bonita e sexy.

Uma garota vestindo a camisa de seu garoto depois de terem feito amor. Mesmo que eu não fosse tão ligada em cinema, conhecia o suficiente sobre cultura popular e estava ciente de que essa imagem fora usada frequentemente, e agora eu podia ver o seu apelo.

Quando saí do banheiro, Damien estava deitado na cama, nu. Outra imagem com grande apelo.

— Obrigada pela camisa — agradeci.

— Não tem de quê. Parece muito melhor em você. E belas pernas, professora Fallon.

Ele saltou para fora da cama, enfiou a mão por baixo da camisa para dar um aperto na minha bunda coberta pela calcinha e se dirigiu para o banheiro.

Decidi checar meu e-mail, para ver se havia alguma coisa que devesse saber antes de telefonar para Vancouver. Uma mensagem de Kat confirmou o que ela havia dito no correio de voz.

> Ei, mana. Já fiz a reserva no trem e estou encaminhando o e-ticket para que você veja o horário. Será que pode me pegar na estação?
>
> Meu chefe me deu uma bronca por tirar férias sem aviso prévio, mas, que droga, eu tenho uma assistente. Ele não falou nada quando fui para Cape Cod no ano passado.

Cape Cod. Sim, Kat tinha ido com o cara por quem estava apaixonada naquela época. Tentei me lembrar do nome dele, o que ele fazia para viver. Será que esse era o investidor de Nova York, ou talvez o esquiador medalha de ouro olímpica? Kat tinha passado por tantos casos de amor que os detalhes de um e de outro acabavam se misturando. E em todos ela se convencia de que "dessa vez, ele é o cara".

Ela nunca ia aprender? Nunca ia desenvolver o bom-senso quando se tratasse de homens? Ou ela, assim como eu, estava destinada a uma vida solitária?

Eu poderia lidar com isso — talvez com alguma aventura ocasional —, mas não tinha certeza se Kat, apesar de sua carreira de sucesso, ficaria feliz sozinha, vivendo por si só. Minha pobre irmã. Devia ser duro para ela ver Merilee se casar.

No banheiro, o chuveiro foi desligado. Imaginei Damien, o homem que me ensinou que eu merecia uma aventura de vez em quando, completamente nu, limpo e com a água pingando do corpo. Começando a se enxugar com a toalha. Brinquei com a ideia de bater na porta e perguntar se ele queria sair e brincar.

Não, eu tinha que ter *um pouco* que fosse de disciplina. Além disso, meu corpo estava tão satisfeito que a última coisa que deveria estar pensando agora era em mais sexo. Voltei-me para o e-mail da minha irmã.

Com que frequência uma garota Fallon se casa? Até agora, só uma vez e você nem nos convidou (menina malvada!) e isso obviamente deu azar no seu casamento, então não podemos deixar que isso aconteça com a Merilee. Não que alguma coisa possa dar azar pra ela e Matt, não é? Quer dizer, eles só estão juntos há quanto tempo? Quinze anos!

Fico me perguntando como é que a garota tem tanta sorte.Você achou que tinha encontrado o cara ideal e ele acabou sendo um idiota. E eu, bem, até posso imaginar o que você está dizendo. Que continuo repetindo o mesmo erro e você pelo menos aprendeu com o seu.

Theresa, EU NÃO QUERO ser cética como você. Quero acreditar que por aí existe um cara ótimo pra mim. Que mereço o amor e vou encontrá-lo.

Suspirei. Eu acreditava na mesma coisa quando encontrei Jeffrey, mas sua traição tinha me convencido de que estava errada. Claro que Kat merecia amor — todas nós merecíamos —, mas se ela pretendia encontrar isso, bem, precisava encontrar uma estratégia diferente.

Sentindo-me um pouco triste por nós duas, continuei a ler:

Enfim, sabe da maior? Vou levar um namorado ao casamento!!!! Sim, é um cara bonito e bem-sucedido. E muito, muito legal. Seu nome é Nav. Honestamente, Theresa, esse homem NÃO é outra das minhas más escolhas. Você e o resto das irmãs vão aprová-lo. SINCERAMENTE! Ele vai pegar um voo provavelmente um ou dois dias antes do casamento.

Gemi.

— Sério? Ah, me dá um tempo!

Não era uma grande surpresa que Kat tivesse encontrado outro homem. Ela nunca passava muito tempo sem um. No entanto, havia algo de diferente dessa vez. Ela não gritou aos quatro ventos que estava loucamente apaixonada por este. Talvez estivesse mesmo aprendendo uma nova estratégia. Talvez, pela primeira vez, Kat estivesse indo devagar, conhecendo o cara antes de arremessar seu coração para ele. Quem sabe, talvez este Nav desse o amor que ela merecia e queria tanto encontrar. Claro, o mais provável era que minha irmã tivesse escolhido outro perdedor, mas pelo menos dessa vez poderia descobrir isso antes de se apaixonar loucamente pelo sujeito.

> A propósito, com relação ao casamento: vamos precisar de convites, certo? M&M precisam fazer uma lista de convidados, o mais rápido possível. Eu sei que Merilee sempre quis convites escritos à mão, com cartões RSVP anexados, mas não dá tempo. Ligações telefônicas seriam uma dificuldade, por ter que passar todas as informações e fazer com que as pessoas anotassem. Então, eu estava pensando, por que não fazemos convites virtuais? Eu sou boa com design gráfico e poderia elaborar algo, nos próximos dias, se você pegar a lista com M&M. Ah, e nós poderíamos usar a lista para planejar o chá de panela e para um dos amigos de Matt providenciar a despedida de solteiro. Diz o que você acha.
>
> Abraços, Kat.

Convites já estavam no meu projeto, e a sugestão de Kat era uma boa ideia. Fiz uma nota mental para atualizar o planejamento.

Não havia mais e-mails da família, apenas uns dois da universidade que eu olharia mais tarde.

Eu tinha acabado de pegar meu celular para ligar para casa quando a porta do banheiro se abriu e Damien saiu. Nu. Sem roupão, nem mesmo uma toalha. Apenas um metro e oitenta e tantos de perfeição masculina nua, parecendo completamente à vontade em seu corpo.

— Ei — disse ele. — *How ya going*? Conversou com seus pais?

Ele andou até a cômoda onde tinha deixado uma pequena pilha de roupa, pegou uma cueca branca e começou a vestir.

Cueca branca poderia ser meio brega, mas seu belo corpo e a pele bronzeada transformaram tudo em uma imagem sexy digna de uma grande propaganda de roupas íntimas, ou para sexo.

Essa intimidade casual era totalmente estranha para mim, mas isso não me impediu de lançar um olhar apreciativo.

— Eu... Hã, ainda não. Estava vendo os e-mails.

Damien vestiu uma bermuda bege.

— Tenho provas de meu livro para ler. Vou ficar lá na varanda, para você ficar à vontade. Uma hora, certo?

Com o tronco nu, ele apertou meu ombro e deu um beijo no meu cabelo, então recolheu seu material de trabalho e saiu para se ajeitar em uma espreguiçadeira.

Havia algo de interessante na ideia de Damien e eu sermos tão compatíveis a ponto de um dar espaço ao outro para continuar o que precisava fazer.

Falando nisso, disquei o número de casa, a que agora era ocupada por apenas mamãe, papai e Merilee.

Merilee atendeu, parecendo meio desnorteada.

— Oi, é Theresa. Você estava dormindo?

— Ah, eu! Que bom falar com você. Não, eu não estava dormindo. Estou fazendo um trabalho. Não consigo acreditar no quanto perdi enquanto estava fora doente.

— Você poderia ter pulado esse semestre e começado de novo no outono.

— Mas daí eu não iria me formar no ano que vem com Matt. Não, eu tenho muita sorte, eles me deram um prazo maior e consigo dar conta. Além do mais, em duas semanas tudo isso vai ficar para trás e estarei em um cruzeiro na Riviera Mexicana com o meu marido.

Sua voz ecoava com alegria.

— Falando em casamento, você e Matt conseguem um tempo para fazer uma lista de convidados? Kat disse que vai preparar um convite virtual bem legal!

— Legal. Ótima ideia!

— Então, acho que vamos precisar de nomes, e-mail e quem são eles. Tipo, se for um amigo seu, amigo de Matt, da família de Matt, ou qualquer indicação do gênero.

— Claro. Você precisa disso quando chegar em casa ou pode esperar até amanhã?

— Er, bem... Na verdade, não chegarei até amanhã.

— O quê? Mas eu pensei que o seu voo...

— Mudança de planos. É uma longa história, e nada de ruim. — Não, Damien era definitivamente uma coisa boa. — Vou ficar em Honolulu esta noite, como sempre faço.

— Ok, tudo bem. Eu aviso nossos pais. Ah, e nós planejamos um churrasco de boas-vindas para amanhã. Mas eu acho que você não vai estar em casa a tempo para o jantar, né?

Eu estremeci. Normalmente, todo mundo poderia contar comigo para aparecer na hora certa.

— Não. Desculpe por estragar os planos de todo mundo.

Merilee deu aquela sua risada estridente, que sempre me fazia lembrar dos sinos de vento balançando com a brisa.

— Não se preocupe, é tudo culpa minha. Ou melhor, do Matt, que achou aquela oferta no cruzeiro. Sabe, o momento poderia ser pior? Mamãe se preparando para seu supercaso na Suprema Corte do Canadá, papai precisando terminar o relatório da sua bolsa de pesquisa, eu com o semestre na faculdade para terminar... Você e Kat e Jenna todas ocupadas com as próprias vidas. E Matt atarefado também, porque ele voltou para o trabalho temporário na empresa do tio dele e tem que treinar alguém para assumir seu lugar enquanto estiver na lua de mel!

— Merilee, vocês dois têm certeza de que querem se casar agora? É uma correria e nós nunca teremos tempo de organizar o casamento com que sempre sonhou. Por que não esperar até o próximo verão? Você ainda pode ir no cruzeiro neste ano.

— Não. Matt e eu queremos começar a nossa vida juntos. Tentar engravidar. O casamento... Tudo bem, eu não vou mentir. — Ela deu uma risada rápida. — Como eu poderia mentir para qualquer uma de vocês sobre o tipo de casamento que sempre quis? Nunca guardei segredo disso, do jeito que eu andava por aí com minha Barbie e meu Ken, e todas as revistas de noiva. Mas, Theresa, acontecem coisas que fazem você pensar. Fazem você crescer e perceber o que é realmente importante.

A certeza em sua voz me fez sorrir, embora um pouco vagamente. A vida de Merilee havia mudado no ano passado, e ela claramente sabia o que queria. Minha irmã mais nova tinha crescido. Embora...

— Você sempre pareceu muito madura para mim — reconheci. — Para a sua idade. Independente, com autonomia.

Ela não respondeu, e eu fiquei pensando se a linha tinha caído.

— Merilee? Você ainda está aí?

— Eu, independente? Bem, eu tinha o Matt, não é?

Houve uma aspereza na sua voz. Amargura? Aquilo era incomum, porque normalmente Merilee era calorosa e doce, a melhor filha entre nós, aquela que tinha passado pela vida sem problemas. Até o ano passado, com a endometriose.

— Sim, é claro que você tinha Matt. — E sim, eu senti uma pontada de culpa por não ter sido uma irmã melhor. — De qualquer forma, se vocês dois têm certeza sobre o casamento, então vamos fazer nosso melhor para dar uma grande festa. Agora, o que mais? Ah, eu estou no mesmo voo que foi planejado, apenas um dia depois, por isso devo chegar em torno de meia-noite. Eu vou pegar um táxi para casa e ir direto para a cama, por isso verei todos vocês na manhã seguinte. Kat comprou o bilhete de trem e deve chegar em casa na sexta-feira. E Jenna...

— Deixe-me adivinhar. — Seu tom de voz era leve novamente. — Ela não sabe ainda quais são seus planos.

— Ela tem que arrumar dinheiro.

— E quando ela não precisa fazer isso? — Merilee, oito anos mais nova do que Jenna, sempre conseguira cuidar do próprio dinheiro, e de tudo mais, com eficiência. — Eu aposto que mamãe e papai pagariam a passagem dela.

— Eu falei a mesma coisa, e me ofereci para fazer isso também. Ela recusou, dizendo que não quer caridade.

— Então, ela que arrume um emprego de verdade.

— Eu sei.

Nós duas ficamos em silêncio por alguns segundos, e então eu disse:

— Bem, nenhuma de nós vai conseguir mudar Jenna.

Apesar disso, eu me preocupava como seria a vida de nossa irmã livre, leve e solta quando ficasse mais velha. Claro, ela poderia passar por uma dessas experiências que mudam nossas prioridades, das quais Merilee comentou, e finalmente amadurecer. Só espero que não seja uma má experiência.

— Verdade. Escute, Theresa, eu preciso voltar ao trabalho, mas Matt e eu faremos a lista de convidados. Prometo.

— Eu sei. Vejo você em breve, e desculpe a todos pelo inconveniente dessa mudança de planos.

— Não tem problema. Cuide-se. Aproveite Honolulu — ela deu sua risada de mensageiros do vento balançando com a brisa. — Espere, o que estou dizendo? Estou falando com a Theresa. Você estará num quarto de hotel, trabalhando. Então, acho que deveria dizer que espero que faça bastante coisa.

Ah, se ela soubesse... Não que um dia eu contasse sobre Damien para a minha família. Ou será que deveria? Olhei para a varanda onde ele estava deitado em uma espreguiçadeira, páginas do manuscrito em uma mão e uma caneta na outra. Meu amante. Meu amante muito gostoso. A pessoa que me transformou em uma deusa do sexo.

Minha família pensava que me conhecia tão bem... Talvez eu soltasse uma dica, só para atormentar todo mundo e deixá-los com a pulga atrás da orelha. Por enquanto, eu me contentei em dizer:

— Obrigada. Você também.

Depois de desligar, voltei para o e-mail.

Primeiro, mandei o meu novo voo para Merilee, com cópia para mamãe e papai, e um lembrete sobre a lista do convite virtual. Então mandei o e-mail que tinha salvado como rascunho, pedindo aos meus pais para mexer seus pauzinhos e nos arrumar um espaço no VanDusen Gardens para o casamento.

E então respondi a mensagem de Kat.

> Oi, Kat. Que bom que você conseguiu comprar as passagens. Vou pegar o carro de alguém emprestado e encontrá-la na estação.
>
> Sim, você esta certa quanto aos convites. Acho que os virtuais são uma boa ideia. Conversei com Merilee e ela concorda. Ela e Matt vão preparar a lista. Então, quando você tiver tempo, faça algo. Tenho certeza de que ficará ótimo.

Ela definitivamente tinha essa habilidade, mas minha irmã trabalhava em um hotel muito chique e estava acostumada a fazer RP internacional. Então, só para garantir, acrescentei:

Apenas lembre-se, são M&M, e não um desses hotéis chiques que você está promovendo!

Ah, falando nisso, só estarei em Vancouver amanhã à noite. Vou pernoitar em Honolulu. Você pode falar comigo pelo e-mail (obviamente) ou pelo celular.

Teve notícias da Jenna? Eu disse a ela para ligar para você. Ela está tentando organizar seu itinerário de viagem.

Falamos em breve. Theresa.

Depois, liguei para Jenna. Nenhuma resposta, então deixei uma mensagem, repetindo minha oferta de pagar o voo para casa.

— Que tal se isso fosse meu presente pelo seu trigésimo aniversário? — sugeri.

Depois de desligar, abri o planejamento do casamento, mas minha mente ainda estava em Jenna.

Difícil de acreditar que ela em breve faria trinta anos. Quando eu cheguei a essa idade, já era professora titular na Universidade de Sydney. Tinha apresentado uma palestra no Fórum Permanente das Nações Unidas sobre Questões Indígenas que foi publicada em todas as revistas de relevância.

Comemorei meu aniversário levando minha assistente para um jantar muito agradável, dizendo-lhe que era um agradecimento pelo trabalho extra havia desempenhado. Claro que ela não fazia a mínima ideia de que era meu aniversário. Eu não queria agitação, apenas uma boa refeição, uma garrafa de vinho e uma companhia agradável.

Kat, que tinha feito trinta anos no ano passado, comemorou seu aniversário em Cape Cod, com o cara cujo nome eu não lembro. Jenna provavelmente ia passar essa data tão marcante pegando algum novo gostosão e transando a noite toda.

Não que não houvesse algo a ser dito sobre esse tipo de atitude. Olhei para a varanda, onde aquele colírio para os olhos estava esticado, a pele morena brilhando à luz do sol, lendo atentamente.

***

Capítulo 10

Damien terminou um capítulo e sorriu com satisfação. Não só as pessoas da editora tinham feito um ótimo trabalho – até agora, ele pegara apenas alguns pequenos erros – como ele gostou do livro. Ele sempre ficava nervoso ao ler as provas gráficas de seus trabalhos, sabendo que seria assim que o livro acabaria impresso, a menos que fizesse alterações. E se, nessa fase, de repente encontrasse um erro de lógica ou uma grande inconsistência? Ou pior, e se ele decidisse que toda a história era uma porcaria?

Esse tipo de coisa não tinha acontecido ainda, mas isso não significava que tinha deixado de ser uma preocupação. Até agora, com *Gale Force*, ele estava contente.

Percebendo que estava com fome, olhou para o relógio e viu que trabalhou por mais de uma hora. Um olhar para dentro mostrou Theresa enrolada na cadeira, as pernas nuas longas e bem-torneadas sob a barra de sua camisa. Ela estava com aquele livro de planejamento de casamentos aberto e digitava, resmungando. Quando ele se levantou e foi até a porta da varanda aberta, pôde ouvi-la.

— Bolo de casamento. Grande, enfeitado, em camadas e com os noivinhos no topo. Fatias separadas para levar para casa? Bolo do noivo?

Ele entrou pela porta e ela olhou para cima.

— Bolo do noivo? — ela repetiu, os olhos esgazeados.

Sem ter certeza de que era uma pergunta, ou apenas sua mente presa no último pensamento, ele respondeu de qualquer maneira.

— Chocolate. Bem, a não ser que o cara não goste de chocolate. Mas que homem não gosta?

O olhar dela era aguçado, concentrado.

— Ou mulher. Você acha que precisa de um?

— Cara, eu não sou nenhum expert em casamento. — Apesar de ter ido a alguns. — As pessoas costumam fazer esses bolos, mas não são coisas brancas extravagantes com redemoinhos de gelo e rosas, como o bolo de casamento, é um bolo grande, plano.

— Sim, eu me lembro do casamento da minha assistente. Tinha uma foto ou desenho no topo.

— Sim, pode ser uma prancha de surfe ou bola de futebol. Algo que o noivo goste de fazer. — Ele piscou para ela. — Algum passatempo que ele provavelmente vai ter que largar assim que se amarrar a uma mulher.

Ela sorriu.

— Não olhe para mim, eu não sou pró-casamento.

Qualquer homem solteiro em sã consciência ficaria emocionado ao ouvir sua amante falar essas palavras, mas Damien não podia deixar de pensar que era uma pena que aquele seu ex tivesse sido tão filho da puta. Uma mulher como Theresa não deveria se trancar numa torre de marfim. Tanta coisa acontecia na vida dela que o cara que encontrasse uma mulher com sua beleza, sensualidade e inteligência seria tremendamente sortudo.

Claro, ela podia ser difícil de lidar quando resolvia debater alguma coisa.

No entanto, agora ela estava sorrindo, com os olhos brilhantes e vivos, nenhuma crítica ou discussão à vista.

Ele tocou seu rosto macio.

— Já trabalhou bastante, professora? Hora de bater perna pelas lojas para comprar algo sexy e depois procurar um lugar para almoçar?

Ela apertou a mão dele e, em seguida, afastou-se, levantando-se e espreguiçando-se. A camisa subiu até o alto das coxas, dando a ele ideias impertinentes.

— Vamos — respondeu ela —, estou com fome.

Ela colocou um marcador na página do livro de casamentos e fechou-o, depois se aproximou de Damien, levantou-se na ponta dos pés e deu um beijo em seus lábios.

— Estou sendo irresponsável, Damien, mas não vou me arrepender. Eu mereço um pouco de diversão.

— Claro que sim! — Ele a beijou de volta, mais forte e mais profundo, e em seguida afastou-a antes que cedesse à tentação. — Vista-se e vamos sair.

Parte dele ficaria completamente feliz de passar o dia todo neste quarto, mas o fato de estar em Honolulu pela primeira vez, com uma mulher especial em um dia ensolarado, o fez querer sair e explorar.

Theresa recolheu suas roupas e foi para o banheiro. Ele vestiu novamente a camisa que estava usando, enfiou os óculos escuros no bolso da camisa e sua carteira no da bermuda, e ficou se perguntando quanto tempo Theresa levaria para ficar pronta.

A porta se abriu e ela saiu.

A maioria das mulheres gastaria pelo menos meia hora arrumando o cabelo e a maquiagem, e ainda assim não chegariam nem perto da beleza de Theresa. Claro, com essa bela aparência natural — sobrancelhas e cílios escuros, boca rosada, ótima estrutura óssea, pela macia e clara –, ela não precisava se arrumar muito. Sim, sua beleza natural era um verdadeiro tesão.

— O que você está olhando? — ela perguntou nervosamente. — Eu sei que estas roupas não estão boas, mas são as únicas que tenho comigo...

— Não é isso. Você está ótima. Só isso.

Ela não parecia nem um pouco deslocada em sua calça de algodão e regata, mas ele achava que ficaria ainda melhor quando saíssem.

Theresa ergueu as sobrancelhas, mas não lhe pediu que explicasse seu comentário.

Quando ele era mais novo, esse tipo de coisa lhe dava problemas. Ele poderia escrever dez páginas de ação e de diálogo em uma hora, mas muitas vezes demorava o mesmo tempo para elaborar uma frase sobre a resposta emocional de Kalti a uma mulher.

— Ai, merda, é isso que está errado! — disse ele.

— Errado? — Ela olhou para seu corpo. — O que há de errado?

— Não você. Meu livro. Esse em que eu estou trabalhando. — Ele pegou a mão dela e puxou-a para a porta. — Algo com que eu não me sentia bem e não conseguia descobrir o que era — enquanto se dirigiam para o elevador, ele continuou. — Eles criaram uma nova parceira para meu protagonista, o policial Kalti. E eu sei quais são seus conflitos e problemas. Por exemplo, ela faz o tipo cientista, lógica, cética, e ele é o cara que... — Damien fez uma pausa enquanto ambos entravam no elevador.

— Sim, que acredita nos espíritos do Tempo dos Sonhos e no retorno deles à vida — disse Theresa. — Um fato que ele esconde dos colegas.

— Isso mesmo. Contudo, se os dois são parceiros, deveriam confiar um no outro.

— É... É difícil confiar em um homem que guarda segredos — retrucou ela, com um toque de amargura.

— Claro, mas Kalti não pode contar para ela, não pode confiar nela, porque a mulher é uma estranha em seu mundo. Ela jamais vai se permitir acreditar em espíritos.

As portas do elevador se abriram e os dois saíram.

— Então — continuou Damien. —Todas essas coisas geram um grande conflito, mas faltava alguma coisa.

— E você já percebeu o que é?

— Ahã. — Eles atravessaram o saguão e saíram para o sol. — Protetor solar para você. — Sua pele era de um marrom dourado. — E óculos de sol e um chapéu. — Damien colocou os próprios óculos escuros.

— Eu odeio chapéus, mas sim para o resto. E shorts, com certeza.

— Um sarongue — brincou ele. — Com um top de biquíni.

Theresa ignorou o comentário.

— Vamos até a Kalakaua Avenue. Continue, o que você descobriu sobre Kalti e sua nova parceira?

— Ele teve relacionamentos casuais com mulheres, mas esta é a primeira vez que tem uma parceira. Ele precisa vê-la como uma mulher, e não apenas um parceiro.

— Isso não é machista?

— É da natureza humana. Confie em mim, um homem percebe se a pessoa é do sexo masculino ou feminino. Então, ele a diminui, a discrimina ou a defende quando outros caras fazem comentários sexistas? Ele vai protegê-la em situações perigosas? Ele a deseja?

Ela assentiu com a cabeça.

— Entendo o que você quer dizer. E, nessa linha de raciocínio, ela percebe não apenas que ele é um homem, mas um aborígene australiano. O que ela pensa sobre isso?

— Ela o vê como um *boong*? — Damien usou de propósito um dos termos pejorativos que, com *coon* e *abo*, eram falados por pessoas racistas. — Ou, se ela não for preconceituosa, vai defendê-lo contra os insultos raciais, o que pode irritá-lo, uma vez que ele pode cuidar de si mesmo?

— Bem. O que eles pensam um do outro?

— Boa pergunta. Uma que eu não respondi. Fiquei preso na ação da história e me esqueci de trabalhar no material mais sutil e pessoal.

O material que, apesar de ser mais difícil de escrever, acrescentava textura e profundidade ao texto.

Os dedos dela se entrelaçaram nos dele, e Theresa puxou o braço dele para perto.

— As questões que você está falando — como a discriminação, seja ela ostensiva ou sutil — são importantes.

Ela estava certa. E talvez neste livro viessem à tona mais do que tinham aparecido no passado. Algum instinto lhe tinha feito dar a Kalti uma parceira, mas, se ele não tivesse encontrado Theresa, não poderia ter descoberto as implicações e possibilidades mais complexas. Lidar com as percepções e os preconceitos poderia dar a este livro mais profundidade e novos conflitos e, quem sabe, essas questões pudessem até alimentar a linha narrativa da história. Depois que ele começava a escrever, nunca sabia exatamente quais palavras acabariam fluindo através de seus dedos.

Os dois estavam caminhando em meio a outros turistas, a maioria usando shorts e bermuda e camisas havaianas de cores vivas. As ruas eram agradáveis, com sombras oferecidas pelas palmeiras, cestas de flores penduradas em postes vitorianos, pranchas de surfe apresentando informações históricas, e as flores perfumando o ar.

Ele e Theresa pararam em um sinal vermelho e ela inclinou a cabeça para ele.

— Esse material sutil, pessoal, como o que estava falando, é realmente interessante. Pequenas coisas podem revelar muito. — Ela tocou a tatuagem da águia do mar escondida sob a manga da camisa. — Como as suas tatuagens.

— Símbolos da revolta adolescente.

— Símbolos de duas heranças diferentes, aquelas que sua família evitou reconhecer. É sua declaração de independência. Você queria ser você mesmo, e assumiu que suas heranças chinesas e aborígenes faziam parte disso.

— Acho que sim. — Esse era o tipo de coisa que as mulheres costumavam fazer melhor do que os homens. Não apenas analisar assuntos como esse, mas ter as palavras para expressá-los. Cara, ia ser um desafio entrelaçar esse tipo de coisa em seu livro.

O semáforo ficou verde e os dois atravessaram a rua.

— Você tem algum contato com o lado chinês da família? — perguntou Theresa.

— Minha avó morreu quando eu era jovem, mas tenho contato por e-mail com uma tia-avó que mora na Nova Zelândia.

— Eu acho que você sabe o que significa ter nascido no ano do dragão.

Ele sabia. Quando sua tia-avó chinesa lhe contou isso pela primeira vez, Damien ficou animado de saber que era um dragão. Contudo, falar disso para Theresa podia parecer egoísta demais, então ele deu de ombros.

Os olhos dela brilhavam à luz do sol.

— O dragão é um dos mais poderosos e afortunados símbolos do zodíaco chinês. A pessoa que nasceu no ano do dragão sabe o que quer e está determinada a fazê-lo. Ela tem charme natural e carisma, e influencia facilmente os outros. As pessoas gostam de sua companhia, sempre a procuram para obter um conselho. E é muitas vezes o centro das atenções.

Damien a olhou boquiaberto.

— Caramba, professora, você é uma enciclopédia ambulante.

— Não, eu sou uma boa pesquisadora.

— Você me pesquisou? Minhas tatuagens?

— Bem, eu estava sofrendo de overdose de casamento, e precisava de uma pausa.

E essa agora? Havia sido a mera curiosidade intelectual ou ela estava realmente interessada nele?

— Esta loja — disse ela, dirigindo-o através de uma porta aberta.

Eles passaram por uma dúzia de lojas e ele não tinha ideia de como ela havia escolhido aquela. Com extrema eficiência, Theresa encontrou um shorts branco, uma blusa branca delicada com estampa de conchas em areia, e outra num azul pálido, chinelos, óculos de sol e protetor solar.

— Biquíni e sarongue — lembrou ele, guiando-a para uma seção diferente da loja.

— Não sei. Nunca fui muito de ir à praia.

— Por que não estou surpreso com essa afirmação, professora? Mas anime-se, você está em Waikiki. Temos, pelo menos, que caminhar na areia, mergulhar os dedos dos pés no mar! — Ele puxou do cabide um sarongue não muito chamativo com estampa com tons suaves de verde e azul. — Este combina com seus olhos.

Aqueles olhos brilharam.

— Você quer escolher o maiô também?

Sem hesitar, ele pegou um biquíni cuja parte de cima estava amarrada à parte de baixo, um fio dental. O menor que ele conseguiu encontrar. Numa cor rosa flamingo.

Sua escolha foi tão chocante que a fez rir.

Ele riu também.

— Não? Tudo bem, então, é a sua vez de escolher.

Ela olhou para os maiôs, que ele achava coisa de avó. Havia pano demais. E a maioria tinha estampas extravagantes que ferem os olhos. A mão dela pairou ao lado de um biquíni, então ela pegou o cabide. E outra peça mais além.

— Eu vou experimentar estes.

— Pode me chamar para ver se ficou bom.

No entanto, ela não fez isso, apenas saiu segurando um modelo simples do verde sutil de folhas da árvore de goma. Ela pagou as compras — com os olhos em chamas por ele ter se oferecido para pagar por elas — e desapareceu no provador de novo. Quando saiu, ele assobiou. Os shorts e a regata exibiam suas curvas suaves e as pernas longas e combinavam muito bem com a cor de sua pele. Theresa se mostrava mais relaxada, definitivamente não parecia membro de um departamento de universidade.

— Quer que eu passe o protetor solar em você? — ofereceu-se Damien.

— Já fiz isso. Agora eu só preciso, hã, comprar roupas de baixo e pronto, vamos almoçar. Estou morrendo de fome. O café da manhã foi há muito tempo.

E, no caso dela, tinha consistido em algumas frutas e metade de um croissant.

Embora ela não tivesse deixado que ele pagasse, não fez cerimônia em entregar a ele a sacola de corda que continha suas roupas de viagem e suas novas roupas de praia, para que carregasse.

Quando encontraram uma loja de lingerie, ela disse:

— Você fica aqui fora. Eu não preciso de conselhos.

Ele adoraria incitá-la a comprar calcinhas sensuais, mas desistiu.

— Tudo bem. Vou ver esta loja.

Damien dirigiu-se para uma que exibia camisas havaianas e bermudas de surfe. Lá dentro, comprou uma camiseta da praia de Waikiki, como lembrança da ocasião.

Então, ficou esperando na calçada por alguns minutos até que Theresa apareceu carregando uma promissora e minúscula sacola.

— Tudo pronto?

— Sim, e eu preciso de comida — disse ela.

— Vamos pela praia. Podemos encontrar um lugar para comer perto do mar.

— Gostei da ideia.

De mãos dadas – e como era ótima a sensação de segurar as mãos dessa gata ruiva vestida em suas roupas de verão –, os dois passearam até chegar a um bonito restaurante de hotel ao ar livre, onde eles tiveram a sorte de conseguir uma mesa com vista para o oceano. Ao abrigo da luz solar direta, ambos tiraram os óculos de sol e sorriram um para o outro em sinal de aprovação.

Uma garçonete com longo cabelo loiro ondulado e um vestido havaiano veio perguntar o que eles gostariam de beber. Ele olhou para Theresa.

— Piña colada? — Quando ela assentiu, ele disse: — E eu vou querer um mai tai.

Enquanto esperavam por suas bebidas, eles estudaram o cardápio.

— Normalmente eu pediria a salada de camarão — disse ela —, mas estou com tanta fome que vou provar o mahimahi grelhado. E você?

— Camarão ao coco com batatas fritas e uma salada.

A garçonete voltou com suas bebidas, em copos altos decorados com guarda-chuvas de papel colorido, uma orquídea roxa enfeitando o dele e um jasmim branco adornando o de Theresa.

Depois que fizeram os pedidos, Damien ergueu seu copo.

— Por ter sentado ao lado da pessoa certa durante um longo voo.

Eles tocaram os copos.

— Eu não poderia ter dito melhor.

Depois de sugar um pouco do líquido cremoso através de seu canudo, ela deu um suspiro de satisfação e recostou-se no assento estofado da cadeira de vime.

Ambos tiraram as flores e os guarda-chuvas de suas bebidas. Ele pegou o jasmim. Com o centro dourado, pétalas de marfim e bordas rosa, a flor era delicada mas resistente, assim como Theresa.

— Vamos lá, Tezzie. Entre na onda tropical e coloque a flor atrás da orelha.

Ela pegou a flor e passou a admirá-la.

— Eles chamam isso de Plumeria aqui.

— Acredito em tudo que disser, professora.

Hesitante, ela colocou-a em seu cabelo e Damien assentiu em aprovação.

Pensando que isso que era viver, ele se recostou bebendo seu mai tai. Em casa, ele tomava principalmente cerveja ou um dos excelentes vinhos da Austrália, mas sua primeira vez no Havaí pedia algo diferente, e a bebida forte com rum era perfeita.

A poucos metros de distância, além de um trecho gramado e com uma borda demarcada por buganvílias e palmeiras, marcando os limites do hotel, pessoas com roupas de banho passeavam pela praia ou deitavam ao sol. Algumas tinham um bronzeado tão intenso que deviam fazer isso todos os dias. Outros eram incrivelmente brancos e estavam emplastados com protetor solar, e vários estavam tão vermelhos que, com certeza, iriam sofrer naquele dia. Eram os turistas que ainda não tinham aprendido que com o sol não se brinca.

— Isto é um luxo — disse Theresa.

— Você sabe, eles têm restaurantes à beira-mar e bebidas tropicais em Oz — brincou ele.

— Eu sei. Eu saio de vez em quando, mas acho que nunca tive essa sensação de estar relaxada e ser mimada — Seus olhos dançavam. — Talvez aquele ótimo sexo tenha um pouco a ver com isso.

Ele fechou os dedos e limpou-os contra o peito, num gesto de assumir o crédito:

— Certamente tem!

Isso poderia explicar, também, porque ele estava se sentindo no topo do mundo. Damien não conseguia imaginar um único lugar onde preferisse estar agora, nem outra pessoa para estar a seu lado, que não fosse aqui com ela. Agora, a garçonete bem que poderia trazer a comida antes que sua barriga começasse a roncar.

Theresa tomou outro gole de sua bebida.

— Isso desce que é uma beleza. — Ela sorriu do outro lado da mesa. — Eu não terminei o que estava dizendo sobre o dragão.

— Ainda tem mais?

A professora não apenas tinha feito sua pesquisa, como aparentemente possuía ainda uma memória perfeita.

— Ele gosta de ser o líder, e é bom nisso. Também gosta do poder, e precisa aprender algumas lições sobre flexibilidade e compaixão.

— Você quer dizer que ele é um maníaco por controle como você? — brincou Damien.

Sua opinião era que ele tinha aprendido muito sobre a flexibilidade desde que começou a trabalhar com uma equipe de mulheres.

Ela fez uma careta, e depois continuou.

— Depois, há a outra tatuagem. A águia do mar. A águia voa alto e simboliza força, coragem e liberdade. Espiritualidade e transcendência também.

— Eu não sou um cara tão espiritual.

— Seu alterego, Kalti, é.

— Ele não é meu alterego — respondeu ele automaticamente.

As pessoas sempre perguntavam se Kalti era realmente ele, e a resposta era sempre não.

— Se um escritor decide escrever sobre um personagem mais e mais, em vez de criar vários livros sobre diferentes tipos de pessoas, eu acho que o personagem deve estar em ressonância com ele. — Ela ergueu as sobrancelhas em desafio. — O escritor se identifica com o protagonista, e o protagonista provavelmente manifesta um monte de qualidades de seu criador. Ou aquelas que o autor desejaria que tivesse.

Um romancista escrevia. Ou pelo menos era isso que Damien fazia.

— Você tem certeza de que é uma socióloga, e não uma crítica literária?

— Tudo bem. Voltando para a águia. Ele deveria supostamente ter uma excelente visão e percepção, como alguém com "olhos de águia". Eu acho que algumas águias são melhores nisso do que outras, ou talvez o fato de ter apenas parte do sangue de águia obscureceu o seu poder.

Ele bufou e terminou seu mai tai.

Theresa riu e continuou.

— A águia enfrenta desafios, é corajosa, versátil e paciente, e sobrevive. Talvez o seu sangue de águia dê a você alguma coisa da flexibilidade que falta ao seu dragão.

— Você não acredita nisso tudo, certo, professora? Mesmo sendo uma acadêmica e tudo mais?

As sobrancelhas dela se juntaram.

— Eu não sei. Meu pai é um forte defensor da ciência. Ele diria que nada existe a não ser que haja evidência objetiva. Contudo, conversando com pessoas dos povos das Primeiras Nações canadenses, nativo-americanos e aborígenes australianos, você descobre coisas que não têm explicação científica fácil.

Ele se inclinou para a frente, assentindo com a cabeça.

— Eu vi isso quando visitei meus parentes indígenas. Por exemplo, um homem quebrou o braço de um jeito tão grave que estava todo torcido, com o osso aparecendo através da pele. Percebi que ele tinha de ir a um médico ou poderia perder o braço inteiro. No entanto, eles embrulharam tudo e o *karadji* – o curandeiro ou xamã – realizou um ritual e conversava com os espíritos, e dentro de dois ou três dias o homem estava levantando seu filho com o braço. Pareceu, não sei, que ele tinha curado o braço do homem como que por magia. E muito mais rápido do que a medicina ocidental poderia ter feito. Eu ainda não sei como explicar isso.

Theresa assentiu com a cabeça.

— É claro que há a explicação de que, se as pessoas acreditam em alguma coisa, a realidade pode ser afetada. Talvez seja isso que acontece com um ritual de cura ou uma experiência espiritual. Por outro lado, assim como não há nenhuma prova concreta de que espíritos ancestrais e animais totêmicos existem, não há nenhuma prova concreta de que eles *não* existem.

— Bem, professora, você me surpreendeu. Eu esperava que você fosse mais linha dura com esses assuntos.

A garçonete chegou com os pratos. Porções consideráveis, e a comida parecia ótima.

— Obrigado — disse Damien. — Vou querer outro mai tai. Theresa, quer outra bebida?

— Por que não?

Uma vez que ela havia dito estar faminta, Damien achou que ela iria mergulhar imediatamente em sua refeição, mas em vez disso olhou para ele, pensativa.

— Damien, você disse que seus parentes aborígenes acham que seus livros exploram sua herança cultural e suas crenças. Mas você colocou os espíritos em suas histórias não para fazer os livros venderem mais, mas para honrar a possibilidade de que os espíritos existem. Certo?

— Honestamente, para mim, a escrita não é um processo tão deliberado, tão consciente. A primeira coisa que eu tinha era Kalti, e eu sabia – não sei como – que ele era aborígene. Então, é claro que esse personagem tinha um totem, e acho que foi a águia do mar, porque isso é o que conheço melhor.

A garçonete voltou com novas bebidas e ele agradeceu antes de prosseguir.

— Nem sabia se conseguiria vender meu livro. Já tinha escrito outros dois antes, e recebi uma pilha de recusas. Então, quando comecei com Kalti, ele realmente tomou vida, e eu digitei o que via, e o que ele me dizia. Os espíritos ancestrais estavam lá. Não foi algo que eu tenha planejado.

— Interessante. Você é intuitivo, espontâneo. — Ela torceu o nariz. — O oposto de mim. Sou analítica. Não consigo fazer nada sem o desenvolvimento de um projeto, ou pelo menos de uma lista.

Ele estendeu o copo para ela.

— E ainda assim, temos nos dado bem.

— Isso é verdade. — Ela brindou com o copo no dele. — Agora, vamos comer. Por acaso mencionei, horas atrás, que estou morrendo de fome?

Ele a viu fatiar o peixe, que estava coberto com amêndoas torradas e servido com arroz e aspargos, e depois morder um de seus camarões. Estava ótimo, fresco e suculento, a massa crocante e o sabor de coco. Em seguida, ele experimentou uma batata frita, que também estava deliciosa, a combinação exata de batata macia, pele crocante e sal.

— Quer um camarão? — Ele espetou um com o garfo e estendeu-o sobre a mesa.

Theresa deu uma mordidela na ponta.

— Bom, gostei mais do meu, mas vou roubar uma de suas batatinhas, tudo bem?

— Hum, acho que não está roubando se já pediu. Fique à vontade.

Ela ofereceu a ele um pedaço de seu peixe, e depois ambos concordaram que preferiam seus próprios pratos e comeram avidamente. De vez em quando, a mão dela se lançava até o outro lado para roubar uma das batatinhas dele.

Enquanto almoçavam, discutiam o que fariam depois de comer, e ela achou uma boa ideia andar pela Waikiki Beach. Damien conferiu no relógio:

— Agora são mais de duas da tarde, e eu tenho que estar na livraria por volta das seis e meia. E devo terminar tudo entre oito e oito e meia. Que tal se a gente jantar depois disso, uma vez que estamos almoçando tão tarde?

— Parece bom. Talvez eu devesse escolher algo um pouco mais substancioso para o jantar.

— Fique tranquila que os shorts caíram muito bem, mas faça como preferir. — Ele fez uma pausa, um pouco nervoso. — Pena que eu tenha compromisso de trabalho.

Ela olhou para baixo, brincou com o guarda-chuva que estava em sua bebida.

— Eu poderia, hã, corrigir algumas provas enquanto você estiver lá.

Ela evitava os olhos dele. Não queria confessar que não gostaria de ir até a livraria e participar daquele evento? A troco de que ela iria, afinal, uma vez que não gostava de seus livros?

Damien disse a si mesmo que não estava desapontado. Além disso, esse evento poderia ser um grande fiasco. Contudo, ainda assim, seria rude não convidá-la.

— Ou você pode vir comigo.

Ela levantou a cabeça e estudou seu rosto, com uma expressão neutra.

— Você está me convidando para ser educado, ou por que me quer lá? Seja como for, está tudo bem. Quero dizer, eu compreendo, depois do jeito que insultei seus livros e...

— Não é isso. Lembra-se do que eu contei, que muitas vezes a única pessoa que vai falar com você nesses eventos é alguém perguntando onde fica o banheiro?

— Humm — os lábios dela se abriram num sorriso. — Nesse caso, então, talvez seja melhor eu ir, assim você terá ao menos uma pessoa com quem conversar. Ou, ainda melhor, posso fingir que não conheço você e dizer que é meu escritor favorito.

Ele riu.

— Não, você não tem que mentir por mim. — Então ele estendeu a mão para tocar a mão dela. — Mas seria ótimo se você fosse.

— Então eu vou — respondeu Theresa com naturalidade, livrando a mão e pescando outra batatinha frita. — Mas vou precisar comprar um vestido.

— Ora, você podia vestir o sarongue e a parte de cima do biquíni — brincou Damien.

— Você nunca desiste, não é?

— Não de uma boa ideia.

Quando terminaram as refeições, a garçonete perguntou se eles queriam sobremesa.

— A torta de chocolate é o máximo — disse ela. — Sorvete de Café Konna, wafer de chocolate e calda de chocolate quente com um toque de café. Ninguém resiste!

Theresa gemeu.

— Parece ótimo, mas estou satisfeita.

— Nada, obrigado — ele disse à garçonete e, quando a jovem foi embora, se voltou para Theresa. — Mais tarde, depois de caminhar e fazer a digestão, podíamos tomar sorvete.

A conta chegou e, com o mínimo de discussão, Theresa deixou que ele pagasse. E então, falou:

— Eu sei que você quer dar uma volta na praia, mas você se importaria se eu parasse para pegar um vestido? Eu prometo, vou escolher o primeiro que for decente, e não experimentar uma dúzia.

— Ah, não, por favor, um decente, não!

Ele se permitiu ser arrastado até uma loja onde ela não viu nada que a agradasse, então foram até outra em que Theresa encontrou algo que aprovasse. Ela o fez sentar numa cadeira perto da porta, dizendo:

— Espere aqui. Eu não preciso de um parecer crítico.

Depois de menos de cinco minutos de espera, ela voltou segurando outra sacola.

— Ei, você não vai me mostrar?

Seu sorriso era travesso.

— Você vai ter que esperar. Além disso, não é hora de irmos à praia?

Ah, sim, ele queria molhar os pés no mar.

No entanto, quando estavam de volta ao quarto do hotel e ela emergiu do banheiro, seu corpo rapidamente mostrou uma prioridade diferente.

— Uau, olhe para você!

Ela ainda estava com a flor nos cabelos e vestia a parte de cima de seu biquíni verde, que era elegante, sexy e combinava perfeitamente com seu corpo belíssimo e sua cor bonita. O verde casava com um dos tons do sarongue que descia até a altura dos joelhos e que Theresa havia enrolado na cintura. Damien gostava de sarongues. Eles eram femininos e atraentes, destacavam os quadris e a cintura das mulheres além de exibir as pernas. Fazendo um cara imaginar o que haveria por baixo.

A parte de baixo daquele biquíni verde.

Seu pênis se agitou dentro da bermuda, que era a única roupa que ele estava vestindo, e Damien estendeu a mão para o tecido do sarongue que Theresa havia amarrado à cintura.

— Você está pedindo para ser desembrulhada.

Ela correu para longe.

— A praia?

Ele gemeu, soltou-a e desejou que seu pau desinchasse.

— Tá bom, tá bom.

— Passei o protetor solar e estou com os óculos de sol. Será que preciso de mais alguma coisa?

Como era bom estar com uma mulher que não sentia a necessidade de carregar uma bolsa cheia de tralhas para onde quer que fosse. Ele deu um tapinha no bolso da bermuda.

— Estou com a chave do quarto e um pouco de dinheiro. Acho que isso vai resolver.

Eles desceram até o pátio, que era um oásis de piscinas em formatos interessantes cercadas por pisos de cerâmica, vegetação exuberante e brilhantes flores tropicais. A maioria das espreguiçadeiras à beira da piscina e das cadeiras nas mesas à sombra de guarda-sóis estava ocupada, com os hóspedes bebericando drinques elaborados e lendo romances.

Damien nunca conseguia parar de checar a capa dos livros que as pessoas estavam lendo. Já tinha acontecido uma ou duas vezes, quando ele estava numa cafeteria ou no aeroporto, de cruzar com alguém lendo um romance de Kalti Brown. É claro que ele sabia dos relatórios de vendas de seus livros, o retrato mais fiel possível de suas declarações de pagamentos de direitos autorais, mas ver uma pessoa de verdade absorta em seus livros era mesmo emocionante.

E era assim também sair do portão que protegia a área das piscinas e pisar na areia branca de Waikiki. Ele pegou a mão de Theresa e a empurrou, rindo, pelo meio de meia dúzia de turistas que estavam passeando pela praia, e até a beira do mar. Aí, passado o calor escaldante da areia seca, ele tirou seus chinelos de praia e ela fez o mesmo. Damien recolheu os dois pares de chinelos e enganchou os dedos de sua mão livre através das correias.

Então ele entrou na água, puxando-a com ele. A água estava quente, as ondas suaves ondulavam sobre seus pés e sobre a areia. Ao redor deles, crianças pequenas brincavam nas águas mais rasas, enquanto as mais velhas gritavam, pulavam e mergulhavam no meio das ondas, e mais longe, nadavam alguns adultos. Ele queria estar lá, nadando nas águas.

— Você nada bem? — perguntou esperançoso a Theresa.

— Não muito bem — respondeu ela, negando com a cabeça. — Nunca foi uma prioridade.

Ele sabia que, se pedisse, ela sentaria na praia e esperaria enquanto ele fosse nadar, mas sabia também que teria muitas outras oportunidades de nadar em casa, na Austrália. Neste momento, preferia estar com Theresa.

— Então, vamos caminhar.

Ele se virou na direção de Diamond Head e começaram a andar, ele do lado da água, chutando-a de vez em quando apenas de brincadeira, ela na areia úmida mais firme que ficava pouco acima da linha do mar.

— Isso é ótimo — disse a mulher. — Eu nunca tinha feito isso antes, embora tenha ficado em Honolulu várias vezes.

Damien imaginou se, na próxima vez que Theresa passasse uma noite aqui, ela viria caminhar na praia e pensaria nele. Ou, quem sabe, na próxima vez ela estaria com outro cara. Ou, então, viria sozinha e um sujeito qualquer daria em cima dela, como esses que assistiam com olhos famintos enquanto ela caminhava, aparentemente inconsciente de seus olhares de admiração.

Sentindo-se possessivo, soltou a mão dela e passou o braço ao redor da cintura, puxando-a para mais perto de si. Ela sorriu para ele e retribuiu, com o braço fino circulando sua cintura, o polegar enganchado no bolso de sua bermuda.

À medida que caminhava, ele sentia a mudança e o jogo de seus músculos sob a pele sedosa, e teve que lutar contra a resposta de seu corpo. Uma doce tortura, mas ele não trocaria um segundo sequer desse momento de proximidade.

Eles pararam para ver surfistas tentando pegar algumas ondas preguiçosas, e os turistas numa canoa, e depois pararam de novo para admirar o castelo de areia que um menino e uma menina estavam construindo. O menino corria para a frente e para trás, carregando pazinhas cheias de areia e jogando-as onde a menininha apontava, e então essa menina fazia o trabalho mais delicado de alisar tudo, seguindo um projeto que existia em sua mente.

— Bom trabalho em equipe — disse Theresa. — Cérebros e músculos.

— Assim como você e eu.

Ela abaixou seus óculos de sol e dirigiu-lhe um olhar por cima.

— Ora, eu acho que você deve ter um cérebro aí dentro dessa bela cabecinha.

Eles conversavam sobre amenidades enquanto caminhavam, principalmente comentando sobre o que acontecia ao redor. Damien poderia ter andado quilômetros, apreciando a interação entre o calor do sol e o frescor da brisa do mar. O atrito suave da areia na sola dos seus pés, as pequenas ondas acariciando os dedos. O cheiro de protetor solar e do oceano. Principalmente, a mulher cujo corpo se movia ao lado dele, seu sarongue roçando as pernas dele.

— Que tal tirar o sarongue? — perguntou, quando se aproximavam do fim da praia, onde havia menos pessoas.

Ela hesitou, depois desatou o nó em sua cintura e desembrulhou o tecido.

A parte inferior do biquíni era pequena, amarrada por tiras nas laterais.

— Ei, que bonito!

Damien se encantou com a visão. Theresa era perfeita em seu corpo com pele dourada, pernas tonificadas, curvas suaves e olhos brilhantes.

Eles voltaram para refazer seus passos. Ele admirava sua cintura fina e o brilho feminino de seu quadril, ondulando sedutoramente enquanto passeava ao longo da areia umedecida pelo mar.

— Você está me deixando excitado, garota da praia.

— E não é o único. Você não está nada mal nessa bermuda, garoto surfista.

— Quer brincar? — ele beliscou a bunda dela.

Ela deu um tapa na sua mão.

— Damien! Não em público!

— Foi brincadeira — e ele afastou a ideia da mente, por ora. Talvez depois do jantar eles pudessem encontrar uma faixa deserta de areia. — Mas há um quarto de hotel esperando por nós.

— Podemos fazer isso mais tarde.

Isso era verdade. Embora ele quisesse fazer amor com Theresa novamente, não estava com muita pressa. Aquilo era perfeito. Sol, areia, mar, tudo isso compartilhado com uma mulher vibrante que o excitava completamente. Uma mulher sexy, ágil, divertida na cama. Ele agradecia aos santos pela quantidade de orgasmos que já havia tido com ela, ou seu pênis estaria rasgando sua bermuda nesse exato instante.

— Essa praia é muito bonita — disse ela. — Estou tentando imaginar como ela deveria ser antes desses hotéis, dessas lojas e desses turistas.

— Você já esteve em Queensland, viu algumas das praias de lá? — perguntou ele.

— Não, nunca fui até as praias. São bonitas?

— São as mais lindas do mundo — gabou-se Damien.

— Certo, evidentemente você já conhece todas as outras para poder comparar.

— Isso não, mas nada pode se comparar a elas. E algumas ainda estão bastante preservadas.

Ele pensou em sua casa em Palm Cove, com a praia esticada na frente em ambas as direções. Quilômetros de areia quase branca e limpa com apenas algumas pessoas. Normalmente, ele saía para uma corrida na parte da manhã para acordar, e novamente à noite para limpar a cabeça e relaxar antes de dormir. Quando precisava trabalhar uma ideia da história, ele andava a pé por quilômetros, ia dar um longo mergulho, ou apenas se deitava ao sol.

Damien ficou sonhando como seria passear nessa praia com Theresa. Depois voltar para casa e fazer amor, enquanto as pás de madeira do ventilador de teto agitariam o ar quente que entrava pelas janelas abertas. Mais tarde, acenderia a churrasqueira e iria grelhar algumas lagostas frescas, acompanhadas por uma garrafa de Lenton Brae Sauv Blanc. A casa era um lugar onde ele poderia trabalhar de forma produtiva e também relaxar. Talvez ela pudesse fazer isso também.

Desde que conheceu Theresa, ele estava vivendo o momento. Fazendo o seu melhor para encantar sua vizinha de assento, percebendo quanto ela era divertida, convidando-a para ficar mais em Honolulu. Ele não tinha pensado no dia depois de amanhã. Até agora.

Ambos viviam em Sidney. Ela voltaria depois do casamento de sua irmã, e ele, assim que a turnê dos livros tivesse terminado. Eles poderiam telefonar um ao outro, sair, namorar. Ser amantes. Divertir-se juntos. Se ela quisesse.

A professora parecia devotada ao seu trabalho. Não parecia tirar muitas folgas, mas talvez porque nunca tivesse encontrado um cara que a fizesse querer fazer isso.

Ele seria apenas um desvio passageiro, ou será que poderia ocupar um lugar mais importante na vida dela? Ele estava começando a desejar que fosse a segunda hipótese.

— Você sempre lê a mesma passagem? — a voz dela irrompeu em seus pensamentos.

Damien levou um momento para entender do que ela estava falando.

— Ah, nas tardes de autógrafo? Normalmente, sim. Os olhos das pessoas costumam embaçar rapidamente com sono, então eu escolho uma passagem que dure menos de cinco minutos. Perto do começo do livro.

— E o objetivo é que sintam vontade de comprar o livro?

— Isso mesmo, mas também para evitar ser um desmancha-prazeres. E ainda dar a eles um gostinho da minha escrita. Porque se não for do gosto deles... — ele apertou a cintura da mulher. — Ou seja, se for muito simplista para eles, ou muito violento, ou o que for que não gostem, é claro que não vão comprar o livro. Eu não quero esse tipo de venda, em que o leitor fica insatisfeito. E depois diz que meus livros são uma merda.

— Isso faz sentido.

Enquanto caminhavam, ele se perguntou se deveria sondá-la sobre se verem de novo quando voltassem à Austrália. Não, ele não queria apressá-la.

— Ei, Tezzie, está a fim de comer um doce?

— Pode ser você?

— Fazemos assim, um sorvete de aperitivo e eu de sobremesa.

***

Capítulo 11

Quando entrei na frente de Damien em nosso quarto, pensei que o dia até agora tinha sido um deleite após o outro. O último deles, meu sorvete de maracujá com gotas de chocolate e macadâmia de cobertura, que derreteu mais rapidamente do que eu conseguia lambê-lo. Com as mãos e a boca meladas do sorvete, o corpo suado e coberto de protetor solar, a promessa de um sexo delicioso no ar, eu disse:

— Preciso de um banho!

— Ei, mas o que é isso? O terceiro hoje? Acho que a gente devia economizar água e proteger o meio ambiente.

Um banho de chuveiro compartilhado. Algo que eu nunca tinha feito. A privacidade sempre foi uma coisa importante para mim. Hoje, porém, sabendo que estava com um homem que gostava do meu corpo, eu me senti confiante o suficiente para dizer:

— Isso mesmo, vamos ter consciência ambiental.

Quando chegamos ao hotel, amarrei de novo o sarongue na cintura. E agora, no banheiro de nosso quarto, Damien o desatou. O pano caiu no chão e meu olhar o seguiu. Olhando para aquela pilha de tecido florido, eu me virei e ofereci-lhe as costas. Ele desamarrou o top do biquíni, que também caiu.

— Agora sim, está bonito!

Eu levantei meu olhar e percebi o que ele estava olhando. Minhas costas quase nuas e, refletida no espelho, minha imagem frontal. A pele estava queimada de sol, os seios pálidos em comparação, exceto pelas aréolas e pelos bicos rosados. Minhas bochechas também estavam ruborizadas, e meus cabelos desalinhados. Tirei a flor que ainda estava presa ao meu cabelo e a depositei no balcão da pia.

Então, olhei para o reflexo de Damien atrás de mim, e vi o calor nos olhos dele. Ele enfiou a mão na cintura da bermuda, que estava na altura dos quadris, e a jogou no chão. Deixando-o nu. Com um pau que, sem que nenhum de nós o tivesse tocado, crescia e levantava a cabeça.

Ele esticou a mão e puxou o laço que prendia um dos lados do biquíni, mas não deu certo.

— Eu dei um nó no laço — confessei.

Para mim, era preciso coragem para dar uma caminhada de biquíni na praia. E certamente não estava disposta a correr o risco de um laço se desfazer e a parte de baixo cair.

Damien riu e tentou novamente, desamarrando o primeiro nó e, em seguida, o laço. Um lado foi tudo o que ele precisou. Ainda amarrados do outro lado, os dois pedaços de tecido ficaram soltos. Abri minhas pernas e o biquíni caiu no chão.

Os olhos dele brilharam.

— Você tem uma bela bunda para uma professora que vive sentada.

— Você sabe dar elogios tão delicados!

Ao mesmo tempo, suas palavras e expressões faziam minha respiração engasgar, assim como a visão de seu pênis agora totalmente ereto. Meu sexo latejava em reconhecimento, e a fome e a umidade se juntaram entre minhas pernas.

Ele adiantou-se para apertar seu corpo contra minhas costas, prendendo sua ereção entre nós, de forma que o pau subiu entre minhas nádegas. Ele passou os braços por mim para pôr as mãos em concha em meus seios e descansou o queixo no topo da minha cabeça, olhando para o espelho.

Olhei também. Seu corpo maior enquadrando o meu, sua pele tão mais escura do que a minha. Ele era muito *mais* do que eu - seu cabelo preto cor da noite, com os braços grandes e fortes e bronzeados cruzando por cima de minha pele cor de mel, e ainda assim nos completávamos. Eu parecia magra e quase delicada perto dele. Mais sutil em forma e em cor. Já ele parecia enorme. Assim era um bom jeito de um casal estar junto.

O reflexo, por mais que tivesse a sensação de seu pênis rígido, a provocação de seus polegares acariciando meus mamilos, era de total tesão. Minhas coxas estavam úmidas, meu sexo faminto por seu toque.

Ele soltou um dos meus seios e eu assisti enquanto sua mão passeava sobre o meu abdome, esfregando os cachos ruivos de meus pelos pubianos, e fiquei tensa em uma agradável ansiedade. Depois, com a palma da mão segurando meu monte de Vênus, ele deslizou seus dedos entre minhas pernas.

Suspirei de alívio e de necessidade, pressionando-me contra ele, meu corpo pedindo mais. Observando minhas mãos pálidas se moverem ao longo de sua pele escura, eu acariciava seus braços, sentindo os cabelos macios, a firmeza dos músculos sob a pele. Minhas mãos estavam pegajosas de sorvete derretido, minha pele estava pegajosa por causa do protetor solar e da transpiração, minha virilha estava pegajosa com os sucos sexuais. Deveria sentir vontade de me colocar debaixo do chuveiro, mas não o fiz.

Eu queria que Damien me penetrasse. Coloquei uma das mãos atrás de mim, entre nossos corpos, e segurei o calor pulsante de seu pênis.

Seus dedos acariciaram meus lábios, então entre eles, e dois dedos escorregaram para dentro e começaram a bombear lentamente.

— Ah, isso...

Minhas coxas ficaram apertadas e os músculos internos o agarraram, aumentando a sensação deliciosa.

— Tão apertada e molhada, essa Tezzie — ele murmurou, a respiração fazendo cócegas no meu ouvido.

Seguindo o ritmo de bombeamento de seus dedos, eu acariciava seu pênis para cima e para baixo.

— Ah, isso, que delícia.

Ele começou a lamber minha orelha, circulando, mordiscando a borda, e eu arqueada para trás a fim de lhe dar melhor acesso.

Então...

— Não! — puxei minha cabeça para longe. — Protetor solar.

— Eu esqueci. Eles deviam lançar um protetor solar comestível.

— É mesmo, eu adoraria.

— E o que você quer fazer? — perguntou ele, com os dedos ainda trabalhando dentro de mim, dificultando muito eu me concentrar em qualquer outra coisa que não fosse seu toque. — Sexo no chuveiro? Ou aqui? Assim, do jeito que estamos?

— Como? — Minha mão parou sobre seu eixo. O que ele tinha em mente?

— Incline-se para a frente. Apoie-se na bancada da pia.

Com aquele pensamento, a excitação jorrou em torno de seus dedos, pingando sobre a parte interna de minhas coxas. Eu soltei seu pênis e ele tirou os dedos de dentro de mim enquanto eu me debruçava sobre a pia, me agarrando à borda com as duas mãos, inclinando meu corpo de forma que meu traseiro se impulsionou em direção a Damien. Baixei a cabeça, fechando os olhos, sentindo-me agora exposta e insegura de me olhar no espelho.

Ouvi o som de alguma coisa rasgando, uma embalagem de camisinha. Ele cutucou minhas pernas para que ficassem mais abertas. Mais uma vez sua mão se colocou entre elas, abrindo-me, e então a cabeça de seu pênis começou a sondar a minha entrada, onde cada célula sensibilizada parecia procurar por ele e gritar "sim". Inclinei meu traseiro um pouco mais, buscando um ângulo melhor, e ele deslizou para dentro de mim. Só um pouquinho.

Logo suas mãos estavam em meus quadris, segurando-os do jeito que eu segurava o balcão da pia, e ele começou a me penetrar delicadamente. Avançando mais um centímetro, depois voltando para trás, depois para dentro de novo, e cada estocada trazia novas e maravilhosas sensações. Suas bolas batiam suavemente contra mim cada vez que ele empurrava.

Deslizar, escorregar, eu estava ficando cada vez mais molhada. E comecei a prestar atenção nos sons que nossos corpos faziam juntos: um som úmido de sucção, acompanhados pelos gemidos surdos e vozes resfolegando. Nós tínhamos um odor cru, de suor e de excitação, um odor de terra. Os sons, os cheiros, eram de animais. Primitivos.

— Veja — pediu Damien, e lentamente levantei minha cabeça.

Seu olhar encontrou o meu no espelho. Olhando por cima do meu ombro direito, o rosto estava rígido com a concentração, corado e os olhos ardendo em fogo prateado.

Olhei para o meu próprio rosto — observando os olhos arregalados de surpresa, embaraço — e rapidamente desviei o olhar. Em vez de olhar para mim, fiquei observando o jeito como nos movíamos juntos. Meu corpo subindo e descendo enquanto procurava acompanhar seus movimentos, empurrando de volta contra ele cada vez que mergulhava em mim. Meus braços estavam tensionados, mas meus seios saltavam suavemente. Entre minhas pernas, um pouco antes de a parte inferior do espelho cortar meu ponto de vista, eu podia ver seu pênis enquanto penetrava em mim.

Inclinei-me ainda mais para baixo, apoiando todo o meu peso em um braço e estiquei o outro entre minhas pernas. Alcancei a base escorregadia de seu membro onde ele emergia de meu corpo, revestido com meu corpo. Acariciava cada vez que deslizava para fora, e então deixava que entrasse de volta.

Observei enquanto nossos corpos se uniam, e onde se uniam. Assistia ao que estávamos fazendo ao mesmo tempo que sentia. Aquilo era confuso, porém simples. O pulsar dele, aquele calor me preenchendo, retirando-se, preenchendo-me de novo. Minhas mãos agarrando-o, soltando, roçando suas bolas, batendo contra o meu clitóris. Agarrando e mexendo e acariciando e esfregando. Era difícil separar as sensações, saber qual delas ele criava e qual delas vinha da minha própria mão, mas isso não importava, tudo parecia tão incrível.

De repente senti aquela sensação de pré-clímax, aquela sensação de algo dentro de mim enrolando-se apertado, acumulando-se a ponto de estourar, uma dor doce que subiu mais alto até que eu não poderia aguentar mais.

Damien mudou um pouco o ângulo e alcançou aquele lugar incrivelmente sensível, aquele local mágico dentro de mim, o mesmo que seus dedos tinham encontrado no avião.

— Damien, isso!

Aquele acúmulo de tensão irrompeu e se desdobrou em ondas pulsantes que me fizeram gritar.

Ele gemia:

— Caramba, Tezzie!

Ele subiu depressa, duro, rápido, e em seguida explodiu dentro de mim com tanta força que gozei novamente antes que as ondulações do primeiro orgasmo tivessem desaparecido.

Nossos corpos explodiram juntos, então lentamente nos separamos, ainda respirando com dificuldade. Damien tirou e jogou fora o preservativo e me estudou, balançando a cabeça.

— Cara, isso foi demais...

— Foi mesmo.

Percebi que ele devia ter encontrado o meu ponto G. Um território que nenhum outro homem, nem mesmo meus dedos, tinham conseguido localizar antes.

— E olha que eu tinha planos de a gente tomar um banho lento e sensual — disse ele. — Eu ia ensaboar você inteirinha.

Hummm, isso parecia delicioso.

— Mas ainda temos que tomar banho.

— Então vamos, não podemos nos atrasar para a tarde de autógrafos na livraria.

Ele abriu a torneira, ajustou a temperatura e entrou.

— Venha, a água está uma delícia.

Eu me juntei a ele debaixo da ducha, deixando que a água caísse sobre minha cabeça e rolasse pelos dois lados de meu corpo queimado de sol, desfrutando de seu frescor contra minha pele pegajosa.

Quando me afastei da torrente de água, ele apertou um monte de xampu em uma mão e a esfregou na outra para espalhar uniformemente, liberando o aroma de alecrim no ar úmido. De frente para mim, ele passou as mãos sobre meu cabelo para espalhar o xampu, em seguida começou a esfregar com as pontas dos dedos. Seu toque era mais leve do que quando tinha mexido em meus nós de tensão no avião, algo entre um carinho e uma massagem. Depois de lavar meu cabelo, seus dedos continuaram em meu pescoço, aliviando qualquer tensão que ainda restasse.

— Isso é tão bom... — murmurei.

Damien me guiou de volta para baixo da ducha e enxaguou meu cabelo, tomando cuidado para não deixar que o xampu escorresse pelo meu rosto. Então, umedeceu uma esponja com o sabonete de alecrim e esfregou-a levemente em minha pele, em círculos suaves, começando em meus ombros e passando depois nas minhas costas.

Sentindo-me quase entorpecida com aquela combinação de luz

do sol, ar fresco e sexo, fiquei parada de pé, balançando um pouco, deleitando-me com sua atenção.

Ele terminou minhas costas e veio para a frente. Os bicos de meus seios endureceram sob aquela pressão suave e sentiam uma atenção especial.

— Tão bonitos e rosados — disse Damien.

Olhei para baixo a fim de ver quanto estavam rosados, em meio a uma espuma de sabão.

Quando ele deslizou a esponja mais para baixo, entre as minhas pernas, onde senti sua fricção, gemi.

Ele parou imediatamente.

— Está doendo?

— Um pouco. Eu não estou acostumado a, hã, tanto sexo num mesmo dia.

Ou a qualquer sexo, aliás, a não ser que viesse de minhas próprias mãos.

— Desculpe se machuquei você.

— Eu não senti quando estávamos... — parei, sem saber direito se devia me referir a isso como fazer sexo ou amor. — Mas agora está meio sensível.

Ele substituiu a esponja pela própria mão ensaboada, deslizando sobre minha pele com o mais leve toque.

— Melhor?

— Sim.

Na verdade, se ele mantivesse a mão por lá, ficaria excitante.

Então, ele rapidamente levou-a para longe das áreas sensíveis e pegou a esponja de novo, acariciando minhas coxas.

Quando ele terminou de me lavar, eu fui para debaixo do chuveiro me enxaguar e peguei a esponja.

— É a minha vez.

— Por mais que eu queira, é melhor não. Seria excitante demais e você não está confortável para... — e ele piscou sugestivamente.

— Posso fazer um trabalho manual — disse, sentindo-me ousada. — Se você se lembra da noite passada no avião...

— Ah, sim, é claro que eu me lembro. Mas estamos ficando atrasados, vamos deixar para a próxima.

Eu queria me arrumar um pouco antes de ir para essa sessão de autógrafos como sua... O quê? Namorada? Na verdade, durante minhas compras sozinha, naquela tarde, não apenas comprei um vestido e uma echarpe, mas também um par de sandálias, rímel, sombra e brilho labial.

Então, deixei Damien no chuveiro e me sequei enquanto ele assobiava "Waltzing Matilda" totalmente fora de tom. Isso me fez lembrar do tempo de casada, compartilhando o banheiro com alguém.

Pensando bem, quando Jeffrey e eu estávamos casados, eu corria para me abrigar em um roupão. Sim, ele me dizia que eu era maravilhosa, mas ainda assim eu me sentia constrangida, achava que fosse apenas comum. Ele nunca me fez sentir atraente.

E Damien, que poderia escolher entre praticamente todas as mulheres solteiras da Austrália, sem contar um número desconhecido de mulheres casadas, me fizera sentir assim. Eu me vi de repente cantarolando "Waltzing Matilda" com ele, tão fora de tom quanto, enquanto passava loção na minha pele.

Ele saiu do chuveiro e se enxugou na toalha e, ocupando a outra metade do espelho, fez a barba enquanto eu passava uma maquiagem bem leve. Então o chutei para fora do banheiro para me vestir.

Em primeiro lugar, a nova roupa de baixo. Embora eu normalmente usasse calcinhas tipo boxer e sutiãs simples de algodão, dessa vez decidi me presentear com alguns itens femininos bem charmosos. Vesti um sutiã sem alças cor de pêssego e uma tanga de algodão acetinado com renda. Por fim, o vestido que havia escolhido. Era um de verão que se ajustava ao corpo de gola redonda e botões que desciam pela frente, a saia vários centímetros acima dos joelhos. Avaliei várias estampas tropicais, mas acabei optando pelo pretinho clássico, o que fez a roupa parecer um pouco vistosa, mas sem ser muito formal.

Depois de calçar as sandálias pretas de salto médio, estudei meu reflexo no espelho do banheiro. Nossa, quando tinha sido a última vez que eu exibira tantas partes de meu corpo assim? Mordi o lábio. Por que não pensei em perguntar a Damien o que ele usaria, e o que ele considerava apropriado para uma sessão de autógrafos? Cautelosamente, saí do banheiro.

Ele estava na varanda, mas entrou ao ouvir os saltos de minhas sandálias soarem no piso de ladrilhos do quarto. Vestindo camisa de algodão preta de mangas curtas enfiada numa calça cáqui, os compridos cabelos negros úmidos e brilhantes, ele parecia casualmente elegante.

Seus olhos se arregalaram em apreço.

— Uau. Isso é mais sexy do que o sarongue.

— Você está ótimo também. Nós até combinamos. Acho que fiz bem em escolher o preto em vez de estampas tropicais.

Ele caminhou em minha direção e agarrou meus ombros.

— Você sabe que esses botões vão me deixar louco.

Dei um sorriso satisfeito. Sim, eu esperava que ele pensasse em abrir todos eles.

— E você nem viu o que eu comprei na loja de lingerie.

Ele gemeu.

— Você é uma menina má, Tezzie.

Não só nunca ninguém havia me chamado de menina má antes

como eu também jamais imaginei uma coisa dessas. Mas, caramba, eu me sentia bem ouvindo isso.

Ele me virou de costas e me deu um tapa de leve no traseiro.

— Vamos embora antes que eu caia na sedução desses botões.

Rindo, peguei minha bolsa e a echarpe barata, mas muito bonita, preta transparente bordada com fios dourados e prateados, que eu tinha comprado.

— Estou pronta. A livraria é muito longe?

— Apenas alguns quarteirões. Devemos chamar um táxi?

Eu raramente usava saltos, mas estes sapatos eram confortáveis.

— Vamos caminhar.

Quando saímos do quarto, notei que ele tinha atirado sua mochila sobre seu ombro.

— O que você está levando?

— Marcadores e canetas para distribuir. Uma lista de inscrição para a newsletter que minha assistente envia a cada mês. E o meu notebook com os *booktrailers* para este livro e para o próximo.

— *Booktrailers*?

— Sim. Vídeos curtos. Como os que eles fazem para um filme ou programa de TV.

— Então, as pessoas fazem *booktrailers* para romances? — perguntei assim que entramos no elevador.

Ele assentiu com a cabeça, tolerante.

— É fácil perceber que você não é ligada em romances e ficção. Sim, esses vídeos são feitos há anos. Estão nas redes sociais, no YouTube, nos sites dos autores, das editoras, nos sites dos críticos, e algumas lojas também os exibem.

— Mas não é você quem os produz, é?

— Não, eu trabalho com um designer. Discutimos o conteúdo, o visual, os sons, e ele mistura tudo isso e faz acontecer. E nos divertimos muito. Ele é aborígene australiano e se diverte muito com os efeitos especiais para os espíritos.

— Estou aprendendo muito. É mais complicado do que com os textos acadêmicos. Nós não fazemos turnês para divulgar os livros, nem *booktrailers* e assim por diante.

Saímos pelo saguão do hotel e foi aí que percebi como meus sapatos de salto eram barulhentos, do tipo "cheguei!", quando batiam no piso. Contudo, pelo menos desta vez, não me importava em ser olhada. Enfiei a mão no braço de Damien, endireitei as costas, ergui minha cabeça com orgulho. Hoje à noite, eu estava com um homem muito sexy e me comportaria como se pertencesse a este lugar.

Fora do hotel, o fim da tarde sumia na noite. O sol ainda brilhava, porém mais baixo no céu. As ruas estavam entupidas de turistas e de tráfego de carros, algumas pessoas voltando para seus hotéis e outras saindo para tomar seus drinques e jantar.

Notei que várias pessoas prestavam atenção em nós. Nós nos destacávamos em nossas roupas simples, um pouco mais elegantes do que o traje típico de verão. Talvez as pessoas pensassem que estávamos indo para alguma boate. Talvez até pensassem que fôssemos celebridades.

Quando chegamos à loja, ele olhou para a vitrine e deu uma risada triste.

— Bem, eles de fato compraram os livros. Só uma enorme quantidade deles.

A parte central na enorme vitrine estava ocupada com uma elaborada torre de várias dezenas de exemplares de *Wild Fire*, com um cartaz anunciando o evento dessa noite.

— Isso não é bom? — perguntei. — Eles devem achar que o livro vai vender bem.

— Humm... Ou o divulgador vendeu gato por lebre, e eles vão ficar putos quando ninguém aparecer. — Damien colocou sua mão sobre a minha e segurou firme. — Vamos lá.

Quer dizer que ele estava mesmo nervoso? Esse homem incrível e sexy estava nervoso? Isso era muito... que amor! Eu apertei a mão dele em retribuição.

— Se as pessoas não aparecerem, azar o delas.

E eu queria mesmo dizer isso. Claro, meu desejo era que ele escrevesse livros mais, sérios mas eu sabia que ele e seus livros eram convincentes.

— Obrigado, Tezzie.

Nossos olhos se encontraram por um longo momento em silêncio e, de mãos dadas, entramos na livraria.

Uma mulher branca de meia-idade com a pele bastante bronzeada e cabelos loiros tingidos, obviamente, correu para nos receber.

— Você é Damien Black. Eu estava esperando por você. Meu nome é Marietta Harper, sou a promotora de eventos. É uma grande emoção para mim!

Damien apertou a mão dela.

— Marietta, sou eu quem está emocionado. Este é o meu primeiro evento no Havaí. Minha primeira vez aqui, na verdade. Este lugar é fantástico, e muito obrigado por esse enorme display na vitrine.

Engoli um sorriso. O que quer que acontecesse nesta noite, Damien lidaria com isso de forma brilhante.

Apesar de seu bronzeado, a mulher conseguiu corar.

— O prazer é meu. Exibimos cartazes durante a última semana, colocamos anúncios nos jornais e esse evento aparece em todos os sacos de compra dos clientes.

— Não podia ser melhor. Exceto, é claro, que algumas pessoas prestem atenção em tudo isso e apareçam.

Os dois trocaram um olhar de cumplicidade.

— Gostaria de poder garantir isso — disse ela. — Você certamente merece, mas a verdade é que é imprevisível. Estamos competindo com a praia, sem falar nos mai tais e pupus.

— Pupus?

— Aperitivos havaianos. Bem, você sabe como está o negócio de livros hoje em dia. Tantas pessoas atraídas pela mídia eletrônica em vez dos bons e velhos livros à moda antiga. E os preços são altos, especialmente para livros de capa dura.

— Há mais valor em um livro de capa dura, que você pode ler mais e mais vezes — disse eu — do que em alguns drinques extravagantes.

— Querida, você não tem que me convencer disso — respondeu ela com fervor e, em seguida, olhou para mim com curiosidade.

— Perdão — disse Damien. — Marietta, esta é minha amiga, Theresa Fallon.

Amiga. Essa era uma palavra agradável. E eu me sentia como se tivéssemos nos tornado amigos. Talvez fosse uma loucura. A nossa relação começou como uma aventura, mas agora, para mim, parecia mais do que isso.

Não tive muito tempo para seguir essa linha de pensamento, porque Marietta apertava minha mão calorosamente. Então ela disse para Damien:

— Parabéns pela sua colocação na lista de best-sellers do *The New York Times*.

— Obrigado. É, estou satisfeito.

Então ele tinha chegado à lista dos mais vendidos nos Estados Unidos também. Damien não tinha mencionado isso para mim. Quando eu o conheci, pensei que ele fosse um escritor metido e presunçoso, mas aprendi desde então que era o contrário.

Marietta continuou.

— Vou mostrar para você a configuração que preparei. Espero que eu tenha pensado em tudo, mas veja se está tudo a seu gosto e me diga se precisa de mais alguma coisa.

Nós a seguimos, enquanto ela continuava a falar:

— Para os eventos de ficção, colocamos a mesa do autor e as cadeiras bem na entrada da seção, para que as pessoas não tenham como não notar.

Havia uma mesa com uma cadeira atrás dela e uma dúzia de cadeiras em frente. Ouvi com interesse enquanto Marietta e Damien discutiam a organização do evento. Então ela disse:

— Quando você estiver acabando, o pessoal vai colocar uma mesa ali — ela apontou — e trazer alguns dos livros da vitrine. E daí os leitores poderão trazê-los aqui para você autografar.

Os músculos do pescoço de Damien se mostraram.

— Certo.

Ele devia estar se perguntando se alguém iria comprar seu livro. Pelo menos, pelo plano de Marietta seria possível que o pessoal da loja determinasse quantos livros trariam, dependendo do tamanho do público. Eu podia imaginar quão embaraçoso seria se houvesse cinco dúzias de livros empilhados ali, e apenas três pessoas na plateia. Eu nunca teria coragem de fazer esse tipo de coisa.

Damien enfiou a mão na mochila.

— Será que posso distribuir marcadores de livros?

— Isso é ótimo. Vou pedir a algum dos funcionários da loja para entregar quando as pessoas entrarem.

— Obrigado. — Ele entregou-lhe um pacote e, em seguida, tirou seu computador. — Eu tenho aqui *booktrailers* de todos os meus livros. Será que seu pessoal pode conectar o computador e exibi-los para nós?

— Boa ideia. Quer ligar seu computador e me mostrar o caminho para acessá-los?

— Claro.

Os dois se inclinaram sobre o computador, então Marietta levou-o embora e eu a vi conversando com dois jovens vendedores.

Olhei para o relógio. Dez minutos para a hora de início, sete horas. Algumas pessoas estavam andando pela loja, parecendo interessadas, mas sem compromisso.

Marietta se apressou a falar com elas.

— Vieram ver o senhor Black? Nossa, será um arraso. Eu acabei de ler *Wild Fire* e, vou dizer uma coisa, não lia nada tão emocionante há anos. Entrem e fiquem à vontade — A mulher estava entusiasmada sem ser agressiva, e as cadeiras começaram a encher.

— Não acho que todos aqui estejam procurando o banheiro — murmurei para Damien.

— Marietta tem feito um ótimo trabalho.

— Humm. Tenho certeza de que é isso. Seus livros não poderiam ter nada a ver com o que está acontecendo.

Ele riu.

— Parece que há alguns camaradas que gostam dessa merda superficial.

Eu o cutuquei com o cotovelo. Então olhei para ele, sentindo-me nervosa, animada, orgulhosa. Em apenas um dia, comecei a me importar com esse homem. Seria um pensamento preocupante, caso tivesse interesse em me debruçar sobre ele. O que não tinha...

— Vou procurar um lugar para sentar antes que as cadeiras fiquem todas ocupadas. Boa sorte.

— Obrigado. — Ele roçou minha bochecha de leve, quase como se estivesse acariciando um amuleto. — Estou feliz por você estar aqui, Tezzie.

Eu escolhi uma cadeira perto dos fundos, deixando para os fãs de Damien os melhores assentos, e também curiosa para observar o público. Peguei um punhado de marcadores de livros e observei um deles; vi que o design era simples, atraente e eficaz. De um lado mostrava *Wild Fire*; o outro trazia as capas dos livros anteriores e uma pequena sinopse de cada um, além de falar do próximo lançamento da série.

Quando cerca de dois terços das cadeiras estavam preenchidas, Marietta deu um passo à frente e limpou a garganta.

— Sejam bem-vindos. Esse evento hoje à noite é um grande prazer para nós. Damien Black é um dos autores mais quentes da Austrália — e como vocês podem ver, meninas, literalmente.

Várias mulheres riram e Damien, que tinha tomado o assento atrás da mesa, deu seu sorriso sexy. Ele realmente parecia quente, com seu cabelo longo, preto e brilhante, seus traços fortes e um pouco exóticos, a camisa preta combinando com sua pele morena e o cabelo negro, o reluzir branco do seu sorriso.

— Ele foi eleito um dos dez solteiros mais sexy da Austrália, mas acima de tudo, é um escritor muito talentoso. Seus dois primeiros livros, *Thunder Struck* e *Killer Wave* — ela os pegou da mesa e segurou-os no alto — atingiram as listas dos mais vendidos na Austrália, e agora seu novo lançamento, *Wild Fire*, fez o mesmo, além de entrar na lista do *The New York Times*.

Ela ergueu o novo livro.

— Ele vai ler hoje um trecho de *Wild Fire*, e já adianto que é um daqueles livros impossível de parar de ler. E também vai nos contar um pouco sobre seu processo de criação e responder às perguntas. Depois, é claro, vai autografar os livros que eu sei que vão querer comprar. Por isso, e porque vocês não vieram aqui para me ouvir falar, vou passar a palavra a Damien Black.

Ela deu um passo para o lado.

Houve uma onda de aplausos educados quando Damien levantou-se e saiu de trás da mesa.

— Obrigado, Marietta — ele se apoiou na mesa, parecendo casual, descontraído e amigável. — E obrigado a todos vocês, por abrir mão do sol nessa praia incrível, além de uma rodada de mai tais e pupus, para vir conversar comigo. Espero que eu faça valer a pena — ele sorriu de novo e, mais uma vez, algumas pessoas riram.

O homem aprendia rápido, pegando o que Marietta tinha dito, mesmo a palavra pupus que ele não conhecia, e incorporando-a.

— Primeiro, eu gostaria de falar um pouco sobre o que escrevo. Em Oz dizem que meus livros são um pouco transgressores, que fazem certa confusão de gêneros. As livrarias não sabem muito bem se os catalogam como livros de mistério, de paranormalidade ou como thrillers de ação. Provavelmente, vocês já perceberam esta tendência no mundo editorial. Antigamente, costumava ser assim, havia limites claros na ficção comercial. Um livro era uma história de mistério, de ficção científica, um romance, um thriller. Era colocado na prateleira de uma seção determinada e a capa lhe dizia se o livro ia ser um mistério acolhedor ou um mais complexo, se ia ser um romance histórico ou contemporâneo. Quando você escolhia um livro, já sabia o que estava recebendo. Certo?

Cabeças começaram a assentir, mesmo antes que ele fizesse a pergunta.

— Hoje em dia as coisas são mais confusas porque há mais variedade. Nós ainda temos livros dos gêneros mais clássicos, mas existem esses que não se encaixam em lugar nenhum. Assuntos paranormais, romances históricos eróticos. Suspense romântico erótico paranormal histórico inter-racial... Ufa, é um monte de coisa!

Mais risadas. Claramente, Damien sabia o que estava falando, e sua plateia estava se identificando com ele. Não apenas com suas palavras, mas também com ele como pessoa. Como uma professora que eu era, dei-lhe a nota máxima pela apresentação. Ele era mais eficaz do que muitos dos meus colegas, falava sem hesitação, a voz cheia de energia e alta o suficiente para ser ouvida por todos, mas sem gritar, o rosto animado enquanto fazia contato visual com uma pessoa e depois com a outra. Claro, e não fazia mal nenhum que fosse lindo e tivesse personalidade carismática.

— E acho que esse é um mundo mais interessante para os leitores, certo? Você com certeza não vai ficar entediado. — Ele olhou para mim e piscou. — É mais divertido para os escritores, também, porque não temos que ficar presos e nos conformar com regras rígidas sobre o que deve ser mais apropriado em um romance, em um livro de mistério, policial, de história de ficção científica, e assim por diante. Nós começamos a escrever o que interessa e nos desafia. Agora, para mim como leitor, meu interesse sempre foi mais em mistérios e suspense — ele sorriu. — Típico de homem, certo? Alguém precisa ser assassinado, algo precisa ser explodido.

Ah, ele definitivamente tinha se conectado com o público. Enquanto ele falava, as pessoas que chegavam à seção de ficção paravam para ouvir e procuravam cadeiras vazias.

— Então, meu protagonista, Kalti Brown, é um policial. Ele é desafiado a resolver alguns crimes muito desagradáveis. Agora, eu não sou um cara que se dá muito bem com regras, por isso teria muita dificuldade em escrever sobre um policial que agisse sempre pelas normas. Daí, não é nenhuma surpresa que Kalti seja um cara que tem alguns problemas com autoridade.

Eu sorri comigo mesma. Mais cedo, Damien havia negado que Kalti era seu alterego. Talvez ele nem sequer percebesse que era.

— De alguma forma, eu sabia que ele seria um aborígene australiano, mas de fato só fui confirmar isso quando comecei a compor sua conexão especial com os espíritos de criação do Tempo dos Sonhos e com seu animal totêmico. Com um mundo espiritual que... — Ele parou. — Bem, que existe ou não existe?

O público o olhava hipnotizado. A essa altura, todas as cadeiras estavam ocupadas e algumas pessoas estavam de pé na parte de trás e nas laterais.

— Quero dizer, existe algum deus ou algum espírito? — continuou Damien. — Sim, existe, na mente das pessoas que acreditam. Mas e na realidade mensurável, científica, real?

Ele olhou na minha direção, a sugestão de um sorriso puxando sua boca.

— A ficção paranormal explodiu no início do século XXI. Os vampiros existem? Os metamorfos, super-heróis com poderes sobrenaturais, os fantasmas realmente existem? Duvido que alguém se importe se existem ou não. A verdade é que as pessoas estão de fato se divertindo, lendo e escrevendo sobre eles!

Damien se inclinou para a frente, com *Thunder Struck* em suas mãos.

— O coração de um livro é o herói. Ele tem que ser forte, tem que ser maior que a vida em alguns aspectos, mas precisa parecer verdadeiro. Tem que ser humano. Mostrar um toque de vulnerabilidade. Os leitores gostam de torcer pelo mais fraco, né?

Várias pessoas na plateia se inclinaram para a frente, e cabeças assentiram.

— Então esse é o Kalti. Um homem brilhante, um policial competente, mas um pouco com a alma de um renegado. Um aborígene australiano, o que significa que ele não faz automaticamente parte da turma. É como ser uma policial feminina. Você tem que trabalhar o dobro para ganhar respeito.

Eu estava contente por ele ter mencionado esse ponto, em vez de ignorar a questão da discriminação. E me pareceu que o público se identificara com isso também. Um bom número de mulheres balançava a cabeça em concordância. Alguns homens nativos também, além de alguns negros.

— Além disso, há o fato de que os ajudantes de Kalti são seres sobrenaturais e ele tem que manter essa existência em segredo. E, bem, o dia típico de trabalho desse pobre rapaz não é exatamente um passeio no parque.

Mais risadas.

Damien pegou um exemplar de *Wild Fire*.

— Agora, se vocês me dão licença, vou dar um gostinho do mundo de Kalti.

O público se acomodou em seus assentos, relaxado, mas atento.

Ele abriu o livro perto do início e começou a ler.

"Temos outro comunicado à imprensa". As palavras, ditas ao telefone por Zachary Tennant no Sydney Morning Herald, *bateram em Kalti como um direto de direita na boca do estômago. Ele buscou o ar, sentindo uma onda de náuseas.*

Caramba, não, mais um não. Isso significava que o incêndio na Fertilizantes Dawson não tinha sido um acidente, uma vingança, ou uma fraude no seguro. Seis pessoas morreram, incluindo a filha do contador.

"Tem certeza de que é o mesmo cara?", ele perguntou, esperando que a resposta fosse outra...

"É o que parece para mim. Mesmo formato – um comunicado para a imprensa, impresso, genérico – relatando o incêndio. Sem endereço, apenas um vago 'detalhes a serem fornecidos mais tarde'." Tennant fez uma pausa. "Mas também dá um horário". Seu tom de voz disse a Kalti que seria uma notícia ruim.

"Diga."

"Amanhã, uma hora da madrugada."

Ele xingou. Eram dez da noite agora. Por pura sorte, Tennant o tinha encontrado no trabalho. Se bem que a maioria da equipe estava fazendo hora extra no caso Dawson. O fato de que a menina tinha morrido – um pai perder ao mesmo tempo sua esposa e sua filha única – não os deixara dormir.

"Mande isso por fax", disse Kalti. "Vou mandar alguém para pegar o original."

"Estou reservando espaço para ele no jornal de amanhã." A voz de Tennant era suave, cheia de remorso. "Preciso de uma história diferente para publicar, tudo bem? Uma história sobre como o incêndio foi evitado e o incendiário foi mandado pra cadeia."

"Faremos o possível." Contudo, quando desligou, Kalti concluiu que as chances não eram boas.

"Ouçam, todos!", gritou, deixando sua raiva escapar. "O jornal recebeu outro comunicado sobre um incêndio."

Palavrões foram cuspidos na sala quente e seca, uma sala que exalava o cheiro do excesso de trabalho e de frustração. Até agora, todas as pistas que eles haviam conseguido no caso Dawson tinham levado a um beco sem saída.

"John, pegue o fax que está chegando", disse Kalti, "e, todo mundo, venha até aqui". Como era o mais antigo dos policiais na sala, ele assumiu o comando.

Quando a equipe se reuniu em torno de sua mesa, ele estudou o fax. "Parece a mesma coisa, como em Dawson. O comunicado à imprensa diz que o incêndio está programado para a uma da madugada, assim só temos três horas. Vocês, comecem a trabalhar e tentem descobrir qual poderá ser o alvo. Passem essas pistas às patrulhas, peçam a eles que façam rondas." Kalti planejava sair à rua também, para ver se seu animal totêmico, a águia do mar, iria aparecer e guiá-lo.

"Você acha que é o mesmo modus operandi, como em Dawson?"

"Isso é tudo que podemos fazer por ora, concluir que seja...", respondeu Kalti. "O que significa que estamos procurando algum lugar grande – muitas propriedades a serem destruídas, um incêndio espetacular, com produtos químicos ou combustível usados para inflamar mais depressa. Um lugar que deve ficar fechado à noite, mas não inteiramente...", acrescentou sombriamente. "Não foi um acidente, havia pessoas na fábrica Dawson naquela noite. Ele sabia que haveria funcionários trabalhando até tarde, porque eles sempre fazem isso no final do mês. Este desgraçado quer acabar com algumas vidas."

***

Capítulo 12

Damien olhou para cima e viu que seu público havia aumentado. Todos, incluindo Theresa, pareciam concentrados, absorvidos pela narrativa.

O poder da palavra escrita. *Suas* palavras escritas. Desfrutando o momento, ele inclinou a cabeça para o livro e continuou a ler, deixando o público sentir a frustração de Kalti quando seu oficial superior invadiu o local, tomou conta da situação e impediu Kalti de sair do prédio.

A tensão na sala era tão concreta quanto o zumbido do ar-condicionado e o odor amargo de café velho. Juntamente com os outros, Kalti tentou trabalhar, mas seu olhar continuou indo para o relógio na parede, observando os ponteiros que caminhavam inexoravelmente para assinalar uma hora, sem poder fazer nada.

Merda. Chega. Acorrentado a um computador aqui, seus esforços eram em vão. Na rua, o seu totem poderia vir a ele.

Ele ficou de pé e se dirigiu para a porta.

"Estou gripado. Tenho que ir para casa."

"Droga, Brown, volte aqui imediatamente!"

Ele bateu a porta para bloquear a ordem de seu chefe. Que o inferno desabasse sobre sua cabeça amanhã, mas hoje à noite um desgraçado insano estava mirando pessoas inocentes e Kalti tinha que tentar detê-lo.

Sem tempo para esperar o lento elevador antigo, ele desceu depressa dois lances de escadas e abriu a porta. Por um momento, ele parou, farejando o ar, à espera de orientação.

Sim! A águia do mar desceu com um grito feroz, suas garras estendidas passando perto do topo de sua cabeça.

Kalti correu para sua viatura sem identificação, enquanto a águia voou mais uma vez para cima, com impaciência. "Estou chegando", ele gritou quando se atirou para dentro do veículo.

Mas, na boca do estômago, ele sentiu um mal-estar amargo que lhe dizia que era tarde demais.

Damien parou de ler, fechou o livro, e virou para trás a fim de colocá-lo na mesa. O público — cerca de trinta pessoas agora, incluindo Theresa — observou-o atentamente.

Uma mulher de meia-idade na primeira fila se inclinou para a frente e perguntou:

— Bem, o que acontece? Será que ele vai chegar lá a tempo?

Ele sorriu.

— Ah, mas aí eu estaria contando tudo. Você vai ter que ler o livro, se quiser saber. Por ora, alguém tem alguma pergunta a fazer?

— Você é Kalti? — um jovem usando roupas góticas e maquiagem, com tatuagens cobrindo os dois braços, perguntou. — Quero dizer, você tem ajuda dos espíritos do Tempo dos Sonhos?

Ele recebia essa pergunta com alguma regularidade. De pessoas que acreditavam, ou queriam acreditar, que o mundo espiritual realmente existia.

— Se eu tivesse, não teria levado tanto tempo para ser publicado.

Risos cumprimentaram suas palavras. Em seguida, ele continuou.

— Não, eu não tenho ajuda de espíritos do Tempo dos Sonhos, ou pelo menos que eu saiba. Quanto a Kalti ser eu, não, ele é uma criação ficcional.

Três ou quatro mãos balançavam no ar, e ele apontou para um homem que lhe perguntou sobre o procedimento policial, e se eles eram verídicos em seus livros.

— Eu tenho um grande amigo que é policial e ele me diz o que realmente acontece. Eu altero a verdade, ocasionalmente, para deixar a história melhor.

— E os leitores não ficam aborrecidos — perguntou o homem — se você não é totalmente preciso?

— Às vezes — Damien sorriu. — E quando isso acontece, eu relembro a eles que Kalti Brown na verdade não existe, então por que deveria ser tão surpreendente se eu inventasse alguns outros detalhes?

Damien recebeu um pouco mais de risos. Em seguida, ele apontou para uma mulher de meia-idade, com cabelos castanhos encaracolados.

— Eu li seus dois primeiros livros — disse ela —, e Kalti namorou algumas mulheres, mas nunca levou nada a sério. Quando é que ele vai ter um romance de verdade?

— Assim que nós — ele fez uma pausa, vendo a mulher franzir a testa em perplexidade. — Quando encontrar a pessoa certa.

O que poderia muito bem estar no próximo livro que tinha começado, quando ele voltasse a escrevê-lo. A nova parceira de Kalti era seu oposto em muitos aspectos e os dois trocavam faíscas quase o tempo todo, mas isso poderia gerar muitos desafios, diversão e até sexo. Ele olhou para Theresa, viu-a sorrindo, como se estivesse se divertindo.

Ele era um sortudo por tantas pessoas terem comparecido e parecerem interessadas em seu trabalho. Talvez fosse um sentimento juvenil e imaturo querer impressionar essa garota, mas, droga, era assim que ele estava se sentindo.

Ele observou que Marietta, que estava sentada na fileira de trás, havia se levantado da cadeira e ajudava sua equipe a fazer uma pilha de cópias de seus livros em uma mesa.

Para a próxima pergunta, ele escolheu uma jovem havaiana atraente. Ele tinha visto quando a garota passou no momento em que ele começou a falar, então ela parou e tomou um assento.

— Acabo de terminar minha licenciatura e em breve me formarei em sociologia — disse ela com uma voz suave. — Eu estava pensando sobre um tema para meu trabalho de conclusão e fiquei interessada quando ouvi você falar sobre o seu herói ser aborígene australiano, e sobre a discriminação que sofre e o fato de ter que ralar muito para conquistar seu espaço.

— Sim? — Aonde ela pretendia chegar com isso?

— Seria interessante comparar a experiência de aborígenes australianos com a de nativos havaianos.

Lembrou-se do que a professora tinha dito sobre a rainha com o nome complicado, e como seu povo havia perdido a independência.

— Sim, acho que seria um grande tema para uma monografia.

— Você tem alguma sugestão de onde posso começar? Tipo, algumas semelhanças?

— Eu... Infelizmente não conheço muito da história havaiana. — Pronto, já tinha impressionado bastante sua garota. Ele olhou para Theresa, que estava inclinada para a frente, com os olhos brilhando, a boca aberta como se as palavras estivessem desesperadas para fugir. — Mas sei de alguém que poderia dar uma resposta melhor. — Ele acenou para Theresa. — Venha, professora.

Os olhos dela se arregalaram.

— Eu, hã...

— Que tal me ajudar aqui?

Ela se levantou, parecendo inquieta e insegura. Ele observava com orgulho enquanto Theresa caminhava em direção a ele, sua amada sexy naquele tentador vestido preto. Quando chegou à frente, Damien pegou a mão dela, puxou-a para mais perto, em seguida soltou.

— Gente, esta é a doutora Theresa Fallon, da Universidade de Sydney. Ela é especialista em estudos indígenas.

Algumas pessoas aplaudiram e Theresa corou. Ele pensou que era uma graça que essa mulher, que lecionava em uma universidade e fazia apresentações em congressos, ficasse nervosa em falar para sua pequena plateia.

— Vá em frente — ele insistiu. — Você pode dar algumas ideias a essa jovem?

— Em primeiro lugar, sim, eu acho que é um excelente tema para sua tese. Quanto às semelhanças... Bem, em termos gerais, a colonização de novas terras tende a ter resultados semelhantes na maioria dos casos. — Ela ficou tensa, com as mãos cruzadas na frente dela. — A apropriação de recursos e especialmente da terra, a introdução de doenças para as quais a população nativa não tem resistência, violência, depredação e segregação dos povos indígenas em um sistema de reservas. Tudo, claro, com base na presunção colonial de superioridade inata.

Ela se soltou, sua postura ficou mais relaxada, com a voz confiante. Estava mais à vontade. Infelizmente, por mais interessante que fosse essa informação, ela a apresentava de forma errada para esse evento. As pessoas ficavam mudando de posição em seus assentos, inquietas.

Ele tocou seu braço, interrompendo-a, e então sussurrou em seu ouvido:

— Ei, isso aqui não é aula na universidade. Você pode tornar sua explicação mais amigável?

Seus ombros se levantaram, ficaram apertados de novo, então ela respirou fundo e soltou o ar.

— Desculpem, isso não é uma palestra. Você pode tirar o professor da sala de aula, mas é difícil tirar a sala de aula do professor.

As pessoas sorriam, ela estava ganhando-os de volta.

— Vamos tentar de novo — disse ela. — Na Austrália e no Havaí, a mentalidade dos colonizadores era de que eles tinham descoberto novas terras. Terras habitadas por criaturas que em alguns aspectos se assemelhavam a seres humanos, mas eram subumanas. Sendo subumanas, essas criaturas não tinham direitos. Nenhum direito à terra ou à integridade física.

E agora ela tinha capturado seu público.

Ela olhou para eles, com uma expressão feroz.

— Imagine que amanhã alguma raça vinda do espaço invade nosso mundo e decide que somos todos uma raça inferior. Amanhã, você não tem mais direitos. Sua casa, sua terra, tudo isso vai ser tirado de você. Você pode ser morto. Se você for mulher, pode ser estuprada. Várias vezes. Os filhos vão ser tirados dos pais, para sofrer uma lavagem cerebral e deixar de acreditar em qualquer coisa que tenha sido ensinada. E, possivelmente, serão abusados.

Damien deu um passo para trás, dando-lhe o palco. Meu Deus, ela era realmente especial. Bonita, elegante e sexy, mas inteligente, apaixonada e competente também.

— Mas estou falando genericamente. Essas coisas de fato aconteceram com quase todas as populações nativas de todas as terras que foram colonizadas. Você perguntou especificamente sobre o Havaí e a Austrália. Para dar um exemplo, vamos usar as desculpas. Na Austrália, Gerações Roubadas é um termo usado para se referir às crianças que foram removidas à força de suas famílias, processo que começou em 1869 e durou mais de um século. Depois de um grande debate, o governo emitiu um pedido de desculpas, mas demorou até 2008, sim, 2008, para fazer isso.

Damien fez uma careta, constrangido com esse registro medíocre de seu país.

— Agora, o Havaí — Theresa continuou. — O governo dos Estados Unidos demorou um século para se desculpar por derrubar o Reino do Havaí e para reconhecer que os nativos havaianos nunca renunciaram legalmente à soberania sobre suas terras. Na Austrália, a doutrina da *terra nullius* considerou que aquelas terras estavam vazias quando os colonizadores chegaram. Vazias!

A jovem havaiana que tinha feito a pergunta assentia com a cabeça, os lábios entreabertos, parecendo animada, e o resto da plateia parecia estar envolvido também. Ele poderia ouvir Theresa por mais uma hora, mas, ao mesmo tempo, tentava não passar muito tempo respondendo a apenas uma pergunta, para que as outras pessoas também tivessem a sua chance.

Ele tocou de novo o braço de Theresa.

— Por mais fascinante que seja esse tema, há outras pessoas com os braços levantados.

— É claro. — Ela deu um sorriso caloroso à menina. — Se você quiser, me encontre depois e passo meu e-mail para você. Eu posso indicar alguns lugares por onde começar.

— Legal! Muito obrigada.

Damien queria colocar o braço em torno de Theresa, cujo rosto brilhava com satisfação, mas em vez disso ele apenas sorriu e disse:

— Obrigado, doutora Fallon.

— O prazer é meu.

Quando ela retornou ao seu lugar, Damien apontou para um homem que acenava com a mão.

— De onde você tira as ideias para seus livros? Você se preocupa que um dia possa vir a ficar sem elas?

Ele ouviu isso muitas vezes antes, deu a sua resposta habitual, e passou para a próxima pergunta. Marietta levantou dois dedos para sinalizar que estava quase na hora de encerrar.

— Temos tempo para uma última pergunta.

— Quando o próximo livro vai sair?

— *Gale Force* será lançado em seis meses. Vocês podem acompanhar meu site para ver o que está acontecendo. Ou se inscrever para receber meu boletim eletrônico.

Marietta deu um passo para a frente.

— Esta livraria tem um boletim eletrônico também. Basta se registrar para receber e vamos informar quando o próximo livro de Damien chegará às prateleiras. Quem sabe ele não volta e conversa com a gente de novo — ela sorriu para ele enquanto as pessoas da plateia aplaudiam entusiasmadas. Um dos vendedores disparou uma pequena câmera digital.

Então, Marietta continuou.

— Nós montamos a mesa ali com *Wild Fire* e os títulos anteriores de Damien. Ele também tem *booktrailers* de seus livros, e minha equipe me disse que há alguns efeitos especiais deslumbrantes. Então, encerro nossa noite agradecendo a Damien Black por estar aqui.

Depois de mais uma rodada de aplausos, as pessoas se levantaram e foram embora. A maioria delas, felizmente, para a mesa com os livros. A estudante havaiana foi diretamente falar com Theresa.

Damien colocou algumas canetas de Kalti Brown sobre a mesa, como brindes, juntamente com seu caderno de inscrições para a newsletter. Então ele tomou um longo gole de água e inspirou profundamente. Graças a Marietta, a turnê tinha começado em alta.

Ele esperava que Theresa não estivesse aborrecida. Todas as vezes em que olhou para ela, e foram muitas, ela parecia estar atenta. Agora, porém, tinha desaparecido. Talvez ela e a estudante tivessem ido para o café.

A fila se formava na frente dele, liderada pela mulher que tinha perguntado sobre a vida amorosa de Kalti.

— Quer que seja autografado para você?

Ela assentiu com a cabeça.

— Jean.

Ele escreveu:

Para Jean, que acredita que até mesmo um solitário como Kalti merece um romance, e assinou seu nome.

Ela leu a inscrição e riu.

— Obrigada.

Quando ela se afastou para escrever seu nome na lista da newsletter, uma jovem tomou seu lugar.

— É para o meu namorado, Will, de aniversário. Ele é um grande fã seu — ela riu. — E eu também sou, porém dessa vez eu ganho o crédito por dar o livro de presente para ele, e também posso ler o livro.

— Espero que vocês dois gostem.

Damien entregou a ela o livro autografado e duas canetas de brinde.

A fila se movimentou, e, quando a última pessoa foi embora, ele calculou ter autografado pelo menos trinta exemplares de *Wild Fire*; algumas pessoas tinham comprado mais de um exemplar, e pelo menos uma dúzia de cada um de seus livros anteriores. Isso era muito melhor do que esperava.

Quando ele largou a caneta, Marietta apressou-se a falar com ele.

— Você se importaria de assinar alguns livros de estoque antes de ir embora?

— Eu adoraria. — Os livros com o adesivo "exemplar autografado" costumam vender mais. — Você viu a Theresa? — Esperava que ela não tivesse se cansado e voltado para o hotel.

— Ela disse que ia passear pela loja, então talvez esteja no café. Fico feliz que você a tenha trazido. Ela foi ótima. Tão informativa e apaixonada.

— Sim, com certeza ela é.

Os jovens funcionários despejaram mais duas ou três dezenas de livros sobre a mesa, e ele começou a assinar novamente. Depois, ele esticou a mão, guardou a caneta e se levantou.

De sua mochila, pegou uma caixa de canetas Kalti Brown e um saco de macadâmias cobertas de chocolate, e entregou-o a Marietta.

— Um pequeno agradecimento a você e sua equipe. Eu sei que trazer nozes para cá é meio banal, mas são uma das especialidades da Austrália.

— Que graça. Vamos experimentar. Ah, e eu vou enviar por e-mail algumas fotos para sua assistente colocar em seu site.

— Ótimo!

Ele apertou a mão dela, pediu algumas recomendações de restaurantes e se dirigiu para o banheiro dos homens. Depois foi procurar Theresa.

De fato, ela estava no café, um copo meio cheio de algo que parecia chá gelado na mesa ao lado dela, a cabeça enterrada em um livro. Ele se perguntou se ela tinha comprado um livro sobre história ou sociologia havaianas, ou quem sabe outro livro de planejamento de casamentos. Fosse o que fosse, certamente havia capturado sua atenção.

Ela não percebeu quando ele se aproximou.

— Ei, Theresa, pronta para o jantar?

Ele colocou a mão em seu ombro, sentindo a pele quente e nua em ambos os lados da alça de seu vestido de verão.

Ela saltou de susto.

— Oh! Eu não sabia que você estava aqui!

— O que você está... — Ele olhou para o livro. — Por essa eu não esperava... — Era *Thunder Struck*, seu primeiro livro com Kalti Brown. — Você não tem que fazer isso.

Ela torceu o nariz e lhe deu um sorriso triste.

— Eu já tinha lido o livro, um ano atrás, talvez um pouco mais, e queria dar outra chance. Admito que, quando você leu aquela passagem, me fisgou. Acho que não há nada de errado com um pouco de puro entretenimento de vez em quando...

— E por que escolheu esse e não o *Wild Fire*?

— Eu queria começar do início.

Ela alcançou uma sacola da livraria debaixo da mesa, puxou e a abriu.

Droga, e não é que ela havia comprado todos os livros dele?

— Então está bem, você acaba de ganhar um jantar fora.

Rindo, ela ficou de pé.

— Agora, que história é essa sobre a lista dos mais vendidos do *New York Times?*

— Ah, é apenas a lista ampliada, mas é a minha primeira vez.

Ela se esticou para dar-lhe um beijo rápido.

— Damien, isso é maravilhoso. E num momento incrível, quando você está iniciando a turnê de seu livro!

Ele a abraçou apertado, um enlace de curvas quentes e, então, deixou-a ir relutantemente.

— Você está tão sensual, e essa fileira de botões é tão provocativa que estou tentado a dizer que deveríamos voltar para o hotel e pedir o serviço de quarto. — Ele deu um beijo em seu cabelo, que exalava o perfume de alecrim do xampu e lembrava um jardim no verão. — Mas temos a noite toda para nos divertir, então vamos atrás de um belo jantar à beira do mar, e quem sabe depois dar uma volta na praia à luz do luar.

— Isso parece ótimo.

— Pedi que Marietta sugerisse alguns bons restaurantes e ela disse que o do nosso hotel é um dos melhores. Quer experimentar?

— Claro. — Ela olhou para ele através de seus cílios. — Damien, fiquei impressionada. Você fez um ótimo trabalho hoje à noite.

Ele pegou a mão dela, apertou-a.

— Obrigado. A recíproca é verdadeira. Formamos uma boa equipe.

Enquanto saíam do café, ele descobriu que a leve brisa havia passado completamente e havia algo de sensual naquele ar com perfume de flores. Entrelaçando seus dedos com os de Theresa, Damien disse:

— E eu poderia estar sozinho. Que desperdício.

Caminharam lado a lado, sem falar muito, e ele se perguntou se este era o momento certo de conversar com ela sobre o futuro, quando estivessem de volta a Sydney. Normalmente, ele se comportaria de modo confiante com as mulheres, mas o problema é que nunca estivera com uma como Theresa antes. Ela não era apenas bonita, sensual e divertida, mas também inteligente e determinada em sua carreira. Ela o intimidava um pouco. E assim, ficou quieto.

Quando chegaram ao hotel, eles foram diretamente para o restaurante à luz de velas, onde o maître vestido formalmente disse:

— Vocês estão com sorte. Acaba de vagar uma mesa de frente para o mar.

Seguindo-o, os dois atravessaram o restaurante. Pessoas queimadas de sol e bem-vestidas conversavam e riam, a luz refletindo nas taças de vinho e nos talheres, o aroma de frutos do mar, alho e coco fazendo seus estômagos roncar. Algumas pessoas ergueram os olhos, e vários olhares masculinos pousaram em Theresa.

— Você está virando cabeças — disse ele.

— O quê? Não, não seriam para você?

— Cabeças do sexo masculino? Nadinha. São para você.

Com um ar assustado, mas ao mesmo tempo uma expressão satisfeita, ela olhou em volta e logo corou.

— Eu acho que você tem razão.

— Só peço que se lembre com quem você veio.

Os olhos dela se suavizaram.

— Isso não será um problema.

Eles chegaram à mesa e o maître puxou uma cadeira para ela. A mesa deles ficava ao lado de uma janela enorme, aberta para o ar da noite e um céu com uma lua quase cheia. Estava coberta por uma toalha de linho e enfeitada com um buquê de orquídeas verdes e roxas flutuando em um vaso. Chique. Damien estava contente por não estar usando jeans.

Damien sentou-se, sentindo-se orgulhoso. Lá estava ele, um autor com um livro na lista do *The New York Times*, a primeira noite de autógrafos de sua turnê norte-americana já realizada, e mais bem-sucedida do que ousara imaginar. Com o céu de Honolulu de um lado, o elegante restaurante do outro, e, melhor de tudo, a bela Theresa na outra ponta da mesa, usando aquele tentador vestido cheio de botões. Ah, sim, ele estava no paraíso.

— Precisamos de champanhe. Tudo bem para você?

Ela assentiu com a cabeça.

— Sim, precisamos. É a bebida certa para a noite de hoje.

Ela era tão incrível. Às vezes, suas mentes rodavam na mesma frequência e outras, na oposta, mas Theresa sempre o fascinava.

Ele abriu a carta de vinhos e escolheu Roederer Cristal. Que droga, essa garrafa custava mais do que ele faturaria com direitos autorais das vendas de hoje à noite, mas dessa vez era uma ocasião especial. Quando ele fez o pedido, o sorriso da garçonete se ampliou.

— Hoje é uma comemoração?

— É.

Quando ela se afastou, Theresa comentou:

— Cristal? Uau! Quer dizer, eu sabia que a lista do *The New York Times* é uma coisa importante e que a noite de autógrafos foi um sucesso, mas não percebia quanto isso era ótimo.

— Sim, está tudo ótimo.

Caramba, o que mais ele poderia dizer? Ele não era um desses caras do tipo romântico, sentimental. Mas o champanhe não se referia somente à lista dos mais vendidos ou ao evento na livraria, e sim a ela. — A vida tem sido muito boa desde que conheci você.

— Para mim, também.

O champanhe chegou e a garçonete abriu a garrafa e serviu com cerimônia, um fluxo de bolhas douradas claras, primeiro na taça de Theresa, depois na dele.

— Vou deixá-los sozinhos por alguns minutos, depois voltarei para anotar seus pedidos.

Theresa ergueu a taça.

— Que a turnê do livro seja maravilhosa.

Horários estranhos, camas horríveis, noites solitárias em quartos de hotel. Entrar nas livrarias se perguntando se eles teriam seus livros, se alguém apareceria. Lentamente, ele ergueu a taça.

— Que todas sejam como esta noite — disse ela.

Esta noite. A mão de Theresa na sua quando eles entraram na loja. Seu rosto atento na plateia. Sua assistência quando as perguntas ficaram difíceis. E agora, terminando a noite com ela. Ansioso para desfazer essa fileira de botões, um por um, e revelar aquele belo corpo sexy por baixo. Nenhuma outra noite da turnê poderia se comparar a esta.

Um pouco chateado, ele tentou esconder seus sentimentos quando brindou com o copo dela.

— Obrigado por estar aqui.

Ele levantou o copo ao nariz, inalando uma mistura complexa de frutas, flores e frutos secos. Em seguida, provou a bebida, e o aroma foi traduzido para ricos e cremosos sabores em sua língua.

Como dizia aquele comercial, existem certas coisas que o dinheiro podia comprar. Um vinho com este, por exemplo.

Contudo, havia outras coisas que não dava para comprar. Uma ótima noite de autógrafos. A companhia de uma mulher como Theresa. Ah, bem, esta noite ele tinha ambos. Sendo ele um cara que gostava de aproveitar o momento e não se preocupar com o amanhã, era exatamente isso que faria.

— Vamos dar uma olhada no cardápio.

Eles leram, comentaram e depois Damien disse:

— Vou pedir o bife grelhado — era marinado em soja, gengibre e um toque de limão, e servido com purê de batatas ao alho e legumes salteados. — Você se importa que eu coma alho?

— Não, se você não se importar que eu peça cebolas Maui. Acho que vou pedir duas entradas em vez de um prato. A sopa de cebolas e o caranguejo e camarões cozidos, servidos ao mesmo tempo.

Depois de pedirem, Damien se recostou e refletiu sobre aquela noite na livraria, pensando o que poderia fazer melhor da próxima vez. E ele percebeu algo que não lhe tinha ocorrido antes. Nem à sua editora, agente ou assistente de administração. Ele se inclinou para a frente.

— Posso pedir um favor a você?

— Estava pensando que fosse alguma coisa sexual, mas você parece estar falando sério, o que não é comum. O que foi?

— Devo receber mais perguntas como aquela da estudante. Algumas pessoas no Canadá e nos Estados Unidos certamente estarão interessadas em saber como a situação dos povos indígenas da Austrália se compara com a deles.

— Eu acho que sim — ela bateu na sua taça de champanhe cuidadosamente, usando a ponta do seu dedo, e não sua unha. — Isso acaba de lhe ocorrer?

Ele deu de ombros.

— Como disse no avião, eu escrevo ficção. Penso nas histórias, nos personagens, e não nas... Hã... Questões sociológicas.

— E históricas, econômicas, políticas, legais, de saúde, educação... Bem, acho que você entendeu meu ponto de vista.

Inquieto, ele olhou para ela.

— Eu ia perguntar se poderia me dar um curso intensivo, mas você está fazendo parecer que eu preciso de anos de universidade.

Lentamente, ela balançou a cabeça.

— Não, Damien, talvez você não precise de um curso intensivo. Você tem outra opção.

A garçonete trouxe o pão fatiado, quente e aromatizado, e ele ofereceu a cesta para Theresa.

— Continue. Qual é a outra opção?

Theresa pegou uma fatia, passou manteiga, mordiscou um canto. Ela estava enrolando?

Ele pegou uma fatia para si.

— Não combina você enrolar desse jeito. Vamos lá, manda.

Isso lhe rendeu um pequeno sorriso.

— Tudo bem. Você poderia simplesmente dizer o que você me disse, que a sua escrita se concentra em histórias e personagens, não em questões como essas. Diga que está naquele evento para ler um trecho da história e contar a eles um pouco sobre seu processo de escrever livros, e não para discutir questões políticas. — Ela fez uma careta. — Bem, talvez isso seja muito pesado, mas você é inteligente, charmoso, pode encontrar uma maneira de redirecionar a questão e evitar respondê-la.

Isso foi um elogio? Damien tomou um gole de champanhe, desejando que fosse um gole de rum.

— Não, isso não parece certo. — Antes de ele conhecer Theresa, antes de ver como ela respondeu à havaiana e de notar o interesse do público, até que poderia fazer sentido. Mas agora não, agora parecia mais como tirar o corpo fora. — Como posso aprender o que preciso saber?

— Podemos tentar descobrir as perguntas mais prováveis e elaborar respostas. Você já tem uma boa ideia do que aconteceu - e está acontecendo - com os indígenas australianos. Não é?

— Sim, eu leio os jornais, ouço as notícias.

E, por causa do fato de ter sangue aborígene, notava questões que afetavam a população indígena. Ele relutava em admitir isso, porque sua resposta típica era como fora sortudo em ter sido criado como um branco. Os problemas não eram dele. Problemas como a pobreza, o álcool e as drogas, cuidados de saúde inadequados, a desigualdade no acesso a emprego... Quem estava falando mesmo em tirar o corpo fora?

— Agora você precisa aprender um pouco sobre a situação no Canadá e nos Estados Unidos — disse ela bruscamente. — Você está começando em Vancouver, então deveria saber que um caso da Colúmbia Britânica, *Delgamu'ukw*, fazia parte da argumentação do Tribunal Superior da Austrália em *Mabo*.

— Que derrubou a doutrina da *terra nullius* e afirmou o título nativo, o que levou o Parlamento a aprovar a Lei do Título Nativo.

Ela assentiu com a cabeça, os olhos brilhando de emoção.

— Há um paralelo na questão das Gerações Roubadas também. No Canadá, as crianças das Primeiras Nações foram retiradas de suas famílias e presas em escolas residenciais onde deveriam, basicamente, perder tudo o que as transformava em índios e se tornar brancas. E muitas delas foram abusadas física e sexualmente. Houve ações judiciais contra a Igreja e o governo. É um enorme problema. E houve um pedido de desculpas também, em 2008, pelo primeiro-ministro.

— Desculpas — refletiu ele. — Isso é reconhecimento. Reconhecimento. Mas não conserta o que está errado. Assim como na Austrália, o governo tem esse e aquele programa, mas no final não muda muita coisa. Há muita conversa, mas pouca ação.

— Exatamente.

Os olhos dela eram de fogo à luz das velas, todos os tons de terra vermelha agora, as cores do sertão. A desafiá-lo. Ele disse que sabia no que ela estava pensando.

— As coisas não mudam porque muitas pessoas, como eu, não levantam a bunda e lutam para mudá-las.

Algo brilhou nos olhos de Theresa. Surpresa por ele admitir isso? Então ela abaixou a cabeça, batendo a ponta do dedo na taça de champanhe, pensativa.

A respiração de Damien ficou presa na garganta. Era ali que ela diria que uma mulher como ela, que estudou os problemas, se preocupava com eles, e tentava educar as pessoas não podia ficar com um idiota superficial como ele?

Os ombros de Theresa subiam e desciam enquanto respirava fundo, então ela cruzou as mãos no colo e olhou para ele.

— Ninguém tem o direito de dizer ao outro que não está fazendo o suficiente. Isso é entre a pessoa e sua consciência. E minha consciência me diz que me escondo atrás do, hã, da fachada acadêmica, como você sugeriu no avião. Sim, faço alguns alunos pensarem. Talvez a minha escrita atinja outros estudiosos e afete o seu trabalho. Contudo, a grande maioria dos eleitores da Austrália não tem a menor ideia do que estou fazendo, porque não faço um esforço para contar a eles.

Sua confissão - um pedido de desculpas? - o tocou.

— Você poderia — disse ele sinceramente. — Como fez hoje à noite, quando saiu do gueto acadêmico e conversou com a garota, e o resto da plateia. Você foi muito eficaz, Theresa. Se fizer isso na TV, as pessoas vão escutar.

Sua cabeça começou a baixar de novo, mas ela a ergueu.

— Eu fico tímida quando saio da minha zona de conforto, mas isso não é uma desculpa.

Ele estendeu a mão por cima da mesa.

— Dê-me sua mão.

Ela levantou uma mão de seu colo e permitiu que ele entrelaçasse os seus dedos.

— Theresa, você é incrível. E eu estou com você. Vou parar de ser uma daquelas pessoas que fica para trás. Quero aprender mais, e fazer a diferença.

O rosto dela se iluminou, e ele sorriu de volta para ela. Em seguida, Damien levantou a taça de champanhe.

— Isso merece outro brinde. Para ambos sermos pessoas melhores.

Ela levantou a taça.

— Para colocarmos nossas ideias em prática.

Bateram suas taças de leve, e então ambos beberam.

Damien sentiu como se um peso tivesse sido tirado de seus ombros. Engraçado como ele não tinha percebido que o peso estava lá até a hora em que foi embora.

— Professora, o que você acha de começar o curso intensivo amanhã? Pelo resto da noite, vamos relaxar e aproveitar que estamos juntos aqui no Havaí.

— Esse me parece um excelente plano.

— Ótimo, então mudando de assunto. Tenho uma pergunta muito importante para você.

— Diga.

— Quantos diabos de botões existem nesse seu vestido, Tezzie?

***

Capítulo 13

Eu brinquei com o primeiro botão.

— Bem, vou deixar você contá-los mais tarde.

— Provocadora!

Eu? A doutora Fallon? Estava tentando descobrir como reagir quando nossos pratos chegaram.

Nós provamos, compartilhamos, e em seguida começamos a comer avidamente. Depois de ter acalmado um pouco meu apetite, eu disse:

— Você sempre escreveu ou trabalhava com outra coisa antes?

— Sim para ambos. Sempre gostei de escrever, então me formei em jornalismo. Trabalhei em jornais, mas não gostava disso. De ser forçado a cobrir histórias que não me interessavam, obedecer ao viés político do jornal ou, na melhor das hipóteses, me ater aos fatos chatos. Então eu comecei a escrever ficção. É muito mais divertido.

Ah, sim, apesar de nossa crescente intimidade, ele e eu éramos diferentes. Minha vida era dedicada inteiramente à coleta e à análise da informação, porque sempre achei que só as estatísticas podiam ter impacto. No entanto, os leitores de Damien provavelmente somavam mais de cem mil, e eu tive que admitir que meu trabalho chegava a apenas algumas centenas de pessoas.

Seus olhos se estreitaram.

— Eu mencionei no evento de hoje meus problemas com autoridade? Então, eu sabia que queria ser meu próprio patrão. Escrevi um livro, ele foi enviado e rejeitado. Uma e outra vez, o que me deixava puto. Eu sabia que escrevia bem, mas ninguém mais parecia ver isso.

— Isso deve ter sido frustrante.

— Sim, mas isso me deixou determinado a provar que eles estavam errados. Quando escrevi meu primeiro livro de Kalti, senti que tinha algo diferente nas mãos. Parecia que essa era a minha verdadeira voz como escritor. Enfim, achei uma agente que ou concordou comigo ou teve pena de mim, e ela me aceitou — ele deu um sorriso de dó. — Alex sugeriu algumas mudanças, eu as fiz e então ela remeteu *Thunder Struck* e, acredite ou não, houve uma pequena guerra pela aquisição dos direitos.

Fiz uma pausa, levei uma colher de sopa de cebola aos lábios.

— Uma guerra pelos direitos? Como assim? Quer dizer, mais de uma editora tentando comprar o livro?

— Legal, né? Especialmente depois de receber uma centena de cartas de rejeição. Daí nós vendemos, conseguimos um contrato para dois livros, e a editora investiu no lançamento de *Thunder Struck*. Era o sonho de um autor tornando-se realidade, e isso não acontece muitas vezes. Eu era um cara danado de sortudo.

— Que parte normalmente não acontece?

— Tudo isso. Uma guerra de lances em vez de rejeições. Contrato de dois livros em vez de vender um e se preocupar se você nunca mais vai vender outro novamente. A campanha de marketing da editora, em vez de ser deixado para boiar sozinho ou nadar por conta própria. O que ajudou foi que todos nós vimos os livros de Kalti como uma série. E isso deu ao meu editor algo mais do que um único livro para promover.

— E os seus livros são best-sellers.

Eu entendia o porquê. Se um leitor queria puro entretenimento — e, obviamente, havia muitos que queriam —, era isso que Damien entregava.

— Sim. O que não teria acontecido sem o apoio da editora. Eles compraram espaço nas lojas, enviaram exemplares para os críticos, fizeram anúncios, organizaram as turnês e entrevistas...

— Como, compraram espaços?

Ele deu uma mordida rápida no bife.

— Sabe quando você entra em uma livraria e há aquelas mesas na frente exibindo certos livros, e há pontas de gôndola, expositores.

— Expositores? — O negócio dele, como o meu, tinha seus próprios jargões.

— Esses displays grandes de papelão, sabe? Bem, todo esse material promocional é pago pela editora. E eles me deram tudo, o jantar e a sobremesa.

— Isso é ótimo. Assim, você desistiu do jornalismo?

Eu saboreava outra mordida de cozido de caranguejo e camarão.

— Foi uma aposta, mas meu editor queria que o segundo livro fosse lançado rapidamente. Eu pensei que, se eles estavam se esforçando para me promover, então o mínimo a fazer seria produzir para eles. O adiantamento foi suficiente para que eu largasse o emprego, adaptasse meu padrão de vida, me trancasse e escrevesse como um louco.

— Isso foi corajoso. E disciplinado — Disciplina, eu compreendia bem e respeitava.

— Alguns dias foram difíceis, mas a minha aposta valeu a pena.

— Você se esforçou para chegar onde está.

E eu o respeitava por isso. À luz das velas, ele estava incrivelmente bonito e sexy. No entanto, aquele homem estava revelando muito mais do que pensei. Foi assustador, sentia-me atraída por ele de muitas outras maneiras. Começava a me importar com um homem que era apenas um caso passageiro.

Ele assentiu com a cabeça.

— Sim, mas assim como a maioria dos escritores, o sucesso veio de um modo relativamente fácil para mim. E eu nunca o assumi como algo garantido. Isso é uma coisa que você aprende nesse negócio. Você pode ser a bola da vez agora, mas no próximo mês os editores e leitores podem querer algo completamente diferente. — Um sorriso irrompeu. — Acho que é uma coisa boa. Isso me mantém alerta e atento aos movimentos.

Dei as últimas colheradas em minha sopa enquanto ele terminava seu grelhado. Quando a garçonete perguntou se gostaríamos de pedir a sobremesa, eu disse:

— Estou satisfeita.

— O que você tem? — Damien perguntou a ela.

Ela desfiou uma lista de delícias tentadoras, terminando com:

— Minha sobremesa favorita é a torta de creme de coco. É leve, picante, uma versão mais moderna daquele velho clássico havaiano.

— Tudo bem, vou querer isso — disse ele. — E traga dois garfos, caso eu consiga seduzir a senhora.

Conseguir me seduzir? Essas palavras resumiram a nossa história juntos.

Quando a garçonete foi embora, ele estendeu a mão sobre a mesa e pegou a minha, seu olhar quente me encarando.

— Ei, você com os botões. Noite fantástica, não é?

Champanhe Cristal, um céu iluminado pela lua, o perfume das flores tropicais, o brilho da luz de velas. E, acima de tudo, o homem do outro lado da mesa. Eu me senti inebriada por ele e por esta noite mágica. E não foi apenas o zumbido de atração sexual, mas uma verdadeira sensação de intimidade enquanto nos conhecíamos melhor. O sexo entre nós era maravilhoso, assim como a conversa – e também ficarmos sem fazer nada apenas olhando seus olhos cinzentos e marcantes, e os contornos fortes de seu rosto, emoldurado por mechas de cabelo preto brilhante.

Ele parecia igualmente contente por me olhar. Pensei em meu rosto comum, na média, que ele avaliava como perfeito. Seria possível que ele achasse meu rosto tão atraente, tão fascinante, quanto eu achava o dele?

Quando o café chegou, era difícil desviar o olhar de Damien e agradecer ao garçom. Então, a garçonete trouxe um prato com uma bela sobremesa fofa, que ela colocou no meio da mesa.

Eu empurrei-o para Damien.

— Eu acho que é seu.

Ele pegou um dos dois garfos, deu uma mordida, e um sorriso malicioso cruzou os lábios.

— Você é tão sortuda por eu ser um cara generoso.

Dessa vez, quando ele pegou um bocado, ofereceu a mim.

Inclinei-me para provar, e uma explosão de sabor bateu em minhas papilas gustativas. O sabor cremoso de coco, coco torrado, uma pitada de limão, além de um toque de rum – era absolutamente delicioso. Minha expressão deve ter dito isso a ele, porque Damien empurrou o prato para o centro da mesa.

— Sirva-se.

Ele era quem tinha pedido a sobremesa, o que significava que eu deveria ter sido educada e recusar. Em vez disso, peguei um garfo.

— Obrigada, Damien. Isso é pecado.

— Tão gostoso quanto fazer sexo, não é?

Eu ri, então senti uma pontada de excitação quando pensei como ele era saboroso. Um pouco salgado, um toque almiscarado, definitivamente um sabor mais profundo e mais rico.

— Não acho, isto aqui é mais doce e mais leve. Você tem um gosto mais parecido, hummm, com chocolate ao leite com...

Eu tentei pensar com qual alimento ele podia se comparar, mas desisti. O sabor de Damien era único. Delicioso.

— Ah — disse ele em voz baixa: — Mas é você que eu provo, e você é doce, também, Tezzie. Doce, um pouco picante, e definitivamente viciante.

O calor atravessou meu corpo. Rosto, seios, vagina. Imaginei-o me lambendo toda. Eu estava quase pronta para abandonar a torta de coco e sugerir que fôssemos para o quarto. Talvez só mais uma mordida... Caramba, isso era muito bom.

Seus olhos encontraram os meus, brilhando com humor e a promessa de sexo. Então com o garfo ele pegou um pedaço da torta.

Estudei-o enquanto ele mastigava e voltei a pensar sobre aquilo que estávamos falando.

— Você estava dizendo que você se mantém por dentro das tendências do mercado. Mas você está escrevendo uma série. Ou você está dizendo que abandonaria os livros com Kalti para fazer outra coisa?

— Se as vendas realmente caíssem, sim. Mas, por enquanto, vou ajustar o que estou fazendo com Kalti. Eu tenho que permanecer fiel ao personagem e atender às expectativas do leitor – ou seja, sempre haverá os espíritos do Tempo dos Sonhos e a águia do mar –, mas posso levá-lo em novas direções.

— Você já tem algumas ideias?

— Duas — e ele me deu um sorriso rápido, os olhos brilhando. — Eu já mencionei que lhe dei uma parceira no novo livro? Bem, estou pensando que vai rolar uma atração. Talvez aquela mulher na livraria esteja certa e o coitado realmente possa experimentar as alegrias e os tormentos de um caso de amor.

— Tormentos?

Eu sabia que, mesmo não se dando conta disso, Damien se identificava com Kalti. E Damien tinha acabado de embarcar em um... Bem, talvez não fosse um caso de amor, porque era apenas uma coisa de uma única vez... Contudo, mesmo assim, o que ele quis dizer sobre tormentos? Ele e eu compartilhamos algumas alegrias, e talvez eu o irritasse de vez em quando, mas tormento era uma palavra forte.

— Eu poderia dar a ela um vestido cheio de botões na parte da frente. — Seus olhos brilharam. — Mas, falando sério, o escritor tem de torturar seu protagonista. Se a vida for muito fácil, não há história.

Humm. Isso fazia algum sentido.

Ele se inclinou para a frente, com os cotovelos sobre a mesa, ignorando a sobremesa.

— E tem que haver certa dose de crescimento, de evolução. Um personagem não pode ficar parado, senão os leitores ficam entediados com ele.

— E para o crescimento, tem que haver desafio — divaguei. — Tal como na vida real.

Damien e eu tínhamos desafiado um ao outro e, como resultado nós dois resolvemos levar nossas carreiras em uma nova direção. Ele tinha também, embora talvez não estivesse ciente disso, me desafiado a me ver como uma mulher atraente e sexy. Uma mulher que, como ele apontou quando entramos neste restaurante, pode virar a cabeça dos homens.

— Exatamente. Crescimento — o arco de um personagem — é especialmente importante para os leitores do sexo feminino. Em geral, os leitores masculinos mantêm o foco na trama, as mulheres se preocupam mais com o personagem.

— Humm. — Fiz uma pausa, levantei o garfo à boca. A torta de coco estava incrível, mas suas palavras me interessaram mais. Eu estava começando a entender como a ficção poderia refletir e até mesmo inspirar a vida real. — Então, a maioria dos livros é destinada a ambos os leitores, do sexo masculino e feminino?

— Não... Techno-thrillers são destinados principalmente aos homens e um romance é voltado principalmente para as mulheres. Com mistério e suspense, alguns vão mais para um dos lados e alguns ficam no meio, como o meu. Dos gêneros, de longe, a maioria das vendas está nos romances.

— Sério? — Damien estava me ensinando muito. — Então, a maioria das pessoas – as leitoras – é romântica no fundo da alma?

Como minhas irmãs Kat e Merilee? Elas sempre tinham uma pilha de romances em seus quartos.

— Elas gostam de finais felizes — assim como os leitores de livros de mistério —, mas as leitoras de romance se preocupam mais com o personagem do que com a trama. Mistério e suspense tratam de como resolver o crime, o quebra-cabeça, e deter o cara mau. Romance é geralmente sobre emoção — coisa que não sei escrever direito — e o desenvolvimento do personagem, duas pessoas vencendo as adversidades e conquistando o amor.

Conquistar o amor. Com Jeffrey, eu senti como se o amor tivesse milagrosamente pousado na minha porta. Então, quando as coisas ficaram difíceis, assumi que ele de fato nunca tinha me amado. Nenhum de nós cresceu um centímetro desde o momento em que nos conhecemos até o dia em que nos divorciamos.

Eu tinha crescido mais, de todas as formas, em um dia com o homem fascinante que estava sentado na minha frente. E, para minha surpresa, tinha exercido impacto sobre ele também.

— Agora me conte como tudo isso se relaciona com seus livros sobre Kalti.

— Como eu disse na leitura, eu sou um cara normal, um cara comum. Precisa ter assassinato e caos para me deixar feliz.

No largo sorriso que ele me deu, tive um vislumbre de como ele devia ser quando criança. Um pouco aventureiro. E esse moleque aventureiro vivia em Kalti. Damien poderia ser um adulto com uma carreira de sucesso e deixar esse seu lado de menino sair para brincar em sua escrita.

— Portanto, meus livros são pesados na trama — ele continuou —, mas há também o desenvolvimento do personagem. Kalti é um cara intrigante e complexo. Um pouco como uma alma perdida, um cara do submundo, um *bad boy*. Mulheres são fascinadas por esse tipo.

— É mesmo? — sorri um sim para uma garota que estava oferecendo xícaras de café. — Não vejo qual é o apelo. Talvez isso seja sexy no colégio, mas depois disso é apenas imaturo. E não consigo imaginar que esse seja o tipo de homem com quem as mulheres querem se casar. — Em um marido, uma mulher queria, em primeiro lugar e acima de tudo, um homem em quem podia confiar. Um homem como Matt, de Merilee, não como meu ex.

— Depois ele amadureceu e ficou um pouco mais tranquilo. Com a ajuda de uma boa mulher e tudo.

— Sério?

— E vice-versa. Duas pessoas se encontram, apaixonam-se uma pela outra e isso é o catalisador para cada um deles querer se transformar em uma pessoa melhor. Isso é geralmente o que acontece em um romance.

— Com certeza não foi assim comigo e com Jeffrey — fiz uma careta. — O que acho que deveria ter me dado alguma pista, se nós devemos acreditar nos escritores de romances. — Eu dei de ombros, afastando a lembrança de Jeffrey. E o pensamento intrigante de que as palavras de Damien eram uma boa descrição do que acontecera entre nós dois. Exceto, é claro, que a nossa relação era um conto, e não um romance. — Vamos voltar para Kalti. Ele é um *bad boy* porque é um policial renegado, e um excluído, por ser aborígene australiano, e ele é sexy, não é?

— Os leitores homens se identificam com aqueles policiais do tipo "não-faço-prisioneiros". As mulheres gostam de um herói forte e ficam intrigadas com as outras facetas de sua personalidade. O que eu acabei de perceber é que elas podem estar se cansando de ele ser tão solitário na vida amorosa.

Eu assenti com a cabeça.

— Mesmo seus leitores do sexo masculino devem apreciar uma personagem feminina gostosa, e um pouco de sexo ardente.

— Ah, merda, você está dizendo que eu tenho que escrever sobre sexo? — Damien parecia desanimado.

— Eu diria que você é altamente qualificado.

Atirei-lhe um sorriso malicioso e toquei o botão no decote do meu vestido.

Ele riu.

— Fazer isso não é a mesma coisa que *escrever* sobre isso.

Enquanto eu tomava café, pensei novamente em nossa conversa. Ainda faltava uma peça.

— Você disse que tinha duas ideias para mudar a direção dos livros de Kalti?

— Disse. Quero incorporar algumas das questões sobre os aborígenes australianos, como aquelas sobre as quais falamos. E aquilo sobre percepções e preconceitos.

Ele realmente estava falando sério quando disse que queria fazer a diferença.

— Estou feliz com sua decisão, Damien.

— Mas ainda preciso de uma boa história. Não pode ser enfadonho.

Assenti, cuidadosamente.

— Eu já vi em minhas aulas como os alunos ficam animados e atentos quando conto uma história sobre a vida real dos indígenas australianos.

— Faz sentido, não é mesmo? Nós evoluímos de pessoas que se protegeram ao redor do fogo durante a noite, fascinadas pelo contador de histórias.

Estudei antropologia o suficiente para saber que ele estava certo. Na sociedade primitiva, contadores de histórias tinham um imenso poder. O mesmo aconteceu hoje. E Damien era um deles. Eu refleti sobre o que ele estava planejando fazer.

— Você tem uma tarefa interessante pela frente.

— Ah, sim, vou ter que voltar ao começo com *Scorched Earth*, o manuscrito em que estava trabalhando. — Seus olhos brilhavam à luz das velas, e eu podia ver que ele adorou o desafio. — Isso vai me ocupar muito bem durante todas as noites solitárias em quartos de hotel.

Depois de dar uma última mordida na torta deliciosa, empurrei o prato para ele.

— Você pode acabar com isso. Fiquei comendo enquanto você falava — depois, meio hesitante, falei. — Não sou uma escritora, quero dizer, minha forma de escrever é acadêmica, mas me avise se houver alguma maneira como eu possa ajudar.

Percebi tarde demais o que estava sugerindo. Mantenha contato.

Droga. Eu pretendia que isso fosse apenas uma aventura passageira com um homem que tinha aventuras o tempo todo. E agora, eu me via me preocupando com ele, querendo mais. Isso era loucura. Eu era aquela mulher que tinha jurado me afastar dos homens, ou seja, um "relacionamento" não fazia parte de meu projeto de vida... E Damien era um jogador, um sujeito que sem dúvida não se envolvia em relacionamentos. Ao mesmo tempo, a ideia de estar em contato era muito atraente.

Ele estava mastigando a mordida final da torta de creme de coco, parecendo muito feliz.

Antes que ele pudesse engolir e me responder, me apressei em dizer:

— Eu não quero parecer presunçosa. Quer dizer, tenho certeza de que você vai fazer um grande trabalho de... O que quer que decida fazer.

Além disso, eu era aquela que havia criticado seus livros. Por que esse homem ia querer minha ajuda?

— Eu adoraria sua ajuda.

— Sério? — Um fluxo inebriante de prazer me preencheu. Amanhã não seria um adeus. Meu coração estava disparado e eu disse a mim mesma que era isso que dava ficar bebendo café a essa hora da noite. Tentando parecer eficiente, eu disse:

— Devemos trocar nossos endereços de e-mail e telefones.

Seus olhos brilharam quando ele empurrou o prato de sobremesa vazio no centro da mesa.

— Sabe de uma coisa, professora? O material administrativo pode esperar até amanhã. Agora há uma praia ao luar lá fora, nos chamando.

Ah, sim, isso pareceu muito mais atraente.

— E uma vez que você comeu a maior parte da sobremesa — continuou, em um tom rouco, sedutor —, vai ter que me dar alguma coisa para satisfazer minha vontade de doce.

Lembrei-me de como ele disse que eu era doce. Minha boca, se ele quis dizer isso, ou em outros lugares também? Meu sexo pulsou e eu reprimi um gemido de vontade.

— Será que um beijo vai resolver?

— Vamos tentar.

Pela primeira vez eu estava querendo viver o momento e, neste em particular, não conseguia pensar em uma única coisa que preferisse fazer do que beijar Damien Black sob o luar na praia de Waikiki.

— Acho que a gente devia deixar as sacolas no quarto. Mudar de roupa e colocar shorts e...

— Você não vai trocar de roupa e tirar esse vestido. Pode tirar os sapatos, andar descalça, o que quiser, mas esse vestido fica. Você não sabe o que estive pensando nas últimas quatro horas?

Milhares de coisas, na verdade, mas eu esperava que em algum lugar, no fundo de sua mente, ele estivesse ciente dos...

— Botões? Abrir os botões?

— Mas é claro! — ele assentiu com a cabeça, com intenção na expressão, os olhos concentrados no meu decote. — E assim que nos sentamos aqui, com a lua do lado de fora, eu já imaginava abrir tudo isso na praia. Vendo o luar em seus belos seios.

Emiti um som que parecia como um grito feminino.

— Você não pode fazer isso. É uma praia pública.

Ele jogou a cabeça para trás e riu. Uma risada malandra sexy que fez os outros clientes virar e olhar para nós.

— Olha só quem fala, uma mulher que fez sexo em um avião, mais de uma vez.

— Sshh!

Minhas bochechas, com uma overdose de sol, brisa e constrangimento, queimaram.

Havíamos tido um preguiçoso e delicioso jantar, mas agora as coisas mudaram rapidamente. Damien insistiu em pagar a conta, dizendo que era a sua noite de autógrafos, a sua comemoração, e eu já tinha gastado mais do que o suficiente ao comprar seus livros. Eu concordei, suspeitando de que ele devia ganhar muito mais do que eu. Embora eu adorasse a vida acadêmica, os salários não eram um grande atrativo, sem dúvida.

De volta ao nosso quarto, Damien trocou as calças por calções, mas continuou usando a mesma camisa preta, agora solta e desabotoada, revelando partes tentadoras de seu torso bronzeado e musculoso. Nós dois tiramos os sapatos. Enquanto eu jogava a echarpe transparente ao redor de meus ombros, ele pegou uma toalha colorida de praia.

— Isso não deve ser levado para fora dos limites do hotel — disse eu, depois de ter lido diligentemente as diversas informações em nosso quarto.

— Você vai me denunciar, professora?

— Talvez não. Se você me tratar bem.

No saguão novamente, percebi que já eram onze horas da noite - Deus sabe que horas são em Sydney - e eu estava cansada por causa do *jet lag* e de ter dormido pouco. No entanto, a alegria provocada pelo borbulhar do champanhe em meu sangue me disse que essa aventura era muito sedutora para deixar passar.

Saímos da área de piscina do hotel e fomos até a areia. Ela estava agradavelmente áspera sob meus pés, como uma esfoliação suave feita com uma esponja de bucha. Caminhamos em direção à beira do mar, onde a luz da lua derramou um caminho prateado através da água aveludada, sua extensão sendo quebrada de vez em quando pelas ondulações, quando as ondas suaves abriam caminho até a praia.

— Ahh, que paz... — suspirei.

Caminhamos à beira da água, eu do lado de cima, onde as ondas vinham fazer cócegas em meus pés, e ele um pouco mais embaixo, ao meu lado. Nossas mãos entrelaçadas balançavam suavemente e de vez em quando batíamos os quadris ou eu roçava meu rosto em seu ombro. Tudo parecia tão relaxado e natural, mesmo os arrepios de desejo sexual. Como podia ser isso? Antes, a única coisa que veio naturalmente para mim foi a excelência na escola, tanto como aluna quanto como professora.

A praia, que estava lotada de banhistas mais cedo, agora parecia quase deserta.

— Está mais silencioso do que eu esperava — comentei em voz baixa. — Será porque é domingo?

— Domingo? — Damien riu suavemente. — Eu continuo esquecendo que ainda é domingo. Esse negócio de mudar o fuso horário é tão estranho. Nosso voo saiu de Sydney por volta das seis da tarde de domingo. É como se domingo fosse um dia que nunca termina.

Um dia mágico, que foi criado apenas para nós. Um dia fora do tempo, mas eu não estava prestes a dizer algo tão tolo e romântico.

— Você sabe, o domingo realmente vai acabar. É quase meia-noite.

Eu esperava que o feitiço não se quebrasse quando o dia terminasse...

Passamos pelos hotéis e agora a praia estava ainda mais escura e mais deserta. Eu poderia ter ficado preocupada com nossa segurança, mas a presença de Damien bania qualquer receio. Ao contrário dos meus colegas acadêmicos, ele exalava uma aura de forte capacidade masculina.

Quando já tínhamos caminhado durante uns cinco ou dez minutos, sem ver outra alma, ele me arrastou alguns metros praia acima. Lá, deixou cair a toalha na areia e jogou sua camisa em cima. Olhando com admiração para ele de shorts à luz do luar, vi a imagem invertida de um surfista. O cabelo escuro, em vez de loiro; céu da meia-noite em vez de azul; lua prateada em vez de sol dourado. Mais ousado. Mais sexy. Meu corpo tremia de desejo por ele.

Com os olhos brilhantes, ele arrancou o meu xale e, em seguida, estendeu a mão para o decote do meu vestido.

— Damien, não! — Eu agarrei as mãos para detê-lo, olhando ao redor nervosamente e tentando ignorar a forma como os meus mamilos se eriçaram. — E se alguém aparecer?

— Então, vai ver uma bela cena! Vamos, Tezzie, se o domingo vai acabar, vamos fazer com que seja em grande estilo!

Ele pegou minhas duas mãos em uma das suas, apertando-as levemente, mas com firmeza. Então, trabalhando com apenas uma mão, abriu o primeiro botão. E o seguinte.

Se eu dissesse *não* para valer, sabia que ele teria parado. Em vez disso, hipnotizada, vi seus dedos hábeis trabalhando e as laterais do meu vestido preto se abrindo cada vez mais até a minha cintura. Meu corpo estremeceu com o roçar frio de uma suave brisa que vinha do mar e com a carícia quente do olhar dele. Um choque causado pelo tesão passou por mim, deixando-me quente, líquida, inchada.

Ele soltou minhas mãos, provavelmente percebendo que, se eu não tinha protestado mais até agora, era porque não o faria. Estendi a mão para ele, mas Damien caiu de joelhos e tudo que recebi foi seu cabelo espesso e sedoso. Passei meus dedos através das mechas, me apoiando quando me beijou na frente do meu corpo, seguindo a linha do centro até onde o vestido ainda estava abotoado. Sua língua lambeu o meu umbigo, girando ali.

Ele abriu o botão seguinte e deu um beijo úmido contra a carne recém-revelada. E então continuou. Um botão, um beijo. O ventre, o monte de Vênus, a parte interna da coxa. Cada um deles um beijo suave, sedutor e a cada beijo meu corpo tremia com a crescente necessidade. Finalmente, chegou à barra da saia. Beijou a pele macia por dentro da minha perna. Ainda ajoelhado na areia, olhou para cima e puxou ambos os lados do vestido.

Eu sacudi os ombros, para deixá-lo cair. Fiquei com meu sutiã pêssego e a calcinha fio dental, um tremor leve ondulando através de mim, tentando dizer a mim mesma que aquilo não era pior do que usar um biquíni.

— Mas que linda lingerie.

Damien levantou-se, tirou seu calção e o chutou para longe. Nu, a luz da lua prateada sobre o corpo, as tatuagens rodeando os dois braços, ele era primitivo e deslumbrante. E extremamente masculino, com o pênis inchado se elevando em frente a sua barriga.

Apesar do desejo dentro de mim, sussurrei:

— Damien, não podemos fazer sexo na praia. Nós poderíamos ser presos.

— Nós não estamos fazendo sexo, vamos dar um mergulho.

— Nós o quê?

— O que foi? Está me dizendo que nunca nadou pelada?

Ele estendeu a mão para o fecho frontal do meu sutiã e o abriu.

Claro que nunca tinha nadado pelada. Eu sabia nadar, mas muito mal. Nunca tinha passado muito tempo na praia, muito menos saído com alguém que tivesse a ousadia de me tirar a roupa e correr para o mar.

Todo adolescente deveria ter uma experiência como essa, não é mesmo?

Antes tarde do que nunca. Joguei o sutiã de lado, desci a calcinha pelos quadris e corri para a água.

— Fugindo de você!

A risada prazerosa dele me seguiu enquanto meus pés tocaram a água e eu corria para mais fundo, sentindo a água mais fria à medida que avançava.

Ele mergulhava atrás de mim, criando ondas que subiam ao redor. De repente, afundou, deixando-me sozinha, em pé no mar, os seios expostos à luz do luar. Apressadamente eu segui o exemplo dele, tremendo com o choque do frio no meu rosto, nos ombros, no peito.

Subi onde era mais profundo e meus seios ficavam cobertos pela água. Balançando a cabeça e jogando gotas para longe, procurei por Damien.

Ele apareceu ao meu lado, rindo, elegante como uma foca, sexy como só Damien poderia ser.

— A água está uma delícia.

— Está fria!

— Você vai se acostumar. Sem contar que vou aquecer você.

Ele me puxou para um abraço, e evidentemente a parte da frente de seu corpo me arrepiou. Como ele podia ser tão quente – e estar tão ereto – nessa água tão fria?

Preocupada, lancei um olhar em direção à praia.

— Alguém pode aparecer e roubar nossas coisas.

— Mas a gente pode pedir outra chave do quarto — respondeu ele calmamente.

— Não é isso, estou falando de nossas roupas! Como vou entrar no hotel nua?

— Nesse caso, acho que eu teria que fazer isso, né?

Não sei bem como, mas eu sabia que ele faria isso, e que de fato não ficaria particularmente constrangido.

— Damien Black, você não tem jeito.

— A gente podia roubar algumas folhas de palmeira do jardim do hotel — disse ele. — Brincar de Adão e Eva.

— Aquelas eram folhas de figueira — eu tentei parecer profissional enquanto lutava para segurar uma risada.

— Folhas de palmeira são maiores. Eu definitivamente preciso de uma grandona.

Agora eu ri.

Ele me puxou para mais perto.

— Qual é, Tezzie, não vá mudar de ideia agora...

Ele estava certo. O tempo de fazer alguma objeção já tinha passado. Fora eu que correra totalmente nua para o mar, e que aqui estava nos braços de um cara quente — em todos os sentidos da palavra —, um homem cuja ereção ignorava a temperatura do oceano.

Damien me soltou e mergulhou novamente. Olhei em volta, querendo adivinhar onde ele poderia surgir.

Meus pés então foram puxados, e mal tive tempo de tomar ar antes de afundar na água. Ele me soltou e eu bati os pés no fundo, impulsionando meu corpo para cima. Cheguei à superfície cuspindo, e ele subiu ao meu lado.

— O que você estava pensando? — resmunguei. — E se eu não soubesse nadar?

— Você está em dois metros de água. E eu salvaria você.

Eu sabia que ele estava certo. Sem nenhum aviso, me lancei contra ele, meu peso derrubando-o no peito e mandando-o primeiro, depois a mim, para baixo da superfície.

Nós lutamos juntos, braços e pernas agitados, então viemos para cima, rindo sem fôlego.

Damien passou suas mãos sobre a minha cabeça, tirando a água do meu cabelo, depois segurou meu rosto, olhando para ele.

— Está vendo? Não é tão ruim. E ninguém pode nos ver.

— Gostei de você ter me convencido a fazer isso.

Ao mesmo tempo, levei-nos para águas mais profundas, garantindo que meus seios ficassem abaixo da superfície da água.

— Nem demorou muito — seus dentes brilharam ao luar. — Ah, Tezzie, você é linda, sexy e divertida. Que grande combinação.

— E inteligente — sussurrei baixinho. Ele não tinha dito inteligente, e esse era sempre o primeiro - muitas vezes o único — adjetivo que as pessoas aplicavam a mim. Não, à doutora Theresa Fallon. Agora, eu era Tezzie, uma mulher que Damien havia criado e batizado. — Você é lindo, sexy e muito divertido também.

Ele me deu um olhar maliciosamente cômico.

— Bem, se é assim, então o que duas pessoas sexys como nós vão fazer, aqui no meio do mar onde ninguém pode nos ver? Temos que nos manter quentes para combater a hipotermia.

— Hipotermia? — bufei. — Sim, a água está fria, mas estamos no Havaí!

— Hum, essa não colou? Pois bem, que tal isto?

Ele baixou a cabeça e tocou seus lábios nos meus, então alisou suas mãos para baixo dos meus ombros e nas minhas costas e me puxou para mais perto.

Entrei no abraço, separando meus lábios e retornando seu beijo, sentindo como se a água estivesse fervendo onde nossos corpos se tocaram. Esse contraste era provocante, a carícia da água fria e sedosa em comparação com a pressão escaldante de seu peito e suas coxas. De seu pau.

Assim que entrei na água, me senti ousada, mas estava nervosa. Depois, fui capturada pela sensação de brincadeira, como uma criança. Mas agora eu me sentia uma verdadeira mulher, com um companheiro que era um verdadeiro homem, e a excitação correu pelo meu corpo em uma onda tão forte que parecia ter derretido meu interior. Meus joelhos estavam amolecidos como geleia, minha boceta latejava com calor líquido. Eu me segurei firme nele e beijei mais profundamente, minha vontade urgente, quase como se nunca tivesse feito sexo antes e me sentisse desesperada por esse primeiro momento erótico.

Damien respondeu ferozmente, a língua dele provocando a minha enquanto a água do mar escorria pelos nossos rostos. Ele tinha feito a barba antes de ir à livraria, mas agora ela estava levemente crescida e a abrasão de seu rosto era outro deleite sensual. Seus quadris se moviam, apertando seu pênis contra meu ventre e suas pernas estavam flexionadas, equilibrando nós dois em meio ao movimento suave do oceano.

— Caramba, Tezzie — gemeu ele contra a minha boca. — Não consigo me enjoar de você!

Espalhei beijos molhados e famintos por todo o rosto dele, seu pescoço, provando o sal do mar aquecido pela sua pele, e ele inclinou a cabeça para trás para facilitar o meu acesso.

— Olhe para cima — disse ele. — A lua está nos observando.

Ele tinha razão. O céu estava escuro e aqui, longe das luzes dos hotéis e das lojas, a lua e as estrelas estavam brilhantes. O oceano era como um cobertor de veludo, respirando suavemente em torno de nós. Eu ainda estava olhando para cima quando Damien me soltou e desapareceu novamente, esquivando-se abaixo da superfície.

Minha respiração parou quando sua boca se fechou sobre um dos bicos de meus seios, chupando-o. As sensações voaram através de meu corpo, por todo o caminho até meu sexo, e minha vagina palpitou. Ele estava sendo menos gentil do que das outras vezes — talvez porque fosse difícil ficar parado na água em movimento. A sucção era firme, o roçar áspero de sua língua, e então — oh, Deus — uma alfinetada rápida que repercutiu diretamente no meu clitóris.

Eu estava tão perto de gozar que, se ele fizesse isso de novo, eu não suportaria. Mas, em vez de fazer isso, ele soltou e um momento depois apareceu, ofegando por ar.

— Nossa, você tem um gosto bom debaixo d'água.

Suas palavras trouxeram uma imagem à mente imediatamente. De seu corpo nu sob a superfície escura do oceano. Seu pênis ereto, duro e, ainda assim, vulnerável.

Sem dizer uma palavra, tomei ar e depois afundei, com as mãos contornando os lados do seu corpo enquanto me ajoelhava no fundo de areia. Com uma mão presa na parte externa de sua coxa para me equilibrar, achei sua ereção com a outra mão. Enrolando meus dedos em torno dele, eu o guiei para a minha boca e levei-o para dentro. Sua carne parecia fria no início, depois, quase instantaneamente, se tornou quente.

Olhos fechados, prendendo a respiração, a água circulando ao redor de meu rosto, as sensações eram desconcertantes, mas não entrei em pânico porque Damien estava me apoiando. Seu calor pulsante encheu minha boca. Eu girava a minha língua ao redor de seu corpo aquecido e ele empurrava em resposta. Minha boceta ficou apertada em um espasmo de pura vontade, de desejo por ele, de vê-lo mergulhar nela.

Com o ar se esgotando, deixei o membro dele escapar de minha boca e subi rapidamente à tona, a água escorrendo pelo meu rosto e para dentro de minha boca enquanto a abria, ofegando.

— Eu preciso...

— Disso!

Ele me interrompeu e mais uma vez desapareceu abaixo da superfície.

Damien encontrou meu sexo, com as mãos desajeitadas por um segundo enquanto se equilibrava. Abri minhas pernas mais um pouco, e dois dedos se enfiaram dentro de mim, a boca dele se fechou sobre minha vagina e toda a minha urgência e necessidade veio junto, e eu disparei em um orgasmo.

Quando ele subiu para respirar, eu o segurei, com o corpo ainda tremendo, minhas pernas como geleia, e de alguma forma consegui pronunciar:

— Sim, era exatamente disso que eu precisava.

Ele riu suavemente.

— Graças a Deus que você é rápida!

Enrolei minha mão ao redor de seu pênis.

— Acho que não consigo segurar a minha respiração por tempo suficiente para... — juro que eu não consegui dizer “fazer um boquete para você”. Mas continuei, mexendo minha mão nele para cima e para baixo. — Mas a gente pode fazer desse jeito. Embora eu realmente queira... — isso eu consegui dizer —... sentir você dentro de mim.

— Eu tenho uma camisinha no bolso do shorts. Não tem uma alma na praia.

— Ah, meu Deus... — sexo na praia. Em Waikiki. Talvez a praia favorita dos turistas em todo o mundo. A ideia me aterrorizava. E me excitava além de toda a razão. — Mas vamos ter que ser rápidos.

Seu pênis se contorceu em minha mão.

— Com certeza não será um problema para mim.

Eu fiquei na ponta dos pés, me firmando com uma mão em seu ombro, e sob a água guiei a ponta do seu pênis para o meu sexo, que estava inchado e formigava de tesão. Senti meu corpo respondendo com um "ah, sim, eu me lembro desse pau; ele faz bem, muito bem e eu quero mais".

— Também acho que isso não será problema para mim.

— Então vamos embora, antes que eu exploda bem aqui.

Eu o soltei e Damien pegou a minha mão, puxando-me em direção à areia.

Meus seios emergiram da água, a pele toda arrepiada. Fiz uma varredura da praia ansiosamente, e não vi absolutamente ninguém. Nem conseguia ver nossas roupas. A água ficava cada vez mais rasa, deixando aparecer minha barriga, minha virilha. Como era estranhamente excitante sair da água nua, em uma praia ao luar. A experiência era primitiva e altamente erótica.

Não que eu quisesse entrar no hotel desse jeito. Felizmente, não precisaria. Damien tinha uma visão noturna melhor do que a minha. Ele nos levou diretamente para a toalha e nossa pilha de roupas.

Ele agarrou o calção, tirou uma embalagem de camisinha, e abriu a toalha na areia. Eu fiquei lá, tremendo de nervoso, e também por causa do ar gelado da noite soprando em minha pela molhada. Então, Damien me envolveu em um abraço apertado. Aquele corpo firme e quente era um bom remédio para os nervos, tão persuasivo quanto qualquer argumento que ele pudesse usar verbalmente.

Quando ele me beijou avidamente, eu gemi:

— Depressa, Damien. Quero você agora.

Em questão de segundos, estávamos deitados na toalha, seu corpo cobrindo o meu, sua ereção me cutucando urgentemente enquanto levantava minhas pernas para convidá-lo a entrar. Ele não entrou devagar desta vez, ao contrário, mergulhou fundo em uma rápida explosão que me encheu completamente e me fez suspirar com prazer.

Nossos corpos estavam molhados, escorregadios, enquanto nos mexíamos num ritmo primitivo e feroz. Sem beijar, sem falar, apenas batendo e batendo juntos, impulsionados pela necessidade de nos unir – de nos fundir e nos separar, tudo ao mesmo tempo.

Por cima do ombro, a lua e as estrelas olhavam para nós, tão serenas e distantes em relação ao nosso frenesi. O rosto de Damien estava sombreado, o que poderia tê-lo feito parecer um estranho em cima de mim, mas o fogo entre nós não foi nada anônimo. Nenhum outro homem poderia ter provocado esta resposta de mim. Este crescendo de sensações, de excitação, de necessidade primitiva.

Ele sentiu isso também, eu sabia por causa de sua respiração difícil, do empurrão frenético de seus quadris.

— Damien — engasguei enquanto a espiral ia ao pico e depois se espalhava em um clímax tão poderoso que não consegui sufocar meu grito. Um clímax que foi refletido pela liberação dele.

Em seguida, nossos corpos ainda subiram juntos em um movimento pulsante que gradualmente diminuiu, e eu voltei a tomar consciência do suave bater das ondas na praia. O rosto de Damien estava enterrado na curva do meu pescoço e do meu ombro, o peito aquecendo o meu. Tudo parecia certo, natural. Perfeito.

Então recobrei meus sentidos.

— Precisamos nos vestir antes que apareça alguém.

Preguiçosamente, ele saiu de cima de mim.

— Se insiste.

Ele se levantou, ignorando sua nudez, e espreguiçou. A visão daquele homem nu à luz do luar me tirou o fôlego de novo, e eu adoraria simplesmente ficar lá e olhar. Em vez disso, tateei na areia em busca de minha calcinha e lutei para vesti-la, depois me levantei e passei os braços pelas cavas do meu vestido. Enquanto Damien vestia seus shorts, comecei a abotoar a longa fileira de botões.

O ar estava frio agora na pele que, apenas alguns minutos antes, queimava. Eu tremia e envolvi a echarpe apertada em volta de mim.

— Com frio? Pode vestir minha camisa.

— Obrigada, estou bem.

Eu disse a verdade, embora uma parte de mim, a mais feminina, tivesse adorado a ideia de se aconchegar na camisa que ele usou toda a noite.

Ele vestiu a camisa, sem se preocupar em fechar nenhum botão, e me deu um abraço rápido.

— Que maneira perfeita de terminar um dia fantástico.

— É mesmo.

Quando começamos a caminhar de volta para o hotel, abraçados, senti uma pontada de decepção. O dia — o nosso dia especial — havia acabado. Amanhã voaríamos para Vancouver e depois... Quem saberia o que ia acontecer depois? Talvez nada. Talvez alguma coisa, se ele de fato pedisse ajuda com seu próximo livro. Poderíamos nos tornar amigos? Amigos coloridos? Agora que ele tinha despertado meu desejo sexual há muito adormecido, como poderia me sentir satisfeita com um vibrador?

— A Austrália tem praias incríveis também — disse Damien.

— Humm.

De agora em diante, as praias sempre me lembrariam dele e de Waikiki. O que era uma coisa ruim. Damien tinha me proporcionado muita diversão, um ótimo sexo, uma opinião mais elevada de minha própria feminilidade e sexualidade, como ninguém antes jamais tinha feito. Eu até mesmo notara homens me avaliando, aliás um deles, muito bonito, tentou falar comigo no café da livraria. Essa nova autoconfiança era uma coisa que eu levaria comigo para sempre, e agradeci a Damien por isso. Na verdade, se um dia eu quisesse sexo, tinha certeza de que iria encontrar um homem que pudesse propiciá-lo.

Mas ele não seria Damien.

Droga, era bobagem me sentir triste com a ideia de dizer adeus. Muito bobo de minha parte me permitir ter cuidados e me importar com um homem que era tão diferente de mim. No entanto, Damien era especial. Ele não era como Jeffrey – não era um homem que me usou, mas um que deu muito para mim.

Seu braço se esticou um pouco sobre meus ombros e havia uma ponta de hesitação em sua voz quando disse:

— Podemos ir uma noite dessas conhecer a Bondi Beach.

— Conhecer... — Bondi Beach é uma longa faixa de areia perto de Sydney. Ele estava dizendo...? — Você e eu? Ir à praia juntos?

— Hã... Sim... — Mais uma vez a hesitação. Como se não tivesse bem certeza de que queria isso de verdade. Talvez ele estivesse apenas sendo educado. Contudo, ele continuou. — Quero dizer, se você quiser. Eu sei que vive ocupada com o trabalho. E acho que você está mais acostumada a andar com pessoas um pouco mais... hã... intelectuais do que eu... Mas a gente se divertiu, né?

Diversão. Ele não estava falando sobre o trabalho, ele queria um relacionamento. E, meu Deus, realmente parecia inseguro. Esse homem, que era demais para mim e com quem eu absolutamente *nunca* teria uma chance. Esse cara não tinha certeza se eu ia querer sair com ele! Enquanto eu não conseguia pensar em uma coisa que quisesse mais! Tentando não parecer muito a colegial que está a fim demais do capitão do time de futebol da escola, inclinei a cabeça para sorrir para ele.

— Sim, a gente se divertiu muito. Você é uma ótima companhia, Damien.

Ele apertou meus ombros, parecendo aliviado.

— Então isso é um sim?

— Bem, eu não tenho certeza sobre fazer sexo em Bondi Beach — provoquei —, mas definitivamente sim para ficarmos juntos quando voltarmos a Sidney.

Um grande sorriso atravessou seu rosto.

— Eu ia convidar você para jantar quando voltássemos para casa, uma vez que se ofereceu para me ajudar com meus livros. Você ficou toda *formal*, então percebi que um pouco da luz do luar poderia colocá-la de volta no estado de espírito correto.

Eu sorri de volta. *Meu Deus, acho que consegui mesmo um namorado. E não apenas qualquer namorado, mas aquele que todas as meninas queriam!*

— Humm, eu acho que foi o luar que deu um jeito — respondi, fazendo o melhor para soar como uma adulta racional e não uma adolescente tonta. — Claro, não poderia ter nada a ver com *você*...

Ele me puxou para perto quando nos aproximamos de nosso hotel.

No momento em que chegamos ao nosso quarto, estávamos tropeçando por um acúmulo de *jet lag*, cansaço e muito sexo. Devíamos parecer um casal de bêbados. Conseguimos tomar um banho rápido e tombamos na cama, corpos sonolentos entrelaçados, e caímos no sono.

***

Eu estava enrolada nos braços de Damien quando meus olhos se abriram, piscando com o brilho do sol. Tínhamos nos esquecido de puxar as cortinas. Também não tínhamos aberto a porta que dava para a varanda, e o quarto estava abafado. Fiquei em silêncio por alguns minutos, observando-o dormir. Os cílios escuros e espessos se fechavam sobre as maçãs do rosto fortes, a mesma combinação de delicadeza e força que caracterizava Damien.

Estava bem acordada e precisava fazer xixi, então deslizei para fora da cama. Depois de me refrescar no banheiro, peguei a camisa preta dele para cobrir minha nudez e abri a porta da varanda. O ar perfumado pelas flores me chamou lá fora e eu fiquei lá, parada de pé, inspirando-o. Que manhã perfeita. Talvez pudéssemos dar uma corrida na praia.

Quando voltei para o quarto, vi que ele tinha rolado para longe da luz. Duvidei que fosse se opor se eu me enfiasse despida por baixo das cobertas, mas esta era uma boa oportunidade para verificar o e-mail.

Primeiro, respondi algumas mensagens do trabalho, feliz por descobrir que minha secretária estava lidando com a minha partida repentina com a competência habitual. Então, abri uma mensagem da minha mãe.

> Theresa, VanDusen foi uma excelente ideia. E, sim, consegui mexer alguns pauzinhos. Uma vizinha nossa é membro do conselho administrativo. Ela verificou com a pessoa que cuida das reservas, e é claro que os principais locais estão agendados há muito tempo, mas há uma área que eles usam apenas ocasionalmente. É, em geral, destinada para os Conselheiros, funcionários e voluntários, mas Jane disse que ia dar um jeito. Não é enorme, mas M & M pretendem convidar mais ou menos cinquenta pessoas.
>
> Não fica perto do restaurante ou da área principal no lago, mas em um canto perto de um regato. Jane diz que é uma graça. Gramado, muitas flores, a água. Os convidados do casamento poderão estacionar perto desse canto dos jardins por meio de um acesso específico, em vez de andar desde a entrada principal.
>
> Você precisa ver o aluguel das cadeiras e das tendas, para abrigar do sol ou da chuva, caso aconteça.
>
> Sim, tendas estavam no meu planejamento.
>
> — Onde diabos você pode alugar essas tendas?
>
> Nós podemos celebrar o casamento em VanDusen, mas não a recepção. Eu estava pensando, por que não usar nossa casa? Podemos falar disso quando você chegar. Até logo. Eu te amo, querida.

Enviei um e-mail rápido como resposta, dizendo:

— Obrigada, obrigada, obrigada!

Em seguida, rolei até ver uma mensagem de Merilee, que ela havia enviado com cópia para Kat, dizendo que ela e Matt tinham feito o primeiro esboço da lista de convidados. E então uma mensagem de Kat para Merilee, com cópia para mim e Jenna. A leitura na linha de assunto: convites de casamento.

> Andei pensando sobre isso e acho que temos duas opções. Merilee, essas revistas que você espalhou pela casa eram todas com corações/flores/rendas, então talvez você queira esse lado suave, romântico e tradicional da coisa. Mas eu estava pensando como você e Matt têm sido M&M desde sempre, e como vocês sempre incluem um saco de M&Ms toda vez que dão um presente de aniversário ou de Natal um ao outro, daí achei que poderia ficar divertido usar as balinhas como tema. Então, me digam o que vocês acham.
>
> Posso fazer qualquer um dos dois que vocês escolherem.
>
> Beijos e abraços, noivinha!

Merilee tinha respondido com:

> Uhuuuu! Yesss, M&Ms! Uma ótima ideia, isso é tão a nossa cara! Você é o máximo, Kat!

Senti uma pontada de ciúme. Eu é que tinha tomado a frente para organizar todo o projeto.

— Não era eu quem deveria ser o máximo? — murmurei. E depois: — Meu Deus, que fútil!

> Falei com Matt e gostaríamos de uma combinação de algo tradicional e... Como posso explicar? Divertido, diferente e origi-

nal. Tipo, eu quero um vestido mesmo, de verdade, branco e rendado e absolutamente lindo. Mas algumas coisas podem ser menos tradicionais, porque, sabe, somos jovens! E os convites eletrônicos M&M são perfeitos.

Eles realmente eram. Bonitos, jovens e muito Merilee-e-Matt.

Mamãe me disse que conseguiu VanDusen para a cerimônia. U-huuuu!! Você sabe que eu sempre quis me casar lá!!!!!! (Estou pulando sem parar!)

Eu cliquei em "Responder a todos".

Adorei a ideia do doce, Kat. Brilhante. E Merilee, acho que isso que está dizendo faz todo o sentido, e nos dá mais flexibilidade. E é claro que seu casamento vai ser o melhor de todo o mundo, e você será a noiva mais linda de todas. E no VanDusen Gardens!

E que tal esta ideia? Saquinhos de M&Ms de lembrança para os convidados? Quem sabe acompanhando um bem-casado? Daí você vai ter a tradição e um toque personalizado do casal M&M.

Vejo você hoje à noite, Merilee. E você, Kat, em alguns dias. Espero que sua viagem de trem seja muito legal.

Beijos, Theresa.

Nenhuma mensagem de Jenna.

— Que surpresa.

— Bom dia, Tezzie. — disse uma voz masculina, tingida de humor.

***

Capítulo 14

Damien teve que rir.

Theresa saltou um quilômetro quando ouviu a voz masculina. Ela olhou acusadoramente para ele, ainda deitado na cama.

— Você me assustou.

Bem, ela o tinha acordado com todo o seu murmúrio. Mas, caramba, estava muito bonita sentada lá usando sua camisa, resmungando com o computador entre rajadas de digitação. Então, ele se apoiou nos travesseiros, assistindo à garota no computador durante uns dez minutos, apenas com sua excitação para lhe fazer companhia.

— Se isso conta alguma coisa, eu acho que você é o máximo.

— O máximo? — ela franziu a testa, confusa.

— E não acho que seja superficial querer ser o melhor em tudo o que fazemos.

Ela deve ter caído na real, porque levantou ambas as mãos para cobrir o rosto, olhando para fora por entre os dedos abertos.

— Não me diga que falei isso em voz alta?

— Sim, a menos que eu pudesse ler as mentes.

— Desculpe... Eu acordei você, não foi?

— Você, o sol, o ar fresco. É uma vergonha ficar dormindo e perder tudo isso. — Ele deu um tapinha na cama ao lado dele. — Quer vir aqui e dizer bom-dia corretamente?

— Eu... — Um rápido olhar para a porta da varanda. — Sim, mas eu também gostaria de dar uma corrida na praia antes que fique muito quente. — Ela olhou para ele, e para a maneira como o lençol se esticava com sua ereção. — E se eu me sentar nessa cama...

— Sim, nós dois sabemos o que vai acontecer.

E ela estava certa, a corrida foi uma boa ideia. Ele gostou de passear na praia com ela no dia anterior, mas seu corpo estava acostumado com exercícios aeróbicos todos os dias, e isso seria especialmente bem-vindo hoje. Eles enfrentariam outro voo relativamente longo mais tarde, chegando ao destino em torno da meia-noite.

Em seu mundo ideal, eles fariam sexo, dariam uma corrida na praia e, depois, mais sexo. No entanto, a professora estava agora em seu modo de gestão. Sem contar que o sol estava nascendo, o calor aumentando do lado de fora, e sem dúvida os turistas logo estariam lotando a areia.

— Sim, vamos correr. Você tem algo para vestir?

— Eu posso correr descalça se formos pela areia úmida. Vou usar o top que comprei ontem e a parte inferior do biquíni.

Ele gemeu.

— Você não tem um moletom grande ou algo assim? Você vai provocar muita distração em uma roupa como essa.

Ela sorriu.

— Desculpe, só tenho isso, vai ter que sofrer um pouco.

— Você tem um lado maldoso, Theresa Fallon. — Ele pulou para fora da cama e a provocou de volta fazendo-a olhar para sua ereção. — Dê-me alguns minutos e já ficarei pronto — disse e se encaminhou para o banheiro.

Quando ele saiu, ela estava vestida com a roupa que havia descrito. A barra da camisa roçava o topo das coxas, mostrando suas pernas longas e bem-torneadas e revelando um pedaço intrigante do biquíni verde a cada passo que dava. Ele vestiu um calção de corrida e a puxou para perto para um rápido, mas intenso, beijo de bom-dia. A visão e a sensação dela fizeram seu pau crescer de novo, e então Damien disse:

— É melhor irmos agora, se é que iremos correr.

Ambos descalços, desceram pelo elevador. Lá fora, eles se alongaram na sombra, em seguida partiram para uma corrida, lado a lado, na praia daquela manhã quase vazia. Quando passavam por outros corredores ou caminhantes, cumprimentavam-se com um alegre "bom-dia". Algumas toalhas de praia coloridas decoravam a areia, e um ou outro guarda-sol brotava como uma flor gigante.

Ele deixou Theresa definir o ritmo, que era bastante respeitável. Não tão rápido quanto o dele, se estivesse correndo sozinho, mas o suficiente para dar-lhe um exercício decente. Embora o sol ainda estivesse baixo no céu, o calor e o esforço o faziam suar e ele viu que o rosto dela estava úmido também. Este foi um bom começo para o dia, mas ele preferia ter acordado com ela em seus braços.

— A que horas você se levantou, afinal?

— Não muito tempo antes de você. Eu chequei meus e-mails. Temos alguns detalhes já resolvidos para o casamento. Minha irmã Kat surgiu com uma ótima ideia para os convites eletrônicos.

— É a que vive em Montreal?

— Sim. Eu disse que ela trabalha com Relações Públicas, não disse? Ela é ótima em seu trabalho. Criativa e muito profissional. Se ao menos ela tivesse o mesmo sucesso em sua vida amorosa... — Theresa acelerou um pouco.

Ele sufocou uma risada. Um elogio e um insulto, tudo em um só fôlego.

Depois de alguns minutos, o suor escorria dele.

— Cara, um mergulho cairia bem!

Ela olhou em sua direção.

— Seria muito bom, mas desta vez não há maiô "reserva". E não estou brincando.

— Ah, que isso, não tem muita gente na praia assim — provocou.

— Damien!

Ele cedeu.

— Sim, tudo bem, não queremos ir para a cadeia. É apenas um mergulho, prometo — ele ergueu as mãos. — Olha, mãe, sem as mãos.

Em seguida, Theresa parou de correr e começou a desabotoar sua camisa, revelando o biquíni sexy que tinha usado no dia anterior. Ela jogou a peça na areia e, em seguida, entrou no mar e ele correu para se juntar a ela.

Juntos, eles espirraram a água ruidosamente, o que foi bom para sua pele superaquecida. Ele mergulhou em uma pequena onda e surgiu do outro lado para descobrir que Theresa tinha desaparecido. Não, lá estava ela, nadando de um jeito estranho e constrangedor, em paralelo à praia. Ele deu algumas braçadas também, cortando a distância entre eles rapidamente, e voltou para se encontrar com ela.

Ofegante, ela colocou os pés no chão de areia e se levantou.

— Eu disse a você que não sou muito boa nisso.

— Não faz mal, é gostoso, não é?

— Muito. Eu costumo correr em uma pista no campus, é um prazer para mim.

Ele olhou para o relógio à prova d'água.

— Odeio dizer isso, mas devemos voltar. Precisamos tomar o café da manhã antes de ir para o aeroporto. — Ele piscou. — E, uma vez que você não quer brincar na praia, temos que reservar algum tempo para isso também.

— Eu sou muito boa em gestão do tempo.

Hoje, os olhos dela refletiam o azul do mar e do céu, e brilhavam como o sol faiscando na água.

Quando saíram da água, ela escorreu a água de seu cabelo e limpou o rosto em sua camisa. Assim que a vestiu, o tecido se agarrou em todos os lugares estratégicos. Um fato que ele teve grande oportunidade de observar enquanto corriam de volta. No momento em que chegaram ao hotel, ela o tinha deixado com mais calor do que o sol jamais conseguiria.

Já no quarto, ambos com a pele úmida e ofegantes da corrida, ele tirou sua camisa, desamarrou os nós do biquíni dela e a despiu. Sua ereção estava de volta e ele tirou seu calção enquanto ela se sentava na cama, assistindo.

Ele sentou-se na mesma posição, de frente para ela, em seguida inclinou-se para enterrar o nariz em seu ombro.

— Humm, você cheira como um atleta.

— É preciso ser um para reconhecer o outro — as palavras de Theresa pareciam automáticas, mas ela inclinou a cabeça como se estivesse refletindo. Com uma expressão confusa, ela disse: — Eu não sou assim.

— Atlética, intelectual, sexy. Você é isso tudo.

— Suponho que seja... — respondeu, pensativa, como se essa ideia não lhe tivesse ocorrido antes. — Obrigada, Damien.

— Não, eu que agradeço.

Cara, ele estava feliz por ela ter concordado que eles continuassem se vendo quando voltassem para casa, em Sidney. Embora a conhecesse há pouquíssimo tempo, nenhum outro relacionamento tivera tanta importância assim para ele antes. Ele esticou a mão para tocá-la. Pele macia no rosto, mandíbula firme, pescoço delicado, ombros fortes. Os bicos dos seios tinham endurecido e ele brincou com um deles, apertando-o suavemente.

— Eu gosto do jeito que você me toca — murmurou Theresa. —

Todas as maneiras que você me toca. Às vezes é duro e rápido, às vezes provocante, às vezes gentil.

— Eu gosto de tocar em você. Você é tão bonita e tão gostosa de tocar.

Ela abaixou a cabeça em reconhecimento.

— É assim que me sinto quando você me toca. É como se estivesse... Apreciando-me, me valorizando. — Gentilmente, ela deslizou a mão pelo braço dele, mal tocando a pele. — O sentimento é mútuo.

— Vem sentar no meu colo — ele insistiu.

— Do jeito que fizemos no avião? Não, eu quero ver você.

— Quero dizer, sente-se no colo de frente para mim. Não, espere um minuto. — Ele pegou um preservativo, colocou em si mesmo e disse: — Agora.

Um pouco sem jeito, ela mudou de posição até que montou em suas coxas, meio sentada, meio ajoelhada, os braços em torno de seus ombros. Seus corpos ainda escorregadios com o suor.

Entre eles, o pau subiu. Ela deslizou para a frente a fim de pressionar sua boceta contra a base dele, e ele sentiu o calor dela. Ele queria sentir o fogo de dentro, então colocou as mãos em sua bunda e a ergueu até que a ponta do seu pênis sondou suas dobras úmidas e começou a deslizar para dentro.

— Humm, isso — disse ela, se contorcendo para atiçá-lo a penetrar mais.

Quando ele estava totalmente mergulhado nela, Theresa parou de se contorcer e ambos ficaram sentados e parados, olhando nos olhos um do outro. Os lábios dela cercavam a rigidez dele com um calor escaldante, os seios se movendo lentamente a cada respiração, os olhos multicoloridos dela brilhando de paixão. Quanto mais tempo ele olhava, mais ele via. Além da paixão, havia algo mais profundo. Mais significativo. Afeição?

Ele com certeza esperava que sim, porque estava se apaixonando por essa mulher.

Ela olhou de volta para ele com firmeza, os olhos à procura dele.

Não se admirava que ele nunca houvesse tido um relacionamento sério. Porque tinha saído com o tipo errado de mulher.

Não, não era isso. Theresa não era um tipo, ela era única.

Seus olhos brilhavam, enrugados nos cantos.

— Damien? O que você está pensando?

Ele bombeou seus quadris suavemente, acariciando-a de dentro para fora.

— Em como você é especial. Que cara sortudo que eu sou.

— Sério? — Uma sombra cruzou o rosto dela.

Ela não achava o mesmo? Ou era aquela estranha vulnerabilidade outra vez? Lembrou-se do ex de Theresa, e que ela tinha dito acreditar que ele a estivera usando desde o inicio e que nunca realmente se importara com ela. Como "sério"? Ela não conseguia enxergar a verdade em seus olhos?

— Isso tudo é muito novo para mim. Eu não tenho muita experiência com os homens.

— Eu tenho um pouco de experiência com as mulheres, mas isso é novo para mim também. Vamos ter que descobrir as coisas à medida que avançarmos.

Ele sabia que tinha dado um passo adiante. Tudo o que ele tinha feito antes fora sondá-la sobre eles se encontrarem de novo em Sydney, e agora estava tentando dizer que Theresa era muito especial.

E ele não se arrependeu, porque os olhos dela se arregalaram com surpresa, satisfeita.

— Eu gosto disso. Eu me sinto tão ingênua em relação a você. Então ajuda muito saber que isso é diferente para você. Saber que você não está tão confiante também.

Os músculos internos dela pulsaram contra os dele, apertando e soltando em pequenos movimentos que eram como se ela estivesse abraçando seu pênis.

— Ah, mas eu estou confiante. — E de repente ele estava. Aquela poderia ser uma atração dos opostos, mas era uma atração poderosa e mútua. Demian lhe deu um grande sorriso. — Pelo menos em relação a algumas coisas. Como você e eu nos darmos tão bem ao fazer amor — escolheu as palavras de forma deliberada. De jeito nenhum ele iria rotular sua união como fazer sexo.

Os músculos internos dela fizeram movimentos de abraçar.

— Nós nos damos bem.

Então ela se inclinou para a frente e suas bocas se encontraram em um beijo carinhoso.

Enquanto seus lábios e suas línguas se exploravam em lentas e suaves carícias, ela o segurou frouxamente em torno da cintura e a parte inferior de seus corpos se uniu em uma dança de movimentos sutis. Movimentos minúsculos, contorções, apertos, a mais gentil das estocadas, um pouco mais que um sussurro, uma respiração, uma contração do músculo. No entanto, a cada um deles, o corpo de Damien ficava mais sensibilizado. Então, havia pouca estimulação, mas tanta concentração e intensidade que Damien estava dolorosamente duro. Ele queria mergulhar fundo dentro dela, para levá-los ambos ao orgasmo, mas não queria que isso acabasse.

Theresa se afastou do beijo, respirando com dificuldade. Seus olhos estavam semicerrados, o rosto e o peito rosados e cobertos de suor, o corpo tenso com a tensão. Ela estava no limite, e ele queria que ela chegasse ao orgasmo. Damien estendeu a mão entre seus corpos e passou a dedilhar seu clitóris.

"Ah!" Ela deixou escapar um suspiro de surpresa e prazer, em seguida "ah!", ainda mais alto, e sua vagina convulsionou em torno dele, sugando-lhe do mesmo jeito como as ondas subiam e desciam na praia.

Damien precisou de todo o seu autocontrole para evitar juntar-se a ela no clímax.

Alguns segundos mais tarde, ela abriu os olhos, parecendo vidrada.

— Uau, esse escapou de mim — seus lábios se curvaram. — Você me dá os melhores orgasmos, Damien.

Seu corpo estremeceu em resposta. Ah, inferno, ela acabou de demolir toda a sua força de vontade com algumas palavras simples. Agora, seus quadris empurraram mais, criando mais atrito enquanto ele deslizava dentro e fora de seu canal, sentindo o jeito que ela agarrava seu pênis e depois soltava, os movimentos dela combinando com os dele.

Era como se ela o estivesse ordenhando. Puxando sua paixão, sua energia, puxando-a bem de dentro dele, puxando através dele e fazendo mergulhar nela.

Ela sussurrava, dizendo:

— Ah, isso, assim mesmo — empurrando-se contra ele, seus movimentos tão frenéticos quanto os dele.

A explosão dentro de Damien estava acumulada, pronta para se liberar. Ele acariciou-lhe o botão quente de novo até que ela gritou. Ele deu um imenso suspiro de pura alegria satisfeita e soltou dentro dela.

Por vários minutos depois, eles se abraçaram, os corpos ainda balançando, os músculos ainda ondulando com réplicas do orgasmo. Suas emoções ondulavam-se também com as ondas pós-orgasmo. Ele descansou sua testa suada contra a dela.

— Caramba, Tezzie.

***

Meia hora mais tarde, ele estava sentado em frente a ela em uma mesa no restaurante do hotel. Theresa usava a mesma calça de algodão do dia anterior e uma blusa sem mangas azul-claro, que tinha comprado durante seu passeio às lojas. Ela parecia refrescada e bonita, mas ele sentia falta da parte superior do biquíni verde e da canga, do vestido preto com todos aqueles botões.

Lembrou-se de quando estava desabotoando todos eles, saboreando-a à luz do luar...

— Damien.

A voz dela o trouxe de volta dessas lembranças. E percebeu que uma garçonete estava esperando por seu pedido.

— O que você pediu, Theresa?

— Frutas frescas e iogurte.

Para a garçonete, ele disse:

— O mesmo, por favor. Além disso, bacon, salsichas, ovos mexidos e panquecas.

Quando as refeições vieram, ele insistiu que ela partilhasse da sua.

— É um *brunch*. Nós não teremos comida decente no avião.

Quando ambos se dobraram sobre seus pratos, ele disse:

— Quer começar o meu curso intensivo? Comparando a situação dos povos indígenas canadenses e norte-americanos com os da Austrália?

— Você tem caneta e papel?

Ele bateu na cabeça.

— Não... Boa memória.

— Se você tem certeza... — ela começou a falar, intercalando palavras e mordidas nas frutas.

Ele ouviu, perguntou, fez anotações mentais de pontos que considerava particularmente relevantes. A conversa foi tão cativante que, quando a garçonete veio para levar os pratos e ele olhou para o relógio, exclamou:

— Caramba, nós temos que ir.

Por sorte já tinha feito o check-out e trazido as malas. Ele deixou alguns dólares americanos em cima da mesa e, cinco minutos depois, estavam entrando em um táxi e prendendo o cinto de segurança.

— Isso foi bom — disse ela, quase melancolicamente, quando o táxi se afastou.

Ela estava olhando para fora da janela, e ele estudou o perfil da mulher.

— Muito bom — concordou.

Damien sentiu que Theresa tinha a mesma percepção crescente que ele. Os dois formavam uma equipe fantástica. O que começou como atração sexual tornou-se muito mais. E a cada hora que eles ficavam juntos, isso ficava melhor, mais profundo, mais forte, mais complexo.

Era muito cedo para estar pensando dessa forma. Uma vez que estivessem de volta a Sydney, teriam muito tempo para ver até onde seu relacionamento poderia ir. Como amantes e quem sabe mais. Talvez até mesmo – por mais estranho que pudesse parecer – como colegas. Ela se ofereceu para ajudar com os livros dele. Se ela realmente estava sendo sincera...

Uma ideia cutucava sua mente, crescendo e parecendo tomar vida própria, da mesma forma como acontecia com suas melhores histórias. Ele se inclinou para trás, fechou os olhos e deixou-a se formar.

E se eles colaborassem em um livro? Não um romance, mas um livro de sociologia "pop" sobre os indígenas australianos? Eles poderiam se basear nas pesquisas dela, mas adaptando tudo para termos leigos, e tornar isso vivo com histórias reais. Esse livro não teria um público tão grande quanto a série de Kalti, mas eles poderiam incluí-lo nas promoções de Kalti, fazer a oferta de dois livros. Promover sessões de autógrafos dos dois livros, falar em programas de rádio e de TV. Eles poderiam fazer isso juntos. Ele e Theresa. Unindo os seus talentos para criar algo que pudesse fazer uma diferença real.

Será que ela iria ao menos pensar nessa ideia? Serem coautores de um livro e, também, amantes? Isso era arriscado. Se o relacionamento pessoal desse errado, o que faria com o profissional? No entanto, seu instinto lhe dizia que eles não iriam se separar. Mesmo que ele estivesse errado, eles eram adultos razoáveis. Eles poderiam resolver as coisas. Além disso, toda a sua carreira de escritor envolvia correr riscos.

Contudo, isso era ele. Theresa não era alguém que corresse riscos e, além do mais, andava desconfiada dos homens. Sem contar que a acadêmica era ela, e poderia considerar que um projeto desses não estaria à altura da professora doutora. Aquela ideia toda era provavelmente uma loucura. Não seria melhor esquecer? Claro que não, essa ideia tinha alguma coisa que o fisgara. E devia falar com ela? Talvez fosse melhor conversar antes com sua agente. Se Alex achasse que não era viável, não haveria razão para mencioná-la para Theresa.

— Damien?

Ele percebeu que alguém o estava puxando pelo braço.

— Desculpa. O que foi?

— Aeroporto? — Sua expressão era de tolerância divertida. — Eu não queria interromper quando vi que estava imerso em pensamentos. Percebi que você estava pensando na sua história, mas estamos no aeroporto.

Olhando pela janela do táxi, ele viu que ela estava certa.

— Desculpe ser tão má companhia.

— Não tem problema. Eu sei como é. — Ela fechou um pequeno caderno e jogou-o em sua bolsa. — Passei o tempo fazendo mais anotações para o casamento.

O motorista parou no meio-fio e ele e Theresa saíram.

Lá dentro, o check-in foi tranquilo e ambos se dirigiram para o portão de embarque.

— Eu preciso fazer uma chamada — disse ele, ansioso para falar com sua agente, e para fazê-lo fora do alcance da professora. — Você se importa de pegar uma garrafa de água e alguma coisa para comer durante o voo?

— Claro. Vou pegar algo para mim também.

— Deixe sua bagagem de mão e as sacolas de compras aqui que tomo conta.

No momento em que ela se virou, ele já estava discando. Correio de voz, caramba.

Ele havia ligado na linha direta, então tentou a assistente.

— Ei, Bev, é Damien. Estou no aeroporto de Honolulu, prestes a pegar um voo, e preciso falar com Alex. Ela está aí?

— Eu vou procurar. Espere um momento.

Encostou-se na parede, impaciente, observando como a sala de embarque ficava lotada. Muitas queimaduras de sol e roupas havaianas espalhafatosas, turistas voltando para casa de suas férias. Finalmente, ele ouviu a voz de Alex.

— Como foi a noite de autógrafos de Honolulu?

— Muito boa. A mulher da loja fez um ótimo trabalho.

— Quantas pessoas? Quantos livros você vendeu?

— Mais tarde eu passo um e-mail para você. Agora, há uma ideia que eu quero avaliar com você.

— Para *Scorched Land?*

— Não. Um tipo diferente de livro. Eu conheci uma mulher no avião de Sydney e...

— Você quer escrever um manual de sexo — brincou Alex. — Isso iria vender como pão quente, vindo de um dos dez solteiros mais sexy de Oz.

Ele riu. Sim, ele e Tezzie definitivamente poderiam escrever um manual de sexo.

Capítulo 15

Encontrei uma loja na esquina do portão de embarque, onde comprei água para Damien e para mim, barras de cereais e de chocolate com recheio de framboesa.

Saindo da loja, rasguei a embalagem do chocolate, quebrei um quadrado e coloquei na boca. Quando mordi, quase gemi com aquela combinação de chocolate e deliciosa framboesa azedinha. Se Damien fosse especialmente bom para mim hoje, poderia até dividir com ele. Contudo, pensando melhor, quando aquele homem tinha sido menos do que especialmente maravilhoso?

Reconheci sua voz antes mesmo de virar a esquina, e o timbre familiar enviou uma calorosa emoção através de mim. Então, lá estava ele, encostado a uma parede, de costas para mim, casual e masculino em jeans e camiseta branca, que exibia sua grande musculatura. Ele segurava o celular no ouvido.

Não querendo interromper sua chamada, fiquei ali admirando sua vista de costas. Então, meio de relance, percebi que ele estava falando de mim.

— Sim, ela é uma professora de sociologia da universidade em Sydney. Especializada em povos indígenas.

Bem, olha só isso. Parecia que ele estava se gabando de mim com alguém.

— Ela pesquisou as questões que gostaria de colocar no livro — continuou.

O livro? Ele estava falando de seu próximo livro de Kalti Brown e de minha oferta para ajudar?

— Credibilidade — disse ele. — Eu tenho a reputação como escritor e ela tem credibilidade como socióloga. Uma especialista. — Ele escutou por um momento e depois disse: — Eu sei, mas poderíamos promover com os livros de Kalti.

Então não era um de seus livros com Kalti. Uma ponta de preocupação tremeu em mim.

— Sim, com certeza ajudaria se fosse lançado pela mesma editora — sua voz assumiu um tom de provocação. — E esse é o seu trabalho, Alex. Você pode convencê-los. Afinal, eu sou autor deles. Eles não iam querer que eu lançasse o livro por outra editora, não é?

Então, ele estava falando com sua agente e teve uma ideia para outro livro. Na noite passada, ele falara sobre as tendências do mercado e a necessidade de um autor permanecer flexível, então talvez tivesse um projeto para uma nova série, que ele não tinha mencionado para mim. E ainda agora estava falando de mim.

Eu fiz uma careta, tentando lembrar suas palavras exatas. Disse que eu tinha pesquisado as questões que ele usaria no livro, e mencionou a minha credibilidade.

— Sim, eu vejo um potencial comercial — disse ele. — Nada de material acadêmico maçante. Com uma base sólida, e que viria das pesquisas de Theresa, mas seria apenas o esqueleto. É a carne que vai nele que o deixaria emocionante. E vendável.

Oh, meu Deus. A barra de chocolate caiu da minha mão. Ele queria usar a minha pesquisa como base para um livro que *ele* escreveria, *ele* venderia, *ele* teria o crédito. Eu tinha me oferecido para ajudá-lo a debater ideias, mas certamente não tinha nada parecido com isso em mente. Como ele se atrevia?

Era Jeffrey, tudo de novo. Eram todos os meninos na escola que queriam as minhas lições, copiar minhas anotações. Queriam meu cérebro. Para ajudar a *eles* a passar de ano, a seguirem em frente. Eu estava paralisada com o choque.

Lá estava Damien, todo animado com a próxima grande jogada, uma maneira de ganhar mais dinheiro, de construir um nome ainda maior para si mesmo. Usando a *minha* pesquisa para fazê-lo. Explorando-me e, sem dúvida, também aos indígenas australianos.

Abaixei-me, peguei a barra de chocolate e soltei na lixeira mais próxima, desejando que eu pudesse dispor de Damien tão facilmente quanto isso.

Como fui tão idiota a ponto de acreditar que me importava com esse homem? Eu me lembro de olhar em seus olhos algumas horas atrás, quando fizemos amor. Pensei ter percebido neles respeito, paixão, carinho. Eu era uma idiota ingênua. Nós não tínhamos feito amor, ele estava me fodendo – em mais de uma maneira. Minha cabeça doía com tanta raiva e mágoa que não conseguia mais ouvir o que ele estava dizendo.

Obriguei-me a respirar fundo algumas vezes antes de explodir. E pensei sobre as coisas que fizemos juntos, as coisas que ele disse, o jeito que ele olhou para mim. A maneira que eu tinha parado de rotular esse homem de gigolô de avião, acreditando que compartilhávamos algo especial. Será que eu o tinha julgado tão mal assim?

Ou estava exagerando agora? Tirando a conclusão errada? Respirei fundo novamente e procurei me concentrar em suas palavras.

— Ah, claro, o lance aborígene vai ajudar. Eu sou um aborígene australiano de sucesso, isso vai fazer as pessoas prestarem atenção. — Ele escutou. — Por que eu preciso da pesquisa da professora? Para dar peso ao livro. Credibilidade, como disse antes.

Ele continuava a falar, mas, para mim, já tinha ouvido o bastante. Virei nos calcanhares.

Sim, eu estava certa. Ele pretendia me explorar por causa da minha pesquisa, para tornar seu livro mais vendável. E, no processo, poderia causar sérios danos à minha reputação profissional. Eu queria arrancar o celular de sua mão e bater-lhe na cabeça com ele, mas em vez disso fui fumegando para o banheiro feminino mais próximo.

E eu achando que um homem poderia realmente se importar comigo como uma pessoa inteira. Como ele tinha chamado a Tezzie? Linda, sexy, divertida. E eu realmente acreditando nele.

Minha vontade era de esmurrar a parede cinza daquele banheiro feminino impessoal. Era me trancar em um cubículo e chorar até muito tempo depois de o voo partir, levando Damien Black para fora da minha vida para sempre, mas essas reações seriam infantis. Eu era uma mulher madura, uma profissional. Deveria manter a minha dignidade, caramba.

Deixei correr um pouco de água fria e joguei no meu rosto e nas mãos algumas vezes, mas isso não adiantou nada para esfriar a cabeça. Eu deveria ter percebido que aquilo tudo era ridículo. A ideia de eu ser uma espécie de deusa do sexo, com um homem como ele. E como eu tinha caído em sua lábia. Ele matou seu tesão comigo facilmente. Depois soltou a linha, me fisgou, me amoleceu e, quando pediu minha ajuda, concordei de bom grado em dá-la. Como ele deve ter rido sozinho quando, sob a influência da champanhe e do luar e *dele*, maldito seja, eu tinha me oferecido para ajudar com seus livros.

Aaah, droga, como eu estava miseravelmente necessitada. E me odiava por ter sido tão fácil. Foi igualzinho com Jeffrey. Tanta coisa para aprender com meus erros.

Bem, Damien Black, eu tinha uma surpresa para ele. Em algum momento ele seria obrigado a trazer à tona o assunto do novo livro dele, esperando que a tonta aqui ficasse babando pelo lindo escritor e se oferecesse para ajudar de todas as maneiras que pudesse. Pois bem, logo iria descobrir que não estava mais lidando com Tezzie, mas com a doutora Fallon, e ela não estava a fim de lhe agradar.

Minha cabeça latejava, mas meu rosto não estava mais tão corado, e as lágrimas já não ameaçavam transbordar. Com a coluna rígida e com determinação fria, caminhei de volta para o portão de embarque. Para meu alívio, os passageiros já estavam embarcando. Damien ainda estava ao telefone, então peguei minha bagagem de mão e a alça da sacola de compras de Honolulu que estavam ao lado dele e corri para me juntar à fila.

Apressadamente, ele disse algumas palavras, fechou o celular e veio se juntar a mim.

— Ei, desculpe, eu estava conversando com minha agente.

— Ah, é, estava?

Mantive a voz firme, embora demandasse algum esforço. Então peguei a garrafa de água dele e um par de barras de cereais do saco e joguei para ele, mantendo-o ocupado manipulando tudo aquilo e procurando o cartão de embarque.

Quando estávamos nos arrastando ao longo da rampa em direção ao avião, ele pegou minha mão, mas evitei seu toque, abrindo minha bolsa e vasculhando o conteúdo.

— Perdeu alguma coisa? — perguntou Damien.

Ignorei a pergunta e continuei a reorganizar as coisas na bolsa até que entramos no avião, onde desejei desesperadamente que não tivesse permitido a ele trocar sua passagem de classe executiva para econômica. Aquilo pareceu tão gentil no momento — claro, eu não tinha ideia de seu motivo oculto —, mas agora, a última coisa que queria era ficar amontoada lado a lado por mais de cinco horas.

Esperando que pudesse trocar de lugar, meu coração afundou mais a cada passo que avançava pelo corredor. O avião estava lotado.

Nossos lugares eram quase na parte de trás, na seção intermediária. Havia um corredor e um assento no meio, e, quando nos aproximamos de nossa fila, vi que o assento do corredor já estava ocupado. A ponto de transbordar. Por um homem careca lendo um enorme livro.

Eu não queria ficar presa entre ele e Damien.

E não ficaria. Damien poderia muito bem sentar-se no meio. Sim, ele sacrificou um assento na classe executiva, mas apenas para que pudesse continuar a me enganar. Por que diabos ele não deveria acabar com seu corpo grande e suas pernas longas amassado naquele espaço pequeno?

Dando-lhe um sorriso cheio de sacarina, eu disse:

— Já mencionei que sou claustrofóbica? Se eu sentar no meio, posso ter um ataque de pânico. — Era uma mentira enorme.

Ele fez uma careta, então, parecendo nobre – o desgraçado – disse:

— Não se preocupe. Pode ficar no corredor. É melhor eu colocar minha maleta na parte de cima. Você quer que eu coloque as suas também?

— Só esta.

Entreguei-lhe a sacola de compras que continha as roupas novas que eu nunca usaria novamente e três livros de Damien Black que iriam diretamente para o lixo. Então esperei, evitando observar seus músculos se esticarem enquanto ele arrumava sua maleta e sentava-se no assento ao lado do homem gordinho.

Tomei o assento do corredor e tirei a bíblia do casamento antes de amontoar minha bolsa no pequeno espaço sob o assento à frente. Planejar uma cerimônia de felizes-para-sempre. Exatamente o que eu não me sentia com vontade de fazer.

Antes que eu pudesse abrir o livro, Damien virou-se para mim, de costas para o homem que estava lendo.

— Eu quero contar para você a minha nova ideia para um livro. Era isso que eu estava fazendo ao telefone, discutindo isso com minha agente. — Seu antebraço nu roçou meu braço.

Puxei o braço e apertei minhas mãos sobre meu colo, em cima de meu livro. Ele não estava perdendo tempo.

— É mesmo? — *Sim, por favor, me conte, assim posso dizer não e podemos acabar com isso.*

— Alex não tem certeza se ele é comercialmente interessante. Ela me pediu para ajustá-lo, para discutir a ideia com você, escrever depois uma breve proposta, mas eu acho mesmo que pode dar certo.

Ele parecia tão animado como um estudante de graduação que achava que teve uma ideia brilhante e original para seu TCC.

— Então, me conte.

Eu disse com os dentes cerrados, olhando para as minhas mãos, em vez de olhar para ele, espantada que não tivesse notado a minha animosidade. O homem estava tão cheio de si.

— A maioria dos problemas enfrentados pelos indígenas australianos deriva ou da desinformação ou do preconceito. Certo?

— Sim. Ou da própria falta de informação. — Não era isso que eu tinha dito no dia anterior, ou pelo menos o que implicava? Para reforçar o ponto, fui adiante, ciente de quão dura, quase pedante, eu estava parecendo. — A maioria dos australianos não entende as desvantagens estruturais, nem o fato de que os programas do governo - não importa quão bem-intencionados sejam - ainda não prestaram assistência efetiva.

— Professora, você está bem? Você parece meio estranha. — Bem, ele finalmente percebeu. E, que droga, parecia genuinamente preocupado. — Está se sentindo claustrofóbica?

Na verdade, passando mal do estômago. Ou do coração. Resisti e não esfreguei as têmporas, para ele nem tentar aquele truque da massagem de novo.

— Estou bem. Continue. A sua maravilhosa ideia.

Ele não entendeu meu sarcasmo e seguiu com entusiasmo.

— Um livro de não ficção, mas apresentado em um estilo divertido e de fácil leitura. Baseado em sua pesquisa e com fatos, algumas estatísticas, mas que ganham vida por meio de histórias verdadeiras. Quero humanizar, personalizar as experiências dos indígenas australianos. Então, os outros australianos podem se identificar com isso. E traçar alguns paralelos com o que está acontecendo em outros países, como estivemos falando antes. No Havaí, nos Estados Unidos, no Canadá. Assim os Aussies vão ver que isso é um grande problema social, e não uma estranha idiossincrasia australiana.

Uau.

— E talvez também inclua exemplos de iniciativas que têm sido bem-sucedidas em outros países — eu disse, antes de me tocar que devia manter a minha boca fechada. Ele tinha conseguido me atrair, apesar de estar louca da vida.

— Brilhante — disse Damien com entusiasmo.

Esse sujeito, o livro que ele estava propondo poderia realmente ser bom. E útil. Se fosse benfeito, teria mais impacto do que todas as minhas secas palestras. O pensamento me enfureceu, mesmo que sentisse um respeito relutante.

A aeromoça estava fazendo os anúncios da decolagem, então usei essa desculpa para mexer no cinto de segurança, enquanto dizia com neutralidade:

— É uma ideia interessante. — E a curiosidade me obrigou a perguntar: — Você acha que as pessoas realmente compram um livro como esse?

Com certeza ele ganharia mais dinheiro escrevendo outro livro de Kalti, sem contar que provavelmente lhe daria muito menos trabalho. Será que ele realmente estaria tentando fazer uma coisa boa? Deixando de lado aquelas questões insignificantes, do tipo a exploração de minha pesquisa, o prejuízo à minha reputação profissional, e esmagar os meus sentimentos.

Ele acenou com a cabeça vigorosamente.

— Sim, se for apresentado direito. Ele vai ter apelo a todos os australianos que se preocupam com o que está acontecendo em seu país, e espero que também para muitos dos meus leitores. Um livro como esse poderia realmente abrir os olhos das pessoas para o que está acontecendo.

Humm. Talvez eu realmente tivesse despertado sua consciência social. O mais provável é que ele estivesse dizendo essas coisas como uma forma de me obrigar a cooperar.

— Então, o que você acha? — perguntou. — Você é quem tem todo o conhecimento e as estatísticas.

Ele agarrou minha mão, apertou-a, e não parecia notar que eu não fui recíproca quanto à pressão, ou que estava evitando olhar para ele.

Eu estava tentada a dizer-lhe que não dava a mínima, mas sendo a típica mulher que evita confrontos, não tinha isso em mim. Em vez disso, dei-lhe uma resposta honesta.

— Se acho que é viável? Sim. Embora não seja provável que vá atingir as listas dos mais vendidos como seus livros com Kalti têm feito.

— E você trabalharia nele comigo, Tezzie?

Lá estava ela. A pergunta. Aquela que vinha esperando só Deus sabe durante quanto tempo. Ele executou uma campanha de venda complexa e eficaz que incluiu até um mergulho à meia-noite, e agora queria fechar o negócio.

Finalmente, voltei meu olhar para o rosto dele. Ele parecia tão animado, tão expectante, como uma criança na manhã de Natal. Confiante de que os pacotes sob a árvore continham presentes incríveis para ele. Confiante de que Tezzie iria assinar na linha pontilhada.

Bem, pelo menos ele estava mostrando para mim e perguntando, o que era mais do que Jeffrey tinha feito.

A verdade era que ele poderia escrever o livro sem mim. A maioria da minha pesquisa era de domínio público. Quanto ao resto — as comparações com outros países —, poderia encontrar essas informações com um pouco de esforço. Damien não era estúpido. Ele sabia que não precisava de mim, mas também sabia que eu poderia economizar um bom tempo. Ajudá-lo a se concentrar nas questões que mais importavam. E a minha participação voluntária emprestaria a seu livro a credibilidade que mencionou à sua agente.

Credibilidade com o público para ele. Perda de credibilidade no mundo acadêmico para mim. Alguns dos meus colegas de profissão olhariam para mim com desprezo, por usar as minhas pesquisas dessa forma, por simplificá-las em termos leigos e divulgá-las em um contexto comercial. Ajudar Damien poderia prejudicar a reputação que eu tinha trabalhado muito para construir.

No entanto, eu poderia aproveitar minha experiência, fazer algo construtivo para ajudar as pessoas que estava estudando. Apesar de tudo que pudesse pensar em relação a Damien, aquele cara me fez perceber que não havia muito sentido em fazer toda essa investigação, a menos que fosse usada para melhorar o mundo.

Contudo, mesmo que fosse para uma excelente causa, eu poderia trabalhar com um homem que estava me usando para construir sua carreira? Um homem por quem estava me apaixonando, que tinha me enganado a ponto de eu acreditar que estaria se apaixonando por mim também? Livrei minha mão das dele.

— Eu tenho que pensar sobre isso.

Seu belo rosto caiu.

— Eu sei, você tem seu trabalho, suas aulas. Eu acho que este é o tipo de livro que uma acadêmica como você poderia pensar que é superficial.

Muitos fariam isso. Provavelmente, antes de conhecê-lo, eu teria sido um deles. Agora, pensava que poderia ser valioso se fosse feito direito. Eu poderia confiar nele, sem minha ajuda, para fazer isso do jeito certo?

— Olha, eu disse que vou pensar. Além disso, você nem sequer sabe se sua agente vai topar. Escreva a proposta e se ela achar que o livro vai vender, me mande um e-mail e pensarei nisso.

Seus olhos se estreitaram e ele soltou um "Tudo bem".

Se eu optasse por entrar nessa, poderíamos trabalhar por e-mail e eu nunca precisaria vê-lo de novo. Agora eu sabia que ele não tinha intenção nenhuma naquelas coisas que falou sobre ficarmos juntos em Sydney. Ou, se tinha mesmo, era porque pensou que poderia garantir minha cooperação contínua com muito sexo.

Ótimo sexo. Sim, ele me deu isso. Bem como a sensação de que me achou especial, que nós dois juntos tínhamos certa magia. Droga. Precisava encarar isso: todo esse interlúdio com Damien provou o que eu já sabia: meus instintos sobre homens eram terrivelmente ruins.

— Eu sei que você tem outras prioridades — disse ele, a voz fria e distante agora. — Só pensei que talvez quisesse expor suas ideias de maneira mais ampla, que realmente quisesse ajudar de forma real e concreta, como disse ontem à noite no jantar.

Ótimo, agora ele estava jogando o lance da culpa. Talvez fosse melhor eu enfrentar isso de uma vez e lhe dizer que não gostava de ser usada.

— Olha — continuou ele, soando tão firme quanto eu. — Vou contar minha outra ideia, caso seja um motivo para influenciar sua decisão.

Pensei que talvez eu possa encontrar algum projeto que seja realmente útil e que traga benefícios concretos aos indígenas australianos, como na saúde ou na educação, e doar os meus direitos autorais para ele. O que você acha?

Ah, ótimo. O lance da culpa em dobro. Relutantemente, admiti:

— Acho que é uma grande ideia — e generosa da parte dele. Parecia que ele realmente queria fazer algo de bom.

— Eu não estou dizendo que você tem que fazer isso também — acrescentou rapidamente. — Quero dizer, se você concordar em trabalhar no livro comigo.

— Hã, não entendi. Fazer o que também?

— Desculpe, quero dizer que poderiam ser apenas os meus direitos.

Minha cabeça estava realmente doendo agora. Talvez por isso eu não conseguisse acompanhar o que ele estava dizendo.

— Do que você está falando?

Ele respirou fundo.

— Olha, eu não quis ofender você, Theresa, mas sei que a universidade não pode pagar grandes salários. O que estou dizendo é que, só porque eu pretendo doar meus direitos autorais, isso não quer dizer que você deva doar os seus.

— Meus... direitos autorais? — mas isso só era pago aos autores. Uma centelha de esperança fez minha pulsação acelerar. Engoli em seco e tentei organizar meus pensamentos - um esforço inútil neste momento, por causa de minha confusão e da cabeça latejando. — Damien, o que exatamente você está propondo?

Ele parecia confuso, exasperado.

— O que eu acabei de dizer. Nós dois escrevermos um livro "pop" de sociologia sobre os indígenas australianos.

— Colaborar?

Essa palavra pode ter uma dúzia de significados.

— Você tem o conhecimento. Eu sou um bom contador de histórias. Juntos, podemos escrever um livro que vai ter um verdadeiro impacto.

A esperança subiu à minha garganta, o que tornou difícil falar:

— Você quer dizer, como coautores?

— Bem, sim, essa era a ideia, mas você não está obviamente tão entusiasmada com ela.

Sua voz estava vazia de todo o entusiasmo anterior.

— Coautores. Damien Black e Theresa Fallon.

— Ou o contrário, se quiser. Embora pudéssemos ter mais reconhecimento do mercado se colocarmos meu nome em primeiro lugar.

Reconhecimento. A palavra ressoou através de mim, trazendo um brilho de felicidade. Damien tinha intenção de me dar pleno reconhecimento pelo meu trabalho. Ah, não, ele não era outro Jeffrey. Que idiota eu fui em deixar a minha insegurança no caminho, e julgá-lo tão mal como fiz.

Ele continuou a falar.

— Nós formamos uma grande equipe. Não tem sido divertido - e desafiador - discutir as questões, o partilhar de ideias?

— Sim, tem... — respondi baixinho, sentindo a tensão escorrer de minhas têmporas. — Sim, tem sido estimulante. E divertido.

Ele assentiu com a cabeça, uma luz acendendo em seus olhos novamente.

— Imagine, Tezzie. — Ele pegou minhas duas mãos e, dessa vez, retribuí a pressão quente e me entreguei à energia sexual que fluía entre nós. — Fazer uma reunião deixando as ideias surgirem — prosseguiu ele. — Argumentando sobre a melhor maneira de escrever alguma coisa — um canto de sua boca inclinou-se para cima. — Fazer pausas para o sexo. Viajar para fazer pesquisa, entrevistando pessoas e registrando suas histórias.

Enquanto ele falava, eu me deixei imaginar. Tudo isso. Damien e eu juntos. Trabalhando juntos. Nadando em Bondi Beach. Sendo amantes.

Espere. Amantes e parceiros de negócios? O pensamento era incrivelmente atraente, mas também assustador.

— Damien, isso é... grande. Um livro é um projeto de longo prazo. — Será que ele havia pensado nas implicações? — E se rompermos, e se não continuarmos juntos?

Quando terminei com Jeffrey, eu não só deixei a universidade onde ele lecionava, mas também larguei o campo de estudos onde havia me especializado e fui embora do Canadá. Misturar um relacionamento pessoal com um trabalho pode ter consequências drásticas.

— Você tem a sensação de que isso pode acontecer?

— N-não, mas... É tão cedo...

— Eu sei, mas nós estamos firmes. Tão firmes que, mesmo que... hã... bem, você sabe... o relacionamento amoroso não der certo, nós ainda seremos amigos. Ainda seremos capazes de trabalhar juntos. — Ele estreitou os olhos, estudando-me de perto. — Você não acha?

— Eu espero que sim, mas não há nenhuma garantia.

— A vida não vem com garantias.

O que eu tinha, agora, com a minha posição no ensino e a reputação na comunidade acadêmica era o mais seguro que eu poderia ter. Minha carreira estava *quase* garantida.

Se optasse em seguir com o projeto de Damien e as coisas corressem bem, eu perderia alguma credibilidade acadêmica, influenciaria milhares de vidas e teria um relacionamento amoroso com um homem fascinante, lindo e sexy. Se as coisas corressem mal, eu poderia perder tudo.

— Damien, veja, neste momento parece que poderíamos trabalhar juntos — eu falava devagar, pensando nas palavras à medida que as pronunciava. — Eu gosto de você, me preocupo com você. E quero ficar com você, descobrindo as coisas enquanto seguimos em frente, mas tenho medo. Se alguma coisa der errado para nós, pessoalmente, todo o projeto do livro poderia desmoronar. — Acrescentei com suavidade: — Quando terminei com Jeffrey, tive que fazer um novo começo em um país diferente. Eu não quero fazer isso de novo.

— Eu não sou Jeffrey. Droga, Theresa, quando é que você vai perceber isso? — Ele parecia magoado, e preocupado de verdade. — Você vai ter dúvidas de tudo que eu fizer, tudo que eu disser? Não posso viver desse jeito. Se você não acredita em mim, não confia em mim, então não temos nada.

Confiar nele. Será que eu poderia?

— A única mentira que já contei — continuou — foi sobre estarmos noivos, e isso foi uma estupidez. Eu disse isso no calor do momento, para me livrar de Carmen sem ferir os sentimentos dela.

— Você não me disse quem era — retruquei lentamente. Em seguida: — Mas eu entendo o porquê.

— Theresa, eu prometo que nunca vou enganar você de novo. — Sua expressão era feroz, aparentemente sincera. — Você não pode esquecer o Jeffrey e simplesmente ficar comigo?

Foi uma excelente pergunta. Se eu não tivesse a má experiência com Jeffrey, não estaria carregando um peso enorme de insegurança agora. No entanto, Jeffrey foi algo que aconteceu há dez anos. Eu amadureci muito desde então e, especialmente, no pouco tempo desde que tinha conhecido Damien.

— Você está certo — respondi baixinho. — Eu terminei com Jeffrey. Eu sou uma mulher diferente agora. Sou... — e sorri para ele, sabendo que poderia dizer as palavras e acreditar nelas. — Sou bonita, sexy e divertida. E inteligente, confiante e bem-sucedida. — Atraente para os homens. Não seria difícil encontrar um relacionamento, se quisesse um, mas o único homem com quem desejava estar era esse ao meu lado.

— Confio em você, Damien, e confio em mim, que terei bom-senso e farei bons julgamentos — nunca mais deixaria a insegurança e o medo paralisarem a minha vida. — Sim, vamos fazer o livro se sua agente achar que é viável. E vamos nadar em Bondi Beach e fazer tudo o que quisermos. E confiar em nós mesmos para resolver todos os problemas que surgirem.

Seus olhos brilharam enquanto eu falava. Ele apertou minha mão com tanta força que doía.

— Meu Deus, Tezzie, eu sou louco por você.

Olhei em seus olhos e vi todas aquelas coisas de novo. Respeito, paixão, afeto. E eu sabia que seus olhos estavam dizendo a verdade.

A alegria floresceu dentro de mim e meus olhos se encheram de lágrimas.

— Eu sou louca por você também.

Nossos lábios se encontraram em um beijo suave, que deu a entender que muitos, muitos mais beijos estavam por vir.

— Cuidado com os joelhos e cotovelos — Uma voz feminina acompanhada por um som estrepitoso do carrinho sacudiu-me do meu devaneio.

Olhando em volta, vi que não só o avião já estava no ar, como as comissárias de bordo já estavam empurrando o carrinho de bebidas pelo corredor.

Damien soltou o cinto de segurança e percebi quão desconfortável ele parecia, amontoado em seu assento do meio.

— Vamos mudar de lugar — sugeri.

— E a sua claustrofobia?

— Eu não sou claustrofóbica. Eu tive uma dor de cabeça de tensão, mas passou. Foi a coisa de Jeffrey.

— A... — Uma expressão horrorizada atravessou seu rosto. — Ah, meu Deus, você pensou que eu queria usar o seu trabalho sem dar crédito.

— Sinto muito. Eu ouvi você ao telefone no aeroporto e aquilo parecia... Sim, tirei uma conclusão precipitada. E completamente errada. Não por causa de qualquer coisa que você tenha feito, mas pela minha insegurança. Por favor, me perdoe. Honestamente, isso não vai acontecer novamente.

Ele estava carrancudo.

— Eu gostaria muito de socar esse cara...

— Sabe de uma coisa? — comecei lentamente a dizer, percebendo uma coisa. — Não sou totalmente inocente nessa situação. Também cheguei a uma conclusão naquela altura. E quando ele tentou explicar, eu me recusei a ouvir. Sim, eu ainda acho que o que ele fez foi nojento, mas talvez suas intenções não fossem tão ruins quanto pensei. Ou talvez fossem, não sei, mas o ponto é que não descobri. Eu julguei e parti.

Damien assentiu com a cabeça.

— Entendi. E...?

— E... Não farei mais isso — sorri enquanto pensava. — Se houver um problema, vou me lembrar do que aquela senhora, Delia, me disse. Converse sobre as coisas, resolva e siga em frente.

— É um bom plano.

— Você me perdoa?

Ele me deu um sorriso quente e eu sabia que Damien estava deixando isso tudo no passado.

— Sim, mas só se você me der o seu lugar, professora.

Desatei o cinto de segurança e saí para o corredor.

— É todo seu — disse.

Poucos minutos depois, já estávamos acomodados de novo. Com nossos assentos reclinados um pouco e o apoio de braço entre os dois puxado para cima, eu virei para Damien, voltando minhas costas para o careca que ainda parecia absorto em seu romance. Ou ele estava fingindo, por educação? Quanto será que tinha ouvido de nossa conversa? Provavelmente, deve ter sido pelo menos tão divertida quanto o que ele estava lendo.

Envergonhada, eu disse em um tom profissional:

— Qual é o próximo passo com o livro?

— Vamos montar uma proposta tão consistente que eles não poderão recusar — Damien apertou minha mão, como se me tocar fosse a coisa mais natural do mundo. Eu não tinha certeza se ele tinha percebido isso, o que de certa forma tornou o gesto ainda mais especial. — Seria ótimo prepará-la durante este voo. Muito mais fácil de fazer isso pessoalmente do que por e-mail.

Ah, não, ele não tinha nenhuma intenção de me afastar. Este foi o *nosso* projeto desde o início.

— Boa ideia. — Um pensamento me ocorreu. — Eu sei que você tem sangue aborígene, mas apenas de um lado, e eu sou uma completa estranha. Nós devemos representar os indígenas australianos com precisão e respeito, sem ofender as pessoas que queremos ajudar. Eu acho que precisamos envolver alguns aborígenes e alguns ilhéus do Estreito de Torres. Talvez criarmos um conselho consultivo, o que acha?

— Boa ideia. Poderíamos perguntar a alguns líderes da comunidade.

— E quem sabe algumas pessoas que não tenham um perfil público. Tipo pessoas normais, indígenas urbanos e rurais.

— Eu gosto disso. Seria uma boa mistura.

Timidamente, perguntei:

— Você acha que algum de seus parentes indígenas estaria interessado?

— Ah, cara. Er... Deixe-me pensar.

— Você me disse que eles achavam que seus livros com Kalti exploravam o que lhes haviam ensinado. Bem, talvez este projeto eles aprovem — e talvez Damien conseguisse reconstruir sua relação com eles.

— Hum... É possível. Minha avó iria gostar por eu os estar respeitando e os procurando em busca de orientação. Sim, essa pode ser uma boa ideia.

— E quanto a seus pais? Eles provavelmente não vão gostar deste projeto. — Minha impressão era que ele evitava os pais, o que era muito triste. E eu odiava pensar que nosso livro poderia piorar as coisas.

— Eu já sou crescido e não preciso de aprovação para fazer as coisas. Essa compreensão seria uma coisa boa, mas não é provável que aconteça. — Sua mandíbula se firmou. — Mas é hora de eu ter uma conversa séria com eles.

— Vai ser bom para você — apertei sua mão. — E espero que consiga ajudá-los a entender.

— Vamos ver. E seus pais? Será que eles vão achar que é um desperdício de seu talento?

— Bem... — soltei um suspiro enquanto pensava. — Eles vão se preocupar com a minha reputação profissional, mas quando contar a eles o nosso objetivo, e quantas pessoas esperamos atingir, acho que podem até ficar impressionados.

Ele começou a franzir a testa de novo, enquanto eu falava.

— Droga, Theresa. Será que isso vai prejudicar sua reputação? Eu não quero isso.

— Eu sei. E pode, sim, mas essa é a minha escolha. A minha decisão — sorri. — E já foi tomada.

— Eu devia ter percebido que estaria pedindo a você que...

— Decisão tomada — eu o interrompi.

Quando uma aeromoça ofereceu bebidas, Damien escolheu uma cerveja e eu, vinho branco. Nós levantamos nossos copos.

— Um brinde aos nossos planos para o melhor — disse ele.

Eu sabia que ele estava se referindo ao impacto que esperávamos que nosso livro teria, mas, quando repeti suas palavras, pensei em um sentido mais amplo, no efeito que ele tinha sobre mim e sobre minha vida. Ele tinha me sacudido da minha rotina, como mulher e como socióloga. E eu tinha causado um impacto sobre ele também.

— Quando você vai voltar para Sydney? — perguntou Damien.

— Alguns dias depois do casamento. Então, estarei lá quando você voltar.

— Vai ser um longo mês — disse ele. — Vou sentir sua falta.

— Eu também. Há sempre e-mail e telefone.

Seus olhos brilharam e ele se inclinou para sussurrar ao meu ouvido:

— Nós podemos experimentar nosso talento em fazer sexo por telefone. Isso vai alegrar os quartos solitários de hotel! — Ele mordeu minha orelha com cuidado.

O toque erótico e a provocação sexy me deixaram tão quente e incomodada que quase perdi quando ele falou:

— Talvez você possa me encontrar na última parte da turnê.

— Uau, eu... deixe-me pensar. Tenho que orientar alguns alunos de pós-graduação, mas eu poderia fazer isso por e-mail e um telefonema ocasional.

— Vou passar para você a minha agenda depois. Vamos conversar sobre isso e Bobby, minha assistente, poderia cuidar dos detalhes — ele piscou. — De repente a gente encontra uma ou duas praias no caminho.

A lembrança de Waikiki ao luar me fez contorcer no assento. Consciente do passageiro atrás de mim, eu disse:

— Vamos começar a trabalhar nessa proposta do livro.

Eu estava prestes a pegar meu computador na bolsa quando Damien enfiou a cerveja em minha mão e dobrou sua mesinha.

— Segure isso enquanto eu pego meu computador aqui em cima.

Depois de ligar o notebook e abrir um novo documento, ele se virou para mim:

— É preciso pensar em um título. Tem que ser atraente, cativante, arrebatador. Vamos refletir sobre o que queremos dizer.

Por alguns minutos, ficamos trocando ideias e então eu disse:

— E se escolhermos um título que tenha a ver com pedir desculpas? Talvez *Quando desculpas não são suficientes*?

— Ei, gostei dessa — ele digitou e refletiu. — Ou talvez *Quando as desculpas não resolvem*.

— Esse é bom, também.

Ele digitou mais esse, os dedos hábeis no teclado como eram no meu corpo.

— Vamos dar a Alex uma meia dúzia de sugestões e ela provavelmente vai ter algumas ideias também.

Depois de criar algumas outras sugestões, ele disse:

— Agora, o que podemos dizer sobre o livro?

Meus dedos coçaram para o teclado.

— Estou acostumada a trabalhar sozinha — confessei.

— Eu também.

— E sou meio que maníaca por controle.

Sua boca se contorceu.

— Ah, jura? Bem, eu sou um desencanado. Então, professora, está por acaso insinuando que você quer escrever?

— Talvez pudéssemos passar o computador um para o outro de vez em quando.

— Tome.

Ele arrastou o laptop para a minha mesinha, tomando cuidado para não bater no meu copo de vinho.

Digitei por alguns minutos e depois, me sentindo um pouco egoísta, girei a tela para ele.

Damien leu, assentiu, franziu a testa, pegou o computador, revisou o que eu tinha escrito e acrescentou algumas frases antes e depois.

Quando ele terminou, inclinei-me para ler. Ele havia transformado a minha voz passiva em voz ativa, mais incisiva. Substituiu alguns dos jargões acadêmicos por palavras que um leigo entenderia. Percebi que escrevi como se fosse um pedido de verbas para pesquisa.

Apontei para a tela, fiz algumas sugestões, que debatemos. Então, ele perguntou:

— Você quer elaborar a parte sobre o conselho consultivo? E nós vamos precisar do seu currículo.

Peguei o computador de volta e trabalhei por algum tempo. Em seguida, discutimos, revisamos, ficamos acrescentando e aprimorando o texto. E foi estimulante, divertido, assim como Damien havia dito que seria. O fato de braços e coxas se roçarem, o beijo ocasional, tudo isso foi um bônus. Talvez eu não trabalhasse muito bem em equipe, mas a parceria com Damien estava dando muito certo. Fiquei aliviada, quase tonta de prazer no momento em que conseguimos chegar a uma proposta com a qual ambos se sentiam bem.

Quando ele guardou o computador e fechou a mesinha, estendeu o braço em volta dos meus ombros e me puxou contra ele. Eu passei um braço em volta de sua cintura, sentindo sua força no corpo delgado, o calor de sua pele sob a camiseta branca. Meu amante. Meu coautor.

Tínhamos acabado de passar a última hora sendo coautores, e seria bom se pudéssemos nos concentrar agora em sermos amantes. Dei um beijo em seu pescoço, notando que ele estava sentindo o cansaço de cinco horas.

— Não há muita privacidade neste voo — murmurou Damien.

— Verdade.

Quando olhei para cima, vi uma jovem mãe através do corredor nos observando, com uma expressão de inveja no rosto e um bebê no colo. Um menino de talvez seis anos ocupava o assento entre ela e seu marido.

Aquela visão me lembrou de que eu tinha um casamento para planejar. Relutantemente, afastei-me do abraço de Damien.

— Preciso ter uma lista completa de coisas para fazer no momento em que chegar em casa.

— E eu acabei deixando as provas de lado.

Meus olhos estavam cansados pela falta de sono, então coloquei meus óculos de leitura e comecei a trabalhar. Pelas horas seguintes trabalhamos em paz, roçando os braços de vez em quando. Erguendo a cabeça de tempos em tempos para beber água, compartilhar uma barra de chocolate. Trocando um comentário ocasional, uma carícia, um beijo, mas principalmente nos concentrando em nossas tarefas. Eu fiz o meu melhor para tentar não resmungar em voz alta - menos por causa de Damien e mais por educação ao homem do meu outro lado.

Toda vez que eu olhava para seu lado, ele estava profundamente concentrado em seu livro. De fato, quando o comissário de bordo veio perguntar se ele gostaria de uma xícara de café, ele não ouviu. Eu o cutuquei.

— Senhor? O comissário quer saber se gostaria de café.

— Ah, me desculpe — ele virou-se para o outro homem. — Sim, por favor e obrigado. Creme e açúcar.

Quando o café estava em sua mesa, virou-se para mim.

— Obrigado.

— Não foi nada. Bom livro?

— Sim, não dá para parar de ler.

Ele o segurou para que eu pudesse ver a capa, que tinha uma imagem "noturna escura e tempestuosa" de um homem correndo.

— Você gosta de suspense?

— Suspense e policial, o mistério ocasional.

Puxei minha bolsa que estava debaixo do assento à minha frente e peguei um dos marcadores de Damien.

— Então, talvez goste deste autor. Nesses livros, as aventuras se passam na Austrália e é uma série com um protagonista policial. Há um toque do sobrenatural também.

Ele olhou para ambos os lados do marcador, depois assentiu.

— Obrigado pela dica. Vou procurar mais tarde.

Então ele colocou o marcador em seu livro e continuou a leitura.

Quando me virei, Damien estava me observando, com um sorriso no rosto.

— Bom trabalho. Obrigado — ele se espreguiçou, e acariciou meu braço levemente. — Como está o lance do casamento?

— É assustador, cansativo, eu não sei como vamos conseguir arranjar tudo, mas meu plano está quase pronto. Eu vou sentar com Merilee e saber a opinião dela.

Ambos voltamos para nossas tarefas. Eu estava quase terminando de passar pela bíblia dos casamentos e fazer anotações. Mesmo que aqui tivéssemos um milhão de coisas para fazer, eu estava confortável com o processo de planejamento do projeto. Ele me ajudava a pensar adiante e prever qualquer eventualidade. Eu não era uma pessoa espontânea.

No entanto, lá estava eu com Damien. Isso não fazia sentido.

Estar com Jeffrey fazia sentido, pelo menos no momento, uma vez que eu achava que o conhecesse. Estávamos no mesmo campo, éramos os dois acadêmicos; por isso, a combinação era lógica. Damien e eu, contudo, em algumas coisas éramos parecidos, em outras, opostos. Isso deixava as coisas mais emocionantes.

Pensei nos meus pais. Eles definitivamente tinham coisas em comum, como o forte impulso de ajudar as pessoas e seu desejo de que seus filhos fossem felizes, saudáveis e bem-sucedidos. No entanto, meu pai se sentia mais confortável em um laboratório de pesquisa e minha mãe adorava estar no mundo, conhecer pessoas cara a cara e trabalhar para resolver seus problemas legais. Talvez tenham sido, em parte, essas diferenças – o velho "os opostos se atraem" – que mantiveram seu casamento forte durante tantos anos.

Eles deixaram claro que queriam relacionamentos felizes para suas filhas, mas até agora as mais velhas os tinham desapontado nesse aspecto. O que eu ia lhes contar sobre Damien?

Ou melhor, eu contaria a eles?

***

Capítulo 16

Damien terminou de revisar mais um capítulo e se alongou, girando a cabeça. Theresa olhava para ele, os professorais óculos de leitura empurrados para cima da cabeça, bagunçando seu cabelo.

— Ei, professora, como vai indo?

— Onde você está hospedado em Vancouver?

Não foi exatamente uma resposta à sua pergunta, mas ele respondeu de qualquer maneira.

— Acho que se chama Rosedale. É perto da estação de rádio onde vou gravar uma entrevista de manhã, e do prédio principal da biblioteca onde tenho uma reunião com um comprador no final da manhã. E a poucos quarteirões da loja onde farei uma sessão de autógrafos.

— Hum, isso é conveniente — sua testa franzida enviou uma mensagem diferente do que suas palavras.

— Não é um bom hotel?

— Ah, eu tenho certeza de que é ótimo. Eu só estava pensando... — ela parou de falar e não terminou.

Ele esperou. Em seguida, perguntou:

— Você estava pensando?

— Pensei se você não ia querer ficar na minha casa — as palavras saíram em um fluxo rápido, tão rápido que ele quase não pegou o sentido delas. Em seguida, ela acrescentou. — Quero dizer, na casa dos meus pais?

Ele já tinha imaginado que essa coisa de "conhecer os pais" ia acontecer, e estava um pouco cauteloso. O que um renomado geneticista e uma advogada das mais competentes pensariam de sua brilhante filha se envolver com um romancista, embora com relativo sucesso?

— Tudo bem se não quiser — disse ela rapidamente, com a expressão fechada. — Quero dizer, o hotel seria muito mais conveniente, e eu sei que você tem uma agenda lotada, e...

— Ei, calma... — ele pegou a mão dela. — É só que... nunca fiz isso antes.

— Fez o quê?

— Conhecer os pais.

— Ah, que é isso? Com todas as mulheres que você já namorou?

— Ah, sim, claro, uma vez ou outra conheci os pais de alguém, mas nunca quando... — ele deu de ombros —... Sabe como é, nunca quando importava.

— Importava?

— Merda. Vou realmente ferrar com tudo quando tiver que escrever essa coisa emocional, se nem sei escolher as palavras com você. Este é um território novo para mim, ter sentimentos, entendeu? Tipo, quando os dois realmente têm uma coisa. Alguma coisa, hã...

Uma faísca de humor iluminou os olhos dela.

— Prazer em conhecer um homem que pode ser claro sobre suas intenções.

Ele deu um sorriso triste.

— Alguma coisa especial. Certo?

— Certo.

— Então é claro que eu vou conhecer seus pais, Tezzie.

— Obrigada. — Ela se inclinou em direção a ele para um beijo.

Esse negócio de classe econômica o estava deixando louco. Ele queria dar uns amassos em sua namorada, mas ele se comportou, mantendo o beijo suave e casto. Não que fosse menos significativo assim. Era cheio de promessas.

Um beijo cheio de promessas. O escritor que vivia dentro dele reconheceu que aquela era uma boa frase dos diabos. Talvez Kalti e sua nova parceira pudessem dar um desses beijos.

Quando ele e Theresa se afastaram, perguntou:

— O que você acha que seus pais vão dizer?

Ela mordeu o lábio inferior, o que não era exatamente reconfortante. Nem suas palavras.

— Eles foram meio duros com Jeffrey.

— Eles não aprovaram um professor universitário?

— E estavam certos, não é mesmo?

Ele sustentou o olhar dela.

— Eu não sou Jeffrey.

— Não, mas eles me viram machucada. E eles são muito protetores com suas meninas.

— Claro que são. Então, algum conselho?

Aquele lábio recebeu outra mordida.

— Seja você mesmo. Você é inteligente, articulado, bem-sucedido e tem uma carreira interessante — Mas ela parecia insegura.

— Obrigado por esse voto de confiança.

O rosto dela se suavizou.

— Você é um cara conhecido por ser charmoso, sem contar que não é de todo ruim para se olhar. Além disso, no final, é apenas a minha opinião que conta.

Verdade, mas se os pais dela não aprovassem, isso só acrescentaria tensão ao seu relacionamento com Theresa. Começar com o pé direito seria importante, por isso ele disse:

— Eu gostaria de ficar na sua casa, mas não quero incomodar ninguém. Amanhã tenho que acordar cedo e ir para a emissora de rádio. Posso chamar um táxi, né?

— Talvez eu possa emprestar um carro e levar você. Embora todo mundo esteja dormindo quando chegarmos.

Ele olhou para o rosto ansioso, adivinhando o que estava correndo através de seu cérebro perfeccionista. Chegada tarde, alguém estaria esperando acordado, onde ele ia dormir, quando eles sairiam de manhã, com o carro de quem, quando voltariam? E, é claro, como ela estaria no comando e todas essas coisas, Theresa queria que tudo saísse às mil maravilhas.

— Sabe de uma coisa? — ele sentiu uma combinação de alívio – dane-se, ele podia adiar essa sua boa impressão para amanhã – e de arrependimento, porque não queria ficar longe dela, ainda mais com tão poucas horas antes de sair de Vancouver. — Acho que hoje à noite não vai dar certo.

O aceno dela veio rapidamente.

— Concordo, mas amanhã, me chame quando tiver terminado na cidade, e eu ou irei buscá-lo, ou você pode pegar um táxi. Você pode ficar em casa, trabalhar um pouco ou tirar uma soneca, faremos um churrasco no jantar e depois irei com você até a sessão de autógrafos e depois você pode voltar para casa.

Ele riu. Confiava que a professora ia elaborar um plano eficiente no calor do momento.

— Parece bom. O mínimo de perturbação para você e sua família.

— Quem sabe alguns deles possam ir até a livraria também.

— Ótimo, assim a minha plateia terá pelos menos dois ou três espectadores — disse ele ironicamente.

Ela sorriu.

— Eu explico a eles que esses eventos ou são um sucesso ou um fiasco, e que você está apenas começando a expor seus livros aqui.

Incrível como eles tinham se conhecido tão bem em um espaço de tempo tão curto. Ele estendeu a mão e puxou-a num abraço.

— Transformei você de minha crítica mais ferrenha em minha mais ardorosa defensora.

— Um bom sexo vai fazer isso — sussurrou ela, a respiração fazendo cócegas em sua orelha.

Suas palavras e sua respiração suave e quente o fizeram começar a endurecer.

— Você é tão superficial — brincou ele de volta, a voz baixa. — Basta dar alguns orgasmos e você perde todos os seus princípios.

— Tem que ser mais do que alguns. E precisam ser daqueles fabulosos.

Ela se aconchegou contra ele, e ele se perguntou quantas pessoas já tinham visto esse lado suave, fofo e brincalhão da professora Fallon. Ele era mesmo um cara sortudo pra caramba.

Ela soltou uma risadinha.

— O quê?

O rosto que olhou para ele estampava um sorriso travesso.

— Minha família não vai acreditar nisso. Eu, aquela irmã que "jurou nunca mais ter um homem na vida", aparecer em casa com um cara tão sexy!

— Fico feliz em ajudar.

A comissária de bordo parou no corredor.

— Desculpe interromper, mas acho que não ouviram o anúncio. É preciso endireitar as costas do assento, fechar o cinto de segurança e guardar seus itens pessoais.

Eles atenderam as instruções da comissária e Theresa guardou seus óculos de leitura. Depois, ela comentou, parecendo nervosa:

— Meu pai é bem coruja. Se ele não estiver trabalhando, poderá vir me buscar no aeroporto.

— Tudo bem. Acho que não tem importância se eu encontrá-lo hoje à noite ou amanhã.

— Não. Vou ter que pensar no que dizer sobre você.

— Há algum motivo para não poder simplesmente dizer: "Ontem eu embarquei em um avião, conheci um cara, fizemos sexo praticamente vinte e quatro horas seguidas, e agora estamos em um relacionamento"? — brincou ele.

Ela bufou.

— Imagine se você tivesse uma filha, Damien. Será que ia gostar de ouvir essa frase?

Uma filha. Cara. Com uma mulher como Theresa em sua vida, essa possibilidade não parecia tão distante.

— Provavelmente eu ia querer dar um tiro no sujeito.

— Pois é.

— Ah, obrigado, isso é reconfortante — ele sorriu para ela. — Quer dizer que o velho doutor Fallon tem uma arma.

Ela deu uma gargalhada.

— Ele não apenas é um homem totalmente pacífico, como também é a pessoa com a pior coordenação motora que você possa imaginar. Se ele tivesse uma arma, atiraria no próprio pé. Não, sua arma escolhida seria algum micróbio mortal que o legista nunca, em um milhão de anos, seria capaz de identificar. A morte seria classificada como ocorrida por causas naturais e ele ficaria impune — Theresa se inclinou e a suave plenitude de seus seios roçou o braço dele, fazendo seu pulso acelerar. — Por isso, é melhor me tratar bem, meu caro.

— Esse sempre foi meu plano. Com ou sem essa ameaça do micróbio.

Quando ela se recostou de novo no assento, ele pegou sua mão.

— Vamos evitar o assunto de há quanto tempo nós nos conhecemos — disse ela.

— Você é quem sabe.

— Mas eles vão perguntar como nos conhecemos. Todo mundo sempre pergunta isso.

— Em uma livraria. Você insultou meus livros. Isso tem a virtude de ser a verdade.

Ela inclinou-lhe um sorriso.

— Eu gosto disso.

— E, apesar de seu desdém pela minha escrita, o meu charme a conquistou.

— E mais uma vez — brincou ela — é a verdade.

O avião sacudiu um pouco e ele olhou para a janela.

— Nós estamos no chão.

— Bem-vindo a Vancouver.

— É minha primeira vez aqui, mas já ouvi muitas coisas boas.

— É uma cidade encantadora. Montanhas, mar, jardins, compras, cultura, e é verdadeiramente cosmopolita.

— Um bom lugar para crescer?

— Sim, graças a minha avó. Meus pais estavam envolvidos com a carreira e muito preocupados que eu fosse bem na escola, de forma que eu poderia ter passado todo o tempo enterrada em meus estudos. Pelo menos enquanto não estava tentando organizar a vida de minhas irmãs. Mas vovó nos pegava todos os domingos. Nós passeávamos no Science Centre, íamos a exposições de arte, ao jardim zoológico e ao aquário, a parques e jardins, Chinatown, Commercial Drive.

— Ela parece ser uma mulher especial.

Uma sombra cruzou o rosto de Theresa.

— Ela era. Ela foi diagnosticada com o Mal de Alzheimer três anos atrás, e essa pessoa foi desaparecendo. Na última vez em que estive aqui, eu a visitei quatro vezes e ela só me reconheceu duas.

— Talvez pudéssemos ir vê-la juntos — ele se viu dizendo.

— Você quer conhecer minha avó?

— Ela é importante para você. — Avós eram especiais, ele pensou. — E ela está desaparecendo, como você disse. Talvez dessa vez ela reconheça você, e você pode me apresentar.

Caramba, ele vinha mergulhando mais e mais profundamente com Tezzie, mas até agora a água era deliciosa.

Theresa apertou sua mão.

— Obrigada. Isso significaria muito para mim.

O aviso anunciou que o avião havia atingido o portão de desembarque, e os dois juntaram suas coisas. Damien ligou o celular e viu que havia mensagens, mas poderiam esperar até que ele estivesse no táxi a caminho do hotel.

Enquanto ele e Theresa arrastavam-se pelo corredor, inclinou-se para perto de sua orelha.

— Foi um voo diferente daquele de Sydney.

O rosto dela ficou corado.

— Este foi bom também, de um modo diferente.

— Foi mesmo.

Damien admitiu isso, mesmo estando com tesão por ela, e desejou levá-la ao seu quarto de hotel.

Uma vez que estavam fora do avião e caminhando lado a lado pela rampa, ele disse, baixinho:

— Quando é que vou ficar sozinho com você de novo? Será que seus pais vão nos deixar dividir um quarto?

— E você acha que eu vou dar escolha a eles? — e deu um sorriso rápido. — Na verdade, eles são muito liberais. Matt tem dormido com Merilee há anos.

— Você vai ter que conter seu impulso de gritar a plenos pulmões quando gozar.

Suas bochechas estavam rosadas.

— Eu não.

— Não vai ter que conter seu entusiasmo? — provocou ele. — Ou não faz isso?

O rosto dela ficou ainda mais corado.

Estavam agora no terminal e caminhavam de mãos dadas enquanto seguiam as indicações para a alfândega.

— Ei, aqui é bem legal — disse ele. O edifício era enorme e arejado, quase deserto a esta hora. Sons da natureza chegaram a seus ouvidos e eles passaram por uma maquete que retratava um cenário natural – floresta e praia – e contava com peças de arte impressionantes, incluindo uma canoa e uma escultura gigantesca de um pássaro. — Arte das Primeiras Nações?

Ele podia ver semelhanças com a arte indígena australiana nas cores dramáticas e representações estilizadas de animais e pássaros.

— Sim. Adorável, não é?

O local da maquete era calmo, tranquilo, intrigante, uma coisa estranha de se encontrar no meio de um aeroporto internacional. O tipo de lugar onde ele gostaria de ficar um tempo, se não fosse o meio da noite, não tivesse que passar pela alfândega, pegar as malas e arrumar um transporte.

— É uma pena que você não possa ficar em Vancouver por mais tempo — disse ela. — Há galerias de arte maravilhosas com obras das Primeiras Nações e lojas de artesanato, assim como todas as outras coisas que contei.

— Vamos planejar outra viagem — disse ele. — Quando eu puder arranjar mais tempo e você não tiver um casamento para organizar. Você pode me mostrar a cidade. Como sua avó mostrou para você.

— Eu adoraria.

Ela olhou para Damien com um toque de encanto em sua expressão.

Ele sorriu, pensando que o futuro nunca parecera tão brilhante.

Quando seu primeiro livro de Kalti Brown chegou às prateleiras das livrarias, quando seu editor comprou os livros três e quatro da série, quando ele alcançou a lista dos mais vendidos, achava que a vida não poderia ficar melhor. Agora ele sabia que podia. E que seria. Porque conhecera Theresa Fallon.

Escadas rolantes os levaram para o piso da alfândega, onde viu uma fila em ziguezague levando a talvez oito cabines com funcionários aduaneiros. Ele e a professora caminhavam depressa e tinham ultrapassado um bom número de passageiros, mas estarem no fundo do avião os deixara em desvantagem. Contudo, a fila estava se movendo rapidamente e não demorou muito até chegarem à frente e serem liberados para a área das bagagens.

Theresa apontou para uma mesa de informações sobre bagagens.

— Espero que minha mala esteja ali. Vou verificar enquanto você recolhe a sua.

Damien se dirigiu para a única esteira rolante que tinha malas circulando, e em pouco tempo estava rebocando sua mala com rodinhas para onde Theresa estava reclamando a sua.

— Adoro quando a bagagem chega — disse ela com um sorriso. — Isso torna a vida muito mais fácil.

Os dois puxaram suas malas em direção à saída da área de bagagens, mostraram os documentos para os funcionários e foram para as portas de saída.

— Será que papai veio? — ela parecia animada, um pouco nervosa, enquanto seguia à frente dele passando pela porta.

Ele a seguiu e ouviu um grito feminino:

— Theresa!

Uma bonita jovem, com cabelos cor de mel na altura dos ombros, estava pulando para cima e para baixo, acenando. Então ela correu para Theresa, rebocando um jovem.

— M&M! —Theresa gritou, levantando a mão para acenar de volta.

Seguindo os dois, vinha um homem magro de meia-idade, com cabelos prateados e óculos, e uma mulher impressionante que parecia uma versão mais velha de Theresa.

Preparado ou não, ele estava indo conhecer toda a família naquela noite.

A menina, Merilee, lançou os braços em torno de Theresa e as duas se abraçaram apertado, saltando para cima e para baixo. Então, Theresa foi para sua mãe, depois o pai, para abraços que eram breves, mas quentes. Finalmente, ela esticou-se para beijar o jovem no rosto.

— Olá, meu futuro cunhado.

— Oi, Theresa. Seja bem-vinda.

Agora, ela se virou para Damien e estendeu a mão.

Ele deu um passo para o lado dela e pegou a mão, segurando-a com firmeza e não deixando escapar.

— Pessoal — disse ela —, eu quero que vocês conheçam Damien Black.

Ela não usou nenhum rótulo, nem amigo ou namorado ou amante. As mãos entrelaçadas transmitiriam sua própria mensagem.

As expressões nas quatro faces eram de um valor inestimável. Perplexidade, incredulidade, choque.

— Mas você disse que não estava trazendo um acompanhante para nosso casamento — Merilee parecia transtornada.

— E não trouxe — respondeu Theresa. — Damien só estará na cidade por poucos dias, a negócios.

— Ei, pessoal! — gritou uma voz masculina.

Olhando em volta para ver o que estava acontecendo, Damien ficou momentaneamente cego quando um flash brilhou em seu rosto. Uma câmera?

— Damien — disse um rapaz magro, abaixando a câmera e aproximando-se —, como a professora Fallon conseguiu o que nenhuma outra garota fez?

— Hã?

O rapaz se virou para Theresa.

— Pode mostrar o anel, professora?

— Que anel? — responde ela.

O jovem olhou para baixo.

— Poxa, ele não deu um anel para você? O que está rolando?

Ela empurrou os ombros para trás e deu-lhe um olhar professoral.

— Do que você está falando?

— Isso é o que eu quero saber — disse Damien.

— Esses são vocês dois, certo? Não podem negar.

Ele empurrou um pedaço de papel na direção deles - uma imagem colorida de uma página de jornal -, e Damien leu a manchete: *Professora universitária fisga um dos 10 mais sexy de Oz*! Uma das fotos de divulgação dele em uma camisa preta aberta no pescoço ao lado de uma foto pouco lisonjeira de Theresa. Mas que diabos?

Damien reconheceu o jornal. Essa era a primeira página do tabloide mais popular da Austrália. Ah, merda. Olhou para o início do artigo: *Garotas solteiras, Damien Black está oficialmente fora de circulação. Uma fonte confidencial confirmou seu noivado.*

Porcaria. Carmen. Rapidamente, ele virou-se para Theresa e viu que ela estava olhando para a página com o mesmo atordoamento que ele sentia. Estar nos tabloides não era novidade para ele, mas sua bela Tezzie com certeza não pertencia àquele lugar.

Merilee lamentou:

— Você está noiva? O que você está tentando fazer, me esnobar?

Apesar do choque, ele quase riu. Ah, sim, havia alguma rivalidade familiar.

Theresa virou seus olhos enormes e aturdidos, primeiro para sua irmã, e depois interrogativamente para ele.

Outro clarão explodiu em seus rostos, e finalmente ele retomou os sentidos. Damien colocou um braço protetor em torno de Theresa e ela se encolheu contra ele.

— Essa louca da Carmen — murmurou no ouvido dela. Para o repórter, ele disse: — Nós não temos nenhum comentário.

— Ah, qual é, cara, olha que não foi fácil descobrir em que voo vocês estariam, e eu rodei tudo isso até o aeroporto depois da meia-noite.

Irritar um repórter nunca foi uma atitude sábia.

— Sinto muito que você tenha se dado o trabalho, companheiro — Damien lançou-lhe um sorriso. — Dê-me seu cartão e quando tivermos um comunicado, vamos chamá-lo em primeiro lugar.

Ele pegou o cartão oferecido e empurrou Theresa em direção à porta, puxando a mala atrás dele. Sua família os seguiu, o pai puxando a mala dela, e o repórter correndo ao lado deles.

Quando ele e Theresa saíram pela porta principal do aeroporto, ela sussurrou:

— O que está acontecendo? O que devemos fazer?

— Não provoque esse cara, mas não diga nada. Vá para casa e eu vou telefonar ao meu pessoal, ver que diabos está acontecendo, e ligo para você no seu celular.

— Tudo bem. — Ela parecia insegura.

— Droga, Tezzie, eu sinto muito por isso.

***

Capítulo 17

Sinto muito. Damien tinha dito que sentia muito.

Pela vergonha? Ou sentia muito que a mídia pensava que estávamos noivos?

Ele me deu um abraço e caminhou em direção ao ponto de táxi.

Olhei para ele, lembrando-me da mistura confusa de emoções que tinha me atingido quando vi pela primeira vez o artigo do tabloide. Choque e humilhação, sim, mas também um estranho e prazeroso orgulho. Como se eu tivesse gostado de estar noiva de Damien, e desejando que o mundo soubesse disso.

— Theresa? — era o repórter, invadindo meu espaço pessoal. — Há quanto tempo...

— Desculpe, nenhum comentário — eu dei-lhe uma pálida imitação do sorriso de Damien.

Meu pai tinha se colocado ao meu lado e agarrei o braço dele.

— Vamos sair daqui — disse papai.

— Theresa, você poderia ter, pelo menos, nos contado que... — Merilee começou.

— Mais tarde — eu disse.

— Ela está certa. — Papai se colocou entre mim e o repórter. —

Por favor, deixe minha família em paz. Não temos nada a dizer. — Ele pairava sobre o homem muito mais jovem, parecendo maior e quase feroz.

— Tudo o que eu quero é... — começou o repórter.

— Não vai conseguir de nós.

Papai manteve-se firme quando peguei mamãe e a mão de Merilee e corremos em direção ao estacionamento. Matt, abraçado a Merilee, veio também.

Apressadamente, mamãe enfiou o bilhete de estacionamento e seu cartão de débito na máquina de pagamento e, no momento em que havia cuspido o recibo, meu pai se juntou a nós. Sozinho.

— Muito impressionante, pai — eu disse, sentindo-me agradecida e um pouco trêmula.

Ele fez uma careta para mim.

— Esta família não precisa estar em nenhuma coluna de fofocas.

— Não é minha culpa — protestei. — É tudo um engano.

— Eu sabia que tinha que ser — Merilee entrou na conversa.

— Meninas! — a voz dele se ergueu. — Entrem no carro. Agora.

Ele apontou para o estacionamento.

Era tudo bastante inspirador, até que mamãe disse:

— Na verdade, Ed, o carro está ali — e apontou na direção oposta.

Merilee e eu trocamos um sorriso. Isso era um clássico em nossa família. O laboratório de papai na universidade era superorganizado, e sempre dizíamos que não restara nenhuma capacidade de organização a ele para lidar com a vida real.

Mamãe levou-nos ao velho BMW e nós nos empilhamos, eu no

banco de trás com Merilee no meio e Matt do outro lado. Papai sentou-se no banco do passageiro, como de costume. Depois que o carro estava em movimento, ele se virou para que pudesse me ver.

— O que foi tudo isso? O que era aquele pedaço de papel que o repórter estava acenando?

— Parecia a primeira página de um tabloide australiano. — Ah, meu Deus, toda a Austrália, incluindo os meus colegas de profissão, achavam que Damien e eu estávamos noivos. Isso era meio horrível, mas ao mesmo tempo engraçado também, sem mencionar que era lisonjeiro, de uma maneira estranha. — Nós não estamos noivos — disse enfaticamente. — Não sei por que uma aeromoça teve essa ideia, e acho que ela deve ter contado aos tabloides e... — puxei meu celular da bolsa e o liguei, assim Damien poderia falar comigo.

— E por que os tabloides se interessariam em saber se vocês estariam noivos? — Meu pai ergueu as sobrancelhas.

— Claro que você não estaria noiva — disse Merilee de dentro da curva do braço de Matt. — Depois de Jeffrey, você disse que nunca levaria outro homem a sério. E se você um dia levasse, eu sei que não seria um cara como esse.

Eu fiz uma careta para ela.

— O que há de errado com Damien?

— Seu tipo é mais aquele intelectual tedioso. Aquele homem era gostoso demais.

Matt, que era muito bonito, lançou-lhe um olhar irritado.

— Que tal voltar à minha pergunta? — disse papai.

— Damien é uma celebridade na Austrália, é um escritor best-seller e, hã... — eu não sabia se devia me desculpar ou me orgulhar sobre esta próxima parte. — Ele foi eleito um dos dez solteiros mais sexy do país.

Merilee piou.

— É lógico que você não está noiva dele.

Eu estava prestes a explicar que estava namorando o homem quando todo mundo começou a falar ao mesmo tempo.

Meu celular tocou e o identificador de chamadas me disse que era Damien.

— O que está acontecendo? — perguntei a ele, colocando a mão sobre a minha orelha livre para abafar o murmúrio da minha família.

Ele gemeu.

— Pânico ao meu redor.

Eu tinha que sorrir.

— Praticamente o mesmo aqui.

— Sinto muito. Isso tudo é culpa minha por dizer aquela mentira estúpida.

Verdade.

— E eu não tinha nada que ter levado isso adiante.

— Minha agente e o assessor de imprensa estão em pânico. Essa coisa de solteiro sexy fazia parte da campanha de divulgação. Eles estão falando sobre controle de danos e tentando descobrir a melhor maneira de lidar com essa história.

— Como lidar? Não basta apenas negar e pronto?

— Pensei que sim. No entanto, aparentemente, não é tão simples assim. Especialmente quando disse que você e eu realmente estamos envolvidos.

— Mas nós não estamos noivos.

Não estava conseguindo entender o que havia de tão complicado nisso.

— Eu disse a Carmen que estávamos, então ou tenho que admitir que estava mentindo – e qual seria a boa justificativa para isso? Ou digo que ficamos noivos, que rompemos, mas ainda estamos nos vendo. O que também não faz sentido, droga.

— Nada disso faz o menor sentido. Se você não tivesse dado em cima daquela estúpida daquela aeromoça, então.

— Ele o quê? — era a minha mãe.

Era tarde demais quando percebi que minha família estava pendurada em cada palavra minha.

Sem saber de nada, Damien continuou:

— Acredite em mim, eu nunca mais vou xavecar outra aeromoça em toda a minha vida. Mas, por enquanto, meu pessoal virá com um plano de ação. Então, nós devemos manter a calma e não falar com a imprensa.

— Eu nunca tive nenhuma intenção de falar com a imprensa — respondi, um pouco ríspida.

Ele suspirou.

— Sinto muito, não era assim que eu queria que as coisas acontecessem.

— Eu sei. — Ele parecia tão desanimado que eu não podia ficar com raiva. — Tudo vai se resolver.

— Obrigado. Falaremos amanhã. Boa noite, Tezzie. Estou com saudades.

— Eu também. Boa noite, Damien.

Depois que desliguei, minha mãe, a advogada, disse:

— Podemos esclarecer as coisas? Você está ou não está noiva desse homem?

— Não.

— Você está namorando esse homem?

— Sim.

— Isso não faz nenhum... — Merilee começou.

Mamãe a cortou.

— E ele estava dando em cima de uma aeromoça? — Agora, a advogada estava interrogando uma testemunha.

Eu desviei.

— Ela estava dando em cima dele.

— Por que ela faria isso se vocês dois estavam tão, tipo, melosos? — Merilee conseguiu emitir uma frase completa agora.

— Não estávamos agindo desse jeito meloso.

— Mas se vocês dois estavam obviamente viajando juntos — mamãe voltou à carga de novo — e de mãos dadas da maneira que estavam no aeroporto, por que essa mulher deu em cima dele? E você disse que ele estava flertando, Theresa.

— Ah, pelo amor de Deus, dá um tempo, nós mal nos conhecíamos!

As palavras explodiram, alimentadas por sei lá o quê. Exaustão, a emoção dos últimos dois dias, o choque sobre o tabloide, frustração... Quem sabe, talvez até mesmo um desejo subconsciente de chocar a minha família.

— Você ficou no Havaí com um homem que mal conhecia? — o tom de voz de mamãe misturava descrença com censura.

Papai e Matt pareciam satisfeitos – ou eram sábios o suficiente – para se manter quietos enquanto mamãe me interrogava.

Eu respirei fundo e dessa vez pensei antes de falar. Mantendo minha voz calma, eu disse:

— Sim, Damien é a razão pela qual mudei meus planos e fiquei mais tempo no Havaí. Queríamos algum tempo para nos conhecer melhor.

Finalmente, todos ficaram em silêncio. Era um silêncio tenso.

Mamãe quebrou.

— Você está agindo como Jenna.

Jenna, o espírito livre, que estava sempre saindo com um cara novo. Nunca ficava com um por mais de alguns meses. O comentário da minha mãe me pegou de surpresa. Eu estava agindo assim? No entanto, depois de um momento de reflexão, balancei minha cabeça com firmeza.

— Não. Isso pode ter sido súbito, e pode parecer impulsivo para vocês, mas não é assim. Na minha vida, houve apenas dois homens pelos quais me senti atraída.

— E olha o que aconteceu com Jeffrey — disse Merilee. — O que faz você pensar que Damien é melhor?

— Ele me respeita. — Eu ia mencionar a ideia do livro, mas minha mãe não me deu uma chance.

— Respeita você? — ela repetiu severamente. — Ele flerta com uma aeromoça e faz com que sua foto seja estampada na primeira página de um tabloide? Theresa, esse tipo de notoriedade poderia prejudicar a sua reputação profissional.

Ela estava certa. Alguns dos meus colegas ririam disso. Outros, especialmente os mais velhos e os mais influentes, pensariam que era uma coisa indecorosa. Contudo, então, a mesma coisa aconteceria se Damien e eu escrevêssemos nosso livro, e eu já tinha chegado a uma decisão sobre isso.

A voz de Merilee quebrou minha linha de pensamento.

— De onde é que veio essa coisa toda de noivado?

Eu esfreguei as têmporas, onde outra dor de cabeça estava começando. Nunca tive tantas dores de cabeça em um período tão curto de tempo.

— Damien disse à aeromoça. Como uma forma de rejeitá-la sem ferir seus sentimentos.

— Ele flertou com ela e depois queria rejeitá-la? — perguntou mamãe.

— Nessa altura ele tinha me conhecido e gostou mais de mim.

Matt deu um assobio baixo e falou pela primeira vez.

— Theresa, sua *femme fatale*.

Merilee lhe deu uma cotovelada nas costelas.

— Ela não é assim.

Eu olhei para ela.

— Damien me escolheu, e vou dizer: Carmen era muito bonita.

— Meninas! — mamãe nos repreendeu no mesmo tom que tinha usado tantas vezes antes. — Comportem-se de acordo com a idade de vocês. Agora, Theresa, o que era aquilo que você estava dizendo sobre contornar a situação e não negar o noivado?

Tinha me esquecido de que eles tinham ouvido essa parte também.

— A agente e o assessor de imprensa de Damien querem ver a melhor maneira de lidar com as coisas.

— O que há de errado com uma negação direta? — perguntou mamãe.

— Eles têm uma campanha montada para essa turnê do livro e acho que precisam decidir como ajustar isso — dei de ombros. — Honestamente, eu mesma não entendo.

— Theresa — papai finalmente opinou —, você não pode deixar os outros decidirem como lidar com isso. Trata-se de sua reputação, de sua carreira.

— E a dele também.

— A sua é mais importante — meu pai disse com firmeza. — O que você diz que ele é? Um romancista? E você é uma eminente socióloga de renome internacional.

Não, este não parece ser o momento certo para contar a minha família sobre o livro.

— Ele está na área de entretenimento — disse minha mãe —, então a carreira dele prospera com essa exposição nos tabloides. Já a sua, é... — ela saiu com "digna" e Merilee veio ao mesmo tempo com "chata".

— Merilee! — disse minha mãe, em tom de advertência. E então, para mim: — Seu pai tem razão. Isso pode prejudicar sua reputação, e é tudo culpa desse homem.

— Tudo bem, a culpa é dele — respondi. — Ele fez algo estúpido, no calor do momento. Você nunca fez nada de estúpido?

Houve uma pausa e, em seguida, em uma nota levemente provocante, meu pai disse:

— Quem, sua mãe? Não, ela é perfeita.

— Ed, isso não está ajudando.

— Parece-me — disse papai, a voz uniforme — que o "estúpido" cavalo sai do celeiro. A questão agora é como lidar com o resultado. Theresa, não deixe que esse homem decida isso por você.

Droga, ele estava certo. Eu ficava tão chateada quando Jeffrey tomava decisões nas minhas costas e que me afetavam, e agora estava entregando a responsabilidade não apenas a Damien, mas para seus assessores também. Assessores que iriam considerar apenas os interesses dele.

Não, tudo o que podiam fazer era aconselhar. O que ele fazia com esses conselhos cabia a Damien decidir. E eu confiava nele. Depois de chegar a uma conclusão precipitada, tinha prometido que não faria isso de novo e estava me aferrando a essa promessa.

Olhei pela janela para ver as ruas familiares do bairro onde cresci. Ficamos em silêncio quando mamãe parou na calçada e acionou o controle para abrir a garagem.

Depois que todos tínhamos saído do carro, Papai perguntou:

— O que você propõe fazer sobre essa situação, Theresa?

— Eu vou falar com Damien amanhã, ver o que seu pessoal sugeriu e depois...

— Ah, é, o cara tem assessores — disse Merilee. — Ele realmente está no mundo do entretenimento. O que vocês viram um no outro, posso saber?

— Algum dia, quando você deixar de ser tão crítica, talvez eu conte para você.

— Meninas, já chega! — mamãe parecia exasperada. — Já passa de meia-noite e todo mundo está cansado. Amanhã falamos sobre isso.

— Eu vou voltar para casa agora — disse Matt.

— Querido, por que não dorme aqui? — Merilee miava, toda doçura e suavidade agora.

Ele empurrou um cacho de cabelo loiro atrás da orelha.

— Você tem que acordar cedo e estudar, querida. Você precisa de uma boa noite de sono.

Ela sorriu para ele.

— Eu acho que você está certo.

— Obrigada por vir, Matt — disse eu. — Desculpe se tudo virou uma bagunça.

Ele me deu um sorriso aberto.

— Espero que consiga resolver tudo.

Deixamos Merilee e Matt se despedindo lá dentro, depois de dar um abraço em meus pais, fui até o quarto que sempre tinha sido meu. A casa de três andares era enorme, com seis quartos e dois escritórios, além de todas as salas normais.

O segundo andar parecia estranho agora. Os quartos que antes alojavam a mim e minhas irmãs, que zumbiam com nossa música, nossas discussões e nossos telefonemas, agora estavam silenciosos. Meu quarto continuava funcional, com cama de casal, cômoda e mesa grande e as estantes, mas também pessoal, com tudo, desde os animais de pelúcia esfarrapados que eu amava quando criança, até os prêmios escolares que eu tinha ganhado ao longo dos anos. Quanta diferença entre a Theresa que eu tinha sido até a de hoje à noite, que tinha acabado de passar dois dias selvagens com Damien e encontrado seu nome estampado na primeira página de um tabloide.

Merilee enfiou a cabeça na porta.

— Ei, irmã, desculpe se eu fui uma imbecil.

Será que Matt tinha conversado com ela? Eu dei-lhe de volta a resposta fraternal padrão.

— Tudo bem, você não conseguiu evitar.

Nós compartilhamos um meio-sorriso. Minhas irmãs e eu nos amávamos até o dedinho do pé, mas muitas vezes conseguíamos fazer emergir o pior umas nas outras. Daí, nós nos sentíamos culpadas, ou ao menos um pouco, porque, afinal de contas, a outra irmã era geralmente tão ou mais culpada que você.

— E eu sinto muito — continuei — que esta noite tenha sido essa confusão sobre mim e Damien. Você e Matt vieram por todo o caminho até o aeroporto para me cumprimentar, e devíamos ter falado sobre o casamento.

— É... — Ela encolheu os ombros. — De qualquer forma, é realmente bom ter você aqui.

— Sim, é bom estar aqui. E como está indo, Merilee? Você perdeu peso e parece cansada.

— Eu estou bem. Bastante saudável, apenas desgastada por causa da cirurgia, depois ainda tendo que recuperar o semestre. Parece que a única coisa que eu faço é escrever, estudar, fazer provas...

Pensando em todos esses prêmios escolares que eu tinha ganhado, disse:

— Se você precisar de alguma ajuda para estudar, me avise.

O rosto dela se apertou e ela segurou no batente da porta.

— Eu posso não ser uma aluna que só tira notas altas, mas não sou uma idiota, como você sabe.

Fiquei tentada a responder, dizendo que não havia nada de errado em tirar notas altas, mas reprimi o impulso e tentei ver as coisas da perspectiva dela:

— Não foi isso que eu quis dizer, mas que ficou doente, passou por uma cirurgia e agora vem fazendo tudo isso para compensar os trabalhos quando preferiria estar provando vestidos de noiva, isso deve ser difícil. E para falar a verdade — completei, com um sorriso triste —, se tem uma coisa que sei fazer, é estudar.

Ela riu.

— Sim, você sempre foi muito obsessiva. — Então, ficou séria. — E agora estou assim, também, com os trabalhos, as provas e o casamento. É um pouco assustador.

Toquei-lhe o ombro.

— Eu sou realmente boa em organizar o tempo. E estou aqui para ajudar, Merilee. De qualquer maneira que puder.

Depois de uma análise cuidadosa de meu rosto, ela relaxou e me deu um abraço.

— Obrigada, Theresa. Vou precisar mesmo de ajuda.

Eu a abracei de volta.

— Que tal a gente sentar amanhã de manhã e fazer um plano?

— Um plano... — Ela fez uma pausa, e senti uma provocação chegando, mas tudo que ela disse foi: — Parece legal.

Ela se virou para sair, depois se voltou.

— Eu tenho que perguntar. Damien é tão gostoso quanto parece?

— Gostosíssimo.

Eu esperava uma resposta de provocação, uma comparação desfavorável a ele em relação a Matt, mas Merilee apenas falou:

— Sorte sua.

Depois que Merilee foi para o quarto dela, fui fazer minha rotina no banheiro, coloquei meu alarme para despertar e caí na minha velha cama. Fiquei pensando em como Damien e eu íamos lidar com nosso falso noivado quando o sono me arrastou e dormi pesado.

***

De banho tomado e vestida, chequei as mensagens de voz no celular e os e-mails antes de descer as escadas, mas não havia nada de Damien. Não fazia sentido telefonar para ele, porque devia estar a caminho da emissora. E me perguntei se o apresentador que ia entrevistá-lo perguntaria sobre a história do noivado.

Lá embaixo, o cheiro do café me cumprimentou e encontrei mamãe e papai já arrumados para trabalhar, e Merilee ainda em roupão de banho, todos sentados à mesa da cozinha. Aquela habitual miscelânea de cereais, torradas, biscoitos, frutas e sucos foi espalhada sobre a mesa e sobre as bancadas. Minha família nunca se preocupava em fazer um café da manhã tradicional.

Servi-me de uma xícara de café e trocamos bom-dia, então peguei uma toranja da fruteira, cortei-a ao meio e escolhi uma colher para comê-la.

— Theresa, preciso chegar logo ao escritório — disse mamãe. —

Contudo, estarei em casa para o jantar. Planejamos um churrasco de boas-vindas. — Ela trocou olhares com papai, comunicando-se naquele seu idioma sem palavras. — Queremos que convide Damien. — Aquilo era mais um pronunciamento do que um convite amigável.

—Ah, bom, eu esperava convidá-lo, mesmo.

— Queremos ouvir o que ele planeja fazer a respeito do... — Antes que ela pudesse terminar seu pensamento, o telefone em cima do balcão tocou.

Merilee pulou para atender.

— Ei, Kat. Espere, um pouco, vou colocar você no vivavoz.

Quando eu saí de casa para cursar a universidade, meus pais tinham comprado um telefone daqueles de empresa, assim a família em casa podia se reunir e conversar com quem estivesse fora da cidade. Merilee esticou o fio, colocou o aparelho no meio da mesa da cozinha e apertou um botão.

— Está me ouvindo?

— Estou, sim. — a voz de Kat veio do alto-falante. — Está todo mundo aí?

Mamãe e papai falaram com Kat e daí eu falei:

— Oi, Kat. Cheguei aqui ontem bem tarde. Você está...

Eu ia perguntar se ela já estava no trem, mas ela me interrompeu, perguntando:

— Você está noiva? Por que não me contou?

— Não estou. Onde ouviu isso? — Certamente não estava nos jornais canadenses.

— Uma amiga me mandou um e-mail da Austrália. Ela viu num desses tabloides.

— É exatamente com isso que estamos preocupados — disse minha mãe.

— É tudo um grande engano — eu disse a Kat.

— Achei que só podia ser.

— Você teria certeza se visse o cara — disse Merilee. — Ele é realmente um gato.

— Você viu?

Merilee ignorou minha careta e disse:

— Sim. Eles estavam no mesmo voo. Tiveram um casinho, ou algo assim. — Ela fungou. — Dá pra imaginar Theresa noiva de um dos dez solteiros mais gatos da Austrália?

— Gente, estou aqui! — disse eu em voz alta. — E obrigada pela parte que me toca.

— O quê?

A pergunta de Kat vazou do telefone e Merilee me lançou um olhar perplexo. Do outro lado da mesa, a minha mãe balançava a cabeça e meu pai parecia que se sentiria muito mais feliz na universidade, mais seguro dentro do mundo tão mais razoável de seu laboratório.

Soltei um suspiro mal-humorado.

— Vocês acham que eu não seria capaz de atrair um cara muito sensual — estar com minha família tinha despertado todas as minhas dúvidas, e era difícil voltar a agarrar a nova autoconfiança que Damien tinha plantado em mim.

Depois de alguns longos momentos de silêncio, Kat disse:

— É que você busca mais o tipo professional. Como Jeffrey.

— So que — intrometeu-se Merilee —, desde Jeffrey, ela não busca tipo nenhum.

— Eu busco o Damien. E ele a mim. — Lembrei-me das coisas

que tínhamos dito, a forma como ele me tocou, a expressão em seus olhos, e disse com mais certeza: — E o que temos é mais que um casinho. É um relacionamento.

Houve um longo silêncio, e então a voz do viva-voz disse:

— Ah, meu Deus, Theresa tem um namorado! — Kat parecia uma adolescente.

— Tenho! — Sua aceitação me fez rir com prazer vertiginoso. — Tenho mesmo. E ele não é apenas bonito, sexy e bem-sucedido, também é inteligente e muito legal. — Eu percebi minha mãe cruzando os braços sobre o peito e franzindo a testa para mim, mas a ignorei.

— Parece o homem perfeito — disse Kat. — Até melhor que o Matt.

— Ninguém é melhor que o Matt — disse Merilee, ofendida.

— Como vocês se conheceram? — perguntou Kat.

A pergunta que eu estava esperando.

— Numa livraria. Ele é escritor. E depois no avião. — Antes que ela pudesse investigar mais, virei a mesa e perguntei a Kat: — E você e esse tal de Nav? É sério? — Que fosse a vez dela agora passar apertado por um tempo.

— Nav? Ah, ele é ótimo.

— O relacionamento deve ser bem sério para ele estar disposto a atravessar o país para ir a um casamento com você.

— E conhecer seus pais — mamãe, finalmente, entrou na conversa.

— Certo — Kat disse. — Bem, deixa eu ver. Ele é bem parecido com o que Theresa falou sobre seu escritor, exceto que Nav é fotógrafo. Contudo, ele é todas essas coisas.

Não era comum Kat ser reticente sobre um homem. Normalmente ela mergulhava fundo e não conseguia parar de se gabar do cara.

— Mal podemos esperar para conhecê-lo, meu bem — disse mamãe. — Não é, Ed?

— É — disse papai. — Embora seja desconcertante de repente ter homens por todos os lados querendo levar minhas garotas.

— Nav e eu não estamos prestes a nos casar — disse Kat rapidamente.

— Nem eu e Damien.

— A menos que o *pessoal* dele diga para agir *dessa forma* — disse mamãe em voz baixa.

Atirei-lhe um olhar desagradável, mas me senti desconfortável. Certamente, Damien não iria seguir o conselho de sua agente e seu assessor de imprensa sem me envolver na decisão. Meu coração me dizia que ele não era outro Jeffrey, mas o meu cérebro me lembrou de que eu mal o conhecia.

— Vocês sempre terão Jenna, pai — disse Merilee. — Ela acha que monogamia é uma droga.

— Não quero que vocês sigam o exemplo dela — disse ele rapidamente. — É muito perigoso, além de insensato, se envolver com um homem depois do outro.

Merilee e eu olhamos uma para a outra, mas ficamos caladas. Sabíamos perfeitamente que Jenna não acreditava em monogamia serial. Não foi sempre um homem *após* o outro, às vezes, ela ficava com dois ou mais em sua lista, e na sua cama, ao mesmo tempo. Um pequeno fato que nossos pais não tinham necessidade de conhecer. Eles já se preocupavam o suficiente com nossa irmã alternativa.

— Nenhuma notícia de Jenna sobre seu itinerário de viagem? — perguntou Kat.

— Nadinha — disse Merilee. — A menos que ela tenha falado com você, Theresa.

— Não.

Houve outro longo silêncio, interrompido pela mamãe tamborilando os dedos de unhas curtas na mesa. Jenna a deixava frustrada mais do que suas outras três filhas juntas.

Eu me preocupava com a minha irmã também. Ingênua, otimista, idealista, egoísta – ela era todas essas coisas, e era normal pensar que essa menina se meteria em problemas mais de uma vez. O estranho era que, de alguma forma, Jenna sempre se safava desses apuros. Pelo menos até agora.

— Kat, — disse eu —, Merilee e eu vamos discutir os planos do casamento, depois eu vou ligar ou mandar um e-mail para que você saiba como vão as coisas.

— E eu estou com o convite virtual. Vou enviar assim que tiver acesso à internet.

— Você não estava em Toronto ontem à noite? Não podia ter mandado de lá?

— Eu, hã... Ainda não estava pronto.

Ela tinha horas no trem de Montreal para Toronto, e depois à noite no quarto do hotel. Certamente haveria tempo. Mas, claro, ela poderia ter trazido alguns trabalhos que precisava terminar primeiro. Ou, ainda mais provável, deve ter ido a uma festa com pessoas que conheceu no trem.

Nós nos despedimos, e eu estava aliviada que Kat não tivesse perguntado como íamos lidar com a mídia, e que meus pais não tivessem expressado sua contrariedade sobre Damien.

Meus pais se levantaram, dizendo que precisavam ir para o trabalho.

— Confirme se Damien vem para o jantar — disse papai. — Queremos ouvir o que ele tem a dizer.

Fiquei de pé também. Era hora de agir como adulta.

— Vou convidá-lo. E também quero pedir que ele passe a noite. Comigo.

Merilee soltou o ar em um assobio baixo, em seguida houve um longo momento de silêncio, enquanto meus pais se comunicavam sem palavras.

— Convide-o — disse mamãe. — Vamos conversar com ele e ver como ficarão as coisas depois disso.

Mordi minha língua. Afinal, a casa era deles. Se decidissem que não queriam Damien nela, então eu não ficaria também.

— Ele tem uma sessão de autógrafos hoje à noite. Então, podemos jantar mais cedo?

Mamãe deu um longo suspiro, mas todos concordaram e Merilee disse que ia avisar ao Matt.

Depois que eles foram embora, Merilee disse, de forma impertinente:

— Uau! Esta casa não via tanto drama há um tempão.

Era interessante ser a irmã mais excitante para variar, mas eu não queria ofuscá-la:

— Do que você está falando? O seu casamento é o nosso grande drama.

Ela se iluminou:

— Você disse que nós poderíamos sentar e fazer um planejamento.

— Com certeza. Eu já elaborei um projeto de casamento no meu computador.

Ela revirou os olhos.

— Claro que já teria feito isso... — Então ela estendeu a mão e agarrou a minha. — Sério, Theresa, eu estou adorando isso.

Quando ela subiu para tomar banho e se vestir, torrei uma fatia de pão integral e passei *cream cheese*, depois enchi minha xícara de café de novo e fui ouvir a entrevista de Damien no rádio. Quando o entrevistador perguntou a ele sobre a história do tabloide, ele respondeu de improviso, mas de forma cativante: "Espero que você não se importe, mas estou aqui para falar sobre meus livros, não sobre minha vida pessoal". O apresentador respeitou seu desejo, e a entrevista correu bem, Damien parecia relaxado, confiante e encantador. Não havia nenhuma surpresa nisso.

Eu sentia falta dele, mas afastei esse pensamento quando Merilee voltou carregando meu computador. Nós trabalhamos na mesa da cozinha mesmo e em mais ou menos duas horas havíamos montado uma agenda, que combinava tanto as responsabilidades da faculdade de Merilee quanto os preparativos do casamento. Nós mal discutimos sobre qualquer coisa e, no momento em que tudo ficou pronto, estávamos eufóricas.

De certa forma, era como se eu nunca tivesse saído de casa. Minhas irmãs e eu sempre tínhamos sido muito diferentes, e essas diferenças levaram a muitas brigas, mas também houve momentos em que nos soltávamos e nos divertíamos. Preparando juntas os presentes para nossos pais, lendo histórias em voz alta, dançando o último hit, fazendo o cabelo ou os pés umas das outras...

Essa era a sensação quando contei a Merilee que ia me encontrar com Damien. Ela ofereceu o carro emprestado e depois perguntou o que eu pretendia vestir. Mostrei-lhe o guarda-roupa que eu tinha arrumado em Sydney, que até mesmo para meus olhos parecia terrivelmente sem graça. Minha irmã caçula me arrastou para o quarto dela e jogou suas roupas para cima de mim. Então ela se empoleirou de pernas cruzadas na cama, enquanto eu provava.

Concordamos com uma camiseta regata em um tom terra e uma minissaia jeans. Ela pulou da cama e pegou brincos de fio de cobre que ficariam pendentes.

— Você está muito bonita — disse ela em um tom de surpresa. — Damien tem feito bem a você.

— Você também me ajudou muito. Obrigada pela força com o guarda-roupa. — Quando as coisas ficavam assim entre nós, era definitivamente maravilhoso ter uma irmã.

Amigavelmente, nos sentamos juntas e eu a ajudei a estudar para uma prova.

Isso é o que estava fazendo quando Damien telefonou. Dei os parabéns a ele pelo programa de rádio e ele agradeceu, dizendo que o entrevistador tinha facilitado muito.

Nervosa, perguntei:

— Você tem notícias de seu... Hã... Pessoal?

Merilee revirou os olhos de forma exagerada.

— Vou contar quando nos encontrarmos. Você conseguiu um carro emprestado ou não?

— Merilee vai me emprestar o dela.

— Ótimo. Consegui um *check-out* mais tarde, então quando chegar aqui, estacione e venha para dentro. Achei que seria legal ter algum tempo a sós.

— Ah, claro — seria ótimo, para conversar e nos abraçar e fazer amor. Não para brigar sobre como ele ia lidar com a imprensa.

Enquanto dirigia para a cidade no velho Honda de minha irmã, comecei a ficar ansiosa de novo. Mesmo que eu tivesse confiança em Damien, meu cérebro poderia gerar uma meia dúzia de situações desagradáveis.

***

Capítulo 18

Quando bati na porta do quarto de Damien, ele me puxou para dentro, trancou a porta atrás de mim, então me segurou pelos braços e me examinou:

— Uau, professora, você parece mais uma aluna do que uma professora!

— Bem, isso é um elogio?

Procurei no rosto dele por sinais de que tinha más notícias para me dar, ou se sentia alguma coisa diferente da excitação por me ver, mas não encontrei nada.

— Claro, você está ótima. Uma roupa muito sexy para uma mulher muito sexy — agora, ele me puxou para mais perto. — Senti sua falta, Tezzie. — Seus lábios encontraram os meus avidamente.

Era muito bom estar em seus braços novamente, os corpos se encaixando direitinho, sua dureza se encontrando com a minha maciez numa combinação mais que perfeita. Por longos minutos, ficamos abraçados, nos beijando como se não conseguíssemos nos satisfazer com a boca um do outro. Eu consegui sentir a firme pressão de sua ereção contra meu tronco e minhas pernas ficaram bambas, minha boceta pulsando de desejo.

Eu queria que ele entrasse em mim agora, mas também queria continuar beijando, porque sua boca nunca fora tão deliciosa, doce, firme e tentadora como uma sobremesa maravilhosa que você nunca queria que terminasse.

No entanto, no fundo da minha mente estava a ansiedade sobre o que sua agente e seu assessor de imprensa tinham aconselhado. Eu interrompi o beijo e me afastei um pouco.

— Damien, eu preciso saber. E sobre a coisa do noivado?

Ele gemeu e tentou me puxar para perto de novo.

— Vamos falar sobre isso mais tarde.

Eu balancei minha cabeça, negando.

— O que o seu pessoal recomendou?

Uma sombra cruzou seu rosto.

— Eu não vou gostar disso, vou?

Ele deu de ombros.

— Espero que não. Eu não gostei. Eles querem que eu negue tudo. O noivado e nosso relacionamento. E que eu diga que estava brincando com uma aeromoça, e ela me levou a sério.

Franzi minha testa.

— Eles querem que a gente pare de se ver?

— Disseram que não haveria problema se formos colegas, especialmente se minha agente conseguir vender a nossa proposta, mas não querem que a gente se envolva amorosamente — a boca de Damien se contorceu. — E ainda comentaram que você poderia até mesmo preferir desse jeito, uma vez que o tabloide pode manchar sua reputação.

— Meus pais iam preferir assim. Damien, o que você disse a eles?

— Disse que não fiquei contente com essa solução, mas que iria falar com você e depois informaria o que decidimos.

Não, este homem definitivamente não era Jeffrey. Eu passei meus braços frouxamente em torno de sua cintura e olhei para ele.

— O que você quer fazer?

— Continuar do jeito que planejamos — respondeu ele prontamente. — Deixar esse relacionamento se desenvolver e ver até onde ele vai nos levar.

— Em segredo? O que você diria à imprensa?

— Merda, claro que não em segredo. Eu não quero ficar me esgueirando por aí como se a gente estivesse fazendo alguma coisa de errado. Acho que eu diria à imprensa que a gente tem... Como eles chamam, mesmo? Um caso?

— Um caso? — minha mãe ia parir um bezerro, mas eu meio que gostei da ideia de ter um *caso* com Damien Black. Um sorriso curvou os cantos dos meus lábios. — E a sua reputação de solteiro sexy e toda a campanha e essas coisas?

Ele deu de ombros.

— Acho que eles teriam que baixar o tom e ajustar as coisas. Afinal, nunca desejei que minha vida pessoal fizesse parte de minha imagem de escritor, então... — Ele estreitou os olhos. — Espere um minuto, você não me disse o que desejaria. Você concorda com seus pais? Isso vai mesmo prejudicar sua carreira de professora e doutora, que vem conseguindo há tempos?

— Bem, seu eu for convidada para alguns simpósios internacionais a menos, posso viver com isso. Deve ainda afetar a minha credibilidade com meus alunos. Além disso, se formos em frente com nosso livro, isso vai ofender alguns dos puristas acadêmicos, também.

— Merda, eu estou realmente destruindo as coisas para você.

— Damien, tudo isso vale a pena. O livro vai influenciar mais pessoas do que eu jamais poderia atingir continuando na minha torre de marfim. E você... — sorri para ele. — Ter um caso com você é uma coisa que definitivamente vale a pena. Estive mais feliz nesses últimos dias do que consigo me lembrar em toda a minha vida.

Talvez eu não devesse ter dito isso, ter demonstrado a ele toda a minha vulnerabilidade e deixá-lo saber quanto era importante para mim, mas eu não queria conter meus sentimentos com Damien.

Ele pegou a minha cabeça entre as mãos e olhou para mim.

— Ei, garota dos olhos *billabong*, é assim que eu me sinto também.

Damien me beijou, suave e demoradamente, e depois me levou para a cama.

Sentou-se na beirada dela, me posicionando entre suas pernas. Em seguida, abriu o botão na minha cintura, deslizou o zíper para baixo e viu quando a saia caiu no chão. Suas mãos pegaram a bainha da camiseta e, lentamente foi levantando-a, revelando o meu torso centímetro por centímetro, até que finalmente puxou a camisa sobre a cabeça.

Eu estava na frente dele apenas com o sutiã branco e a calcinha que tinha comprado na loja de lingerie em Honolulu.

Damien descansou a cabeça em minha barriga e suspirou, uma longa e suave lufada de ar contra a minha pele nua.

— Tezzie, não existe nada melhor do que isso.

Passei meus dedos pelo espesso e brilhante cabelo, que era duas vezes mais comprido que o meu.

— Não, não tem...

Nós nos abraçamos por um longo momento, então eu disse:

— Bem, poderia ficar melhor se você também estivesse sem roupa.

Ele riu, levantou-se e se despiu eficientemente, tirando a camiseta, as calças e a cueca:

— Melhor?

— Ah, sim!

Estudando sua perfeição nua, fiquei maravilhada com o fato de que ele era meu para tocar, meu para fazer amor. Lentamente, corri minhas mãos em seu peito, beliscando suavemente seus mamilos, vendo sua pele se arrepiar. Ouvi seu gemido de prazer. Vi seu pau inchar, a ponta reluzente me dizendo que Damien estava tão excitado quanto eu.

Minha calcinha estava úmida, meus mamilos duros contra a renda do meu sutiã, todo o meu ser estava carregado, erótica e emocionalmente:

— Eu quero você, Damien.

Ele brincou com as alças de meu sutiã, descendo-as pelos ombros e estendeu a mão para as costas, abrindo o fecho.

— Então, me pegue. Agora. Como quiser.

Depois que o sutiã caiu, ele enfiou os dedos nos lados da minha calcinha e puxou-a para baixo.

— Eu em baixo — disse a ele. — Você por cima, o máximo dentro de mim que puder alcançar.

Depois, a única coisa que percebi foi que estava deitada na cama e ele se abaixando sobre mim, colocando a camisinha, me acariciando entre as pernas até que comecei a me contorcer.

— Venha dentro de mim. Agora.

Com um impulso rápido, ele obedeceu, mergulhando rápido e profundo.

Abraçados e apertados muito juntos, olhamos nos olhos um do outro.

Lentamente, ele se apoiou nos joelhos e, enquanto fazia isso, juntei minhas pernas ao redor de seus quadris para mantê-lo dentro de mim.

— O mais fundo que eu puder alcançar? — perguntou Damien em um murmúrio gutural. — Que tal assim?

Ele levantou minhas pernas dobradas, uma de cada vez, até que elas estivessem totalmente esticadas, descansando em seus ombros, meu corpo aberto para ele em um amplo V. Ah, sim, agora ele tinha me penetrado ainda mais fundo.

No entanto, ainda não tinha terminado. Ele se inclinou para a frente, me curvando lentamente na cintura. Eu tinha uma vaga lembrança de algumas aulas de ginástica, onde tínhamos ficado apoiadas nas costas e trazido as pernas para cima e sobre a cabeça, o tanto que pudéssemos alcançar. Nunca percebi que a ginástica pudesse ter uma aplicação tão sexy assim.

— Está bom assim? —perguntou.

— Ah, sim... — foi incrível quando ajustamos a posição e ele me acariciou por dentro. Coloquei as mãos na minha cintura, apoiando meu corpo, o que me permitiu dobrar-me ainda mais. Ofegante, sussurrei: — Esse é meu máximo.

Ele empurrou devagar e com cuidado entre as minhas pernas abertas. A visão me dava um tesão incrível e observei, fascinada, enquanto seu pênis rígido entrava e saía, liso com a umidade.

Meus músculos ondulavam ao redor dele, abraçando-o com força e depois liberando, sincronizada com seus próprios movimentos. A pressão dentro de mim era intensa enquanto a excitação se acumulava, uma tensão erótica que pulsava para fora de mim e em cada célula de meu corpo.

O rosto dele estava corado, a respiração entrecortada:

— Caramba, Tezzie. Você é maravilhosa, Tezzie.

— Que delícia isso que você faz — minhas próprias palavras saíram ofegantes. — Fazer amor com você é... — e minha respiração ficou presa quando ele mudou de ângulo e seu pênis acariciou aquele lugar gloriosamente sensível dentro de mim. Ele tocou de novo, e de novo, e de novo, e... — Damien! — explodi em orgasmo.

Ele continuou com as estocadas, atingindo o mesmo ângulo a cada vez que penetrava, e, antes que eu tivesse terminado de sentir o clímax na primeira vez, tudo acontecia de novo, e dessa vez ele gozou comigo, deixando escapar um gemido profundo de satisfação.

Quando nós dois finalmente conseguimos recuperar o fôlego, desembaraçamos nossos corpos e desabamos sobre a cama, lado a lado, com as mãos entrelaçadas.

Fazer amor nunca tinha sido assim antes. Eu nunca havia imaginado que poderia ser desse jeito. Sim, descobri meu desejo sexual, mas não era apenas uma coisa física, era tudo o que eu sentia por esse homem.

— É bom quando estamos juntos.

Ele rolou de lado, apoiando-se sobre um cotovelo.

— Uau, você acha? — Então ele franziu a testa um pouco. — Sério, você está dizendo que é apenas *bom*? Por que, já teve melhor?

— Não. Nunca tive nada parecido com isso.

Um sorriso maroto curvou seus lábios.

— Ah, tudo bem, então.

Ergui minhas sobrancelhas.

— Isso é tudo que você tem a dizer? Assim... "Tudo bem, então"?

— Quero dizer que é a mesma coisa comigo. Isso que nós temos é o melhor de tudo. Estamos tão em sintonia, é como... — ele balançou a cabeça. — Veja só, mais uma vez, não consigo encontrar as palavras...

— Sem problemas, já entendi.

Cerca de dois dias atrás, eu achava que ele estava apenas me passando uma cantada, falando um monte de mentiras. Contudo, agora, eu conhecia Damien. Ele nunca faria isso. Eu também sabia que o sexo entre nós não era não só algo físico, mas a forma como as nossas personalidades – talvez almas – se entrosavam.

Damien e eu realmente tínhamos algo de especial.

Depois de ficarmos aconchegados um ao outro por um tempo, finalmente, e com relutância, pulamos para fora da cama.

— Você acha que tudo bem com seus pais se eu ficar na sua casa? — perguntou ele quando fui ao banheiro.

Eu me virei.

— Veremos. Eles não estão entusiasmados com a coisa do tabloide. — Eu esperava que a autenticidade e o charme de Damien fossem conquistá-los. — Senão, então a gente arruma um quarto de hotel.

— Theresa — ele veio até mim e pegou minha mão —, eu não quero ficar entre você e seus pais.

Balancei minha cabeça, como se quisesse afastar essa ideia.

— Nós vamos resolver as coisas — eu os faria compreender.

Felizmente, ele aceitou a minha palavra e nós dois nos aprontamos para partir.

— E a sua avó? — perguntou ele quando saímos do quarto. — Quer ir visitá-la?

Eu tinha conversado com Merilee sobre vovó.

— Aparentemente, ela está mais lúcida no período da manhã. Que tal irmos amanhã, no caminho para o aeroporto?

— Claro.

Ele já tinha feito o *check-out* do hotel, por isso levamos sua bagagem para o carro de Merilee. Enquanto eu dirigia de volta para a casa dos meus pais, ele ligou para sua agente, contando-lhe o que nós tínhamos decidido e pedindo que ela discutisse isso com o assessor de imprensa. Fiquei escutando ali ao lado, enquanto a agente parecia levantar objeções após objeções e Damien se mantinha firme.

Quando estacionamos na entrada da garagem, ele ficou admirando a casa e o quintal. Lá dentro, levei-o para um rápido passeio pelo andar de baixo e depois, para o de cima.

— O segundo andar é meu e de minhas irmãs, e no terceiro fica o quarto de meus pais e os escritórios.

A porta do quarto de Merilee estava fechada. Se ela estivesse seguindo o cronograma que tínhamos organizado, estaria lá dentro estudando.

Eu o levei ao meu quarto para despejar sua bagagem e ele olhou em volta com curiosidade.

— Bichos de pelúcia, né? Bonito — ele sorriu e pegou um deles. — Ei, você tem até um coala!

Reunimos nossos trabalhos e saímos para o pátio. Ele telefonou para o repórter da noite anterior e lhe deu uma rápida entrevista por telefone, em seguida se acomodou em uma espreguiçadeira para revisar as provas do próximo livro. Ele parecia à vontade e em casa, em bermudas cáqui e uma camisa polo. Depois de ter negligenciado as provas dos alunos por tanto tempo, coloquei uma pilha de trabalhos na mesa de metal do pátio e comecei a corrigir.

Depois de mais ou menos uma hora, Damien se levantou, espreguiçou-se, veio atrás de mim e me deu um beijo no topo da cabeça.

— Eu terminei de revisar as provas.

— Parabéns.

Inclinei a cabeça para trás e dessa vez o beijo pousou em meus lábios. Macio, decidido.

— Chega disso — disse ele com um sorriso —, ou vou querer arrastar você para o quarto.

O som de pigarro nos fez endireitar o corpo de um salto.

— Mamãe! — saltei de pé. — Este é o Damien. E, Damien, esta é minha mãe, Rebecca Fallon.

— Senhora Fallon — Damien deu um passo adiante para oferecer sua mão. — Muito obrigado por me convidar.

Ela o cumprimentou com firmeza, mas não sorriu.

— Acredite em mim, queremos conhecê-lo. E descobrir o que está acontecendo com esse negócio louco de noivado.

— Nós já resolvemos isso — apressei-me em tranquilizá-la.

— Bom — ainda sem sorriso. — Quando seu pai chegar em casa, você pode nos contar sobre isso. — Ela olhou para o relógio. — Tenho que correr para cima e me trocar. Theresa, os bifes e os legumes estão na cozinha. Você pode começar a preparar o jantar? — mamãe franziu a testa. — Seu pai deveria ter colocado os bifes para marinar. Você sabe quais são os ingredientes secretos que ele usa?

Balancei minha cabeça, negando.

— Eu sou bom com *churras* — disse Damien. — Se a senhora confiar em um Aussie...

Mamãe ergueu uma sobrancelha e o estudou detidamente.

— A confiança precisa ser conquistada. Vamos ver como você faz.

Quando ela já havia ido lá para cima, Damien disse:

— Então, o *churras* será o primeiro teste. Se eu passar, ela pode confiar em mim com você?

— Não importa se ela aprovar ou não, sou adulta.

— Relaxe, professora, estou brincando.

— Você pode estar, mas minha mãe não.

Ele ergueu as sobrancelhas.

— Então me leve para a cozinha e vamos tocar o barco.

Levei-o até lá, mostrei-lhe os utensílios básicos e ajudei-o a localizar os ingredientes para a marinada.

— Quer batatas e cebolas grelhadas também? — perguntou ele.

— Você quer dizer batatas embrulhadas em papel alumínio?

— Não. Você corta as batatas em fatias grossas, ferve por alguns minutos, depois as coloca junto com as cebolas em fatias grossas no mesmo tempero da carne. Em seguida, coloca tudo para grelhar.

— Parece bom. Eu vou fazer uma salada e preparar queijos e torradinhas como aperitivo.

Trabalhávamos amigavelmente quando Matt entrou pela porta aberta da cozinha.

— Ei, Theresa, hã... Damien.

Eu na verdade nunca os tinha apresentado, mas Damien já foi dizendo:

— Olá, Matt.

Dei um abraço rápido em Matt.

— Merilee está no quarto dela, estudando.

Ele tinha acabado de subir para encontrá-la quando meu pai entrou, parecendo cansado.

— Droga, eu devia ter temperado os bifes...

— Está tudo sob controle — disse Damien, apontando para a tigela funda que abrigava os bifes e a sabe-se lá qual mistura especial que ele tinha inventado. — O senhor terá que experimentar um churrasco australiano esta noite, doutor Fallon. Espero não estar avançando alguns limites.

Papai estreitou os olhos.

— Eu não ligo para essas coisas com o churrasco, mas eu aviso, sou muito protetor quanto às minhas filhas.

— Eu aprecio isso, senhor — disse Damien, voz firme, olhar seguro. — E posso lhe afirmar, não tenho nenhuma intenção de fazer qualquer coisa que possa ferir Theresa.

— Ela lhe contou sobre Jeffrey?

— Sim. Nada disso vai acontecer dessa vez.

— Espero que não aconteça mesmo.

Os olhos dos dois homens ficaram fixos um no outro por um longo momento, então os ombros de papai relaxaram um pouco.

— Você já decidiu o que fazer com os tabloides? — perguntou a Damien.

— Já discutimos e concordamos — disse eu. — Mamãe quer saber disso quando todos nós estivermos juntos.

— Onde ela está? — Papai olhou ao redor.

— Ela subiu para se trocar, mas faz mais de meia hora, então provavelmente está vendo e-mails ou no telefone. Matt acabou de chegar e está com Merilee.

— Vou falar com eles.

Quando ele se foi, eu disse:

— Desculpe — para Damien.

— Não há nada que se desculpar. Eles não querem ver você se machucar. Nem eu.

Poucos minutos depois, estávamos todos reunidos na cozinha.

— Theresa, chegou um e-mail da Jenna — disse Merilee. — Ela

vendeu a prancha de surfe e está fazendo alguns serviços com boas gorjetas, juntando dinheiro para a gasolina, daí ela virá para casa.

— Naquela ratoeira de Mellow Yellow? — papai franziu a testa.

— Foi com esse carro que ela foi até a Califórnia — disse Mamãe. — Espera-se que a traga de volta para casa. Enquanto isso, — ela se virou e fixou o olhar constante sobre mim — vamos falar sobre esse assunto dos tabloides.

— A agente e o assessor de imprensa de Damien queriam lidar com o assunto de uma maneira — respondi —, mas ele e eu conversamos e decidimos que não ligamos para o que pode acontecer e, mesmo que nossas carreiras sofram algum dano por causa disso, preferimos dizer a verdade.

Mamãe e papai trocaram aquela comunicação silenciosa, então papai disse meio a contragosto:

— É difícil argumentar com a verdade.

— E qual é exatamente a verdade? — perguntou mamãe.

Quando abri a boca para responder, ela disse:

— Não. Eu quero ouvir isso de Damien.

Ele colocou o braço em volta do meu ombro e eu passei o meu em torno de sua cintura.

— Que Tezzie e eu nos importamos um com o outro e que estamos em um relacionamento sério.

— Relacionamento sério? — As palavras explodiram para fora de mim.

Nenhum de nós tinha usado essa expressão antes.

Seu corpo ficou tenso depois que ele deixou cair o braço. Delicadamente, ele segurou meu rosto com as duas mãos.

— Não é isso que está acontecendo?

— S-sim, mas... — a alegria me inundou. Não que eu duvidasse que ele estivesse falando sério antes... — Mas, essas não são as palavras que os homens costumam evitar?

Ele deu uma risada suave.

— Pura verdade. Mas, então, conheci você.

— Como você pode estar comprometido com alguém que acabou de conhecer? — perguntou Merilee.

Ela provavelmente quis dizer isso parecendo cínica, mas a pergunta saiu quase melancólica.

Borbulhando de felicidade em minhas veias, eu me virei para ela.

— Não posso acreditar que você está perguntando isso. Não foi exatamente o que aconteceu com você e Matt?

— Ah! — Seus lábios se arredondaram em torno da palavra e seu rosto se iluminou. — Claro que sim. — Ela deu-lhe um grande abraço.

— É que vocês se conheceram ainda crianças, e nós já adultos.

— Entendi o que você quis dizer — um sorriso brilhou no rosto de Merilee. — Tudo bem, saquei. E estou feliz por você, Theresa, estou mesmo — então, ela fez um biquinho exagerado. — Mesmo que esteja roubando meu show.

De modo egoísta, eu queria curtir o meu momento ao sol, com a minha recém-descoberta confiança e meu lindo namorado, mas, no interesse da harmonia familiar, disse:

— Eu vi champanhe na geladeira. Vamos abrir e brindar ao noivo e à noiva.

Papai fez as honras da casa com a garrafa, e, quando todos nós tínhamos as taças cheias, fiz o brinde:

— A M&M, que a gente sempre soube que pertenciam um ao outro, e agora estão prestes a se tornar unidos oficialmente.

— Meus melhores cumprimentos — Damien acrescentou. — Desejo uma vida maravilhosa juntos.

— Será — Merilee disse com certeza, brindando com o copo de Matt.

Então, nós nos acomodamos, com alguns pratos de queijo, torradas e azeitonas à nossa frente, para uma conversa no estilo Fallon que variava aqui, ali, em toda parte, e depois voltava ao começo. De tempos em tempos, Damien calmamente assumia o comando da churrasqueira, e em pouco tempo estávamos todos provando o delicioso resultado.

Embora meus pais não o tivessem aceitado totalmente, ele os estava conquistando. Ao contrário de Jeffrey e muitos dos meus colegas do sexo masculino, ele era um bom ouvinte. Na verdade, ele prestava atenção ao que os outros diziam - seja mamãe discutindo um tecnicismo legal, papai expondo sua mais recente pesquisa, Merilee ponderando se queria uma cauda longa ou curta em seu vestido de noiva, ou Matt entrando em detalhes sobre o cruzeiro na Riviera Mexicana. Damien fez perguntas inteligentes também. E eu sabia que não estava apenas sendo educado, ele realmente estava interessado.

Em certo momento, ele disse:

— É melhor eu correr lá para cima e colocar uma roupa mais respeitável para a sessão de autógrafos — e deu um sorriso rápido. — Boa desculpa para não ter que lavar os pratos, não é?

— O cozinheiro nunca precisa lavar os pratos — respondeu mamãe.

Assim que ele se foi, ela se virou para mim.

— Tenho que lhe confessar, Theresa, ele está crescendo em meu conceito.

E meu pai entrou na conversa com:

— Eu concordo.

Eu sorri para eles.

— Damien tem esse efeito. Agora, é melhor eu me trocar também.

Ele havia deixado a porta entreaberta e, quando entrei, o encontrei sem camisa, vestindo as mesmas calças que tinha usado em Honolulu, sacudindo uma camisa de algodão de manga curta.

— Ei, Tezzie. Qual é o veredito? Eu passei?

— Você está ganhando pontos com eles.

— Como um atleta? Ou como um cara que merece estar com a filha deles? — Ele vestiu a camisa e me puxou para um abraço de leve. — Espero que seja o segundo, porque eu gosto deles. Seus pais são pessoas carinhosas e apaixonadas pelo que fazem, e Merilee e Matt são uma graça. Espero ter a chance de conhecer suas outras duas irmãs um dia.

Eu olhei para ele, pensando em como ele era totalmente diferente do que eu tinha imaginado no começo.

— Damien?

— Sim?

— Onde você vai estar daqui uma semana?

— Não me lembro assim de cabeça, mas é provável que seja autografando livros em uma livraria. Por quê? — Então ele estalou os dedos. — É o dia do casamento?

Eu assenti com a cabeça, concordando.

— Acho que não deve ter uma maneira de encaixar isso em sua programação, mas adoraria ter você como meu acompanhante.

Ele não levou mais de um segundo para pensar nisso.

— Eu vou fazer o impossível.

— Mas você não disse que sua turnê de livros é agitada?

— Bobby é perita em arranjar essas coisas. Talvez possamos conciliar tudo.

— Eu não quero interromper completamente os seus planos, ou criar um monte de trabalho extra para sua assistente.

Devia estar franzindo a testa, porque ele alisou minha testa com o polegar.

— Theresa, você quer que eu esteja lá?

E eu sempre sendo honesta com ele:

— Sim, quero.

— Então eu quero estar lá também.

— Isso é maravilhoso. — Por um longo momento, ficamos olhando um nos olhos do outro. — Você sabe que sou louca por você? — disse suavemente.

— Ótimo. Porque eu me apaixonei por você completamente.

— Sério? — Eu ainda tinha dificuldade em acreditar.

Carinhosamente, Damien segurou meu rosto com as duas mãos, olhando nos meus olhos, acariciando minha pele, pressionando um pouco para sentir a estrutura óssea abaixo dela. Como se estivesse testando meus sentimentos, ou os próprios. A expressão em seu rosto era tão carinhosa, tão sem disfarces, que trouxe lágrimas aos meus olhos.

— Tem sido um período meio turbulento, não é, Tezzie? — disse ele em voz baixa. — E durante esse tempo, você me fisgou de uma maneira que ninguém mais conseguiu. Você me desafia, você me excita. Sexualmente, intelectualmente, emocionalmente. Você me faz querer...

— O que você quer? — Minha voz saiu sufocada com a emoção.

— Você.

Gentilmente, ele afastou uma mexa de cabelos da minha testa, olhando com carinho para o meu rosto, como se estivesse guardando no coração.

— Eu quero você.

— Eu quero você também.

Uma lágrima transbordou e fez seu caminho pelo meu rosto até meus lábios trêmulos.

— Então é isso que nós vamos ter.

Ele inclinou a cabeça para me beijar e eu tive certeza de que nunca me senti tão feliz e tão otimista sobre o futuro.

Este livro foi impresso pela Assahi
Gráfica em papel offset 70 g.